U0024134

陳墨形象金庸

陳墨——著

陳墨形象金庸——目錄

陳墨

形象金庸——目錄

陳墨形象金庸——目錄

引言

多年以前我就有一個願望，想要寫一系列文章，專門談論金庸小說中的人物形象。金庸小說最突出的特點和成就，金庸小說廣泛流傳並且經久不衰的最大原因，說到底是因為作者突破了通常武俠小說的局限，盡可能在自己的小說創作中書寫人性、體驗人生並努力塑造個性不同的人物形象。當然，畢竟因為武俠問題形式的局限，再加上作者的文學觀念和藝術技巧也有一個發展與成熟的過程，因而其中人性、人生和人物形象的描寫自然就有深有淺、有得有失，甚至有成有敗。這就需要對此進行分析、研究和非常具體的點評。

當年我曾有過一個很具體的計畫，想對金庸筆下的人物作分門別類的逐一分析點評，想將這些點評分成《俠士卷》、《情人卷》、《惡人卷》、《異人卷》、《歷史人物卷》和《喜劇人物卷》等幾個大類。由於種種原因，計畫沒有完成。

這份多年未了的心願，就成了我現在寫這本書的主要動因。

這本書的原名叫做《眾生之相》[1]，其中當然包含了佛家的「眾生平等」的觀念，首先當然就要講究人人平等。所以就不分超人與凡人、情人或惡人、大人物與小人物、真實歷史人物和虛構傳奇人物，甚至也不分主要人物與非主要人物，只要覺得值得一談的，就談，哪怕她或他是一個次要又次要的人物。不值得一談的，就不談，哪怕他或她是某部書的主人公。當然，由於主人公在小說中是作者主要描寫對象，故事較多，性格有時候較為複雜，所以不但大多要談，而且對他或她的分析文章篇幅也就相應較長些。

所謂眾生之相，不是指眾生的共相，而是指不同的人物個性形象。人間眾生，實際上正是由無數的不同性格、不同形象的個人所組成。進而，眾生之相不僅是指眾生的形象，同時也是指眾生的「心相」，包括他們的個性特色和心理奧妙。在金庸所創造的武俠世界中，眾生之苦主要不是缺衣少食、挨餓受凍等等物質上的匱乏，而是有求不得或身不由己的精神上的扭曲和煎熬。對應於金庸小說的性格描寫、人性揭示和心理刻畫，對眾生之相的悲憫態度等等，我的談論當然就不能局限於人物描寫的藝術技巧，而要對其中人物作心靈的關注，進而還要涉及超乎其上的人文精神。

以下是關於這本書的幾點說明。

首先，我已經出版過的那本《金庸小說人論》（**百花洲文藝出版社一九九三年十二月第一版**），與這本《形象金庸》是否有重複之嫌？這一點，我想應該不會，因為這兩本書的重

1本書曾於二〇〇一年六月在上海三聯書店出版社出版，書名為《眾生之相——金庸小說人物談》。

點和體例大不相同。具體說，一是前者著重理論，將全書分成了《人格論》、《人性論》、《人生論》、《情愛論》、《人才論》、《人種論》等不同的論題；而這一本則是注重實際，專談具體人物。二是前者著重人物的類型分析，將論述對象相應分成俠者與小人、善人與惡人、異人與常人、奇人與真人、男人與女人、超人與凡人、漢人與夷人等等；而這一本則是不分類別，專注於個別人物的性格與人生。三是講述方式的不同，前者是「論」；而這一本則是「談」。我希望，談比論要更加自由、更加具體、更加輕鬆也更加親切。最主要的一點，當然是想「談」出一些新意。

其次，之所以選擇這五十二位人物作為分析談論的對象，主要是因為我對所談論的這些人物比較感興趣，或者乾脆說，是因為我有些感想要和大家交流。本書是想要盡可能講述各種各樣的眾生，還想盡可能談得有些深度，這樣，就有一些大家非常熟悉、也非常喜歡的人物在這裡無法論及。如《書劍恩仇錄》中美麗的香香公主、《倚天屠龍記》中的小昭、《鹿鼎記》中的雙兒，等等等等。這些人物當然都是非常著名、也讓人喜愛並且能夠深入人心的傳奇人物，但在「眾生之相」的題目下，香香公主的美麗天真、小昭和雙兒的溫柔體貼，卻未免太過單純或單薄，因而不能入選。這雖然不免有些令人遺憾，但「眾生之相」這個題目，總該有一定的深度標準。

再次，即使按照比較特殊或比較嚴格的標準，在金庸的小說中，可談論或值得專門談論的人物還有不少。例如《射鵰英雄傳》中的裘千仞、歐陽鋒和一燈大師，《神鵰俠侶》中的小龍女、陸無雙、林朝英，《倚天屠龍記》中的殷離、趙敏、成崑和陳友諒，《連城訣》

中的戚長發、戚芳、汪嘯風、陵退之，《天龍八部》中的王語嫣、游坦之、阿紫、段正淳及其幾位情人，《笑傲江湖》中的任盈盈、左冷禪、東方不敗、余滄海、劉正風和莫大先生等等。這些人物之所以沒有被選入，純粹只是因為篇幅所限，如果對這些值得一說的人物一一談及，那麼這本書恐怕就要增加一倍以上的篇幅。

第四，細心的讀者可能會發現，《越女劍》、《白馬嘯西風》、《鴛鴦刀》和《雪山飛狐》這四部書中的人物全都沒有列入這次的談論對象之中，這不僅是因為這幾部書的篇幅相對較短，而且有的還不是以寫人物為主，因而可以拿出來獨立談論的人物本來就不多；而其中的一些值得談論的人物，我在別的書中也都說過了。在這裡我一時也談不出什麼新意，又想這本書沒有必要搞平均分配，沒必要本本點到或人人點到，所以乾脆就空缺了。

第五，要專門說明的是，在這本書的目錄中也找不到蕭峰、段譽、韋小寶這三個重要人物的名字，這當然不是無意的疏漏，而是因為我曾經分別寫作並發表過有關他們的長篇論文，[2]我現在又談不出更多更新的內容，而又不想在這裡炒冷飯，所以就只好乾脆不說。需要特別說明的是，我對金庸小說談論的較多，在這本書裡想要完全避免我過去曾經說過的每一個觀點或每一句話，那當然是不可能的。我只能儘量保證少做重複，多出新意。

最後，既然是「人物（形象）談」，而不是「人物論」，我就想盡可能保持一種較為輕鬆隨意的心態筆法，也盡可能採取非純學術或非學究的方法形式，即不想對所談論的人物作面

2 即《中國文化的精靈與怪胎——韋小寶論》、《雖萬千人吾往矣——蕭峰論》、《段譽形象及其意義》，見拙著《孤獨之俠——金庸小說論》，上海三聯書店一九九九年四月第一版。

面俱到或邏輯周密的論證。在評論人物形象的時候，我當然會好處說好，不好的地方就說不好。不過，更多的時候，我不一定都是在做評價，更想做的是人物心理分析，最想做的其實還是想要尋找更多的見識人生的角度和方法，有時不免也會表達自己對人性的認識和人生的感慨，甚而時常兼及自己對社會、歷史、文化傳統和文明方式等等的思考。也就是說，有時候我會借題發揮。

我的評說和發揮到底怎麼樣？敬請讀者諸君批評指正。

陳家洛正打歪著

陳家洛是金庸第一部小說的主人公，可想而知，作者在這個人物身上必定花費了大量的心血。將他設計成作者家鄉浙江海寧的歷史名人陳世倌的第三子，然後又利用海寧一帶的民間傳說，說他是滿清乾隆皇帝的同胞兄弟，從而將滿漢民族之間的鬥爭，改編為兄弟之間情感、禮教、欲望、法理等複雜的矛盾衝突，從講故事的角度來說，堪稱佳妙。

很明顯，作者想把陳家洛這個人物寫成一種俠義理想的化身，因此他不但立場正確、思想先進，而且才貌俱佳、文武全能。在最初的版本中，陳家洛具有解元功名，只是因為作者覺得自己替他草擬的詩句水準不夠高，「解元的詩不可能如此拙劣，因此修訂時削足適履，革去了他的解元頭銜」[1]。作者的這番改動，實際上絲毫也沒有減少這個人物頭上光環的尺寸和亮度，老實不客氣說，如果將這人為的光環取下，立即就會發現這個人物實際上形象乾癟，其自身並沒有多少打動人心的

1見《書劍恩仇錄》的修訂版「後記」，北京三聯書店一九九四年五月版，下冊，第八〇四頁。

性格特色與光彩。

我之所以對這個人物還有話說，是因為看到了他心理和個性中的並不顯著的另一面，我想，這很可能是作者歪打正著，或者說是「正打歪著」。

一

我的根據，就是小說《書劍恩仇錄》的悲劇性結局。對主人公陳家洛而言，這是一場雙重的悲劇。在事業方面，他不僅沒有獲得「反清復明」或「反滿復漢」的成功，反而差一點讓乾隆皇帝將紅花會的頭領一網打盡；而在個人感情方面，陳家洛就更有巨額「虧欠」，先是深深地傷害了翠羽黃衫霍青桐，使之生不如死；而後卻又將香香公主送給乾隆，等於將她推上了死路。

當然，《書劍恩仇錄》及其主人公的人生悲劇，有一部分是屬於命運悲劇，即有限的人力難以與歷史命運相抗衡，例如小說中的回疆少數民族英雄木卓倫領導的一個小小的部落，到底難以與清朝的幾十萬大軍相抗，最後終於整個部族全軍覆沒。而陳家洛的個人悲劇中，同樣也有許多先在的、難以抗拒、更難以改變的命運的因素，其父母的婚姻就是一場悲劇，而作為這場悲劇性婚姻的結晶，陳家洛的命運就已經注定了一種非常明顯的悲劇性。如果遵從父親的意志讀書做官，那就明顯違背了母親的意志；反過來，遵從母親的意願亡命江湖，那就明顯的違反了其父親的願望。

更重要的是，他之所以被他的義父——也是他的精神之父——于萬亭選為紅花會的少總舵主，原因實際上不在於他的才幹高人一等，而在於他的身分與眾不同——他是乾隆皇帝的同胞兄弟，這一身分顯然更有利於紅花會的「反滿復漢」的大業。也就是說，陳家洛只不過是紅花會前總舵主于萬亭預先佈置好的一粒棋子，雖然至關重要，但卻身不由己，這就是一種不由人控制的命運力量，最後差一點將陳家洛撕得粉碎。

命運的悲劇不在本文的範圍之內，不必多言。我們要著重說的是小說主人公陳家洛的性格悲劇，這集中體現在他與霍青桐、香香公主的兩段愛情故事中。

陳家洛的第一段悲情故事是這樣的：陳家洛帶領紅花會的英雄，幫助霍青桐的部落奪回了他們的宗教聖物《可蘭經》，兩個人雖說不一定是一見鍾情，但卻明顯是兩情相悅，陳家洛注視霍青桐的目光是在場的幾乎所有人都能讀懂的，爽朗的霍青桐當眾將自己祖傳的一把小劍送給陳家洛作「紀念」，陳家洛也接受了這一紀念品。也就是說，兩個人已經由奪（經）書、送寶劍——書名《書劍恩仇錄》也由此而來——訂立了私情盟約。但正在兩人情意綿綿之際，女扮男裝的李沅芷跑到霍青桐身邊做了一個「親切」的舉動，陳家洛的心中立即就不是滋味。原來說好讓霍青桐隨同紅花會幫忙，現在也立即改口，堅決不同意霍青桐與他們一同前往。告別之際，聰明的霍青桐早已察覺真相，並委婉地提醒陳家洛，但陳家洛一直都沒有想辦法去查明真相。實際上，在陳家洛的心中，他對霍青桐的情感，已經被這個小小的「誤會」所扭曲了。

接下來的故事是，陳家洛前往回疆給木卓倫通風報信，途中遇到了美麗而又天真的香香公主，兩人一路同行，自是風光旖旎。天真的香香公主對這位打扮成回疆青年模樣、英俊瀟灑的「白馬王子」——陳家洛騎的當真是一匹白馬——早已暗自傾心。繼而在部落傳統的「偎郎大會」上，美麗的香香公主主動「偎郎」，公開對陳家洛表示了愛情，而陳家洛稍稍猶豫之後便欣然與她翩翩起舞。部落中最美麗的香香公主終於有了心上人，自然是整個部落的大喜事，卻不料木卓倫的心情暗自為之沉重；而霍青桐則更似突遭巨雷轟頂，幾乎為之嘔血而死！原來這香香公主不是別人，正是木卓倫的小女兒、即霍青桐的同胞妹妹。

一般的讀者讀書至此，大多為霍青桐的命運扼腕痛惜，看起來，陳家洛在這一愛情悲劇故事中似乎沒有任何責任，因為他不知道李沅芷女扮男裝，不知道霍青桐與李沅芷到底是怎樣的關係；進而，他不知道香香公主會如此迅速、又如此大膽地公開向他表示情意，更不知道香香公主會是霍青桐的親妹妹。也就是說，這一悲劇故事，還是一種「命運的悲劇」。

二

然而，如果換一種角度去看，深一個層面去想，我們就會發現，在這個故事中，男主人公陳家洛的性格和心理上的一些或明顯、或隱蔽的缺陷，才是這個所謂「命運悲劇」的真正的成因。

首先，我們注意到，無論是在與霍青桐的愛情關係中，或是在與香香公主的戀愛關係中，主動者都是女方，霍青桐大方地首先送出自己的寶劍作為定情之物，香香公主更是大膽地首先向陳家洛拋出自己的愛情絲巾，而陳家洛則無一例外地總是扮演被動的角色。這當然可以解釋成漢民族和回疆少數民族生活觀念和習慣的差異，少數民族的少女總是性格爽朗，而漢民族的男子則被長期的禮教傳統搞得含蓄被動。但與此同時，這也未嘗不可以解釋為陳家洛性格的怯弱，他壓根兒就不敢、也不會表達自己的情感，當然更不敢在公開場合中主動的表達。更合理的解釋，進而還應該考慮到漢民族的歷史文化傳統對書生陳家洛的心理影響和制約，使他成為一個怯於表達自己情感的男人。

其次，我們注意到，在發現李沅芷與霍青桐的「親切」舉動之後，立即不假思索地拒絕霍青桐兄妹隨行，從而使對方失去了任何解釋的機會。這當然可以解釋為年輕的情人的敏感和嫉妒，導致行為決策上的失誤，也就是說，這是一種普遍性的情感心理的表現。但，從中我們其實可以看到更多，那就是陳家洛的自以為是、心理脆弱，更重要的是他心胸狹窄。

再次，霍青桐臨別之際，實際上已經做出了解釋，並有非常明確的提示，要他去問清楚李沅芷到底是女是男。但奇怪的是，陳家洛自始至終都沒有向任何人打聽李沅芷的情況。如果說陳家洛沒有看清李沅芷女扮男裝的真相，是缺少足夠的江湖經驗；如果說他不願向紅花會的客卿陸菲青打聽其徒弟李沅芷的情況，是出於年輕人的靦腆；那麼他為什麼不向余魚同打聽呢？

余魚同是陸菲青的師侄，也就是李沅芷的同門師兄，同時又是紅花會的兄弟，問一問李沅芷的情況應該是輕而易舉之事。但陳家洛卻始終不問，非但不問，而且還不願聽有關李沅芷的任何解釋——在徐天宏與周綺的成親之夜，李沅芷偷偷進入余魚同的房間，陸菲青、余魚同當晚先後到陳家洛那裡，要對此人此事做出解釋，陳家洛就是不給他們任何解釋的機會！這與其說是陳家洛的「豪邁大方」，其實不如說是他的一種固執己見。而且，這還不是一般性的「愛面子」，實質上是一種可怕的自我封閉。而他的這種固執己見而又自我封閉，一半來自性格或心理的遺傳，一半則是來自他現在的身分與地位的約束——他是紅花會的總舵主，是年輕的明星和英雄，自然「不能」表現出任何私情和私心，從而，心理上的疾病愈發深重。

又次，陳家洛「忘卻」霍青桐而接受香香公主，顯然不是因為他不愛霍青桐，其實也不是由於對李沅芷與霍青桐的關係的簡單誤會，而是有其更深刻的心理原因。我們甚至可以設想，即使沒有對霍青桐的誤會，陳家洛在香香公主拋出愛情彩球之際，也還是會移情別戀，會把香香公主當成自己真正的佳偶。其中奧妙在於，翠羽黃衫霍青桐英姿颯爽，無論是武功、智慧，還是性格、意志，都是上上之選，真正稱得上是女中豪傑，巾幗不讓鬚眉。問題也恰恰在這裡，霍青桐越是上上之選，陳家洛就越會對她敬而遠之；霍青桐越是具有巾幗丈夫的氣質，就越會使陳家洛退避三舍。

三

為什麼會這樣？原因說起來其實非常的簡單。那就是，陳家洛在身分上，不僅是一個男子漢、大丈夫，而且還是一個天下敬仰的總舵主、大英雄；但在心理上，他仍然是一個普通的青年，甚至還是一個尚未真正成熟起來的青年，是一個心理學意義上的「小男人」。看起來他比他人武功更高、權力更大，實際上他的性格及其內心深處卻比常人更加自卑而且脆弱。而陳家洛這種習慣於鶴立雞群、極具心理優越感的人，怎能面對和容忍一個霍青桐這樣的會使自己相形見絀的人？為了掩蓋大丈夫的外衣之下的那種唯有自己知道的小男人的精神真相，為了維護一種小男人的虛假大丈夫的面子，最明智的辦法，當然就是避免接近巾幗丈夫。實際上，一個小男人，尤其是心理上的小男人，也無法接受和容忍這樣的巾幗丈夫，就像一個相貌醜陋的人不能容忍鏡子。

而香香公主就完全不同了，她不僅更為年輕，也不僅具有驚人的美麗容貌，更重要的是，她既不會武功、更不懂謀略，只有一派無知無識的天真。在香香公主的眼裡，陳家洛幾乎是一個神話中才會出現的人物，是她心目中的一個無所不能的英雄。儘管陳家洛自己也知道香香公主對他的印象不無幻想的成分，假象大於真相，但這種幻化英雄的感覺，卻能極大的滿足一個小男人的虛榮心。這，才是陳家洛性格及其心理的最大秘密。

最後，乾隆皇帝垂涎香香公主的美貌，向陳家洛提出要將香香公主作為他恢復漢族身分的交換條件，陳家洛居然真的答應了，並且親自出馬，苦口婆心地勸對他一往情深的香香公主去跟乾隆。理由是要顧全大局，為了國家大事、民族大業，而不得不犧牲自己的個人情感。不僅他自己要犧牲，而且還要香香公主也犧牲自己，獻身於乾隆。這番漢人的大道理搞得香香公主無話可說，最後只得一死殉情。可以說，是陳家洛親手將香香公主送上了死路。他的理由是那樣的堂皇，一般的讀者或許還會為之感動，以為陳家洛是一個真正的大英雄。

實際上，這還是出於心理病症。只不過，不是陳家洛個人的心理病症，而是漢民族傳統文化心理的痼疾。病因之一，是漢民族一向有一個民間傳統，叫做「妻子如衣服，兄弟如手足」，意思非常明白，衣服可以隨時換，但手足卻不能斷。乾隆正是陳家洛的兄弟／手足，而香香公主連陳家洛的妻子也不是，那就連衣服也算不上，只能算是一件披風。病因之二，是漢民族一向有一種官方傳統，叫做「江山事大，個人事小」。意思也很明白，就是為了民族、國家、天下的利益，當然可以犧牲個人的欲望。這一價值觀念的極端表述形式，就是「存天理，滅人欲」。陳家洛既是漢族書生，又是紅花會領袖，自然兩種病毒都染上了，而且顯然難以醫治。如果再深入一層，我們還會發現，陳家洛此舉，實際上可能還有第三種病因，那就是要把自己這個「大丈夫」的角色扮演到底。讓香香公主獻身乾隆，她就永遠也不會發現他的小男人的秘密，豈非一石三鳥？

當然，我們知道，陳家洛的一石三鳥，其實不過是三毒齊發，病入膏肓。陳家洛的心理病症，說到底還是因為對自己的心理、情感、人性的驚人的無知和蒙昧。而英雄的身分、領袖的地位、明星的光環，又使得他不得不長期硬扮男子漢、大英雄、偉丈夫，他的心理世界就長期地在孤獨與黑暗之中被壓抑和扭曲。如果早一點去看心理醫生，或許就能早一些找到療救之道，有望根除病患。有人會問，陳家洛時代哪來的心理醫生呀？這話不錯。我考慮的是，假如那個時候有心理醫生，我們的大英雄、大丈夫陳家洛會不會去看？

余魚同焚面洗心

余魚同這個人物，雖說在金庸小說《書劍恩仇錄》的紅花會英雄榜上只不過排名第十四位，實際上，他是這部書中寫得最為成功或最有深度的人物形象。依我看，余魚同的形象比本書第一主人公陳家洛的形象要真實、也生動得多。

原因可能在於，陳家洛作為武俠小說的一號英雄人物，寫起來不免要受到種種限制，放不開手腳；余魚同反正排名靠後，反倒可以網開一面，自由書寫。進而，陳家洛這個一號人物身上無疑要更多承載武俠世界的理想；而余魚同則大有可能自然而然地更加接近真實的人性和人生。

在小說的第二回「金風野店書生笛，鐵膽荒莊俠士心」中，這位金笛書生余魚同，一出場就光彩照人，不僅使得在場的少女李沅芷情不自禁，旁觀的讀者也會不由自主地刮目相看。妙處當然還不在於余魚同長身玉立、目秀眉清、英俊瀟灑，甚至也不在於他神采飄逸、才情卓絕、形象鮮明，而在於其風流灑脫的背後，另有其性格和心理的深刻文章。孤身一介文弱書生，手持金光閃閃的金笛，在魚龍混雜的鄉村野店之中悠揚吹奏，當然會給人留下非常深刻的印象；而他面對官方的鷹爪、紅花會的死敵做「在下行不改姓，坐不改名，姓余名魚同。余者，人未之余。魚者，渾水摸魚之魚也。同者，君子和而不同之同，非破銅爛鐵之銅也」[1]這樣的自我介紹，勢必讓人印象更深。

對此，當然可以理解成余魚同的大丈夫不改名姓的英雄氣概，渾沒將眼前的幾個鷹爪孫放在眼中；還可以理解成余魚同頭腦機智、自信開朗、話語幽默，性格活潑迷人。

與此同時，我們也應該看到，余魚同的這一番做秀，其實也清楚的暴露出他的性格張揚外露、甚至佻達輕浮的一面。且不說他對野店之中當時的敵情並未摸清，便公然暴露自己的身分是何等的不智；更要命的是，紅花會作為反政府的地下組織，官方正在進行大肆搜捕，而余魚同則又正是這一地下組織中的地下聯絡員，怎能這樣的輕佻張揚？余魚同偏偏身帶金笛，深怕人家不知他就是大名鼎鼎的金笛秀才，要麼是明知故犯，要麼是自信過頭，要麼是無知炫耀，無論是哪一種，都暴露出他的性格缺陷。這個出身江南望族、中過秀才功名，只因報仇雪恨才不得不亡命江湖的公子哥兒，在任何地方都想要顯出自己與眾不同。

1見《書劍恩仇錄》上冊，第五十二頁，北京三聯書店一九九四年五月第一版。以下所有金庸小說原著引文都出自同一版本，不再一一注明。

一

開始的時候，我們還不知道，余魚同這樣炫耀金笛，實際上另有弦外之音。只不過，吹者有意，聽者無心。於是越吹越是愁腸百結，而越是惆悵多多也就越是需要吹笛傾吐。開始時我們當然也不知道，個性張揚外露的余魚同，實際上還有深深的隱秘心事。而那種蛇咬鼠嚙的揪心苦痛，又只有借著外表的佯狂，做一種巧妙卻又無奈的掩飾或偽裝。那時候，還沒有跡象表明，余魚同是不是知道在他吹笛子的時候，他的紅花會同夥文泰來夫婦正避難於這家店中；余魚同的笛聲正在向他們傳遞他到來的消息，如果知道文泰來的夫人駱冰在場，那笛聲一定會更加悠悠動人。因為，這個英俊風流的青年早已對有夫之婦駱冰暗自傾心，這是他心中最大的、也是最讓他痛苦沉鬱的秘密。

很快我們就會看到那驚心動魄、簡直令人目瞪口呆的一幕：文泰來在鐵膽莊中被官差抓去，而余魚同這位紅花會中響噹噹的知書識禮的秀才英雄，居然會在鐵膽莊外乘人之危，將病乏交加而沉沉入睡的有夫之婦駱冰摟入懷中！這一下，余魚同一舉犯下了三重罪孽：一是違背了紅花會不許淫人妻女的戒條，在紅花會中，這就是一條可殺之罪；二是背叛了兄弟的情義，因為駱冰不是一般的有夫之婦，而是余魚同的結義兄弟文泰來的妻子，是他的義嫂；三是，文泰來剛剛被捕，駱冰受到沉重的打擊，傷病交加，余魚同非但沒有想辦法解救文泰來、安慰駱冰，反而乘人之危，猥褻義嫂，自更是讓人不齒。

寫下這一幕，無疑是作者最為大膽、也最為出人意料的一筆。因為按照武俠世界的規則，這種事情顯然是江湖中人最不能容忍的罪孽；而按照一般武俠小說的規律，這樣做的人肯定是喪心病狂的邪惡之徒。但作者顯然沒打算把余魚同寫成一個邪惡之徒，而是似乎有意的給余魚同、同時也給作者自己出些難題：一個青年愛上了有夫之婦、而且是自己的義嫂該怎麼辦？一個青年在情不自禁的衝動之下侵犯了自己的義嫂又該怎麼辦？我們看到，作者一沒有把余魚同寫成反面人物，二沒有對此不軌行為進行簡單的道德評判，而是似乎把這件事當成一個正面人物所遭遇的一種正常的情感心理難關。

我們很快就看到，作者雖然並不認同、更不贊成余魚同的行為，但對他的情感、心理、處境卻明顯充滿同情。這同情，當然並非來自傳統的武俠規範，而是來自現代的人文觀點。由於余魚同自從第一次見到駱冰，就一見傾心，不能自已；而當時駱冰就已經是有夫之婦。由於一開始就明白這將是一場不道德的愛戀，從此余魚同受盡情感的折磨。這是一種無法與外人言說的可怕的痛苦經歷，內心裡狂風暴雨，表面上還要裝得風平浪靜。為了避免與駱冰過多相見，余魚同只有發憤工作，經常申請單獨出外公幹。而為了平息內心對駱冰的不道德的思念，他就用匕首將自己的手臂刺得鮮血淋漓。久而久之，他的手臂上早已經是斑斑駁駁、疤痕累累。精神上的鮮血疤痕，當是不問可知：因為，無論他如何自我抑制、自我批判、自我懲罰，依然無法消除他對駱冰綿綿不絕的思念！

值得注意的是，余魚同雖然將這場不堪重負的暗戀看成是不道德的，但卻沒有看成是無望的愛情。在他內心深處，他肯定無數次設想，假如相逢駱冰未嫁時，駱冰一定會成為他余魚同的妻子。甚至忍不住會夢幻，有那麼一天，駱冰總有一天會讀出他余魚同心中的情意……簡單地說，余魚同原來一直認為他與文泰來相比，有三大優勢：一是年輕有為；二是英俊瀟灑；三是文武多才。也正是因為有這種心思，才會使他一面自我懲罰、一面自我憐憫；一面自我批判、一面自我期許；一面自我抑制、一面自我鼓勵。也正因如此，才會有大膽妄為地摟住駱冰，忍不住向她傾訴衷情的那一幕。

結果是，駱冰給了他一記沉重的耳光，不僅打在他的臉上，更打在他的心上。駱冰不僅指出他的行為卑鄙無恥，而且指出他的心思幼稚可笑：年貌相當，並非相愛的依據；風流多才，又怎比得上文泰來的英雄氣概？余魚同這才明白，駱冰愛文泰來英雄豪邁、大仁大義、穩重可靠，這些恰恰是他所不具備的。由此，余魚同才真正陷於精神絕望的深淵：不光是恐懼紅花會刑法的審判和懲罰；也不光是對結義兄長文泰來充滿道德愧疚；甚至也不光是受到駱冰的斷然拒絕；同時更是因為他一直自信、自恃、自傲的年輕、貌俊、才高三大優點在頃刻間化為烏有！於是，羞愧、內疚、傷痛、恐懼，連同新增的自慚、自輕、自卑、自賤，一起煎熬他原本傷痕累累、不堪重負的心靈。

顯然，年輕的余魚同始終沒有意識到自己真正的性格弱點，沒有意識到自己的張揚、衝動和愛走極端的性格，才使得他總是陷入絕望之境，注定不能在短時間內回頭是岸。對駱冰的愛的固執，與其說是一種前世的冤孽，不如說是一種今生的選擇。境由心造，但他的心不僅脆弱而且盲目。他的自信出於盲目，以至於根本沒有注意到駱冰對文泰來情有多深；他的自卑同樣出於盲目，以至於長時間忽視並且拒絕少女李沅芷熱切愛戀的目光。於是，余魚同的再生之路就格外漫長而坎坷；而小說中有關他的愛情和人生故事也就格外的曲折且精彩。

二

於是，余魚同的形象，就在他的人生故事中得以不斷改變和深化。一開始，他並沒有想到自己會有什麼自新的機會，也根本看不清自己今後的人生之路該通向何方。之所以苟活人世，是因為他要為自己贖罪，那就是，拚掉這條命也一定要把文泰來從魔爪中解救出來。為此，他不惜上天入地，深入刀叢斧陣，四處奔波，繼而浴血奮戰。第一次，他雖受傷流血，願以身代，但最終非但沒有解救成功，反而使自己也陷身魔爪。第二次，他終於在眼見文泰來和前來解救他的紅花會群雄將要同歸於盡的關鍵時刻，冒險投身火海，撲滅火藥的引線，消弭了災難，解救了大家；而他自己，卻被無情的大火燒得滿臉燎泡、面目全非。

這一驚人的壯舉，有如鳳凰涅槃。贖罪、救人之路，也就是他的自救、自新之路。只不過，性格張揚衝動的余魚同，無論是贖罪還是自新，比任何人的行動都要更加激烈殘酷。彷彿命中注定，只有燒掉原先的那張俊俏的面容，愛走極端的余魚同才能獲得赦免和自新的機會。只有當自己的面容變得醜陋不堪的時候，他才會重新審視自我，並在此基礎之上創建自己的新形象。這段故事，彷佛是一個自以為是的年輕秀才進行艱難自我改造的寓言。

然而，「革面」固然不易，「洗心」卻是更難。救出了文泰來，讓他重歸駱冰的懷抱，而余魚同對駱冰的思念卻仍是劍斬不斷、笛吹不散，如同他的詩句所寫：「百戰江湖一笛橫，風雷俠烈死生輕。鴛鴦有偶春蠶苦，白馬鞍邊笑靨生。」在他的心中，自己是「千古第一喪心病狂有情無義人」[2]。自從聽到了歌女的小唱「多才惹得多愁，多情便有多憂，不重不輕症候，甘心消受，誰教你會風流？」繼而看到寶相寺殿堂上高僧悟道的壁畫中「你既無心我便休」的題詞[3]，余魚同的心靈受到巨大撞擊，出家之念頓生，且當場削髮剃度，甚至自取法名叫做空色。

如果在別的小說中，余魚同的故事一定會到此為止，這種結局可以說是許多傳統小說的俗套。而在金庸的筆下，卻不是這樣。實際上，余魚同之出家，與其說是「空色」的了悟，不如說是對駱冰和文泰來的逃避，更是對自己的情感和心靈的自欺。而逃避和自欺，非但不是自新之路，更不是洗心之法，只不過是余魚同偏激衝動性格的又一次發作。余魚同脫胎換骨的真正標誌，不是他的出家，而恰恰是他出家之後的還俗；不是他逃避文泰來，而是他勇敢地向文泰來承認自己的錯失；不是對駱冰「你既無心我便休」，而是「忘我」而後新生。只有當他真正能夠坦然面對駱冰夫婦之時，才是他新生的起點。而他對同門師妹李沅芷深摯戀情從排斥到接受，就是他從舊我轉向新我最好的證明。

2見《書劍恩仇錄》上冊，第一七一頁。

3見《書劍恩仇錄》下冊，第四八三—四八四頁。

三

最後，在李沅芷堅持不懈地追求之下，余魚同終於回船就岸，投入她的溫暖懷抱之中。對此，大約有兩種意見，一種是認為余魚同這個傢伙實在太傻，對這個美貌聰明且一往情深的小師妹居然視而不見，言下之意，是認為余魚同早就應該移情別戀、得其所哉。另一種意見恰恰相反，認為余魚同根本不可能和李沅芷走到一起，理由是曾經滄海難為水、除卻巫山不是雲。

這兩種意見，顯然是各有偏頗，且對余魚同的性格和心理缺乏深入的瞭解和理解。在旁觀者看來，余魚同與其無望地苦戀有夫之婦駱冰，當然是不如接受多情少女李沅芷。但在他本人，卻無奈對駱冰的美麗形象先入為主，銘刻於心，纏綿不斷，哪裡還有餘暇顧及其他美貌佳人？更何況，人生之中，常常是「我愛」與「愛我」不能對位，需要主人公對此進行選擇。而按照余魚同的性格，當然非選擇主動的「我愛」不可。而另一方面，在對駱冰的絕望之愛搞得他心如死灰之後，置於死地而後生，未嘗不能死灰復燃，開始將自己的目光投向李沅芷。更何況，其中還有一大關鍵，那就是余魚同想為師傅報仇，必須求得李沅芷的指點；而李沅芷開出的條件就是，必須先與她訂婚，再談及其他。余魚同要想為師報仇，那就別無選擇，也就非如此不可。

還有一點值得提及，那就是余魚同此時不僅從身不由己的「我愛」轉向了別無選擇的

「愛我」，而且，李沅芷受到阿凡提這位高人指點，由窮追不捨改為若即若離，這種對付強驢之法，對余魚同這樣心高氣傲、性格倔強的青年當真是對症下藥，繼而藥到病除。說穿了，無非是改「追我」為「我追」，讓余魚同變被動為主動，主題目標雖然不變，結果卻是大不相同。原因其實簡單，無非性格決定命運。像余魚同這樣的性格，運用此法自會有效。

如此，余魚同在短短的幾年時間內，經歷了從「我愛」到「愛我」，又經歷了「追我」到「我追」；從洗心革面、心如死灰，到死灰復燃、重獲生機；當真算得上是嘗盡了人生的百種滋味。也正因此，這一人物形象才格外的飽滿充實、性格鮮明。在一部武俠小說中，能夠領略如此複雜奇絕的心路歷程，是否要算是一種意外的收穫？

天池怪俠袁士霄

在《書劍恩仇錄》一書中，袁士霄出場不多。我記住這個人物，不僅因為他是大名鼎鼎的主人公陳家洛的師父，同時還因為他那古怪的性格和奇異的情感歷程。我總覺得，這一人物身上，有著二十世紀上半葉許多中國學術大師的影子，例如哲學家金岳麟、經濟學家陳岱孫。他們有許多的共同點：一是他們都終生未婚，而終生未婚的原因，則又是因為自己的心上人嫁做他人之婦。二，究其原因（有些可能是「結果」），則是他們留學海外、長期不回，直至學成歸來，卻又為時已晚。三，他們都成了各自領域的宗師，看上去性格怪癖、實際上赤誠天真。

我不知道金庸先生創作這一人物形象時，是否想到過金岳麟、陳岱孫這些前輩。但在我看來，袁士霄與上述大師雖有虛構人物與真實人物之別、學科上也有武術與哲學或經濟的不同，但他們的人生故事和他們的性格心理卻大可互相詮釋。這當然不是說要把他們的經歷做機械性的對比研究，而是盡可能在他們的相似的情感和人生經歷中，找到解開奇人軼事之謎的鑰匙。

一

袁士霄的故事非常簡單，表面看上去也確實有些古怪。他與關明梅從小在一起長大，自幼青梅竹馬，兩小無猜，長大後自然互生情愫。但因他性格比較古怪，兩人因一點小事起了爭執，袁士霄一怒之下遠走漠北，十多年不歸，而且音訊全無。關明梅以為他再也不會歸來，心中難免感到失落，恰好陳正德出現，填補了她生活的空虛，於是就順理成章地嫁給了陳正德。沒想到他們剛剛結婚不久，袁士霄卻又不合時宜的回到故鄉，一切難以改變，一對昔日情人只得黯然神傷。

陳正德得知此事前因，心中大為不滿，幾次找袁士霄晦氣，卻無奈不是他的對手，雖然袁士霄看在關明梅的面上不忍傷他，但陳正德實在無法忍受這種感情的折磨，只得與關明梅一起遠走高飛。袁士霄對關明梅仍是舊情難忘，知道這對夫婦去了天山回部，居然又緊隨其後，移居天山。雖然來往不多，但數十年來，三位當事人心中或難斷、或難捨、或難忍，各有芥蒂，直至大家白髮蒼蒼。

這個故事看起來簡單明瞭，很容易得出結論，那就是袁士霄性格古怪，才會造成這樣尷尬的局面。首先是，為一點小事就負氣出走，而且十來年杳無音訊，這本身就很古怪。假如他當年不走，甚至也不為一點小事生氣，豈不是好？其次，十年之後歸來，看到心上人已經嫁做他人婦，局勢不可挽回，卻又再生事端，這就更怪。早知今日，何必當初？當初既走，何必今日再來？最怪的當然還是在陳正德、關明梅夫婦已經遠走天山，袁士霄居然還要步其後塵、陰魂不散，這就更是讓人難以理解，甚至要說他不守道德規範、違反人生規則了。世間女子多矣，既然關明梅已經結婚，忘掉她、移情別戀也就是了，何必對她這樣苦纏不休，搞得大家一生都得不到快樂？

這樣想，當然也算得上是人之常情，但也顯然是不瞭解，更不理解袁士霄的特殊性格，他當年只要走，走後又要回，回來後又要對關明梅夫婦萬里緊跟、天涯為鄰，當然都是由他的性格決定的。這性格，並非一個「怪」字了得。

書中沒有明確說，袁士霄當年是因為一件什麼樣的小事離開關明梅而遠走漠北，也沒有說明這件小事中誰是誰非，看來是再普通不過的雞毛蒜皮，談不上誰對誰錯。這種小兒小女口角紛爭在世界上幾乎天天都會發生，因而也就有些不值一談。但任何富有生活經驗的人都會知道，在有情人之間，往往會出現小說《紅樓夢》中所寫的那樣「求近之心，反成為疏遠之意」：越是有情人，就越容易產生紛爭，因為他們彼此間會比任何人之間更加敏感，對對方的要求也比對他人更加嚴格。反過來，也就很容易證明，這種極易產生的紛爭，常常是發生在有情人之間。只不過，當年的袁士霄並不懂得這一點，關明梅也未必懂得，只因那時候他們都還太年輕。年輕的有情人不僅敏感、易怒，而且容易衝動，等到衝動平息，常常是物是人非，悔之晚矣。

袁士霄與關明梅之間的衝突，不論誰是誰非，從關明梅的性格來看，她顯然是得理不讓人、不得理也不會讓人，只要男方不認錯，她就絕不會消停。我的這一點判斷，是來自金庸小說《天龍八部》中趙錢孫與譚婆、譚公之間的三角關係的啟發。從某種意義上說，《天龍八部》中的三角故事，是對《書劍恩仇錄》中的袁士霄、關明梅、陳正德之間的三角故事的重複和發展。在《天龍八部》中，趙錢孫多年以來一直不知道自己心愛的小師妹為什麼會離他而去，嫁給譚公，變成譚婆，後來才明白，只不過是因為譚公有一門對女方百般忍讓、挨對方之打不還手的功夫！正如天臺山智光大師所說：「能夠挨打不還手，那便是天下第一等的功夫，豈是容易？」[1]當年關明梅性格與那位譚婆顯然相似，而年輕的袁士霄，顯然也像那個趙錢孫一樣，做不到對小情人打不還手、罵不還口，相反還要據理力爭，甚至負氣出走，結果當然也就可想而知。

二

進而，袁士霄之負氣出走，實際上還有更為深刻的原因。這原因就是，袁士霄不但是個情癡，更是一個武癡。正如一個真正的科學家癡迷於科學，一個真正的藝術家癡情於藝術。一個真正的武癡與一個普通的練武者的不同之處，不僅在於他對武術好之、樂之，進而忘我、忘情；還在於這份癡情使他執著、赤誠，因而在別的地方就顯得簡單固執、認死理、不

1見《天龍八部》第二冊，第六〇〇頁。

會轉彎。在許多傑出的科學家和學者的傳記中，我們都看到過類似的故事。而袁士霄之離開關明梅，原因顯然也是他的這種認死理、一定要分出是非對錯的性格。他根本就想不到，當然更不懂得，在日常生活中，在有情人的爭鬥之中，常常並無是非對錯可言。

為什麼袁士霄遠走漠北，居然會十多年沒有音訊？如果以為僅僅是他一時衝動，負氣任性，就未免太過簡單。所謂一時衝動，應當會很快就會平息，正如山洪暴發，來得凶猛，退得也迅速。何以會一陣衝動長達十多年之久？這未免有些不通情理。真正合理的解釋，應該是在此期間，袁士霄另有精神牽掛和寄託，那就是他對武功的癡迷。這得分成兩個層面，一是武功的奧妙自然而然地將他吸引住了，使他樂不思蜀；二是想學有所成，然後再讓小情人關明梅大吃一驚。兩者相互作用，才會使得袁士霄離開家鄉長達十多年之久，往日的雞蟲之爭、小小口角，早已忘懷了。然而等到他學成歸來，卻發現物是人非，關明梅不但另有所愛，而且已經與他人結為夫婦。

這一時刻，袁士霄震驚、悲痛、憤怒、茫然和悔悟的複雜心情，可想而知。他一定想找個合適的機會向關明梅解釋自己十幾年不歸的原因；同時更想追問關明梅為何會另有所愛。然而一切都為時已晚，陳正德還找上門來，要找他的晦氣。如果袁士霄真正性情怪癖，一定會讓自己的情敵吃盡苦頭。然而袁士霄卻不願讓關明梅感到痛苦或難堪，不對陳正德加以傷害。然而這一忍又該是何等難受！就是在這樣的時刻，袁士霄的心情、性格才開始變得「古怪」起來。

其實所謂「古怪」，也只不過是「發願做前人所未做之事，打前人所未打之拳，於是遍訪海內名家，或學師，或偷拳，或挑門踢場而觀其招，或明搶暗奪而取其譜，將各家拳術幾乎學了個全」[2]。在這一過程中，袁士霄一定是一個江湖怪客，他遍訪海內拳術名家的經歷一定有一段驚心動魄的故事。但另一方面，也正是因為有這樣一種奇異的誓願和目標，才使得袁士霄從那種常人難以忍受的巨大情感心理創痛中解脫出來。癡於武學曾影響了他對關明梅的癡情，而今，他癡情的創傷有只有通過對武學的癡迷才得以減緩或移情。

真正的移情是做不到的，移情別戀，那不符合袁士霄的性格。弱水三千，就認此一瓢，這種異乎常人的情感專注，乃是癡情人的本性，也是他成為大師的基礎。袁士霄不會另娶他人，甚至不在乎有無俗世的婚姻，這倒不是「曾經滄海難為水」，而是一種癡人的執拗和單純。凡是自己認定的目標，就永遠也不會輕易放鬆。因此，他不會與陳正德爭奪妻子，但也不會輕易地放棄關明梅，結果是萬里跟隨，與關明梅、陳正德夫婦一同隱居天山。當然，他也不會想到，他的行為會使得關明梅夫婦終生不快。

三

袁士霄的行為看來是那樣的令人難以理解，這其實也像是人們第一次看到他一手創建的新式拳法：「擒拿手中夾著鷹爪功，左手查拳，右手綿掌，攻出去是八卦掌，收回時已是太

2見《書劍恩仇錄》上冊，第一一九頁。

極拳，諸家雜陳，亂七八糟，旁觀者人人眼花繚亂。」[3]一般的人，連他的拳式手法都看不清，更不用說去分辨這種拳式手法的門派招數。他將這套拳法，取名為「百花錯拳」：不但無所不包，奇妙處恰在那一個「錯」字，每一招看起來與各家祖傳正宗拳法相似，但卻又招招似是而非；將它們按照自己的路子組接起來，就能夠起到出其不意的奇效。因此，這一套看起來亂七八糟的拳法，實際上也有其自己獨特的拳理、拳路。常人不懂，只因少見多怪；更因為對拳理武術缺乏真正的想像力和創造性。

這套「百花錯拳」既是一套新奇的拳法，同時又是一種奇異心理或性格的寫照。袁士霄創造這一路拳法，顯然是「武如其人」，將自己的複雜心情及其人生遭遇全都抒發於其間。不依常規，出其不意，原是他愛情失落的原因；而似是而非、另出奇招，則又是他繼續活命的寄託。既然失去了關明梅，他這一生也就只有將錯就錯。於是，這套拳法，也就成了他的命運象徵。我曾說過，這套拳法，實際上是袁士霄、陳家洛師徒兩代人性格和命運的寫照。而這一大塊文章的著作權，首先當然應該屬於袁士霄。

現在我們應該理解袁士霄了。他之追隨關明梅夫婦隱居天山，並不是要重新獲得關明梅的愛情；而是要與之為鄰，以便就近證明自己的愛情和自己的人生價值。不是要獲得關明梅的熱切關注，而是要假定關明梅的目光能夠洞察自己的初衷、更能夠燭照自己的現在和未來，以便自己從中獲得一點點精神的鼓勵和心理的安慰。

3見《書見恩仇錄》上冊，第一一八頁。

嚴格地說，袁士霄絕非一個通常意義上的情癡，他的後半生其實都獻給了武學和俠義事業。首先是創造「百花錯拳」，開闢一個武學的新領域；其次是教授陳家洛，培養新一代的武林第一人。等到這兩項人生使命完成之後，他的最後目標，就是要幫助回部人民擺脫狼群的威脅。這個性格古怪的老頭，實際上是在默默地以自己奇異的方式造福人間。所以，在那個美麗的黃昏，關明梅向他表白自己珍愛陳正德的心曲，袁士霄才會不再感到失落，而是感到非常的明白和充實。當然，也有幾滴陳年老淚，情不自禁地溢出了袁士霄的眼眶，所以他轉過身去，不願讓人看到他黃昏的惆悵。

這個人，當真是不可理喻的怪物嗎？

天山雙鷹醋海情

在《書劍恩仇錄》中，最讓我感動的一個細節，是天真無邪的香香公主纏著天山雙鷹老兩口及陳家洛這三位武林超一流高手陪她玩挑沙堆遊戲，誰最後碰倒沙堆上的蠟燭，就要罰誰唱歌、跳舞、講故事。

這種遊戲純粹是小孩子的玩藝，惟其如此，才格外出人意料。出人意料的其實還不是遊戲本身，而是這個遊戲的奇妙結果：陳正德不慎碰倒沙堆，神情忸怩，拼命推搪，一張老臉羞得通紅；他的老妻關明梅從未見過丈夫的這種憨態，心中怡然快樂，不許他耍賴，非要他表演節目不可。陳正德推辭不過，只得唱一段吹腔《販馬記》，唱到「我和你，少年夫妻如兒戲，還在那裡哭……」[1]時，不住用眼瞟著妻子；關明梅心情歡暢，回首往昔，柔情浮起，伸手握住丈夫，陳正德熱淚盈眶，夫妻間數十年的隔閡，終於融化在此刻綿綿情意之中。

天山雙鷹此來，原是要殺陳家洛和香香公主，因為

1見《書劍恩仇錄》下冊，第六〇二頁。

他們認定這對青年對自己的徒兒霍青桐忘恩負義。沒想到一場遊戲下來，陳正德、關明梅夫婦產生了意外的情感交流，兩心相通，溫情脈脈，再也鼓不起殺人之念。香香公主提議的這個無私無邪的遊戲，居然使得天山雙鷹有此意外的收穫，無形之中也就救了自己和情郎的性命。可見世事之巧，當真妙不可言。而在這巧合的背後，更是大有文章。

一

天山雙鷹是陳正德、關明梅夫婦共同的外號，因為陳正德外號為禿鷲、關明梅外號雪鵰，兩人一同棲身於天山之麓，這才有天山雙鷹之名號。進而，陳正德之所以號為禿鷲，原因應該是因為禿頭無髮；而關明梅之所以號為雪鵰，當然是因為她白髮滿頭。天山雙鷹年紀已老，一個頭禿，一個髮白，當然是老年人的自然之象。然而值得注意的是，天山雙鷹早已揚名天山南北，武當名俠陸菲青即可證明。也就是說，陳正德、關明梅夫婦在未老之年，早就一個成了禿鷲、另一個成了雪鵰了。這倒不是因為他們未老先衰，而是因為他們各有滿懷心事，長期無法宣洩，以至於體未衰而心先老，感於內而形於外。

陸菲青不但能證明天山雙鷹成名很早，而且還非常瞭解這對夫婦常常口角爭鬥，幾乎沒有一日安寧。爭吵的原因，是丈夫陳正德醋性極大，總是疑心妻子關明梅移情別向，直到兩人都已年逾花甲，數十年來依然如故。書中有一個很好的例子，是當關明梅發現自己徒兒霍青桐的寶劍在陳家洛手中，忍不住加以詢問和警告，而陳正德卻在一旁對妻子高叫：「喂，你蠍蠍螫螫的，跟人家年輕小夥子談什麼心？好走啦！」[2]不難想到，這對老夫妻離開眾人之後，免不了又會有一場大爭吵。丈夫越是無故喝醋，妻子當然會大發脾氣；而妻子越是大發脾氣，丈夫就越是忍不住常常大喝其醋。於是，夫妻間為此形成了一種莫名其妙的惡性循環。凡是認識他們的人，無不知道這一特點。

陳正德之所以喜歡喝醋，雖然與其性格有關，但卻並非天生如此，而是因為生活中確實有令他不能不喝醋的根由。這根由，就是在關明梅與陳正德成婚之際，本來已經斷絕了對袁士霄的念想，不料在他們成婚之後，袁士霄卻又意外歸來，而且顯然悔悟當初。這使得關明梅心中不無歉意，於是新婚夫婦之間從此有了深深的芥蒂。假如袁士霄永遠不再露面，當然就不會有這種尷尬；假如在陳正德夫婦遠避回疆之後，袁士霄不再跟隨，那麼這種尷尬遲早也會被淡忘。偏偏袁士霄始終陰魂不散，陳正德心中當然就不會安寧；雖然明知妻子和袁士霄不常見面，但如此天涯比鄰，是否會心存知己，卻不能不使他常常疑竇叢生。疑心生暗鬼，暗鬼出疑心，也就難怪陳正德習慣性地喝醋。

陳正德越是喝醋，在心理自然就會覺得妻子與自己在情感上隔了一層，以至於長期無法坦誠地交流。而他越是疑心喝醋，妻子就越是生氣厭煩，越是覺得這個丈夫不能令人滿意，兩人之間的隔閡自然也就越來越深。於是這一對夫妻，就成了一種非常典型的人間怨偶。於是他們的情感在爭吵中徒然磨損，他們的青春和生命在爭吵中悄然消逝，他們的心靈也一直

2見《書劍恩仇錄》下冊，第四二四頁。

在爭吵中飽受煎熬。這種日常的爭吵，不僅成了一種生活的常規，甚至成了他們之間相互表達自己情感的怪異但卻習慣的方式，彷彿不如此就不能證明他們之間的相愛之深。

其實，陳正德對妻子關明梅的愛情不言而喻。在日常生活中，這兩個人也總是形影相隨，在大事小事上，丈夫對妻子也總是百般忍讓。當然這有一個前提，那就是必須——或不如說是希望——妻子對他真心相愛，而且能夠忠貞不二。關明梅那一方面，對丈夫陳正德其實也是真心相愛，新婚時的甜蜜就是一種證明，而婚後多年一直與丈夫相依相伴則又是一個證明，在她，這其實就是忠貞不二的表現。不然何以有幾十年吵吵鬧鬧，但卻幾十年不離不分？

然而，不幸的是，他們卻不懂得對方的愛，甚至也不懂得自己的心。

二

有趣的是，在袁士霄創造出自己的「百花錯拳」，有意無意間抒發自己心中的悔悟和感慨之際，關明梅也創造了自己的「三分劍法」，同樣在不知不覺間表現出自己一劍三分、一心三用的矛盾情懷。霍青桐在書中施展的那套頗具威力的三分劍法，實際上正是她師父關明梅複雜心理最好的證明。所謂一心三用，是指關明梅將自己的一份情感，三分給了自己的丈夫陳正德，三分給了往日的情人袁士霄，而最後三分則留給了自己的古怪性情。

更有趣的是，霍青桐所施展的天山劍法——這劍法當不僅包括關明梅的三分劍法，還應該包括陳正德的劍法——其中一記最大絕招，名為「海市蜃樓」[3]。這記絕招，與其說是劍法的要訣，不如說是陳正德、關明梅夫妻關係的要害。這「海市蜃樓」，原當是關明梅在不自覺的描繪她與袁士霄之間可望但不可即的情感；但也正是因為這海市蜃樓般的情感，使得夫妻之間爭吵不休，心中矛盾三分，逐漸芥蒂重重，夫妻的情感與幸福，當然就同樣成了海市蜃樓。

這夫妻間情感的海市蜃樓，並不是命中注定不可改變。其實，夫妻間心理上的芥蒂，當然還是與各自的性格相關。簡單地說，就是一個心胸不寬，一個性情急躁。關明梅性情急躁，書中有一個極好的例子，霍青桐只說了一句「他……他和我妹子好」，就立即跳了起來，繼而怒道：「這人喜新厭舊，你妹子又如此沒姊妹之情。兩個人都該殺了。」[4]而且說幹就幹，根本就沒想到要弄清原委，也不聽霍青桐的任何進一步的解釋，就衝出門去，要把陳家洛和香香公主一起殺了。妙的是，陳正德聽見妻子叫嚷，與妻子撞個滿懷，只聽得妻子說要去殺兩個負心無義之人，他不但隨聲叫好，且立即隨之而去，同樣沒想到應該先弄清來龍去脈、分辨青紅皂白。這樣的一對夫妻，又怎麼可能指望他們在自己的情感生活中能夠平心靜氣、反省自我、盡可能為對方設身處地？

假如陳正德總是只表現自己的愛意，而克制自己的醋意，關明梅或許就不會如此心煩氣燥，那麼兩個人就能找到途徑和機會與對方息息相通。同樣，假如關明梅能夠克制自己的浮

3 見《書劍恩仇錄》上冊，第四十五、四十七頁。
4 見《書劍恩仇錄》下冊，第五九九頁。

躁，對丈夫陳正德稍加關懷，不但可以化解對方心中的疑慮，同時也可以讓自己早日與對方心心相印。可是我們看到，他們都不願意，或根本就沒想到要改變自己，而總是將自己最不美好的一面展示在對方的面前，這不僅會使對方加倍的厭煩，同時也會進一步破壞自己的心境。久而久之，各自的真我、真情，就這樣被逐漸埋沒。

雖然他們的武功日漸高強，年紀日漸老邁，但他們的性情卻始終如少年人那樣急躁、單純、衝動、偏激。顯然，他們的心理年齡並沒有隨著他們武功和生物年齡的增長而增長，毋寧說，正是他們的生活方式使得他們的心理和性格始終沒有成熟到可以反省自身、塑造自我、改善夫妻關係、創造幸福人生。和袁士霄一樣，關明梅、陳正德也是一對單純的、癡於情感又癡於武學的人。他們的日常生活，除了一本正經地練武，就是不明不白的爭吵，要麼就是共同對付敵人；從來就沒有過真正的休閒，因而他們的磨練和戰鬥也就從來不會消停。這時一對「事業夫妻」，沒有時間享受日常生活的休閒安逸，也就沒有時間清理自己的情思意緒，進而也就沒有機會發現夫妻愛情及其情愛人生的真滋味。

直到那個平凡安寧的夜晚，他們與香香公主一起遊戲，他們才在那奇妙的時刻發現了對方的另一面，同時也發現了自己的真性情。首先是關明梅「記起與丈夫初婚時的甜蜜，如不是袁士霄突然歸來，他們原可終生快樂。這些年來自己從來沒好好待他，常對他無理發怒，可是他對自己一往情深，有時吃醋吵嘴，那也是因愛而起，這時忽覺委屈了丈夫數十年，心中很是歉然」。而當關明梅對丈夫露出一絲柔情，陳正德就立即敏感察覺，受寵若驚，眼前朦朧一片，心中感激萬分。這又反過來使得關明梅進一步想到「以往實在對他過分冷淡」[5]，自然向他微微一笑，如是兩人心潮起伏，相互推波助瀾，終於使夫妻情意，在此清涼晚景之中，這才水到渠成。到此時，他們才發現，這對冤家夫婦，原來竟是佳偶天成。

三

自從那個消閒遊戲的夜晚之後，天山雙鷹夫婦的情感關係煥然一新。人們驚奇地發現，這兩個人數十年來一直無法醫治的心理病患和精神腫瘤，一夜之間居然不治而癒。果然是，心病必須心藥醫，解鈴還要繫鈴人。

現在，嫉妒成性的禿鷲陳正德已然全無妒念。可以輕輕鬆鬆地面對數十年不願面對、也不敢面對的情敵袁士霄，甚至可以與他友好交談，進而願意和妻子一道協助袁士霄完成消滅狼群的義舉，坦坦然三人同行。

現在，暴躁任性的關明梅也是那樣神態安詳。可以當著袁士霄的面，為自己的丈夫陳正德繫上衣服的扣子，望著漸漸沉入大漠邊緣的美好夕陽，明說自己已經感悟到了人生之中「什麼都講個緣法」，進而侃侃言道：「一個人天天在享福，卻不知道這就是福氣，總是想著天邊拿不著的東西，哪知道最珍貴的寶貝就在自己的身邊。」[6] 雖然這說不上是多麼深奧的

5見《書劍恩仇錄》下冊，第六〇二頁。
6見《書劍恩仇錄》下冊，第六五二頁。

人生哲理，但在芸芸眾生之中，真正明白這一點的卻也並不多見。這個關明梅，就是到了白髮滿頭的晚年，才開始品味出這一點粗淺平凡的生活真諦。

想像那天邊的夕陽，將這三個老人的一個禿頂、兩頭白雪染成金黃，我真說不上，是該為他們欣喜，還是該為他們感到悲傷。

尷尬主人袁承志

說袁承志是一個尷尬主人，最重要的原因，作者在這本書的修訂本「後記」中已經明確說了：「《碧血劍》的真正主角其實是袁崇煥，其次是金蛇郎君，兩個在書中沒有正式出場的人物。袁承志的性格並不鮮明。」[1]看起來，袁承志始終是這部小說的主人公，但作者所說的其實不完全是，甚至主要不是他的故事；而是將他作為引線，串聯出袁崇煥、夏雪宜兩個人的故事和形象。

一

袁承志的尷尬，主要來自作者的敘事設計，讓這位年輕的主人公「兼職」過多，搞得他常常失去自我。首先，作者將他設計成明末抗清名將袁崇煥這一歷史人物的兒子，他的父親袁崇煥是因為滿清首腦皇太極使用反間計，而被明朝的崇禎皇帝冤枉成賣國通敵者而

1見《碧血劍》下冊，第八二八頁。

殘酷地殺害。作為忠臣的遺孤，當然要矢志復仇，問題是，他要復仇的對象，不是一般武俠小說中所常寫的某個奸臣，而是滿清的首領和明朝的皇帝。也就是說，他復仇的對象是兩個眾所周知的歷史人物，而這兩個歷史人物各有明確的死因，都與袁承志沒有關係，作者不能為袁承志而虛構歷史，所以袁承志這個復仇主人公就注定了尷尬的命運，在這裡很難有作為。

進而，作者實際上也沒有當真要讓袁承志復仇，只是讓他做出要復仇的樣子，他的復仇之旅主要是為了不斷找機會回顧他父親的戰鬥經歷和光輝形象。於是，袁承志這個主人公實際上就像是一個歷史專題節目的採訪者，他的主要任務是找到合適的採訪對象，然後聽被採訪者回首往事。所見之人，當然大多是他父親的舊部、故友、宿敵，至少也是他父親的崇拜者或其他的知情人；所到之處，要麼是袁崇煥蒙冤的故地，要麼是當年的古戰場，要麼是後人群情激憤的憑弔處。

再次，作者還想要兼顧江山歷史與江湖傳奇兩大塊，融寫實與虛構於一爐。於是又給主人公另一項兼職，那就是在採訪編輯和製作歷史人物袁崇煥的專題節目的同時，還要推出另類英雄金蛇郎君夏雪宜的傳奇人生專題。因此，尋找或者說是「巧遇」與夏雪宜有關的江湖人物，聽他們講述金蛇郎君的平生所為，就成了袁承志的另一項重要的行為目標。這樣一來，這個主人公就像一個織布梭，來回奔忙，將經線和緯線織成布匹，至於他自己是何模樣，誰會關心？

又次，這個梭子主人公，其作用除了對袁崇煥、夏雪宜的生平往事作考古發掘和實地採訪之外，還有一個任務，就是充當作者的歷史觀點的傳聲筒。最典型的例子是對滿清首領皇太極的政治觀點的介紹和評價，如果不通過袁承志親眼所見，如何讓人明白這個韃子首領在政治上比昏庸糊塗的明朝皇帝們更加清醒？同樣，對明朝末代皇帝崇禎的兢兢業業又剛愎自用、可恨可惡又可悲可憐的認識和評價；對李自成英雄豪邁又草莽粗魯、為民請命又心胸狹窄的認識和評價，也都是通過袁承志的所見所聞來傳達。先後兩遇張朝唐，比較正統王朝與農民起義的異中之同，甚至小說的「今日的一縷英魂，昨日的萬里長城」[2]這一「主題歌」，也都要袁承志一一親自見聞、一一加以點評。

為了完成上述多項重任，袁承志四處奔波，雖經作者巧妙穿插，沒有讓這個主人公手忙腳亂，但剩下來有多少時間精力和篇幅空間留給他自己呢？

二

按照武俠小說的路子，作者對這個人物有一種很好的設計，那就是他的武功。袁承志幼年練武學文的經歷就不多說了，後來拜在華山派高手神劍仙猿穆人清的門下，成為華山派武功的新一代代表性人物；與此同時，他還在師父的默許和鼓勵之下，師從鐵劍門掌門人木桑道長，學習他的輕功、暗器的獨門絕技；臨近畢業下山之時，袁承志又擅自飽覽了金蛇郎君

2見《碧血劍》下冊，第六四七頁。

夏雪宜的《金蛇秘笈》，將金蛇郎君的另一路不無邪門的武功絕技一一消化吸收。

按照金庸小說的慣例，主人公的武功不僅僅是武功而已，同時還是主人公性格的一種重要的暗示和延伸，有時甚至就是其性格的直接組成部分。這樣做的道理非常明顯，主人公每多學一門武功，當然不僅是學其武術技巧，同時還有其方法理念，進而還會有其主人的作風性格。這樣，袁承志的性格也就應該有華山派的正派大氣、鐵劍門的輕靈飄逸、金蛇門的異想天開和詭秘邪門。如何將這三種明顯不同的武功融為一路，自創出一種專屬於袁承志的獨門武功，在自己的人生道路上將這三種明顯不同的價值觀念和人格精神融為一體，最終凸現出他與眾不同的性格，並表現出一種全新的人格風範，是我們對他自然的期許。

然而實際上，作者只是不假思索地將袁承志塑造成一個概念化的俠義人物形象。讓他遵守所有的江湖俠義的規範，仗義江湖，鋤強扶弱，伸張俠義，主持公道；而且還讓他在歷史的進程之中扮演一個合乎潮流的英雄，反抗明朝昏庸統治，堅持民族愛國立場，支持揭竿而起的農民起義。很顯然，袁承志是中國人心目中的那種典型的好孩子，聰明伶俐卻老實厚道，刻苦用功卻非常聽話；老師教他做什麼就做什麼，叫他怎麼幹就怎麼幹。師父叫他要行俠仗義，他就行俠仗義；師父叫他為父報仇，他就去為父報仇；師父叫他暫時不要報仇，他就暫時放下個人的仇恨；師父叫他幫李自成，他就幫李自成；最後，師父叫他不要在朝做官，他就立即辭職歸隱。這樣的一個好孩子，當然不會見財起意，不會私吞自己找到的寶藏，而要把它獻給革命的事業。這樣的好孩子，當然就不會亂愛，更不會亂搞男女關係。這樣根正苗紅的革命烈士子弟，當然會被江湖推崇，會被選為七省武林盟主，使他成為內聖外王的精神領袖。

具體的例子很多。在這本書中，無論是大事小事，袁承志的處理方式都是幾乎無可挑剔，處處表現出這類人物所謂應有的風範。然而正是這種無可挑剔本身，就是應該被挑剔之處：他的性格何在？他的獨特的心理反應和精神風貌何在？例如在處理師門門風的過程中，既要讓袁承志表現出正氣的風範，那就不得不得罪他的二師兄歸辛樹夫婦；但同時又要讓年紀輕輕的袁承志表現出尊師重道的師門規矩，要讓他對蠻橫霸道的歸辛樹夫婦百般忍讓。作者極力刻畫袁承志老成持重的性格，但卻完全忽略了，這是一個年輕的超一流武功高手，是最受穆人清寵愛的關門弟子，而且還是一個典型的「廣東蠻子」，身上流著袁崇煥執拗的血脈。如何能夠做到在趾高氣揚的同齡師侄面前表現出小師叔的涵養，而又在不可理喻且又年長的二師兄歸辛樹夫婦面前表現出應有的謙恭？袁承志難道就沒有一點自己的脾氣？袁承志的「沒脾氣」，不見得當真就是他的個性，而是作者覺得他「應該」這樣做。

更典型的例子是，袁承志的情感歷程。剛下華山不久，就碰上了對他情有獨鍾的夏青青，先是女扮男裝與他結拜兄弟，緊接著又是夏青青的媽媽臨終囑託，搞得袁承志對夏青青是喜歡也要接受、不喜歡也要接受。結拜「兄弟」、承諾「關照」是一回事，而兩情相悅相互愛戀又是一回事啊。退一步說，就算袁承志也喜歡心眼極小、性格偏激、完全不識大體的夏青青，甚而愛上了她；何以對別的姑娘，例如自幼青梅竹馬的安小慧、美麗大方又溫柔能幹的焦宛兒卻又完全沒有「反應」？倒是夏青青反應強烈，打翻醋罈，搞得他莫名其妙，無計可施，當然也無可奈何。

最後，要說袁承志對安小慧、焦宛兒沒有非分之想倒也罷了，書中寫到袁承志發現明朝公主阿九對他一往情深，而且在危難之際還曾同床共枕，但袁承志的「反應」卻是一片模糊、猶如白癡，這就未免不合人情，令人難以置信了。只有特別細心的讀者，才能在袁承志對夏青青和阿九公主的不同稱呼中，發現一點點內心感情的蛛絲馬跡：他一直有意無意的稱呼夏青青為「青弟」，這當然是結拜兄弟時的稱呼，後來知道她是姑娘，而且還確立了戀愛關係，他也還是這樣稱呼她；而在小說的最後，當袁承志發現阿九公主削髮出家之際，對她說的是：「阿九妹子，你……你一切保重。」[3]這一句話稱得上深得含蓄之妙，背後大有文章：一是稱夏青青為「弟」，而稱阿九為「妹子」，頗見對這兩人情感之分別；二是明明知道阿九公主已經出家為尼，卻偏偏要用俗世的稱呼，頗見袁承志依依難捨之心；三是其中的一段小小的停頓和省略，則不難發現袁承志對這個「阿九妹子」頗有不少難言之隱。

然而除此之外，我們就再找不到能夠證明袁承志對阿九公主情動於衷的任何跡象。我敢說，這些跡像是被作者所抑制，或乾脆忽略不計，從而讓袁承志的情感世界變得殘缺不全且模糊不清，其原因，只不過是要讓這一人物形象符合俠義英雄的道德規範。

3見《碧血劍》下冊，第七〇一頁。

三

當然，書中的袁承志性格，偶爾也還有一些出彩之處。其中之一，是在南京城中調停金龍幫幫主焦公禮與仙都派高手閔子華之間的矛盾衝突時，以奇絕的武功和瀟灑佯狂的姿態，讓人大開眼界。然而，也正是在那裡，書中這樣寫道：「青青見這個素來謹厚的大哥忽然大作狂態，卻始終放不開，不大像樣，要說幾句笑話，也只能拾他大師哥的牙慧，不禁暗暗好笑。要知道袁承志生平並未見過真正疏狂瀟灑之人，這時想學金蛇郎君，其實三分像了大師哥黃真的滑稽突悌，另有三分，卻學了當日在溫家莊上所見呂七先生的傲慢自大。」[4]

以上算是給袁承志的形象揭了底：這個好孩子所努力表現出來的「性格」，大多是對他人自覺或不自覺的模仿。父親袁崇煥當然是他在理智上要極力模仿的主要對象，而金蛇郎君夏雪宜則是他在感性層面上想要極力模仿的對象。此外，一見李岩，便主動「暗生模仿之心」[5]；而見到大師哥黃真，亦不自覺地起了模仿之意；甚至對那個高傲自大的呂七先生，也忍不住要模仿一二。

有意思的是，袁承志模仿得最多的，竟是他根本就沒有見過面的金蛇郎君夏雪宜。開始是在溫家莊上對金蛇郎君武功的模仿；繼而於南京城中對他的風度進行想像和模仿；而在

4見《碧血劍》上冊，第二九五頁。

5見《碧血劍》上冊，第一一七頁。

押運財寶北上京城的路上，戲耍山東、河北兩省的強盜，則算得上是對夏雪宜內在精神的模仿。也正是那一次，美麗純真的阿九對這個袁承志一見傾心，可她怎麼知道自己愛上的竟不過是夏雪宜的一個影子？

問題是，袁承志這一系列的模仿，對他的性格和心理究竟有何種程度的影響？更重要的是，對金蛇郎君夏雪宜這樣一個亦正亦邪的江湖人物的模仿，與他對父親袁崇煥的模仿，以及他對其他武林或歷史人物的模仿之間，會有怎樣的矛盾？而這些矛盾又如何體現？如何解決？袁承志這個主人公最終之「真我」何在，個性「真相」如何？作者卻沒有做任何進一步的交代。

也就是說，作者並沒有把袁承志所練的三種完全不同路子的武功，當成他人生道路上的第一個矛盾大三角；似乎更沒有想到，只有展開這種矛盾大三角，才能使袁承志的性格得到豐富和凸現。而在這部小說中，類似的矛盾三角原本還有很多，例如袁承志與夏青青、阿九公主的情感矛盾；袁承志與大師兄、二師兄之間的性格矛盾；袁承志在處理焦公禮事件時所遇到的正義立場與師門關係、江湖是非之間的矛盾；袁承志所碰到的俠義與財富、權力的矛盾；當然還有李自成起義軍與明帝、清酋之間的矛盾；其實還有一個更大的矛盾大三角：關注天下蒼生氣運——這是穆人清同時更是袁崇煥的路子、立足江湖發展——這是夏雪宜的路子、獨自隱逸山林——這是木桑道長的路子。面對這些不同的路子，袁承志要做出選擇，必定是矛盾重重。然而我們看到的是，所有這些線索在小說中都只是存在而已，其中許多線索其實都沒有認真展開，因而也就沒有什麼重要的矛盾影響。而沒有展開的原因，固然是小說中已經沒有足夠的篇幅和空間，但更重要的原因顯然還在於作者根本就沒有將袁承志這位主人公當成真正的敘事中心。

如前所述，作者想要寫的，是歷史的故事和自己對歷史的認識和評價，以及袁崇煥、夏雪宜這兩個人的形象和生平，而對袁承志這個名義上的主人公、實際上的織布梭，當然就只能馬虎或模糊了事。嚴格地說，袁承志這個人物很難列入「眾生」之中，因為他不僅只是一個類型化的理想概念，甚至只是一個飄浮在歷史與江湖之間的模糊的影子。

誰會愛上夏青青

金庸小說的女主人公中，非常可愛的人物有不少，不可愛的人物也同樣大有人在，《碧血劍》中的夏青青恐怕要算是不可愛的女主人公之一。

當然，可愛或不可愛都只能是相對而言。前人說過，世界上沒有不可愛的少女，這話顯然不無道理。就說夏青青，無疑也有她可愛的一面。

首先，她很漂亮，女扮男裝時已讓初次見面的袁承志暗中讚嘆，更讓一向目中無男人的五毒教主何鐵手神魂顛倒，甚而一往情深；恢復女裝之後，更是明豔照人，讓袁承志目瞪口呆，更讓貪花好色的南京城的馬衙內情不自禁地成為牡丹花下鬼。

其次，她也很能幹，武功雖非一流，智謀膽識卻愧煞鬚眉：單槍匹馬奪下闖王李自成的軍餉，就是一個很好的證明。最後，更重要也更難得的是，夏青青不但多情，而且深情，為袁承志半夜無眠動情吹簫，還只是一個小小的序曲；而為了讓袁承志歡喜，出身於強盜世家的她，居然主動提出要將她父親用生命換來的一大筆金銀財寶無條件地送給李自成的起義軍，世界上就沒有幾個人能做得出來。

夏青青只有一樣不好，那就是心眼兒太小，妒忌心又太重。對凡人而言，適當的嫉妒也許是愛情的證明，但像夏青青這樣，本能地懷疑袁承志遇到的每一個姑娘都想將袁承志從她身邊奪走，幾乎把所有的年輕女性都當成是自己的天敵；而且一旦妒性發作，就不論在何時何地，更不論何人何物、何事何由，都會風雲變色，雷閃雷鳴，讓自己的男朋友吃不了兜著走，則恐怕是世間少有。除了天性樸實且胸懷寬廣的袁承志以外，只怕很少有人能夠消受。就是袁承志，消受這種美人之妒，也是吃盡了苦頭。

一

《碧血劍》一書中，這種例子很多，以下舉幾個突出的。

例一，她獨自奪了闖王的軍餉，本來已經分給了初次見面的袁承志一半，但等到崔希敏、安小慧前來討還，袁承志幫忙曉之以理、動之以情，夏青青非但不給這個剛剛結義的哥哥半點面子，而且連原先答應的一半也不認帳。並非她貪財如命，亦非不通情理，更不是不懼闖王義軍的聲威；原因在於，那個嬌俏可愛的少女安小慧，居然是袁承志的舊時相識！在夏青青的心中，此時已不再是金條軍餉的問題，也不管是非對錯，而在於：袁承志究竟是幫她、還是幫助安小慧？究竟是喜歡她、還是喜歡安小慧？別人是利令智昏，夏青青卻是妒殺理智。

後來，明眼人誰都看得出安小慧與崔希敏相愛相親，而袁承志已表明要與夏青青另做一路。沒想到，袁承志向安小慧揮手告別，卻惹得夏青青憤怒發狂、傷心欲絕，責問袁承志：為什麼要送一程、又「多情」揮手？袁承志向她解釋說，他與安小慧從小在一起長大，夏青青說：「那就是青梅竹馬了」；袁承志解釋說安小慧的媽媽對他有恩，夏青青說：「偏她有個好媽媽，我的媽媽卻死了」；袁承志做聲不得，夏青青卻又說：「你和她在一起就有說有笑，和我在一起就偏偏沒有話說」[1]！如此不可理喻，袁承志莫名其妙，卻又動輒得咎，實在是有苦難言。

例二，她被雲南五毒教高手俘虜，被關押在皇宮之中，袁承志帶領焦宛兒冒生命危險入宮相救，不料夏青青妒性發作，大喊大叫，不依不饒，終於驚動了離此未遠的何鐵手等人。袁承志與焦宛兒不得不暫時躲到床下，情況十分危急，夏青青一開始倒也代為遮掩，但一想到床底下的兩個人「相偎相依」，如何忍耐得住？也不管此地何地、此時何時、此人何人，立即就要揭破床下有人的秘密！此時，她心中頭號敵人不再是將她抓來的何紅藥、何鐵手，而是連袂前來營救她的袁承志、焦宛兒；此時最大的危險不再是身處禁宮之中，而是害怕床下君子與小美人「時久情生」。直至焦宛兒明白情勢，立即出去將自己的斷臂師兄羅立如找來，「求」袁承志將她許配給自己的師兄，夏青青這才放心。放心後，才意識到自己的所作所為有些過分：這一次醋海興波，差一點送了大夥兒的命。

1見《碧血劍》上冊，第二四一頁。

例三，李自成大軍進京，攻打皇城，袁承志趕到宮中，想要刺殺自己的殺父仇人崇禎皇帝，沒想到卻遇見了崇禎皇帝砍斷了長平公主阿九的手臂。袁承志不能見死不救，只得將復仇的事情放在一邊，先將阿九公主救出並給予及時醫治。這一回，夏青青倒沒有當時發作，也沒有使什麼人難堪、讓什麼人危險，可是第二天一早，卻居然不辭而別，來一個「眼不見為淨」，為此不惜身入險地，幾乎可以說是自尋死路。她自己固然是因此次獨自盲動而身入羅網、九死一生，袁承志更是為她貿然行事而擔足了心事、痛苦不堪。直到袁承志將她從華山山洞中冒死救出，又看到阿九公主剃了滿頭青絲、出家為尼，夏青青這才平息了又一場醋海風波，終於「原諒」了袁承志的「不忠」。

按說嫉妒之心，人皆有之，可以說是人的一種普遍性的情感本能。將妒忌心表現得如此強烈，如此不加掩飾，表面上看，應該是一種特殊的性格，有些人就是生性好妒。而夏青青的妒忌心表現得如此偏激、如此任性、如此不可理喻、更不可控制，就只能說是一種很明顯的心理病態了。至少，在那一刻是精神嚴重失常。普遍本能、個人性格、心理病態、精神失常之間，該如何分辨、如何界說，肯定是心理學家、精神病理學家、作家及其他人文學者所面對的一大難題。說夏青青是一個精神病患者，小說作者金庸先生和大多數讀者恐怕都不會贊成；但要說她沒有半點心理變態，卻又實在無法解釋上述的事實。

夏青青的所作所為所顯示出的性格特徵，除了嫉妒成性之外，顯然還有多種缺點和弱點，例如毫無理性的偏激、毫無顧忌的任性、不可理喻的衝動，最要命的是，她但管自己的好惡而不辨利害、不講是非、不問對錯、不分真假、更不論善惡。而她的這種性格，與其說是來自她父親金蛇郎君夏雪宜的遺傳，不如說是來自石梁溫家家庭環境的教養和薰陶。一，溫家是強盜世家，通行的是強盜邏輯，信奉的是暴力霸權，只顧自己的巧取豪奪，不問事情的對錯是非。從小耳濡目染，凡心有所欲，就要強行佔有，已然成了夏青青的一種本能。二，溫家雄霸一方，人多勢眾，夏青青這個強盜的（外）孫女自必格外嬌寵，不免養成任性妄為的本能，而缺乏通情達理的教養。三，夏青青不僅具有驚人的美貌，而且具有驚人的才幹，這成了她獨特的霸權資本。既被人垂涎，又被人嫉妒，長久的綠葉扶花、眾星捧月，難免使她養成但知有我、不知有人的本能。而這朵美麗之花，雖然說不上是徹頭徹尾的惡之花，但花後的毒刺卻是一目了然。

二

進而，我們還必須看到，僅有以上性格或本能的原因，還很難將夏青青上述行為解釋的十分透澈。實際上，在夏青青的美貌、才幹和顯赫的家世背景之後，在她的嬌寵、任性、偏激性格的深層，還有的心理上秘而難宣的孤苦、委屈和自卑。外公有兄弟五人，舅舅、表兄成群，卻無法彌補她失父的孤苦；溫氏五老及其家庭溫情脈脈面紗後面的貪婪、虛偽和涼薄、無情，實際上使她長期深受委屈與傷害；非婚生女的身分，使得她極端的敏感和自卑。她的父親金蛇郎君夏雪宜之名，是溫家的禁忌；她的母親那一段匪夷所思的傷心往事，更成了她的恥辱的標記。她本人，即是溫家恥辱與禁忌的結晶，是溫家全家的一塊很少被揭開但卻又永遠無法痊癒的疤痕。而這疤痕的創痛，卻是在她和她母親的心裡，經常會被某一縷無情的目光撕裂，暗自鮮血淋漓。

假如只有深深的恥辱和自卑，而沒有美貌、才幹、任性和嬌寵，夏青青或許不會那麼霸道，而只有單純的痛苦。假如沒有內心的敏感和自卑，而具有這樣的美麗與天資，夏青青當然就不會有那麼多的痛苦，而只有單純的快樂和任性。偏偏是又驕傲、又自卑，又美麗、又恥辱，又多情、又敏感，又痛苦、又偏激，將夏青青的心靈扭曲又撕裂，才使得夏青青成了現在這樣的但凡動情就不可理喻的夏青青。自卑的敏感、敏感的衝動，衝動的痛苦、痛苦的自卑，形成了一種難以自我控制、更難以自我醫治的惡性循環。

夏青青面對袁承志與安小慧的那種心態，當然是病態的：事實是，安小慧並非夏青青的情敵，而是早已另有所愛；而袁承志對安小慧也只有故舊之情，卻沒有男女之愛。在正常的情況下，尤其是在正常的心態下，夏青青毫無亂潑飛醋的必要。但夏青青卻仍是無法自我克制，嫉妒之情溢於言表，這不能用人的本能來作簡單的解釋，也不是一種性格的正常表現，而是一種典型的病態心理發作。

此時的夏青青，剛剛與袁承志結拜「兄弟」，在夏青青而言，不無欺詐之嫌（**因為她女扮男裝、沒有說明自己的身分真相**），而在她的內心深處當然還有進一步的夢想，那就是與袁承志結為連理。可是，袁承志會怎麼想，她卻毫無把握。安小慧的出現，既是一個威脅，又是一次機遇。說是威脅，因為安小慧與袁承志早就相識，而夏青青對自己並無堅定的自信心。說是機遇，因為正好可以借此發作，試探袁承志到底是站在那一邊。而無論是感到威脅還是製造機遇，最根本的原因，還是由於夏青青的心中存在著一種「身分不明」的深切焦慮：一是她沒有將自己是女兒身的事實告訴袁承志，不知道對方對此會有怎樣的反應？再進一層，假如袁承志知道她是一個姑娘，對方又會有怎樣的反應？會不會像愛「溫青」那樣愛她夏青青？最深的一層，是對袁承志如何看待她作為私生女這一不大光彩的身分來歷，有一種發自內心的憂慮和恐懼。也就是說，在出身良好的安小慧面前——她不知道安小慧其實又有另一種身分問題——想到自己的身分，夏青青的身分焦慮就不能不惡性發作。根本的原因，還是在於她的自卑情結。

更說明問題的，還是對焦宛兒莫名其妙的妒忌。此時，夏青青早已對袁承志表白衷情，而袁承志也報之以愛心和諾言。他們曾一道救過焦宛兒之父焦公禮的性命，焦宛兒對袁承志或有捨身相報之心，袁承志卻顯然沒有投桃報李之意，但夏青青仍然表現得如此過分的敏感，捕風捉影，無法自持，這種表現行為和心理狀態本身就是極不正常的。而這種不正常，與面對安小慧的那種不正常，又有細微的差別。前者是身分的焦慮引起的自卑，這次是性格的自卑引起的焦慮。誰都能看出，焦宛兒既溫柔賢淑、端莊文雅，而又通情達理、明白是非，而這些品質正是夏青青所缺乏的。正因如此，夏青青再一次變得那麼不自信。在她看來，焦宛兒嬌婉宜人又情深款款，袁承志非愛上此人不可。而袁承志移情別戀，夏青青就生不如死。如此情難自禁，那就不如大家同歸於盡！

最說明問題的，卻還是面對阿九公主，這一回可不是無事生非，甚至也不僅僅是捕風捉影，而是當真有些蛛絲馬跡。至少讀者知道，阿九公主是深深的愛上了袁承志，袁承志對阿九則顯然有些態度曖昧，曖昧也就是不正常。值得注意的是，這一回，夏青青非但沒有向袁承志大發雌威，更沒有當面給阿九公主任何臉色看，而是將滿眼澀淚和滿腔酸水強行咽下，然後獨自一人黯然離去。

為什麼會這樣？難道僅僅是表現自己對袁承志的極度的失望或憤怒？其中顯然另有隱情，這隱情就是，面對身分尊貴、美貌傾城、性格可愛的阿九，夏青青只能自慚形穢！在她看來，袁承志愛上至尊至貴、至美至純的阿九，不僅符合邏輯，甚至是理所當然、勢所必然。而這種「邏輯」，當然只能再一次徹底暴露夏青青深深的自卑之心。而這一次夏青青的行為卻是非常的理智，試圖以自己的主動離別維護她最後的一點自尊。實際上，夏青青精心培養出的那點自信，面對阿九，幾乎是徹底崩潰。如此，夏青青是不是值得同情？

李自成袒露疤痕

《碧血劍》一書對袁崇煥、袁承志父子著墨最多，但這兩個人物給人留下的印象卻仍然模糊，或不如說是淡漠。與之相對應的是對李自成這個歷史人物正面的描寫其實很少很少，但留給人們的印象卻是非常深刻，甚至讓人擊節讚賞。其中原因，顯然值得深究。

李自成是一個十分著名的歷史人物，他之所以十分著名，是因為社會主義中國的意識形態規定，凡是農民起義，都是好的，都是推動歷史前進的動力，都要被充分肯定，而且還要被廣泛宣揚。李自成作為明代末期的一個農民起義的領袖，理所當然的成了歷史上的英雄主人公，人人必須敬仰。從小學到大學的歷史課本，都必須不斷講述他的造反起義的傳奇故事，於是，他當然就著名到十分了。

一

我說《碧血劍》中的李自成形象寫得好，首先好在造勢。雖然李自成在書中只有兩次匆匆登場，根本算不上是這本書中的主要人物，但李自成及其起義軍的獵獵聲威卻自始至終洋溢在這部小說的字裡行間。

早在本書的開頭，袁承之尚在幼年，山宗舊部祭奠袁崇煥之時，李自成的使者就已出現。且正是李自成部下將領崔秋山，將袁承志從重重包圍中救出，進而將他領上華山學藝之路。此不寫之寫，早就讓人對這 當世英雄翹首以待。而袁承志藝成下山，第一件事，就是前往李自成軍中尋找師父，連穆人清這樣的蓋世高手也在暗中幫助李自成，可見李自成起義當真是深得人心。

袁承志第一次見到李自成，雖然只是匆匆一面，但李自成雖在軍務倥傯之際，仍然親自接見，其威猛氣度、和藹神色、招攬之意、大度之贈，無不給人留下深刻的印象。而給人留下更深印象的，當然還是那些舉世傳唱的，關於闖王的歌聲：「吃他娘，穿他娘，開了大門迎闖王。闖王來時不納糧。」「朝求升，暮求合，近年貧漢難求活。早早開門拜闖王，管教大家都歡悅。」[1]這些歌都是一個叫李岩的人做的，而歌中所唱卻全都是闖王。這歌聲，像是這部小說的一首重要的主題歌。

李自成雖然不是書中直接描寫的主要對象，但袁承志的此後的許多行為故事，卻總是與這位闖王的起義事業直接或間接相關。到溫家莊奪金，那是闖王的軍餉；在南京城尋寶，則是要送給闖王；暫時不殺崇禎為父報仇，是考慮到闖王的大業尚未成氣候；而聯絡天下英

1見《碧血劍》上冊，第一一六頁。

雄，亦是為了從側面協助闖王大業成功。儘管闖王本人沒再出現，但它的影響卻可以說是無處不在。其勢頭之大，聲威之壯，天下英雄顯然無人能比。

如此直至第十九回，李自成終於再次在書中露面。這回是打進北京，佔領皇城，終於走到他人生及其歷史的最高峰。看到他拿出三支令箭，對自己的部屬宣稱「入城之後，有人妄自殺傷百姓、姦淫擄掠的，一概斬首，決不寬容！」[2]這場面，怎能不讓人像當時在場的袁承志一樣，忍不住也要高聲大叫「大王萬歲、萬歲、萬萬歲」?!

緊接著，就出現了令人更加印象深刻的那一幕：當崇禎的太子請求已經進入皇宮、坐上龍椅王位的李自成不要殺害老百姓時，李自成突然站起，解開自己的上身衣服，露出自己胸前肩上斑斑駁駁的鞭傷笞痕，在場眾人無不駭然震驚。只聽李自成對前朝太子說道：「我本是好好的百姓，給貪官汙吏這一頓打，才忍無可忍，起來造反。哼，你父子倆假仁假義，說什麼愛惜百姓。我軍中上上下下，哪一個不吃過你們的苦頭？」[3]之所以說這一幕令我印象深刻，是因為它意味深長。具體說，一，李自成實話實說，他不是什麼真命天子，當然也不是什麼混世魔王，而是一個官逼民反的老百姓。二，此時李自成身在皇宮之中，志得意滿之際，突然當中脫衣，袒露疤痕，表現出了草莽率真，也算得上是一種英雄氣概。三，細心的讀者會注意到，李自成實際上沒有正面回答前朝太子的請求；李自成以為自己理所當然的代表老百姓的根本利益，但現在身在皇宮，身分變了，地位變了，想法難道不會隨之而變？

2見《碧血劍》下冊，第六三四頁。
3見《碧血劍》下冊，第六三六頁。

若僅僅是以上這些，當然還難見其妙。上文真正的妙處，是為下文做出精巧的鋪墊和反襯。

二

演過上述英雄氣概一幕之後，李自成的形象實際上立刻就開始轉變了。正如進入北京、進入皇宮是他人生事業的輝煌頂點，同時也正是他迅速走向敗退衰落的起點。這種英雄的表演，也將是他人生之中最後的一抹光彩。

因為緊接著，幾乎當場就暴露了他說話不算數的性格特徵，明明答應要饒前朝太子一命，且還封他宋王；但轉眼之間，就依從了丞相牛金星的進言，要他去把太子殺了。民間皆知「君無戲言」，而李自成這個新的君主，恰恰是言如兒戲。等到袁承志從皇宮出來，立即就會發現，李自成在入城之際所頒發的不許妄自殺傷百姓的號令，完全是如風過耳，猶如兒戲。實際上，就連袁承志這個新出爐的「三品果毅將軍」的住地，也受到了一品權將軍劉宗敏部屬的侵擾。其他入城官兵當然也一樣在光天化日之下明目張膽地搶劫財物，猥褻婦女，動輒對反抗者隨便加以「前朝餘孽」的罪名，隨地殺戮。是眾軍士擅自違抗闖王的軍令，還是闖王的軍令原本就是做秀、大家心照不宣？這值得探究。

事實上，這並不是什麼千古之謎。因為袁承志很快就再度入宮、找到了答案。權將軍劉宗敏責怪袁承志不該阻止他部下殺人搶劫，說「這天下是大王的天下，是我們老兄弟出生入死，從刀山槍林裡打出來的天下。我們會打江山，難道不會坐江山麼？你來討好百姓，收羅人心，到底是什麼居心？」又說：「大王打江山的時候是百姓，今日得了天下，坐了龍廷，就是真命天子了，難道還是老百姓嗎？你這小子胡說八道。」對此應不應該殺傷百姓、李自成是不是百姓的代表的原則性爭議，在場的李自成只不過哈哈一笑說：「好啦，好啦！大家自己兄弟，別為這些小事傷了和氣。」[4]這就是答案，原來殺不殺百姓，李自成本人是不是百姓，這些問題在李自成看來都不過是些許小事。闖王殺人多矣，早已司空見慣，自然是小事一樁；闖王坐了龍廷，從此春風得意，誰敢說他是百姓草民？

再接下來的一幕，隨著著名的天下第一美人、明朝山海關總兵吳三桂的愛妾陳圓圓的出現，自李自成以下，眾將軍全都情不自禁，哄搶爭奪，求親芳澤，一時間皇極殿上醜態百出，那場景才叫令人觸目驚心。儘管二品制將軍李岩不斷諫阻，提醒大家吳三桂在山海關擁兵數萬，且江南未定，不可因小失大；然而自李自成以下，無不志得意滿且得意忘形。最後是，李自成急不可耐，要大家散了，且飛起一腳，踢翻了桌子，帶著美人轉身入內，眾將才一哄而散、口邊尤有垂涎。這場景雖係小說家言，虛構誇張，但惟其如此，才能出神入化，將這班亡命草寇的形象神態刻畫得入木三分。

袁承志再度出宮，一路行去，只聽得到處都是軍士呼喝嬉笑、百姓哭喊哀呼之聲。誰會想到，「早開大門迎闖王」，結果卻是迎來了這番情景?!然而，等到袁承志和李岩一道三度

4見《碧血劍》下冊，第六四一頁。

入宮，求見李自成，欲報告此事，請大王下令嚴禁，可得到的回答卻是，大王歇息了，誰也不見。並警告衛士，若是再去囉嗦，就要砍了他的腦袋，彼時美人在側，任何事情當然都是小是一樁。李岩和袁承志在宮外等了一夜加上大半個白天，最終等到的結果不但仍是見不到大王之面，而且還等到了牛金星蓄意挑撥，使得李自成疑心李岩「心存不軌」的消息。

以上袁承志三度入宮，收穫的是對闖王李自成三種完全不同的觀感體驗。直白說，這觀感顯然是一回不如一回，李自成的形象，就像是剛剛從古墓中挖出的屍體，見氧風化，刻刻不同。

三

當李岩和袁承志在災難深重的北京街頭，聽見那個盲目老者「無官方是一身輕，伴君伴虎自古云。歸家便是三生幸，鳥盡弓藏走狗烹……」[5]的歌唱之時，他們顯然沒有想到，這老者所唱的不是普通閒曲，而是玄奧正史；不僅是古人之事，而且是未來之兆。所以，袁承志奉勸李岩歸隱山林，李岩仍是執意前行，要幫助闖王將革命進行到底。他全然不會想到「子胥功高吳王忌，文種滅吳身首分。可惜了淮陰命，空留了武穆名。大功誰及徐將軍？神機妙算劉伯溫，算不到：大明天子坐龍廷，文武功臣命歸陰」這類的古人故事，與闖王開創的新

5見《碧血劍》下冊，第六四七頁。

紀元、新時代有什麼關係，與他自己又會有什麼關係。

時隔不久，吳三桂便懷著深仇大恨，領清兵入關，與李自成作戰。這叫做「寧予友邦，勿予家奴」。李自成戰敗，只好退出北京，潰逃西安。饒是如此，也還是聽信了牛金星、劉宗敏的讒言，懷疑制將軍李岩圖謀自立，因而下令將李岩緝拿治罪。李岩的妻子紅娘子死裡逃生，到華山向袁承志求救。袁承志等人雖然及時趕到，但李岩還是為了不至於同室操戈，自殺身亡。臨死之際，還在唱著自己當年創作的宣傳歌曲：「早早開門拜闖王，管教大小都歡悅，管教大小都……」誰也不知道，這位為李自成策劃宣傳居功至偉、曾改變了天下窮人意識形態的制將軍，是為了安慰人心，還是當真至死不悔，甚而執迷不悟？

李岩本人沒有聽到，大路之上，早就有老婦人大罵：「李公子，你這大騙子，你說什麼『早早開門拜闖王，管教大小都歡悅』，我們一家開門拜闖王，闖王手下的土匪賊強盜，卻來強姦我媳婦，殺了我兒子孫兒！我一家大小都在這裡，李公子，你來瞧瞧，是不是大小都歡悅啊！……」[6]李岩是該被痛罵，因為他創作的那些動人的歌謠，他在歌謠中所描繪的那些誘人的美景，已被現實證明是一場殘酷的欺騙。當然這個無知的老婦，像中國所有的無知輕信的百姓一樣，並不懂得中國的歷史其實就是瞞和騙的歷史，所有的「成大事者」都要以謊言許諾為先導，因為據說「不說謊話辦不了大事」。這個老婦更不知道，甚至連李岩本人也未必知道，為什麼當初的動人歌謠會變成這樣的彌天大謊?!

6見《碧血劍》下冊，第七〇二頁。

如果說李岩要為自己的謊言欺騙負責，那麼闖王李自成更要為此負責。因為他是這支軍隊的最高領導人，他被人看成是人民的大救星。那位悲痛欲絕的老婦人，為什麼只罵李公子，卻不罵李闖王？對此我不感到奇怪。因為這是千百年來中國人的思維模式，只反貪官，不反皇帝；只清君側，不清君身。李自成雖然只是一個走到哪裡算哪裡的闖王，畢竟他推翻了明朝，坐過龍廷，當過皇帝。按照中國人的思維邏輯及其慣性，皇帝就是天子，天子當然聖明。因而有任何過錯，任何欺騙，任何罪孽，當然都只是臣子之過。

實際上，不僅是數百年前的那個無知的老婦人會這麼想，數百年後的一些歷史學家或人文學者之流，也還會這麼想。難道李岩之死，應該歸咎於英明偉大的李自成？難道那不是因為牛金星、劉宗敏等人挑撥離間，蒙蔽闖王的結果？對此，我只想說，上有所好，下必甚焉。假如李自成當真如人們想像的那樣英明偉大、天子聖明，又如何會被輕易蒙蔽?!

四

我理解，金庸在小說中所要表述的，並不是說李自成這個人如何混蛋，而只是想表明他這個人實際上不過是一顆歷史的果實，毋寧說是一顆惡果。

證據之一是，明朝的崇禎皇帝曾經自毀長城，殺了忠心耿耿的袁崇煥，以至於明朝江山不可收拾；而李自成也終於在自己徹底敗亡之前，逼死了自己的制將軍。這表明李自成與崇禎一樣剛愎自用，一樣糊塗昏庸。更不要說，李自成非但沒能夠改變歷史，反而再一次證明了「飛鳥盡，良弓藏；狡兔死，走狗烹」的歷史規律。

證據之二是，明朝的官兵曾在光天化日之下誣良為盜、搶劫民財，將海外來朝的渤尼國華裔公子張朝唐當成奸細；而李自成的義軍居然在多年之後，在同一人物身上照此行事。這又再一次證明了，李自成與崇禎一樣，不管主觀意願如何，實際上卻逃不脫殘害百姓、官逼民反的歷史老套。所不同者，不過是朱家官軍，或是李家殘匪。

顯然，即使是李闖王的大順王朝的旗幟能夠高高飄揚、永遠飄揚，那也絕非天下百姓之福。原因非常簡單，乃是權力滋生腐敗，極度的權力則會滋生極度的腐敗。管它是朱家的大明王朝，還是李家的大順王朝，概莫能外。就在李自成於皇宮之中向明朝太子袒露身上的鞭笞疤痕之際，李自成的軍隊正在北京城中的百姓身上製造更多更新的疤痕。他的一切許諾、一切堂皇動人的言說，都已被證明是有口無心、朝令夕改、表演做秀，甚至是故意自欺欺人。

因此，小說《碧血劍》中的李自成形象，也就比諸多歷史宣傳更加生動，也更加真實可信。而李自成形象之所以寫得比較成功，是因為作者用看眾生之眼看他。在這種眼光裡，李自成既不是什麼了不得的創造歷史的大英雄，也不是一個狠惡的殺人不眨眼的大惡魔，只不過是一個身分和經歷特殊一點，因為風雲際會，成了一個成了大事又迅速敗了大事的普通眾生而已。他不過碰巧是一個改寫歷史的工具，但絕沒有、也無能力改變中國的歷史規律。如果中國人都能這樣看歷史、看所有的歷史人物，那麼中國的歷史和未來就當真會有些光彩了。

何紅藥何藥可醫

何紅藥這個名字，只怕沒幾個人知道。說起金庸小說《碧血劍》中雲南五毒教的那個又老、又醜、又古怪、又凶惡的老乞婆，或許會有人能記起一點點大概來：她是五毒教前任教主的妹妹、現任教主的姑姑。這個人是小說中的一個很次要的人物，書中寫到她的篇幅實際上也很少，肯定有人想不通，這部書中有那麼多人我為什麼統統不說，偏偏要單獨提起她？

我提及她的原因非常簡單，是因為這個人命運奇特，讓人感慨復深思：面對她那觸目驚心的滿臉醜陋的疤痕，大約很少人會相信這個人曾是一個人見人愛的美貌佳人；看到她的性格如此固執偏激、不可理喻，誰會想到這個人曾經是那樣的幼稚單純？目睹她行為這般凶狠毒辣，又有誰能相信多年之前她曾經那樣善良溫柔？如今雖是地位卑下的老乞丐，讓人厭而遠之；當年的何紅藥卻是萬妙山莊說一不二的莊主，五毒教中人人對她趨之若鶩。

—

她的故事，要說簡單，的確是非常的簡單：當年花樣年華、美麗多情的何紅藥愛上了風度翩翩、英俊瀟灑的夏雪宜，開始時情不自禁，後來是神魂顛倒。夏雪宜身負血海深仇，需要到峨嵋山尋找利器，以便報仇雪恨；告別之際，何紅藥心神激蕩，忍不住帶領情郎到大理靈蛇山毒龍洞中盜取五毒教鎮教之寶金蛇劍，沒想到夏雪宜順手牽羊，將五毒教的另兩件寶物金蛇錐、藏寶圖也一起取了，何紅藥也不認真追究。因為早在進入毒龍洞之前，兩個人需要裸身塗抹防蛇之藥，她就為他主動獻身，一切都是順其自然，也可以說是她身不由己。

後來，五毒教主發現寶物失竊，很快查明原委。教規森嚴，何紅藥雖貴為教主的親妹，但公然帶人盜走三件鎮教之寶，也同樣罪不能赦。她被判投入蛇窟受萬蛇咬齧，繼而罰入江湖乞討三十年，於是鮮花之面一時間就成了滿臉蛇齧疤痕，青春少女逐漸變成又老又醜的乞婆模樣。儘管何紅藥一直認為這種懲罰是她罪有應得，因而無怨無悔，但這種毒蛇齧面的折磨，形象、地位、身分的變化所帶來的心理震盪和扭曲，給她帶來多大的傷害，應是可想而知。何紅藥的性格和心理的變化，不能說與此毫無關係。要知道，她原本是一個生活優越而又心高氣傲的五毒教長公主。

對她更大的打擊，還是她千辛萬苦地找到了已在江湖成名的金蛇郎君夏雪宜，卻發現他另有意中之人，而且顯然早已一往情深。何紅藥雖然對他軟硬兼施，依然是勢不可逆。此後生死茫茫二十年，四海相尋不可見，尋找夏雪宜成了何紅藥餘生的唯一目標，而對夏雪宜愛恨交織，成為她越積越深、又越積越亂的心理情結。從此以後，何紅藥心中怨毒無限，行為乖僻異常，簡單地說，就是她臉上有疤，心裡有怨，精神有病，除了得到夏雪宜的愛情回報，只怕世間難尋救藥了。

瞭解了何紅藥的不幸遭遇之後，任何人大概都會對她的不幸命運產生深切的同情。她為愛情而犯罪又受罪，可是愛情本身卻非有罪，大不了照老話說，是前世今生的冤孽。進而，我們看到，她本人對身受蛇咬之痛、乞討人間之苦，渾沒在意；她唯一在意、且永遠不能釋懷的，是她終於沒有、或者說從來就沒有得到夏雪宜的愛。對此，很容易站在女性——不必說女性主義——的立場上，對金蛇郎君夏雪宜及其所有無情薄倖的男人進行一番憤怒的聲討和批判，進而把何紅藥犯罪和受罪的原因，全都歸結為受了夏雪宜的惡毒欺騙。但不幸的是，如果僅僅是這樣，不啻飲鴆止渴，只能使何紅藥進一步病入膏肓。實際上，何紅藥自己一向就是這樣幹的，而且正因如此，才使她的病情一步步加重，以至最終無藥可醫。

值得注意的是，金庸的小說並不是對社會生活的寫實模仿，而是一種出自想像的傳奇故事，其中的規則與價值，需要做專門的論證和設定。簡單地說，在這部書中，何紅藥並不是普通的弱女子，而是身分自由，地位崇高，心靈開放，尊嚴不讓鬚眉。而書中的雲南五毒教的異族社會，又被寫成是一個戀愛婚姻相對自由開放的世界，證據是何紅藥曾向夏青青強調說：「我們夷家女子，本來沒你們漢人這許多臭規矩」[1]。也就是說，可以假定，在何紅藥的

1見《碧血劍》下冊，第五八四頁。

世界中，男人和女人在戀愛和婚姻方面是自由和平等的。

我這樣說，是希望能夠從人性及其人物個性和心理方面來考察她的病因。在何紅藥自己敘述的愛情故事中，其實有許多不被人注意、然而卻是非常重要的細節，從中我們可以看到女主人公的性格，同時還可以看到這個愛情故事的另外一些重要的側面。對此加以研討，會為我們提供一些新的思路。

二

一，在何紅藥的敘述中，有一個細節，是當時的五毒教中，師兄弟們幾乎個個對她懷有情意，但她卻沒有把任何人放在眼裡，而對前來盜取蛇毒的陌生青年夏雪宜卻是不由自主地神魂顛倒。對此，何紅藥說她無法解釋。一般的讀者，要麼是不大注意，要麼是用前世冤孽這樣的陳詞濫調加以解釋。實際上，在這一細節中，我們不但能看出何紅藥的性格，而且也應該看到她的這種性格和心理如何決定她的命運。

何紅藥之所以對自己的師兄弟的情意不放在眼裡，原因之一是這些情意對她來說毫不新鮮刺激，久而久之就會熟視無睹。原因之二，是她的師兄弟的身分地位無法與她的教主妹妹身分相比，且情之所鍾者亦勢必百般討好遷就，這會使何紅藥覺得無聊乏味。而夏雪宜形象俊俏但卻生性驕傲、加之滿懷仇恨、神情冷漠，渾沒將這個萬妙山莊的美麗莊主放在眼裡，對何紅藥來說，顯然是又新鮮、又刺激，使之情竇初開，便身不由己。這就是說，何紅藥是一個自視極高、性格浪漫、喜歡刺激之人。

二、更重要的一個細節是，不等夏雪宜從中毒昏迷中醒來，何紅藥就已經一相情願地心許伊人。也就是說，在夏雪宜實際上還不真正的認識她、更談不上愛上她、實際上也不可能與她談情說愛的時候，何紅藥便已「決定」愛他。如此心情，既可以說是情不自禁，也可以說是對愛情的無知；還可以從中看到何紅藥情感及其性格的簡單、固執和偏激。她愛上了他，或者是以為自己愛上了他，就假定對方也愛上了她？還是根本就沒有想到，或者顧及對方是否愛她？夏雪宜醒過來之後的情況是，把她當成了自己的救命恩人，因而對她老老實實的交代了生平來歷；而她卻把她當成了心上情郎，顯然一往情深。這就是說，何紅藥是一個自我中心、性格固執、行為衝動之人。

三、最重要的一個細節是，何紅藥在多年以後也承認，自己當時好像發了瘋，什麼事都不怕，明知不該做的事，也忍不住要為他去做。進而「我覺得為了他而去冒險，越是危險，心裡越快活，就是為他死了，也是情願的。」[2]進而，既然早已對他傾心，願意為他做任何事情，當然自不在乎為他獻身，糊裡糊塗地做了他的情人。這裡能夠看出，何紅藥的性格具有一種開放性、進攻性、冒險性，同時也具有一種主觀性、片面性、盲目性。她知道／以為自己深深地愛上了夏雪宜，但夏雪宜是否愛她？卻並不怎麼關心。

值得注意的是，在何紅藥從愛戀到獻身的整個事件中，也就是在多年以後何紅藥對自己

2見《碧血劍》下冊，第五八三頁。

的愛情往事的回憶和敘述中，夏雪宜態度如何？始終沒有被認真提及。也就是說，在這一過程中，沒有任何證據表明夏雪宜向何紅藥表示過愛情，也沒有任何證據表明夏雪宜是有意欺騙何紅藥這個年輕的、不懂事的小姑娘。

實際上夏雪宜在這個問題上從未發言，即使是何紅藥追問夏雪宜為什麼說好只拿一件寶劍、實際上卻將金蛇錐和藏寶圖等寶物一起拿了時，夏雪宜也還是不答話，只是望著她笑，然後走過來抱住她，於是何紅藥也就不再追問了。這就是說，在這個過程中，夏雪宜對何紅藥的行為沒有任何明確的情感回應，更沒有任何情感或婚姻的承諾——他只是承諾在復仇之後要將這些寶物還回來。這份證詞是何紅藥本人提供的，目的是要向何鐵手、夏青青兩個年輕的後輩證明夏雪宜當年曾欺騙、玩弄過她的感情，既然證詞上沒有，那就只能相信事實上也沒有。

如此，我們就可以清楚地看到，這段導致犯罪和受罪的嚴重後果的愛情，其實從頭到尾都只不過是何紅藥一個人自編自導自演的、典型的一廂情願的愛情悲喜劇。當年處於愛情熱昏狀態下的何紅藥對夏雪宜的態度如何始終沒有在意，有兩種可能性，一種可能性是當年的小姑娘根本就不懂得真正的愛情應該是愛情的雙方兩情相悅——有跡象表明，何紅藥變成老姑娘時也沒有明白這一點。另一種可能性，是何紅藥從小姑娘到老姑娘都沒有在意夏雪宜是否愛她！也就是說，何紅藥根本就不懂、不管、不在意對方是否愛她，只要她愛對方，絲毫不管這種愛情是不是片面的、單方面想像並強加給對方的，就認為這是雙方的承諾、是雙方的義務。在何紅藥看來，只要她愛夏雪宜，夏雪宜就沒有權力再去愛別的人，否則就是欺騙和背叛。這種「邏輯推理」，漏洞明顯，不必多說。

金蛇郎君夏雪宜對何紅藥的悲劇人生應負有怎樣的責任，當然應該追究。對此，我們將會另案討論。而在這裡，我必須說，何紅藥對夏雪宜的譴責，顯然有不甚公平之處。她愛夏雪宜，但卻從未真正認清夏雪宜是怎樣的一個人，當然就談不上真正理解過對方，更談不上為對方設身處地。她從不瞭解，在當時的情境下，夏雪宜滿腹仇恨，一心復仇雪恥，根本就不可能與她談情說愛。因此，何紅藥一生的苦痛折磨，實際上主要並非來自對方，而是來自她本人對對方的錯誤的想像；來自她的情感和心靈的片面性、盲目性和固執偏激等特點。她的人生悲劇，來自她的性格自身的弱點。

三

何紅藥的心靈痛苦和性格變態也許並非無藥可醫，她實際上需要一個高明的心理醫生，需要的是心理和精神上的導引和醫治。不過，何紅藥早已習慣了自以為是、我行我素，習慣了以自己的情感態度為圓心、以我思我欲為半徑，由愛生恨、轉愛成仇，恐怕任何高明的心理醫生也很難將她從自己的春蠶之繭中解脫出來。她對夏雪宜蠻不講理的懲罰和糾纏，只能使對方離她越來越遠，甚至連最初的感激之心也會化為烏有；而對方無奈的逃避，又只能促使何紅藥進一步怨毒加深，不僅無法自拔，也讓他人難以施救。於是，何紅藥就這樣變成了金庸筆下第一位因片面的鍾情而導致心理變態和精神瘋狂的女主人公，成了後來一系列「情魔」形象的女祖宗。

何紅藥的根本病症在於她自己缺乏理性，因而她的行為與心理自始至終都不可理喻，總是放任自己的情感或類似的情緒氾濫成災。仇恨的氾濫固然是一種災難，其實愛情的無目標、無節制、無遮攔的氾濫也同樣是一種災難。前一種災難只不過是後一種災難的連鎖反應。沒有理性的引導，何紅藥對夏雪宜的仇恨固然盲目，而她對他的愛情原本就是盲目。如果換成另一個人、另一種性格，這種盲目的愛情或許不至於搞得這樣不可收拾，偏偏何紅藥性格強悍，總是開弓沒有回頭箭，一條小道走到死，最終的結局也就只能是這樣了。

最後，我想要說的是，我這樣分析何紅藥的故事、行為及其心理，目的不在追究誰的責任，更不想對誰進行簡單的道德審判，而只是想找出她的病因，從而讓她的故事成為一種人生的啟示。說到底，何紅藥這個人物及其心理病態是值得悲憫的，因為她不僅經常不知道自己在做什麼，更不知道有些事應該如何去做，甚至不知道自己的一生到底要什麼——在最終走向夏雪宜的墓穴之際，她是那樣矛盾重重，愁腸百折。本以為會見到活生生的夏雪宜，何曾想見到的卻只是他的骨骸？本想尋找到化解仇恨的最終解藥，又何曾想到得到的卻是夏雪宜預設的火藥和毒藥？這最後的一幕，不僅讓我們驚心動魄，更讓我們思緒萬千：誰能分辨出她對夏雪宜的感情是愛還是恨？甚至，我們都無法說得清，何紅藥之死到底是被害，還是自殺?!更不用說，該如何判斷她對自己最終與夏雪宜死而同穴到底是悲涼還是歡欣？

夏雪宜陰魂不散

金蛇郎君夏雪宜是夏青青的父親，如果不死，袁承志就要叫他是岳父；就是死了，也還算得上是袁承志的半個師傅。妙的是，在金庸小說《碧血劍》中，這個始終沒有出場的人物就像是一個無處不在的影子，與書中的許多重要人物的命運糾纏不休。我猜想金庸先生大約曾對英國女作家達芙妮・杜穆里埃的小說名作《瑞貝卡》——據此小說改編的電影《蝴蝶夢》或許更為有名——非常著迷，不然不會在《碧血劍》、《雪山飛狐》等好幾部小說中進行這種專門以死去的人作為小說主人公，即對「缺席的在場者」的敘述試驗。

這一試驗帶來的一大顯著特點，是在不同人物的記憶之中，金蛇郎君的形象呈現出完全不同的側面。在南京金龍幫幫主焦公禮的記憶中，金蛇郎君是一個急人之難、主持公道的大俠；而在浙江石樑溫氏子弟的敘述中，這個人卻又是一個心狠手辣、殺人如麻的大惡魔；在夏青青的母親溫儀的心底，夏雪宜是一個有情有義的愛人，值得永遠懷念；而在雲南五毒教何紅藥的口中，這個金蛇郎君無疑是個無情無義的大騙子；在華山派掌門人穆人清所知道的江湖傳言中，這個人大體上是一個隨心所欲的邪門人物；而在袁承志、夏青青等小輩人物的想像中，這個人則多半是一個俠義孤憤的蓋世英雄。這就像是金蛇郎君夏雪宜打破了一面玻璃鏡子，世上的人的記憶和印象則只是這些碎片中的影像，角度不同、光線不同、層次不同，所得的碎片影像也就完全不同。

一

本書的讀者如果站在相對客觀的立場上，悉心收集和整理這些碎片，大約能夠拼湊出一個有關夏雪宜的相對完整但卻明顯矛盾的形象。這個人顯然是一個典型的矛盾人物，亦正亦邪，忽正忽邪；既做很好的好事，也做很壞的壞事；有時理性清明，有時情緒衝動。作者給這個人物取了「金蛇郎君」這個外號，為我們理解這個人物提供了必要的訊息，那就是他既有「金蛇」的一面，是惡毒而又可怕的；但又有「郎君」的一面，則是俠義或瀟灑的。在金庸的小說中，這是一個最早出現的超越傳統正邪觀念，也超越幫派體系，同時還超越武俠人物性格類型的，純粹按照個人的立場及其個人的好惡行事的特殊人物。

因為是一個影子或鏡像碎片，所以對於這個人物的個性矛盾，需要我們用自己的理性去調解與彌合；而對於這個人物的形象缺失，需要我們用自己的想像力去補充與啟動。而要更加深入的瞭解或理解這個人物，我們還必須變換自己的觀察角度，同時調整自己的評價標準。我們不妨設想，在一個古代的得道高僧的眼中，金蛇郎君夏雪宜未嘗不是一個值得同情和悲憫的對象；而在一個現代的心理學家或精神病專家的眼中，這個人顯然是一個因受到巨大的精神刺激而導致心理失常的精神病人。也只有從這個層面看，我們才能真正地認識或理解夏雪宜其人。

金蛇郎君這個外號是多年以後才有的，夏雪宜並非生來就是惡毒金蛇，當然也並非生來就是俠義郎君。決定他的性格和命運的，是在一夜之間他的所有親人全都慘遭殺害這一驚人的變故。殺人者是溫氏五老的六弟溫方祿，殺人的原因是溫方祿強姦了夏雪宜的姐姐，被其家人發現，就一不做、二不休，將其父母兄長等一家五口全都殺害！——這段往事是溫方祿的侄子溫南揚口述的，其真實性應當沒有疑問。同樣沒有疑問的是，溫南揚只能站在溫家的立場上盡可能為自己辯解，而不可能設想及敘述夏雪宜的立場、處境和心情。溫南揚沒有說及夏雪宜是怎樣漏網的，也沒有提及夏雪宜當時是否目睹了整個的血案現場；他當然不能想像，假如夏雪宜目睹了這一血案會是怎樣的一種震驚和恐懼心情；他更無法想像，這一血案對夏雪宜的心靈將會產生怎樣劇烈的刺激和深遠的影響。

作為旁觀者，我們不難想像，從那一刻開始，那巨大的驚恐和深刻的仇恨顯然已使年輕的孤雛夏雪宜處於嚴重的精神失常狀態。他的以牙還牙、以血還血、血債十倍報復的復仇計畫，和這一計畫的具體實施，無疑都是他喪失理智、精神瘋狂的產物。在這種瘋狂的心態下，只要能夠復仇，夏雪宜無疑會不擇手段，從而使自己逐漸變得冷酷無情。為了達到自己復仇的目的，他必然盡力戰勝一切艱難困苦而不惜任何犧牲，當然也就不惜與任何人訂立魔鬼的契約。此時，雲南五毒教教主的妹妹何紅藥的青春美麗對他基本上毫無意義，而何紅藥火熱的愛情當然也就不能化解他心中的仇恨和冷酷。但當他發現對方有一把能夠打開五毒教寶藏大門的鑰匙，能夠幫他獲得五毒教的寶物金蛇劍，以便他最終完成自己的復仇大計，當然會利用對方的情感、滿足對方的欲望、達到自己的目的。此時夏雪宜唯一的念頭就是復仇，這甚至成了他苟活人世的唯一的目標和牽掛，除此而外，別無他想。也正因如此，我們說，夏雪宜絕對是處於一種精神瘋狂的不正常心理狀態。此時，他當然想不到他會為之向何紅藥欠下一筆還不清、甚至說不明的孽債；而他這個不顧一切的復仇主人公，後來又成了何紅藥復仇的對象。

二

從表面上看，夏雪宜復仇的故事是一個典型的武俠故事：血濺滿門，僅餘孤雛，一心學藝，矢志復仇。然而，在金庸的筆下，這個故事與一般武俠小說中的復仇故事有幾點明顯的不同。首先是，作者沒有把夏雪宜的復仇簡單化，既沒有把夏雪宜的行為當成正義的行為，更沒有把復仇者夏雪宜當成是正義的化身。相反，通過溫南揚的回憶和敘述，我們看到，溫方祿殺害夏雪宜一家的行為固然是殘暴不仁的；而夏雪宜不顧一切的血腥復仇也同樣是令人髮指。夏雪宜所完成的不是一樁復仇的神話，而是一種無可置疑的罪行；夏雪宜本人也就不是任何意義上的復仇英雄，而是一個為了復仇而喪心病狂之人。

另一個不同點是，作者當然也沒有將夏雪宜的形象簡單化為一種反面的形象，而是自覺或不自覺地將他的復仇行為當成了一種明顯的病態。也就是說，作者對他的復仇行為做出了一種明確的道德判斷，但卻沒有對這個人的整體形象表現出簡單化的道德演繹。證據是，夏雪宜在對溫家實施殘酷的復仇行為前後，又曾以另一種完全不同的形象出現於江湖之中。例如在對焦公禮與閔子葉衝突一案的處理過程中，夏雪宜的行為就表現出了一種真不二價的大俠風範。這就是說，夏雪宜在復仇這件事上表現出的是一種邪行，而在別的事情上卻又表現出一種正派。進而，只要涉及復仇，夏雪宜無疑是瘋狂病態；而在此之外，他不僅心智正常，而且會主動行俠仗義。不難推想，假如沒有身負血海深仇，夏雪宜的性格、心靈和人生命運將會是另一番氣象。

再一個不同點是，對溫家的復仇行為的中止，標誌著夏雪宜的性格和命運的又一次重大轉變。這表明，夏雪宜並沒有瘋狂到不可救藥，他的瘋狂，也有一定的邊界或底線。中止復仇的原因很簡單，他將溫方山的女兒溫儀搶來，按計劃是要先強姦、再殺人，但他終於不忍下手。進而，非但不忍下手，反而產生了溫柔憐憫之意，想方設法平息她的恐懼和怨恨。為此他不惜改變初衷，給她尋來衣物、首飾、脂粉，找來小雞、小貓、小龜，終於不知不覺地贏得了美人的一縷芳心。反過來，溫儀對他的一絲溫暖關懷，又使他冷酷已久的心靈開始解凍，進而不自覺地向她慢慢敞開自己的心扉，終於兩情相悅。

這段奇異的因緣，與其說是命運的力量，不如說溫柔純潔的溫儀成了化解瘋狂的解藥；更不如說夏雪宜的心中原本就有一粒良知本能或人道愛心的種子，在溫儀的眼淚滋潤、笑顏照耀之下終於破土發芽。他那被血海仇恨所撕碎的心靈碎片，也在溫儀愛心的關懷呵護下開始慢慢地恢復膠合。從此之後，夏雪宜將會面目一新。

然而，雖說性格即是命運，但一個人的性格畢竟不能決定其全部的命運。雖然夏雪宜誠心放下屠刀，從此熄滅復仇的心火，但卻無法平息溫氏五老無盡的怨恨；而溫氏五老無盡的貪欲，更讓他們對夏雪宜必欲得之而後快。用劍無法戰勝夏雪宜，就改用醉蜜詭計，不僅將夏雪宜擒獲，而且將他的手筋、腳筋全部挑斷，使之從此變成一個廢人。這一遭遇，受到傷害的遠不止是他的肉體，他的心靈的疤痕也被再一次無情地撕開，創傷永難恢復。因此，他不僅成了肢體殘疾者，顯然又再一次成了心理／精神殘疾者。雖然最終還是從溫氏五老手中逃脫，但如溫儀所言：「他是這樣的心高氣傲，不痛死也會氣死……」[1]。雖然何紅藥趕來，將夏雪宜從溫氏五老手中救出，但不久就發現夏雪宜另有情緣，就對他施行變本加厲的懲罰，讓他生不如死。

從何紅藥手中逃脫之後，夏雪宜的生命有一段長長的空白。他的死亡，也只是給人世間留下巨大的猜測和想像的空間。作者沒說，溫儀、何紅藥也都無法說出，在夏雪宜生命的最後階段，有著怎樣的心靈創傷，承受著怎樣的精神分裂和心理扭曲的痛苦。只有從袁承志在他最後的墓穴中所發現的蛛絲馬跡中，判斷或猜想他心靈的最後消息。從那費盡心機的真假藏經盒、真假秘笈的安排中，我們看到他對後來者有著怎樣的疑惑和期待、怨毒和熱望；而在他留下的埋葬骸骨之法和自己給自己種下毒素的屍骨中，又看到他對人世間有著怎樣的恐

1見《碧血劍》上冊，第一九五頁。

懼和憤慨、詛咒與留戀！夏雪宜留下的生命最後的訊息，是那樣的矛盾、分裂、錯亂。而他留在《金蛇秘笈》中的，與其說是一套邪門、陰毒、極盡巧智、異想天開的武功，不如說是一代才俊夏雪宜最後的精神碎片或生命遺言。

三

說到生命遺言，我們不能不提及夏雪宜留在那份「重寶之圖」後面的幾行文字。一是：「得寶之人，務請赴浙江衢州石樑，尋訪女子溫儀，贈以黃金十萬兩」；一是：「此時縱聚天下珍寶，亦焉得以易半日聚首？重財寶而輕別離，愚之極矣，悔甚恨甚！」[2] 前者，顯然是他深愛溫儀的確切證明，也是他留在人間的最後念想；而後者，則顯然是他在自己生命最後時刻的人生感悟，也是他一生之中最後的悔恨與嘆息。如果說夏雪宜的命運曾被溫方祿的殘暴惡毒和溫氏五老的凶狠貪婪而兩次被改寫；那麼，他的性格及其心路歷程則被復仇的欲望和財富的欲望而兩度扭曲。第一次，他曾受到溫儀的拯救；而第二次，則是受到死亡的啟示。

值得注意的是，即使受到了死亡的啟示，感悟到聚天下珍寶已不能換來半日聚首的人生真諦，但他還報給自己愛人的，卻依然只能是請人尋訪女子溫儀並酬以黃金十萬兩！這就是

2見《碧血劍》上冊，第一一四—一一五頁。

說，直至生命的最後，金蛇郎君夏雪宜的價值觀念也還是矛盾和分裂的：一方面認識到天下珍寶不能換來半天有情的生活；而另一方面，卻還是希望能用十萬兩黃金換表達自己對溫儀耿耿衷情。或許，並不是他想不到，沒有他的陪伴，溫儀的人生將會是永遠的殘缺；而是在人鬼殊途之際，再也想不出別的表達深情的方式。好在到最後，溫儀雖然沒有得到這十萬兩黃金，但卻仍然得到了比十萬兩黃金更加珍貴的、以贈金之言作為媒介的、夏雪宜對她深深眷戀的一葉消息。

總之，夏雪宜的人生和心靈被一次又一次錯誤的改寫，而在每一次改寫中卻總是傳達出拯救與新生的消息。這兩種力量撕碎了他的心靈世界，但那一片片精神的碎片，卻比一個簡單的完形圖畫更具美學和哲學的價值。說起來，這個人始終只是一個飄忽不定的影子，但實際上，夏青青和袁承志正是他的血脈和技藝的傳人；他的每一個精神的碎片，都會被他的後人精心收藏。只不過，那將是一個新的故事，需要做專門的注釋。

郭靖俠義人生路

提起金庸筆下的大俠形象，恐怕很多人會首先想到《射鵰英雄傳》中的大俠郭靖。寫出這部《射鵰英雄傳》，作家金庸才算是真正一舉成名，讓許多雄心勃勃的武俠小說作家或想寫出更好的武俠小說之人望塵莫及。書中的主人公郭靖，作為為國為民的俠之大者，也成了武俠世界中最突出、最崇高、最正宗的光輝典範。只不過，這部小說的真正成就，卻不僅僅是因為它寫出了一個大俠的典範；而郭靖的形象，也不僅僅是一個「俠」字可以了得。

一

《射鵰英雄傳》的非凡成就，首先是因為作者將西方文藝小說的「成長模式」引入了武俠小說之中，並且在洋為中用、「今為古用」等方面都做出了非常出色的發揮。這不僅使人耳目一新，而且還能品味再三；不僅豐富了武俠小說的寫法，還在無形之中提高了武俠小說的藝術品位。所謂「成長模式」，說起來很簡單，那是一種注重描寫一個人（青少年）的成長經歷的故事模式。這模式不光是講述主人公的成長過程，同時還特別注重其成長過程之中的心理反應、感受及其複雜多變的心路歷程，從而使得小說人文內涵大大豐富，更具打動人心的力量。

由於成功地引入了「成長模式」，不僅使金庸的小說創作在其原有的，由江湖傳奇和歷史背景這兩「維」搭成的武俠世界，成功地找到了它的「第三維」——人生故事。更重要的是，以此人生故事／第三維作為武俠小說的敘事線索，實際上也就真正改變了傳統的武俠小說敘事方法與方向。金庸先生此前的作品《書劍恩仇錄》、《碧血劍》、《雪山飛狐》等，都是以「事」作為其結構線索，不僅容易出現情節分散、頭緒凌亂的毛病，同時也很難寫出特別突出的人物形象。《射鵰英雄傳》一改舊習，以「人」為本，而且從頭道來、從主人公小時寫起，則不僅焦點集中，讓孤兒郭靖的成長故事，始終牽動著每一個讀者的心弦；且能更好地刻畫人性、抒發作者的人文情懷，從而使之具有更豐富和更深刻的人文內涵。

其次，正因為要寫主人公郭靖的成長故事，作者自然而然的要更加重視主人公的性格及其發展。我們看到，在這部小說中，郭靖的故事本身無不是他性格的自然表現，而他的性格始終在推動他的人生故事向前發展。假如他在非常幼小之時不是那樣善良忠厚而又倔強固執地救了神箭手哲別，哲別當然不可能成為他的師父，成吉思汗也不可能對他另眼相看，那麼他和他媽媽的命運就會重寫。假如他不是本性質樸熱情而且赤誠待人，扮成小叫花的黃蓉就不可能對他傾心相愛，那麼他的中原之行就會完全是另一種路子。假如他不是信守然諾而且天生大膽，他就不會黑夜上山，以至於被陳玄風抓獲，又殺了陳玄風，從而被梅超風當成死仇；假如他不是天生俠肝義膽打抱不平，自然不會在中都北京與楊康那樣死纏濫打。當然，假如不是他天真爛漫且頭腦不大會轉彎，老頑童固然不會與他一見如故，一面結拜兄弟，一面騙他學習「九陰真經」；假如他不是天資魯鈍、處事不精，他與黃蓉之間也就不至於會有那麼多的坎坷曲折。其餘種種，不必再多舉例，他的成長故事，大致上可以以此類推。

再次，是作者一反武俠小說的人物形象的一般模式，非但沒有將郭靖寫得像陳家洛那樣的文武雙全，甚至也沒有將他寫成袁承志那樣的聰明伶俐，而是故意將他寫成一個天資愚拙、傻頭傻腦、讓人懷疑是否有智力殘障之人。他不僅開口說話遠比正常兒童要晚，而且似乎天生反應遲鈍，口齒不清，常理不明，甚至終生不善言表。這樣的天分基礎，無疑是他成長、成才和成功巨大的障礙。這種形象不但令人格外同情，同時更令人疑惑，這位主人公到底能不能成為一個武林高手？如果能成，又怎樣才能夠做到？作者的這種設計，等於是自己給自己出難題。當然難題一旦解開，讀者就會加倍的歡喜。

最後，在郭靖的人生中，環境與命運的力量也不可忽視。他的父親郭嘯天不願意做亡國奴，從山東逃亡到南宋都城臨安，誰料到就在南宋皇帝的臥榻之側，也還是難免金人之禍，只因為金國的王爺完顏洪烈看中了楊鐵心的妻子包惜弱，就使得楊、郭兩家或妻離子散或家破人亡，郭靖的母親李萍也不得不從山溫水軟的秀麗江南來到風沙苦寒的大漠草原，以至於郭靖一出世，就是一個貧寒苦命的無父孤兒。而另一方面，這命運對郭靖卻又不是一味的苛酷：在大草原上與蒙古民族一起生活，養成了他的敦厚天性，視野開闊，胸襟博大；進而由於全真弟子丘處機遇江南七怪的一場具有俠義精神的豪賭，不僅讓江南七怪主動來到大漠蠻荒，免費教授他十餘年武功；也因此在他成人之際回歸中原故國，經歷一番脫胎換骨的奇妙人生之旅。這種人力不可抗拒的命運，實際上又為他準備或造就了一個前所未有的英雄／俠義人生的超級大舞臺。

二

在郭靖的人生故事中，最出人意料，最精彩動人，也最發人深省的，首先當然是他學藝成才的部分。看起來，郭靖這樣一個性格憨實、大腦遲鈍、天資愚魯而且家境貧寒的孩子，居然能夠成為第一流的武功高手，且最終居然小小年紀就獲得了上華山與當世武學大師黃藥師、洪七公等人一爭高低的功力資格，看起來簡直就像一個神話。然而，在郭靖的學藝成才之道的傳奇之中，不僅有一定的學理依據，而且還有不少經驗值得後人總結和汲取。

我這樣說的基本依據，是至今人類對自身的認識，遠沒有我們想像和期望的那樣全面、深刻和清晰。人類的智慧之謎，尚有極多的問題和材料亟待分析和整理。世間上的諸多白癡天才，就從來也沒有得到過真正「合理」的解釋。郭靖不是天才，當然也不是白癡，他的成才之路另有奧妙，或者說另有規律可循。

在柯鎮惡等江南六怪的眼中，郭靖顯然是一個毫無疑問的笨孩子。有時候，他們簡直覺得郭靖這個「笨蛋」是孔子門下的宰予那樣「朽木不可雕也，糞土之牆不可污」。只不過郭靖並未「晝寢」、更不懶惰，與宰予大大的不同。當然這不同非但不能給江南六怪帶來安慰，反而讓他們更加憂心如焚：聰明的孩子能夠舉一反三，甚至聞一知十，而郭靖則恰恰相反，聞十而不能知一。面對這樣的一個笨學生，他的六位師父能不極端失望？

但如果我們換一種角度看問題，就不難發現，郭靖練武進展緩慢，其原因不但在於郭靖的愚笨，也在於師父的教育方法不當。一，江南六怪的教育方針就大成問題，是典型的「應試教育」，為的是要郭靖在十八歲的時候通過一場比武考試。二，他們的教育方法也不是循序漸進，更不是細心誘導；而是大搞題海戰術，滿堂灌，六位師父對一個學生進行車輪戰。別說郭靖生來不大聰明，就是一個聰明的孩子遇到這樣的車輪大戰也要被搞昏了頭。三，江南六怪大多天資聰敏而性格急躁，與郭靖恰好相反，但師父們壓根兒就沒想到如何去面對這樣一個特殊的學生，而總是要求學生要無條件的服從先生，這樣當然會事倍功半，收效甚微。與其說是學生愚笨，不如說是先生教育思想太不高明，根本就不懂得因材施教的基本道理。這使得郭靖的「小學」階段，簡直苦不堪言。

相比之下，全真派掌門人馬鈺的武功見識和教育方法就要高明得多了。這馬鈺是出於好心，主動前來授課，但又不想讓江南六怪知道，當然也就不能讓郭靖知道，所以將正宗的全真派內功心法、複雜的原理公式口訣全都「化」入如何呼吸、如何睡覺、如何走路的遊戲般的訓練之中。郭靖對此興趣盎然，全無考試的負擔，全身心投入之後，收效大為可觀。馬鈺創造的這種「遊戲教學法」，使得郭靖大大開竅，雖非一日千里，卻也基礎紮實、進展不慢。這就更進一步證明，郭靖並非江南六怪所以為的那樣「朽木不可雕」，問題不在於郭靖的「愚笨」，而在於教學方法是否對路。要不是馬鈺給郭靖開了這個免費「中學」夜校補習班，郭靖始終在江南六怪的小學中，只怕永遠也不能真正成才。

馬鈺比江南六怪高明，當世武學宗師洪七公當然又比馬鈺更高明。遇到了洪七公，黃蓉略施手段，就讓郭靖開後門進了「大學」。洪七公目光如炬，一眼就看出了郭靖天資個性和武功學識的短長。因而一開始就確定了因材施教的方針，為郭靖單獨專門開課，教的是適合郭靖性格和特長的降龍十八掌。這套簡單易記、易學難精的降龍十八掌，就像是專為郭靖量身定做；正如黃蓉所學的那套複雜紛繁、變化無定的「逍遙遊」也等於是為她所量身定做的一樣。洪七公不但為他們設計了不同的教材，選擇了不同的專業方向，而且還實施了完全不同的教學計畫。要求郭靖的是招招重複、步步為營、千錘百煉、穩紮穩打，久而久之，郭靖終於脫胎換骨，開始得窺高等教育的門徑，與當年被斥為愚笨不堪教育、「不及格」的小學生相比，顯然已經不可同日而語。

郭靖的高手之路，當然並非到此為止。受了「大學」教育之後，還有多年的「研究生」階段。他一面跟著洪七公繼續自己的學業，一面廣泛觀摩學習當世高人各種各樣神奇美妙的武功。具體說，他曾在桃花島上與全真派高手老頑童切磋數日，不但學習了空明拳、雙手互搏，而且還被老頑童巧妙灌輸了「九陰真經」；繼而又有幸觀摩過東邪黃藥師與西毒歐陽鋒的比武、觀摩了歐陽鋒與洪七公的大戰，進而自己還親自上場與歐陽鋒進行了一場實習之戰；再後來又親眼觀摩了一燈大師的一陽指絕技，還聆聽了大師對「九陰真經」要訣的講解……這樣，郭靖就一一見識了天下武林之中最傑出的東邪、西毒、南帝、北丐、中神通的武功，而且在此之外還研習了老頑童的獨創絕技和獨一無二的「九陰真經」，由此步入一流高手的境界，就絕對是合情合理、絲絲入扣。

郭靖的成才之路，有很多的東西值得總結。他的個性，可以說是長短分明，如果看到他的毅力、專注、勤奮、質樸忠厚和胸襟博大等諸種優點，而不是單純片面地強調那種簡單劃一的智商，就不會對郭靖的成才感到過分的驚訝。相反，如果對郭靖成才的內因和外因做出認真的研究分析，不僅可以鼓舞無數天分不高，甚至「智力低下」的兒童，進而還可以進一步接近人類的智慧之謎。

三

郭靖的中原之行，原本是為了一場比武，附帶做一次復仇之旅，但結果卻是首先成了一段浪漫情感之旅，其次是一段飽覽故國風光的文化之旅，再次才是學藝成才之旅。而所有這一切，都與黃蓉有關。是黃蓉對他傾心相愛，然後陪伴他做一次非常精彩的故國神遊；是黃蓉指點江山歷史風物、教他文化藝術經典，然後再巧妙安排他拜師學藝、提升他的武功境界。

如果說郭靖的中原之行是一個至關重要的成長、成人階段，那麼黃蓉就是他文化、精神方面的人生導師。而黃蓉之所以如此，則可以視為對郭靖性格和人品資質的最佳證明：若不是因為他「可愛」，黃藥師的掌上明珠、聰明美麗的黃蓉又怎麼能夠對他一見傾心，而且始終一往情深？黃蓉慧眼識英雄，一方面需要真有慧眼，而另一方面則需要真有英雄資質，否則這段佳話、這份情感、這個故事就全都無從談起。

郭靖與黃蓉相親相愛的奧妙在於氣質上的異性相吸，而他們關係和諧的秘密則是性格上的自然互補。明白說，就是在非原則性的一應小事上全都由黃蓉說了算，但在一些原則性的大事上卻要看郭靖作何主張。也就是小事看黃蓉，大事看郭靖；平常看黃蓉，非常時刻看郭靖。有趣的是，郭靖即使是練成了威力奇大的「降龍十八掌」，但在日常生活中，他的性格和作風並無改變，還是那樣一個老實巴交的傻小子，黃蓉叫他向黃藥師磕頭就磕頭，為什麼要磕頭卻還是一下子反應不過來。基本上，在他們的浪漫旅程中，郭靖在絕大部分的時間中，都是老老實實地甘當小學生和好學生。

但郭靖也有不那麼「聽話」的時候，這就顯示出他性格的另外一面，甚至可以說是更本質的一面。郭靖與黃蓉的戀愛關係的幾次危機，就是最好的例子。第一次是拖雷等人來到中原，質問郭靖是否要拋棄華箏公主、娶黃蓉為妻？面對黃藥師的巨大威脅，郭靖還是做出了否定的回答，原因很簡單，他如果拋棄華箏就會違背道德原則。第二次是他們在桃花島上發現了朱聰等五位師父的遺體，郭靖認定這是黃藥師所為，因此毅然離開他所至愛的黃蓉。原因也很簡單，師徒倫理高於個人的愛情，他無論如何也不能與殺師仇人的女兒相親相愛。第三次是黃蓉幫助郭靖攻陷撒麻爾罕城，立下頭功，黃蓉要求郭靖乘機向成吉思汗辭婚，郭靖也答應了，但事到臨頭，卻又改變了主意。原因是，他不忍見到蒙古大軍屠城的慘劇繼續發生，請求成吉思汗下令制止。

以上三個例子，分別牽涉到是否遵守諾言、是否重視師徒倫理、是否關注蒼生性命，但都是原則性的問題，不可忽視，更不可違背。儘管郭靖平常一直是頭腦簡單且生性隨和，但在這樣的原則性問題上，越是頭腦簡單的人越是容易認死理，越會固執地堅持原則。儘管明知會對黃蓉造成極大的傷害，且無疑會一次比一次嚴重，但郭靖仍是不得不為，所以就堅持做了。以上三件事，一次比一次關係重大，也正好劃出了郭靖成長和成人的精神軌跡。

值得一說的是，作者並沒有把郭靖的成長之路寫得一帆風順，上述道義原則和個人情感的衝突，就是很好的個人品質和雙方情感的自然考驗。進而作者還寫到了郭靖的精神危機：那就是他對學武練功的目的與作用深感惶惑茫然，乃至想要忘卻自己所學的武功。這不僅是因為他看到了太多血腥的屠殺，也因為他母親的慘死、心上人黃蓉的離別，使他失去了繼續前行的信念和目標。更有趣的是，丘處機向他灌輸大道理，他還並不信服，並非因為丘處機所說的那些道理不對，而是因為這個說道理的人在郭靖的心中沒有足夠的分量。直至在華山與黃蓉重逢，再加上受到洪七公俠義形象的感動，才真正解除了他的精神危機，使他的俠義之心，變得更加堅定。

所有這一切，不僅刻畫了郭靖的性格，寫出了他的心路歷程，同時還為郭靖最後走向襄陽抗敵前線——也是他俠義人生之路的真正巔峰——做出了鋪墊。最後，得知蒙古大軍即將進攻襄陽，郭靖、黃蓉立即前往報訊、救援。依著黃蓉的意思，是盡力而為，當真危機難救，大可一走了之，但郭靖對此卻不能同意：「咱們既學了武穆遺書中的兵法，又豈能不受岳武穆『盡忠報國』四字之教？咱倆雖人微力薄，卻也要盡心竭力，為國禦侮。縱然捐軀沙場，也不枉了父母師長教養一場。」黃蓉只好長嘆一聲：「我原知難免有此一日，罷罷罷，你或我也活，你死我也死就是！」[1]

四

郭靖年紀漸長，武功漸高，見識漸廣，心志漸開，德行漸固，他的形象也隨之逐漸高大起來，在《射鵰英雄傳》中，基本上是真實可信的。作者寫郭靖的筆墨，雖說不上全都是自然精巧，但人為編造的痕跡畢竟暴露得不多。

不過，對於作者不僅要把郭靖寫成武林高手、人間大俠，還要寫成思想精英和文化英雄，我還是有些難以接受。我指的是在小說的最後部分，不僅寫郭靖的精神危機，還寫他的思想深化，讓他說什麼「成吉思汗，花剌子模國王、大金大宋的皇帝他們，都是以天下為賭注，大家下棋」[2]；最後又對成吉思汗宣講「英雄」的真義：「自來英雄而為當世欽仰、後人追慕，必是為民造福、愛護百姓之人」、「你南征西伐，那功罪是非，可就難說得很了」[3]等等，雖然都是些非常正確的「點題」，但這顯然是把書中人物當成了作者的傳聲筒。要說郭靖這樣一個傻小子突然變成了思想家，而且還能超越歷史時空的局限，說出二十世紀五、六〇年代知識分子都說不出來或不敢說的話，無論如何也難以令人置信。

1見《射鵰英雄傳》第四冊，第一四四二頁。
2見《射鵰英雄傳》第四冊，第一三九四頁。
3見《射鵰英雄傳》第四冊，第一四五〇頁。

其實，郭靖最後去見逼死他母親的成吉思汗這一行為本身，就已經超出了他的思想境界。作者讓他做出超凡的行為，卻未免忽視了他對自己母親的真實情感，和對母親自殺這一事實的深刻矛盾。《射鵰英雄傳》一書中郭靖形象的不足，也正是作者對此人的情感世界和心理矛盾寫得不夠豐富，更不夠深透。或許，這是要寫出一個「大俠」形象所必須付出的代價。相比之下，《神鵰俠侶》中的郭靖形象更加高大，但也更加沒有性格光彩和人文深度。之所以如此，我想要麼是前面將他寫得太傻，要麼是後面寫得太假，中間缺乏某種必然的邏輯關聯。

不過，對於正統和正宗的儒家禮教傳統觀念，假如不是太傻，誰會像他那樣不假思索地就完全相信而且會身體力行？進而，假如不對這種儒家精神典範弄虛作假，別人又怎麼能相信並崇拜他？說到底，這恐怕不完全是作者的某種粗心或失誤，其實是儒家精神本身的一種矛盾和尷尬。

黃蓉人間逍遙遊

眼見著一個市井間髒兮兮的乞丐小男孩，突然變成湖上船中的一個嬌媚豔麗的長髮仙女，不要說沒有見過多少世面的郭靖，就是見多識廣的讀者也會大吃一驚。這個戲劇性的場面，頗似《碧血劍》中的少年溫青突然變成了少女夏青青，只是反差更大，戲劇性也更強。不用說，這裡的女主人公黃蓉的性格肯定會比夏青青更加伶俐多變，也更富傳奇色彩。

從那一刻開始，黃蓉的形象就已光彩照人。這光彩不僅籠罩了郭靖，而且籠罩了《射鵰英雄傳》全書。這位聰明無比而又頑皮無雙的人間精靈，在作者的筆下，半似天界仙女，半似地界妖邪。

一

黃蓉最突出的性格特點，當然是她的聰明伶俐。出場之初，這個小姑娘就把武功不弱的黃河四鬼高高地吊在樹上，而且把黃河四鬼的師叔侯通海整得無可奈何，進而能在高手如林的完顏王府從容脫身，即可見她絕非一般人物。

黃蓉之所以要恢復女裝原形，既是要與憨頭憨腦的郭靖玩點幽默，更主要的原因還是要讓郭靖看到她的原貌真相——這小姑娘愛上郭靖啦。黃蓉愛上郭靖的原因，是「我知道你是真心待我好，不管我是男的還是女的，是好看還是醜八怪」；「我穿這樣的衣服，誰都會對我討好，那有什麼稀罕？我做小叫化的時候你對我好，那才是真好。」[1]不管它什麼郎才女貌，更不管它什麼門當戶對，最重要的是真心相對並且情投意合。僅此一件，即可見黃蓉的見識不凡，從風塵黃沙之中發現或發掘出郭靖這樣一顆不為人知的渾金璞玉，這才是真正的慧眼識英雄。

更加不凡的是，黃蓉不但發現了郭靖崇高的道德品質，同時還是他的智慧品質的發掘和培育者。與郭靖一路同行，她實際上一直充任著男朋友的中原藝術文化教員和江湖人生導師。沒有她的指點，郭靖的中原之行不但會一無所得，會枯燥無味，甚至會寸步難行。有她同行，則不僅一路風光無限、充滿畫意詩情，而且游泳江湖、指點風物，進而製造奇遇、終於使他脫胎換骨。

所謂製造奇遇，當然是指黃蓉在一點點蛛絲馬跡之中，準確判斷出那位喜歡吃雞屁股的老乞丐是當世奇人洪七公；進而在轉瞬之際，就迅速設計出美味陷阱，將這位武學宗師套牢，讓他心甘情願地為她效勞，把自己的獨門絕技降龍十八掌傳授給傻乎乎的郭靖。進而，

1見《射鵰英雄傳》第一冊，第三〇五頁。

要不是她那卓越超凡的烹調絕技，把「二十四橋明月」等等風光名勝、詩詞佳句全都變成餐桌上的美味佳餚，洪七公又豈能甘心受騙上當？至於在片刻之間，將一套複雜多變、讓人眼花繚亂的「逍遙遊」武功，學得似模似樣，在郭靖是想一想都會頭疼，在黃蓉而言倒真的是小菜一碟。

說黃蓉是郭靖的文化教員和人生導師，是因為她雖然沒有像江南七怪和洪七公那樣教他武功，但她不僅設法為郭靖聘請高級教師，而且設計文化課程和行路實踐，進而還為他尋找前輩民族英雄岳飛的《武穆全書》這樣傑出的武術、軍事、政治和道德教材。相比之下，在她受傷之後找瑛姑問路，使那個自稱神算子的才女自愧不如；進而向漁、樵、耕、讀借道，又耍計謀又吟詩、又對對子又猜謎之類的「華彩樂章」，對於黃蓉而言，一切都是自然而然又順理成章。

黃蓉心智的傑作，當然還要包括在「壓鬼島」上計殘歐陽克；鐵槍廟中巧誘傻姑、揭穿楊康的真面目；最後與天下第一大魔頭歐陽鋒長久周旋，不但保持自己毫髮未損，而且還亂解「九陰真經」，加上在華山頂上「你是誰」的及時追問，終於使得這位不可一世的武學宗師癡癲瘋狂。黃藥師、洪七公、郭靖等等超級武功高手都沒有人能戰勝歐陽鋒，能打敗他的只有黃蓉一人。值得注意的是，黃蓉機智伶俐、巧計百出，但卻並非處心積慮，而是隨機應變、順乎自然。她的這種才智，堪稱精靈神品。

黃蓉博學多能又聰明伶俐的例子，實在是舉不勝舉。一般的讀者可能覺得這個小姑娘如此精靈，諸多誇張之處不免有些讓人難以置信，但她是聰明絕頂的一代大才黃藥師的獨生女兒，遺傳優異再加家學淵源，又讓你不能不信。

二

黃蓉的性格，遠不止是天資聰穎而已。她的個性行為中實際上還包括頑皮古怪、嬌縱任性、我行我素、自我中心，仙靈氣息之中又略帶有幾分妖邪之氣。她顯然不僅遺傳了黃藥師夫婦的高智商，而且從小耳濡目染東邪的性格脾氣和價值觀念，使得她的性格心態真正與眾不同。

她之所以在江湖中流浪並與郭靖相遇相識相愛，起因不過是與父親賭氣，就獨自離家出走；好好的一個漂亮的小姑娘，偏偏要扮作一個骯髒的小乞丐，目的也正是要讓父親要麼回心轉意、要麼傷心失意。雖然深愛自己的父親，但因自幼嬌縱任性，不能受半點委屈；再見父親雖然喜出望外，但因為父親對自己的心上人郭靖毫不客氣，她便再一次投向湖水之中作為警告和要脅；回到桃花島上，得知郭靖有生命危險，她當然還是毫不猶豫，故伎重施，又一次揚帆出海，追尋情郎。一代宗師黃藥師對他的這個女兒，始終是無可奈何，只能是哭笑不得。

東邪黃藥師都奈何不得的人，其他人當然就全都不在話下。黃蓉敢於獨自行走江湖，甚至故意招惹黃河四鬼和侯通海，進而到完顏府如入無人之境，固然是因為她自恃武功不弱，而且人又聰明伶俐；但更深的原因卻還是因為她是黃藥師的寶貝獨女，一方面心高氣傲，不把旁人放在眼裡；另一方面則是有恃無恐，不怕武林中有人當真膽敢傷害東邪的女兒。總而言之，她不去主動招惹別人已屬萬幸，別人要是招惹了她，不管是高手低手、正派邪派，統統要吃不了兜著走。

例子之一，是郭靖的師父江南六怪不許徒弟與黃蓉交往，韓寶駒罵她是「小妖女」、朱聰說她父親是「大魔頭」；她便當面回擊，罵朱聰是「骯髒邋遢的鬼秀才」，對韓寶駒就更不客氣，不僅罵他是「難看的矮胖子」，進而現場編出兒歌：「矮冬瓜，滾皮球，踢一腳，溜三溜；踢兩腳……」[2]什麼郭靖的師父、什麼師道尊嚴，她才不管這些。

例子之二，是總是熱心過頭的丘處機，又要替郭靖和穆念慈做媒，也不管他們心中各有所戀，硬要他倆配成「佳偶」。這當然大大得罪了深愛郭靖的黃蓉，於是她對郭靖說要找一個又老又醜的女人去給丘處機「做老婆」：「他當然不肯要，可是他卻不想想，你說不肯娶穆姑娘，他怎地又硬逼你娶她？哼，等哪一天我武功強過這牛鼻子老道了，定要逼他娶個又惡又醜的女人，叫他嘗嘗被逼娶老婆的滋味。」[3]雖說後來黃蓉沒有當真逼迫丘處機娶醜老婆，但她對丘處機的心中芥蒂，卻是始終沒有真正解開。

例子之三，當然就是用武力強制手段對付自己的「情敵」穆念慈了。雖然郭靖堅決向她表示自己決不會娶穆念慈為妻，但黃蓉仍不免患得患失。為此，當她偶遇穆念慈之際，立即想出了一個釜底抽薪之計，將懵懵懂懂的穆姑娘打倒在地、點了穴道，然後拿一支鋒利的匕

2見《射鵰英雄傳》第二冊，第四一五頁。

3見《射鵰英雄傳》第二冊，第四二〇頁。

首在她眼前晃來晃去，逼她發誓不嫁給郭靖為妻。直到穆姑娘明白了她的意思，說自己早就另有心上人，決不會嫁給郭靖，這才使黃蓉喜出望外、向對方賠禮道歉、求和修好。後來她還「助」了穆念慈一臂之力，將她推向楊康的懷中，這與其說是在幫助穆念慈，不如說是為自己繼續釜底抽薪。假如穆念慈當真有意於郭靖，其後果如何能夠設想？

例子之四，就是對付向她求婚的歐陽克了，歐陽克對她一見鍾情、入迷如癡，她非但始終不為所動，且覺得此人討厭可惡。在那海中荒島之上，歐陽克想乘機對她用強，自然是自尋死路；黃蓉略施小計，就使他險些淹死在前，險些壓死在後，若不是歐陽鋒及時來到，歐陽克必死無疑。

以上種種，或因有動機而無行為，或因有行為但無惡果，或因對方人品不端且咎由自取，並未使黃蓉的形象受到任何損傷，反而進一步突出了這一人物的鮮明性格。所有的讀者都只當是這可愛的小姑娘別出心裁的頑皮，再加上小節無害，對此不會認真計較。進而，作者對黃蓉呵護有加，嚴格掌握分寸，決不使黃蓉的行為與心性有半點過格，所以這一人物一些不那麼可愛的側面，就被作者與讀者有意無意地合作遮掩了。

三

值得注意的是，到了續書《神鵰俠侶》之中，黃蓉的性格變得不那麼令人喜歡了。其中最主要的表現，當然是她對楊過過分的疑慮和排斥，以及由此而生的不由自主的冷淡和刻薄。

我們看到，在前一部書中幾乎是「智慧無極限」的黃蓉，在這部書中終於出現了智慧的邊界和局限，她不得不承認自己從來就無法猜透楊過的心思，更無法影響楊過的行為。更為重要的是，她的這種智慧的邊界，實際上還是來自她性格的局限。她也不得不向自己的女兒郭襄承認：「唉，說到誠信知人，我實在遠遠不及你爹。」[4]有趣的是，黃蓉雖然經常這樣自省反思，但每到關鍵時刻，卻總是故態復萌，情不自禁地對楊過產生疑慮和排斥。與其說這是楊過之父楊康的人品在黃蓉心中留下了太惡劣的深刻印象，不如說是她一向對人缺乏真正的寬容仁愛之心，因而對楊過從未有半分真切的愛意。

黃蓉性格的這種變化，可能會使一部分熟悉她的讀者一時難以理解，進而會令一部分熱愛黃蓉的讀者大為失望，甚至強烈抗議。實際上，黃蓉性格的這種最新展現，不僅是打破了一般武俠小說中主要人物性格定型之後不再變化的常規，而且使得黃蓉的性格更加豐滿充實、真實可信。隨著年齡的增長、身分的變化、生活閱歷的增加和心志的更加成熟，一個人性格的變化發展不僅是理所當然，而且是勢所必然。

黃蓉性格的這種變化，總使我情不自禁地想到《紅樓夢》的主人公賈寶玉關於女性的一句「胡言」，大意是：未婚的少女似珍珠，已婚的少婦似魚目，而做了母親的女人則似死魚之目。這話當然不見得具有普遍意義，但其中卻也有賈寶玉生命的體驗，因而也就不能當是

4見《神鵰俠侶》第四冊，第一四二六頁。

純粹的昏話。黃蓉的形象變化，就恰好如同對這段話的注釋：在《射鵰英雄傳》中的少女黃蓉絕對是可愛的，而結了婚、做了母親之後的黃蓉在《神鵰俠侶》之中自然就沒有過去那麼單純可愛了。

不說別的，就說她對自己的女兒郭芙的過度溺愛、嬌慣縱容，甚至不讓郭靖對女兒進行正常和有效的管教，使得她的這個寶貝女兒終於變成了一個任性暴躁的大草包，變成了她的數代智慧遺傳的一種辛辣的諷刺，就是一個極好的例子。黃蓉這樣做，當然是出於自己的母性本能，而這種母性本能不僅使她的智慧天性受到了嚴重的局限和腐蝕，而且與她對楊過的冷淡和排斥形成了鮮明的對照。她的自私自利之心，也正是隨著她的母性的發展而發展。

進而，在這部書中，還不僅是少女黃蓉變成少婦黃蓉，更是自由自在、放任不羈的黃蓉變成了身分尊貴、持重端莊、患得患失的黃蓉。隨著她的社會地位的提高，她的思想觀念和行為作風也不知不覺地隨之改變了。例如她當年熱戀郭靖之時，何曾將社會的道德倫理觀念放在眼裡？但自己成了大俠夫人兼丐幫幫主，卻對楊過與小龍女的師徒之戀大加干涉。對此，她的父親黃藥師曾一語道破天機：「她自己嫁得如意郎君，就不念別人相思之苦？我這寶貝女兒就只向著丈夫，嘿嘿，『出嫁從夫』，三從四德，好了不起！」[5]

我並不想專門對這一人物形象吹毛求疵，只是想說，黃蓉性格的這種發展或改變，其實是基於人之常情。這些小小的性格瑕疵或精神局限，實際上是使黃蓉的形象從仙妖一路的天

5見《神鵰俠侶》第二冊，第五七〇頁。

界冥府，回歸平常凡俗的人間，從而變得更加可近更可信。雖說是由於她的疑慮和刻薄使得楊過走了更多的彎路和歧途，受了更多的折磨和痛苦；但她畢竟始終陪伴自己的丈夫堅守襄陽，有大惠於中原漢族人民，最後壯烈犧牲，所以她的形象仍是瑕不掩瑜，永遠會讓人肅然起敬。

黃藥師自我局限

構想出東邪、西毒、南帝、北丐、中神通這樣的「乾坤五絕」，搞華山論劍，奪《九陰真經》，算得上是作者的一手武俠小說絕活。這一批武學宗師，王重陽為道家，段智興入佛門，洪七公行俠義，歐陽鋒研毒功，黃藥師張邪幟，各自卓然成家，令人信服。進而，其中第一高手中，神通王重陽黯然早逝，天南一帝段智興又毅然出家，北丐洪七公與西毒歐陽鋒這對生死冤家居然在多年之後於華山絕頂處相擁大笑泯恩仇，無不是出人意料而又發人深思的精彩之筆。不過，說到這幾位傳奇人物形象的人文深度，卻要首推看上去變化無多的東邪黃藥師。

一

東邪黃藥師可以說是聰明絕頂的天下第一奇才，不僅文武雙全，而且兼通琴棋書畫、醫卜星相、算數韜略、奇門五行。他的女兒黃蓉只學得了父親才華學識的一點皮毛，即讓人驚為天人；看他所居住的桃花島花草成陣，就讓人頭昏眼花。

這裡就有一個很有趣的問題，為什麼如此絕頂聰明之人，在武功方面卻不能成為真正的天下第一人？

這黃藥師當年華山論劍就敗給了中神通王重陽；後來見識了「九陰真經」，練來練去，卻仍不過是與西毒、北丐打成平手；進而時過境遷，他顯然不是老頑童之敵；假以時日，他也甚至必將遜於自己的女婿郭靖一籌。對此，當然也可以做一些差強人意的解釋，例如，一，所以如此，首先是因為作者的設計，或者說是出自一種傳統觀念，東西南北之間不分伯仲彼此，自然不及「中央神通」；二，天下英才多多，成才之路不同，條條道路通羅馬，門門絕學出高人；三，黃藥師一向博學旁通，精力過於分散，當然不能專精一門而達於極境。

很顯然，作者並沒有將這個問題作為一個問題。但在這本書的字裡行間，卻又時時有一些蛛絲馬跡。其中最重要的一段，就是老頑童對郭靖轉述師兄王重陽的觀點：「師哥當年說我學武的天資聰明，又是樂此而不疲，可是一來過於著迷，二來少了一副濟世救人的胸懷，就算畢生勤修苦練，終究達不到絕頂之境。當時我聽了不信，心想學武自管學武，那是拳腳兵刃上的功夫，跟氣度見識又有什麼關係？這十多年來，卻不由得我不信了。兄弟，你心地忠厚，胸襟博大，只可惜我師哥已經逝世，否則他見到你一定喜歡，他那一身蓋世武功，必定可以盡數傳給你了⋯⋯」[1]這是天下絕頂高手王重陽的遺言，後人不可不信；老頑童雖然有

1見《射鵰英雄傳》第二冊，第六一九頁。

些瘋瘋癲癲，實際上天資聰穎，且一生癡迷武功之道，他的體驗也不可不重視。況且上述直言，雖然聽起來有些不著邊際，明顯有些傳統東方玄學的氣味，但對人類及其個體智慧的生成與發展，仍稱得上是睿智與經驗之談。

我們可以將上述觀點作如下轉述：智商固然是人的智慧發展的重要因素，但卻絕不是人的智慧成就的唯一決定因素。智商的發展轉化，或人的智慧潛能的開掘程度與成就，不僅取決於智商本身，還取決於人的個性、胸懷、精神境界、視野、資源、環境條件等等許多其他的因素。如果上述其他因素不完全具備，那麼一個人的智商再高，也會受到種種局限，進而達到某種高原極限，再難自我超越。也就是說，黃藥師的武功極限，是由他的視野、環境及其自身的個性和精神境界決定的。簡而言之，他的個性氣質，決定了他的自我局限。

黃藥師是一個聰明之人，聰明人的優點是善於運用自己的頭腦去鑒別萬事萬物，而後再有所發明創造。而聰明人的缺點則是容易驕傲自滿，進而會目空一切，乃至會因為文化資源缺乏而導致智慧發展的自我局限。黃藥師個性自傲，書中例子很多，如他走入江湖世界，總喜歡帶上一副人皮面具，不願以真面目見人，真正的用心卻是覺得世界上的庸俗之人不配見到他的廬山真面。更好的例子是當郭靖在桃花島上發現他的五位師父的遺體，誤以為是黃藥師所殺，因而離開黃蓉、離開桃花島，要找黃藥師拼命；黃藥師明知誤會，但他卻不屑於向郭靖這傻小子做出任何解釋，甚至黃蓉趕到現場求父親解釋誤會，他還硬說不妨將此血債算在他的頭上，寧可接受郭靖和全真弟子的挑戰——有意思的是，全真弟子之所以向黃藥師挑戰，同樣是出於誤會，他也同樣不願做出任何解釋。那一場驚心動魄的大戰，與其說是由年輕一代的誤會，不如說是由於黃藥師的高傲所致。

還有一個例子是，黃藥師在其夫人錄下的半部《九陰真經》被門下弟子陳玄風盜走之後，曾發誓說若不將半部《九陰真經》補齊，就決不離開桃花島半步。他的這一誓言，是出於對自己的過度自信，以為那真經既然是由人所創，他這樣的一個聰明人也就一定能夠做到。有意思的是，黃藥師始終沒有創造出新的武學秘笈，半部《九陰真經》也始終沒有補齊；而為了尋找賭氣離開桃花島的女兒黃蓉，黃藥師也不得不離島尋找，只好將自己當年的誓言拋至耳後。黃藥師為什麼不能補齊《九陰真經》，原因很簡單，首先是由於他缺乏必要的資訊資源。當年黃裳——用郭靖的話說，這人也姓黃、也很聰明——創造《九陰真經》，前提是將天下道藏精讀、精校、精研多遍，黃藥師卻未必有這樣的條件和功夫。

進而，即使有充足的資料，黃藥師是否會讀？會怎樣讀、怎樣用？都還是一個很大的問題。書中曾寫到黃蓉與一燈大師的弟子狀元書生朱子柳的那一場讓人大開眼界的「智鬥」，其實也正是對黃藥師的側寫，因為黃蓉所有的機智回答，無不是來自她父親黃藥師平時的教誨。例如那首非難孟子及其著作的打油詩：「乞丐何曾有二妻？鄰家焉得許多雞？當時尚有周天子，何事紛紛說魏齊？」即是黃藥師的傑作，「他非湯武，薄周孔，對聖賢傳下來的言語，挖空了心思加以駁斥嘲諷，曾作了不少詩詞歌賦來諷刺孔孟。」[2]——這個例子最能說明黃藥師的個性，他之「東邪」的外號，顯然也與此有關。在這裡，我們更應該重視的

2見《射鵰英雄傳》第三冊，第一〇九二頁。實際上那首打油詩當然並非黃藥師所作，亦非金庸先生所創，而是引自明代馮夢龍所撰的《古今笑・文戲部第二十七》。不過，金庸先生說是黃藥師所作，倒真是非常恰當。

是他對於傳統經典文獻的這種個性化的否定和排斥的態度。此人非道非佛，又非俠非毒，對儒家的聖人和經典更是挖空心思地嘲弄諷刺，那麼他用什麼作為他的創作參考，以什麼作為他的文化資源呢？

二

黃藥師不僅高傲自滿，我行我素，拒斥經典，同時還十分孤僻、固執、偏激。在他同一等次的英才之中，王重陽是全真教主、段智興是大理國王、洪七公是丐幫幫主、歐陽鋒的白駝山亦是徒眾甚多，唯獨他東邪黃藥師是孤家寡人一個。因而不僅缺乏文獻資源，同時更缺乏必要的資訊交流。

需要指出的是，黃藥師本來也自成一派，門下弟子眾多，但由於他的大弟子陳玄風和女弟子梅超風偷走了他的半部《九陰真經》，他便遷怒旁人，將其餘並未犯錯的曲、陸、武、馮幾位弟子全都挑斷腿腳筋絡，然後掃地出門。進而還將桃花島上的所有僕役全都刺耳割舌，使他們統統變成殘廢。就這樣，他為自己人為地製造了一個孤家寡人的世界。

黃藥師個性行為之「邪」，例子甚多。典型的例子還有，明明是他和他夫人設計騙取了老頑童的《九陰真經》，老頑童明白之後來找他算帳，他反而責怪老頑童及其所帶真經「害死」了他的夫人！進而將老頑童兩腿打折，在桃花島上關押了整整十五年。他的女兒黃蓉找老頑童玩耍，他還發火生氣，以至於黃蓉小小年紀就憤而離家出走。

更好的例子是，明明是他性格古怪孤僻，不願說明那艘「自殺船」的真相，差一點害死了郭靖、洪七公和老頑童，從而使深愛郭靖的黃蓉不得不出海尋找。最後他又不得不出海尋找自己的女兒黃蓉，受了靈智和尚的欺騙，以為黃蓉真的已死，於是又哭又笑又吟詩又唱曲，進而滿腔悲憤，指天罵地，咒鬼斥神，痛責命數對他不公。這倒也罷了，上岸之後，怒火愈熾，首先是遷怒於郭靖：「若不是他，蓉兒怎會到那船上？只是這小子已陪著蓉兒死了，我這口惡氣卻出在誰的身上？」進而居然想到郭靖的師父江南六怪，大叫道：「這六怪正是害我蓉兒的罪魁禍首！他們若不教那姓郭的小子武功，他又怎能認識蓉兒？不把六怪一一的斬手斷足，難消我心頭之恨。」[3]

以上幾個例子，無不證明黃藥師性格的邪門怪癖，與其說是我行我素，不如說是唯我獨尊，不講道理，蠻橫霸道，仗勢欺人。在這些例子中，我們還應該注重的，是黃藥師其人明顯的智力盲點、誤區或局限。稍通世間情理之人，就不會像他那樣因大弟子犯規而濫罰其他的弟子；也不會對純樸天真的老頑童如此蠻不講理；更不會因為傷心自己的女兒之「死」而遷怒無辜的郭靖、甚至遷怒於與此事毫不搭界的江南六怪。如果要總結，實際上全是他自己的錯：若不是他貪圖武功秘笈，他的夫人就不至於早逝；老頑童也就不會有如此慘痛的池魚之災；而他的弟子陳玄風也就無書可盜。進而，要不是他對弟子一向苛刻嚴酷，陳玄風夫婦又何至於背師逃走？最後，要是他真心愛惜自己的女兒，就不會對她的心上人郭靖如此百般

3見《射鵰英雄傳》第三冊，第八三七—八三八頁。

刁難，哪有後來的那場海難，他又怎麼會上當受騙？

這一切當然是黃藥師的性格決定的，以他的孤高自滿與固執偏激，當然不會反省自己或自我檢討，而只會胡亂遷怒和怨天尤人。他的上述所作所為、所言所思，但逢挫折災禍就暴跳如雷，進而指天罵地斥神咒鬼，實際上與世間愚昧無知的蠢夫蠢婦一般無異，哪一點看得出他是一個聰明絕頂之人？

如是我們不難得出一個有趣的結論，那就是，黃藥師這個絕頂聰明之人，實際上卻不是一個真正的智者。他的聰明足以讓他能如願掌握琴棋書畫醫卜星相等百種絕技，但卻不足以讓他富有真正的人生智慧——尤其是「認識自我」這一「人類最大的智慧」。反過來，又正因如此，形成了他的才智的局限，使他不可能成為真正的武功天下第一人。

三

黃藥師一生獨來獨往，我行我素，吹簫攝魄，彈指通神，桃花影裡飛神劍，碧海潮生按玉簫，看起來這桃花島主，簡直就像是東海仙人。實際上，這位看上去飄飄入仙的武林高手，卻有著明顯而又嚴重的精神疾病。上述的幾個例子，就是最好的證明，除了愚蠢的不可救藥之人，或是精神病患者，誰能、誰會做出那些完全不通情理的推斷、做出那些莫名其妙的事情？

黃藥師當然不是愚蠢之輩，所以只能說他有嚴重的心理障礙和精神疾病。其中一個明顯的原因，就是他長期的情感缺失。聰明絕頂、藐視天下、蠻橫霸道、不可一世的黃藥師，實際上是一個心理極其脆弱的人。證據是，自從他的妻子死後，他就成了一個外強中乾的孤魂野鬼，甚至像是世間的行屍走肉——他總是戴著一張表情不變的人皮面具，也就成了一個明顯的象徵。進一步的證據是他早就為自己準備了一條「自殺船」，若不是因為女兒黃蓉年紀幼小、無人照顧，他恐怕早就登上了那條自殺船，追隨夫人於九泉之下了。夫人死後的漫長餘生，對於他不僅是一種無謂的消耗，同時這種巨大的精神空虛又導致他心理變態。

一般而論，黃藥師當然算得上是一個多情種子，夫人死後的深悲劇痛，和那永無休止的懷戀，就是證明。但另一方面，我要說，他其實又不是一個真正懂得情感與人性之人。證據是，他對女兒黃蓉的情感始終就沒有真正理解：如果他是真愛自己的女兒，就應該愛其所愛，但他卻對郭靖卻是極端排斥。表面的原因，是覺得郭靖太傻，而且出身卑微，不是女兒的良配；實際上，他對郭靖如此厭惡、甚而如臨大敵，卻還有更深刻的心理原因。這原因不是為了女兒，而是為了他自己。不僅是覺得傻乎乎的郭靖不配當自己的女婿，而是害怕女兒出嫁使自己精神上無靠無依。我說過，黃藥師表面堅強，心靈卻是十分脆弱。夫人死後，女兒就成了他繼續活在人間的理由，進而成了他的心理支柱和精神依據。再說他對夫人的情感，除了通常的男女夫妻恩愛，其實也還有本能的精神依戀。夫人在世，他並不懂得珍惜，沒有將夫人的健康置於一門新鮮的武功秘笈之上；夫人去世，他又走向另一個極端，覺得失去了妻子就等於失去了人生的一切。

我之所以說他不懂得愛情與人性，是因為他的人生觀念始終模糊不清，以至於他的情感始終無所附麗。此人非儒非道非佛非俠非毒，獨撐邪門，看起來自由自在，實際上他的精神生命卻充滿了矛盾和空虛。高處不勝寒的寂寞，原是所有智者的宿命。黃藥師偏要獨逞其能，在自然的寂寞和空虛之外，還要製造出人為的寂寞和空虛，搞得桃花島上門人離散、妻死女逃、僕役聾啞、毒蟲滋生。最終環境決定性格，他自己竟被這雙重的空虛搞得精神失落，心理變態。

聰明絕頂的他，顯然早就觸及過所有聰明人和智者都會觸及的「生，或者死」即生命的意義和價值這個人生觀的問題，但有著明顯的聰明局限和智慧障礙的他顯然並沒有找到合適於自己的答案。所以，在他的人生之中充滿了莫名其妙的矛盾衝突：想死，但卻始終沒有死；想隱逸山林，卻又熱衷人間名望；一生嘲諷儒家聖賢經典，卻又說自己「平生最敬的是忠臣孝子」[4]；甚至發誓不寫出真經就不離開桃花島，但最終還是自破其誓——這其實也是他一生的寫照：想寫出與前人完全不同的人生故事，其結果卻是要麼與前人相同、要麼則是一片空虛。本想把自己的人生寄託於夫妻情感，但他那聰明不壽的妻子偏偏早死！

人間邪路多多，邪門重重，黃藥師自負才華蓋世，想要獨樹一幟，但結果卻並沒有逃脫人間常理，他仍然只不過是可憐眾生中的普通一員。

4見《射鵰英雄傳》第四冊，第一二四九頁。

梅超風出入邪門

看陳玄風、梅超風練功的骷髏，聽銅屍、鐵屍「黑風雙煞」的惡名，再加上江南七怪之首飛天蝙蝠柯鎮惡的一番既驚恐、又痛恨的介紹和評價，大家當然難免就先入為主，將梅超風夫婦當成了邪毒不堪、十惡不赦的大魔頭。

實際上，這個原先叫做梅若華，後來叫做梅超風，再後來被人叫做鐵屍魔頭的女子，開頭可愛，結尾可憐，中間一段邪路人生則十分可悲。

一

說她開頭可愛，當然不是指她在小說中正式登場、在蒙古草原用人的頭蓋骨練功的那個「開頭」，而是指她「成名」之前。為了提醒讀者，不要認為這號稱黑風雙煞的鐵屍梅超風生來就是一個魔女，作者特意在書中安排了一段梅超風的內心深情獨白：「我本來是個天真爛漫的小姑娘，整天戲耍，父母當作心肝寶貝的愛憐，那時我的名字叫做梅若華。不幸父母相繼去世，我受著惡人的欺負折磨。師父黃藥師救我到了桃花島，教我學藝……」[1]

這一段內心獨白被安排在拼死打鬥的過程之中，未免有些不合時宜；而且這段獨白長達數頁，還充滿了酸溜溜的「文藝腔」，人為做作的痕跡實在太過明顯，因此算不上是真正的成功之筆。然而對於我們瞭解和理解梅超風其人，進而瞭解作者善惡觀念的微妙變化，這段多少有些做作之嫌的深情回憶卻是無可替代的寶貴資料。通過這段回憶，我們知道梅若華是如何依據師門的規矩改名為梅超風，進而我們也瞭解到這個梅超風又怎樣變成了鐵屍女魔頭。

陳玄風和梅超風背叛師門、偷盜武功秘笈、成為惡名昭著的「黑風雙煞」，其第一動因，並非惡性發作，而是他們之間產生了熱烈的戀情，進而在桃花島上偷偷作了夫妻。由於他們恐懼師父責罰，自然而然的產生了私奔逃亡離開桃花島的念頭；進而，陳玄風才去偷了師父的半部《九陰真經》。既然要鋌而走險，就乾脆一險到底，正所謂做一不做、二不休，恐怕也是一種人之常情。也就是說，假如陳玄風、梅超風之間沒有產生男女情感和欲望，他們當然就不會想到要逃離師門，他們當然就不會偷盜武功秘笈，自然就沒有可能成為「黑風雙煞」。

問題是，青年男女之間的情感和欲望，向來是基於人之本能，情不自禁而且身不由己。要說這也有罪，那也是人的「原罪」，正如西方伊甸園中的亞當和夏娃。既然人類始祖就是

1見《射鵰英雄傳》第一冊，第三六三頁。

這樣，且人類也正是由此繁衍而來，我們又何忍指責青春勃發的玄、超二風在桃花盛開之際相愛相親？不同的是，亞當和夏娃是被上帝永遠逐出了伊甸園，而桃花島上玄、超二風則是自己偷偷離開了桃花島。那麼，我們能不能設想，陳玄風、梅超風在私自結為夫婦之後繼續留在桃花島上？假如被他們的嚴師黃藥師發現，那將會有什麼樣的後果？

答案是，那後果將不堪設想。玄、超二風是黃藥師的徒弟，他們當然最瞭解自己的師父。他們的恐懼心理，絕非空穴來風。最好的證據是，在他們逃離桃花島之後，黃藥師居然將根本就沒有犯錯的曲、陸、武、馮幾位弟子打斷雙腿、挑斷筋絡、逐出師門。「池魚之災」尚且如此令人恐怖，「城門失火」豈不是更加令人毛骨悚然？結論很明顯，假如他們不逃，落到他們頭上的懲罰肯定是雷霆霹靂、苦不堪言，多半會求死不能、求生不得。

退一步說，就算不能肯定黃藥師將會怎樣責罰私自相愛相通的兩位弟子，玄、超二風的恐懼心理也應該是可以理解的。正因為不知道後果有多麼嚴重，才使得他們更加無法估量，從而更加恐懼。他們像是年輕無知的中學生，由自己本能衝動，做出了某種錯事或不該做的事情，倘若環境寬鬆，或是有法可依，他們當然會對自己的老師或是家長坦誠相告，然後改正錯誤，繼續自己的正常生活；倘若環境苛嚴，無法可依，尤其是知道自己的老師脾氣暴躁而又手段殘忍，這犯了錯的學生當然只能是鋌而走險，在錯誤的人生路上越走越遠。

陳玄風、梅超風就是這種情況，一方面，他們心懷恐懼，不得不鋌而走險；而與此同時，這種恐懼心理及其鋌而走險的犯罪行為，實際上也時時囓咬他們的心靈，使他們精神壓抑。既然外界環境沒有可能為他們解除這種精神壓抑，那麼他們自然要尋找自我超脫、或自我突破之路，而這種迫不得已的「自我突破」，常常是一不做、二不休，破罐子破摔，一條黑道走到頭。

二

除了情感的癡迷，玄、超二風還癡迷於武功。這不難理解。他們要報仇、要防身、要行走江湖、要揚名立萬、要開創自己的人生未來，就非練好武功不可；更何況在黃藥師門下，早已經培養出了對武功的濃厚興致。所以他們在為了私情而逃離桃花島之際，偷盜了師父極其珍貴的半部《九陰真經》。

這當然是他們錯上加錯，等於是自己徹底堵死了自己的回頭之路。如上所說，這種一不做二不休的行為，也使他們的罪孽感無形之中更深一層。更重要的是，這半部至高無上的武功秘笈，實際上也成了他們走向黑暗深淵的又一推動力，或者說，是第二動因。因為這《九陰真經》，是黃夫人憑自己超人的記憶力錄下，本來就不是十足全本；而陳玄風所偷盜到手的又只是其中的下半部。這是一部道家武學經典，與黃藥師的武功路數全然不同，它的上半部才是講道理、紮根基、練內功的入門基礎，下半部乃是體用實踐的法門。所以，僅僅是得到了下半部經書，陳玄風夫婦只不過徒然歡喜，練來練去都還是不得其門而入。於是他們再一次潛回桃花島，想盜取經書的上半部，不料發現師弟離散、師母亡故，桃花島上已經物是人非。偷看到師父黃藥師與老頑童的一場驚心動魄的大戰，總算見識了什麼是真正超一流的武功，那是他們所望塵莫及的武學境界，但事已至此，悔也晚矣，他們已經是開弓沒有回頭箭。

不得已，他們只能靠自己的聰明才智和一知半解摸索前行，邊看邊想邊學邊練。因為只知其然而不知其所以然，這對夫婦挖空心思，胡思亂想，「發明」了不少練功的新招，結果使得這種道家玄門正宗武學，在他們的手上演變出殘忍毒辣、駭人聽聞的「摧心掌」和「九陰白骨爪」。後來頑皮好事的老頑童誘騙郭靖練習「九陰真經」，聽郭靖說到梅超風如何練功，老頑童立即明白了其中奧妙：「梅超風不知練功正法，見到下卷經文中說道『五指發勁，無堅不破，摧敵首腦，如穿腐土。』她不知經中所云『摧敵首腦』是攻敵要害之意，還道是以五指插入敵人的頭蓋，又以為練功時也須如此。這《九陰真經》源自道家法天自然之旨，驅魔除邪是為保生養命，豈能教人去練這種殘忍凶惡的武功？那婆娘當真糊塗得緊。」[2]這時我們才知道，梅超風夫婦居然從《九陰真經》中練出了「九陰白骨爪」，錯得何等荒唐，又何等可怕可悲！

然而，這正是梅超風的宿命：得到了他人夢寐以求的武林寶典，但卻又只有半部，且無人指點，只能自己在暗中摸索，以至於誤入歧途，而且越陷越深，根本不可能自拔。梅超風夫婦錯練武功的故事，其中有豐富的人文內涵，也有多重的象徵意義。他們之所以練錯，首先當然是因為沒有上半部經書，不得其門而入，只好胡編亂造、自摸門路。其次是因為沒有

2見《射鵰英雄傳》第二冊，第六四八頁。

高人指點，以至於誤入歧途。再次是因為他們無知無識，連最粗淺的道家學理也不瞭解。最後，也最重要的一點，則是他們內心的邪念，自然地反映到他們的武學思路之中：居然用自己的五指穿破人的頭蓋骨，進而還想出在活人身上做如此殘忍的試驗，就不是任何胸懷仁義又心智正常之輩所想得到、做得出的。

然而，事情也還有不可忽視的另一面。這就是，假若經文中沒有「五指發勁，無堅不破，摧敵首腦，如穿腐土」之類的話語，梅超風夫婦又如何能想像得出「摧心掌」或「九陰白骨爪」一類的殘忍毒辣的邪招？他們只是一門心思練習高深武功，而且是想按照經文的指點，摸索出伏敵制勝的奇招絕技，由於自身和外界的種種局限，不知不覺地誤入歧途。雖然不能把梅超風夫婦墮落犯罪的原因全都歸結到這部經文之上，但這部經文在客觀上無疑起到了某種「誤導」的作用。

不必說他們在練成這種陰險凶殘的武功之後作惡多少，就是這種練功方式本身就是一種令人髮指的邪惡犯罪。按照這種自以為是的方式練功，說起來似乎只是練習武功而已，實際上不可能不對他們的價值觀念及其心理精神產生極其惡劣的影響。久而久之，必然會惡性循環：越練這種武功，他們的心理就越毒辣畸形；而心理越是毒辣畸形，當然就越要練習這種武功，甚至會「發明」出其他更加惡毒殘忍的招數。古人云文如其人，梅超風夫婦則是「武如其人」。正因如此，好端端的陳玄風、梅超風才會逐漸變成武林中人人痛恨的「黑風雙煞」。

三

自從開練「九陰白骨爪」，梅超風夫婦的罪惡及其悲劇就已鑄成，再難改變了。不用說，「黑風雙煞」的惡名，絕非空穴來風；無端遭受池魚之殃的陸乘風率領武林人士群起而攻之，當然更不是平白無故。他們不得不逃亡蒙古，陳玄風被小小的郭靖所殺，梅超風則被江南七怪所圍攻，終於被柯鎮惡的毒菱打瞎雙眼，基本上，都是他們罪有應得。不說別的，柯鎮惡的哥哥就是被他們殺死，而柯鎮惡的雙眼也正是被他們所打瞎。

但如何給梅超風夫婦的惡行量刑判罪，是一回事；而如何理解和評價她的形象和人生，則是另一回事。至少，我們應該看到，這對罪惡的戀人之間的深情愛戀及其相互忠貞，仍是非常感人。而且這愛戀本身，也絕非罪惡。看到他們之間相互以「賊漢子」、「賊婆娘」相稱，那不僅表明了這對夫婦之間鴛鴦情深的打情罵俏，其實也是他們對自己曾一朝做賊、偷盜經文的罪孽的一種特殊的銘記。

更重要的，也大大出人意料的是，看起來毒辣無情的梅超風，雖然背叛師門，始終對師父心存恐懼，但在內心深處卻始終銘記著師父的無上恩情。在太湖歸雲莊上聽到裘千丈編造的恩師被殺的消息，她毫不猶豫地邀約師弟陸乘風為師報仇；繼而得知師父未死的消息，這才想到自己的戴罪之身，眼中流出兩行熱淚：「我哪裡還有面目去見他老人家？恩師憐我孤苦，教我養我，我卻狼子野心，背叛師門……」早就想到在為丈夫報仇之後，「自尋了斷」[3]。她不僅這樣想，這樣說，最後也真是這樣做了：當歐陽鋒乘著黃藥師與全真七子正面對敵之際突然發動背後偷襲，黃藥師只道自己性命難保，沒想到正是梅超風在千鈞一髮之際挺身而出，用自己的身體擋住了歐陽鋒的雷霆一擊，救了師父，犧牲了自己。臨終之際，還按照師父以前的要求，自折手腕，表示悔罪；黃藥師答應讓她重歸師門，她更是由衷欣喜，勉力爬起身來重行拜師之禮，這也成了她生命最後的造型。

如果按照梅超風最後的生命姿勢塑造一尊她的雕像，我們恐怕無論如何也說不出這是一個徹頭徹尾的喪心病狂之人；而只能說，這是一個曾經天真單純、也曾經出入邪門，曾經造孽多端、又曾經飽嘗人間孤苦的，可怕可惡但更可悲可憐的、盲目的女人。

3見《射鵰英雄傳》第二冊，第五三二頁。

老頑童百歲成人

我女兒在小學畢業之前就將金庸小說讀了個遍，進了初中之後就開始有了自己的看法，而且她的看法與我的大不相同。比如說，在金庸的小說中，她最喜歡的人物居然是老頑童！問她為什麼不是最喜歡那些主要英雄人物，而最喜歡老頑童？女兒反問說，老頑童有什麼不好？再問她老頑童又有什麼好呢，女兒的回答是：至少老頑童「好玩」！

一

想一想也是，金庸筆下的老頑童確實很好玩，在《射鵰英雄傳》和《神鵰俠侶》兩部書中，凡是有老頑童出場，就會有好玩的故事。當年黃蓉就曾經常偷偷地與他玩；郭靖剛剛踏上桃花島，他就要和比他晚兩輩的郭靖結拜兄弟——再後來遇到比他晚三輩的楊過，他還是要與他結拜兄弟！郭靖不答應與他結拜兄弟，規規矩矩地稱他為「周老前輩」，他反而大哭大鬧，覺得郭靖是看不起他，或者是覺得他太老了！他不喜歡別人稱呼他為周老前輩，而喜歡別人叫他是老頑童。老頑童的喜歡玩，真是花樣百出，越是新奇的玩意兒，他就玩得越是開心。沒有人玩的時候，他居然想出了自己和自己玩「雙手互博」的花樣。

小孩子喜歡老頑童，似乎天經地義，喜歡玩是小孩子的天性，而老頑童卻是喜歡玩的祖宗。老頑童總是能夠想出很別致的遊戲，無論是講故事也好，玩打架的遊戲也罷，他總是能別出心裁，而且能夠認真投入。看老頑童玩耍的故事，不僅小孩子會心嚮往之，就是大人、老人見了，只怕也真的會返老還童。所以，我女兒說她最喜歡老頑童，看來是世界上再正常不過的事情。

實際上，除了直覺或本能的喜歡之外，在理性層面，也還能找到喜歡老頑童的其他幾點理由。

首先，別人是苦練武功，老頑童卻是在玩耍武功，所以老頑童才會在他的師兄中神通王重陽逝世之後，達到武功的最高境界。在世的超一流武功高手東邪、西毒、北丐、南僧，到後來實際上誰也不是他的對手。之所以如此，最重要的原因正如哲人孔子所言：「知之者不如好之者，好之者不如樂之者。」對於武功，老頑童是打心眼裡好之、樂之，無形之中就已經達到了別人苦苦修煉而不可得的最高境界。只有他，才能想出「雙手互博」的遊戲，只有他才能理解「空明拳」的真諦，也只有他，才會為了學到一門新奇的武功而不惜拜徒曾孫輩的楊過為師、甚至不惜拜大對頭金輪法王為師！只有他一個人，能夠把練武功當成目的本身，在練武之中就能獲得足夠的樂趣，武功成了他的一種「遊戲」方式，成了他人生的一種主要的內容，他才能達到別人所不能達到的成就和境界。練武是如此，學習和研究其他的東西，何嘗不是如此？

其次，老頑童心性淳厚、善良可親、不記任何榮辱得失，更無報仇雪恨之心。最典型的例子，是東邪黃藥師不僅騙取了他的《九陰真經》、而後打斷了他的腿，還將他關在桃花島長達十五年之久，但他卻沒有半點報復之心，且對黃藥師也沒有一絲惡念。他把這場人生的厄難當成了他和黃藥師之間的一場遊戲，他一直在苦苦堅守自己的「遊戲規則」。最後憑著自己的本領走出洞來，也不過留下兩堆新屎、一泡熱尿給東邪、西毒，聊博一笑。西毒對他處心積慮，始終無奈他何，用計逼他跳下大海，他也只當是一場生死豪賭，沒想到反而因此獲得了騎鯊遨遊之樂。再一次遇到西毒歐陽鋒，並沒有任何仇恨，也沒有要怎樣報復，甚至害怕西毒跳海也獲騎鯊之娛，所以只不過要他當眾放屁而已。

再次，天下熙熙，皆為利來；天下攘攘，皆為名往。只有純樸天真、心地空明的老頑童能夠真正的超然物外，不為任何名韁利鎖所縛，才能夠獲得真自由、體驗自己的真人生。在《神鵰俠侶》的最後一回書中，天下英雄重上華山，再一次論劍排名，一生眼高於頂的東邪黃藥師對老頑童也是心悅誠服，大意是：「我等視名為無物，一燈大師視名為空，只有你，本來就心無所礙。所以，推舉你為天下第一人！」其他的超一流人物，都在老頑童這一「仙品」之下。

最後，老頑童的形象還有一個更重要的價值，那就是對中國的儒家禮教文化傳統做出根本性的顛覆。儒家禮教講究克己復禮，將社會理想高高置於人性欲求之上，所以有「存天理、滅人欲」的道統，後人則有「禮教殺人」和「傳統吃人」之批評。傳統吃人也者，其實倒不是真的把人給殺了、煮了、吃了，其中最厲害的一招，是對人的心靈和精神的束縛。傳統的中國人的典範，是「少年老成」，就是有道德、守綱常，但卻缺乏童心、壓抑人性。東邪黃藥師一生「非文武、薄周孔」，對傳統禮教進行不懈的批判；但卻遠遠比不上老頑童——與「少年老成」恰恰相反——的人生實踐那樣具有本質性的顛覆意義。一切傳統的禮教，都不在老頑童的念中；只要他嘻嘻一笑，所有的說教都會顯得無能為力，甚至荒誕無稽。

二

可是，問題還有另外一面。老頑童也有不好玩的時候，那就是無法叫他負責任。小的例子，是黃蓉、郭靖讓他保護受傷的洪七公，他卻在南宋皇宮之中將洪七公丟了，將郭靖、黃蓉嚇出了一身冷汗。更可怕的是他總是不接受教訓，只要玩得興起，就會將一切責任拋諸腦後，完顏洪烈的幫凶靈智上人等就是抓住了他貪玩的特點，一邊派人與他打賭靜坐，一邊派人暗害受傷的洪七公。若非郭靖來得及時，洪七公、柯鎮惡的兩條老命勢必會被他和敵人一起「玩」掉。

更重要的例子，當然還是他與大理國王妃瑛姑之間的私通，那真是「開頭是錯，結尾還是錯」。當年他和他的師兄王重陽一道到大理國訪問，王重陽與大理國君——南帝段智興——後來的一燈大師談正事，而老頑童則在皇宮之中玩「邪門」，要教王妃瑛姑武功、點穴，一來二去，日久情生，導致瑛姑懷孕。事發之後，王重陽將他交給南帝處理，南帝不忍加害，要他將瑛姑帶走，王妃瑛姑喜出望外，沒想到老頑童卻堅決不從，寧可讓南帝或師兄處死，也不願帶著瑛姑離開。他的理由是：原來不知這是錯事，現在知道是錯了，就不能一錯再錯！他沒有想到，他這麼一來，不僅使得對他一往情深的瑛姑傷心欲絕、無地自容，而且使得對他仁至義盡的南帝心灰意懶、最終還因為妒心難忍而至避位出家。

從此以後，天不怕、地不怕的老頑童就怕起了瑛姑、更怕起了南帝，不僅對這兩個人聞風而逃，就是誰提及「四張機，鴛鴦織就欲雙飛」——這是當年瑛姑唱給他的「情歌」——他也會魄散魂飛。此後的幾十年間，老頑童始終在逃避瑛姑、逃避南帝或一燈大師；誰要是對他提起這兩個人，那就是他的「練門」。

對此，一般人的理解是，老頑童真的是原不知錯、知錯就改，不敢一犯再犯、一錯再錯。實際上，這是只知其一、不知其二，老頑童對瑛姑的逃避，道德感只是表層的原因。「其二」，就是他對男女情感的逃避，或者說是隨著情感關係而來的情感責任的逃避。這是對作為一個情人、男人、丈夫、父親的責任的逃避，更不如說是對「成人」的逃避！根本的原因是，老頑童永遠不想長大成人，永遠都只想做他的「老頑童」，永遠都只想玩、喜歡玩、好玩，永遠都不想面對成人的現實和隨之而來的責任。也就是說，老頑童將男女之間的性愛，也只當成了一種好玩的「遊戲」，但沒想到這種遊戲會有一種不好玩的結果，那就是他要為這種遊戲付出代價、負起責任。老頑童之為老頑童，就是因為他在心理上一直沒有長大成人，進而還本能地拒絕長大成人。

於是，神算子瑛姑一生對老頑童苦苦追尋，而老頑童一生對神瑛姑慌張逃遁，就成了《射鵰英雄傳》、《神鵰俠侶》這兩部小說中的一道著名的「風景」，給讀者帶來了無限的樂趣。未成年的讀者，出於對老頑童由衷的喜愛，以為這也是一場「官兵抓強盜」的遊戲。但真正體驗了人生滋味和懂得一些心理學知識的讀者，應該能夠讀出這一「遊戲」中的苦澀。

這對於瑛姑，顯然是一場無休無止的羞辱和災難，她的生活、她的人生、她的情感、她的人格、她的兒子和她本人，都被羞辱、扭曲、改變、抹煞和毀滅了。對老頑童的追求，或不如說是追尋，已經是瑛姑的一種人生目標，這是她最後的、唯一的「生存的證明」，是她唯一的存在與價值的依據。而偏偏對老頑童，卻又無法從情感上去責備，更無法從道德上去審判。他不僅愛過瑛姑，而且實際上還一直在內心的最深處仍保留了對瑛姑的愛，甚至在苦勸郭靖不要沾染女孩子，不要與黃蓉戀愛、結婚之際，也還隱隱約約的透露了他一直在努力忘卻，而實際上並不能真正忘卻的對瑛姑的愛。問題是，他又不能承認這種愛，因為他不能、也不願承擔這種愛所附帶的責任與義務。他不能想像自己要成為一個「成人」，不再是老頑童；如果不再是老頑童，那他就勢必要成為一個普通人，或者什麼都不是。

三

說穿了，老頑童是具有成人的身軀，同時又具有兒童的心智，這種心理固執，或者說是老頑童式的自我想像和自我認知，是一種心理病態，是一種心理、精神領域的侏儒症。我們不妨將它命名為「老頑童綜合症」，這不是一般意義上的返老還童，也不是人們常見的老人如兒童，而是在他的一生中自始至終都沒有長大，同時還固執的拒絕長大。在這一意義上，老頑童就不僅不好玩，而是很可憐，甚至很可悲了。因為這不但違背人性，也違背了自然生長的根本之道。

老頑童之所以成為老頑童，原因當然值得探究。這可以說是現代心理學中的一個前沿課題，不僅需要專家研討，也值得普通人認真思索。在金庸的小說中，沒有為老頑童提供足夠的背景資料。我們只知道，一，老頑童從小就是一個孤兒，因而缺乏正常的教養；二，老頑童雖說是王重陽的師弟，但他的武功卻是王重陽教的，也就是說，王重陽實際上是他的師父，而且還是他的精神上的父親，可是王重陽總是對他過於溺愛、也過於放任，一切責任都由王重陽這個師兄、師父、精神父親一身承擔，使得老頑童樂於「好玩」，樂於不負責任，從而成了「永遠的老頑童」。結果，當然就一點也不好玩了。三，如果我們沿襲前文的思路，我們還應該說，老頑童的存在固然是對傳統儒家禮教的一種顛覆的力量，但老頑童的產生，卻又完全可能是傳統「說教」的一種必然產物。如果說「少年老成」是一種合格的產品，那麼「老如頑童」則是一種不合格產品；前者是其正面，後者就是其負面。說教——反感——反抗——逃避，就產生了老頑童。也就是說，老頑童的存在及其「老頑童現象」的產生，完全符合文化或歷史的辯證法。

有趣的是，在《神鵰俠侶》一書的最後，老頑童百歲之年，頭髮由黑變白、又由白變黑，才在熟練了「黯然銷魂掌」的神鵰俠楊過的苦勸之下，終於下定決心去面對半個多世紀以來一直在逃避的情人，且最終與瑛姑成了眷屬，並讓一燈大師做了他們的芳鄰。我不知道作者是為了了結一段綿延半世紀之久的「公案」，還是要證明老頑童年過百歲才終於「成人」？無論怎樣，老頑童的形象，都已經不是「好玩」二字可以了得。

楊過黯然最銷魂

楊過形象設計的靈感，大約是與大俠郭靖的形象比較而來。郭靖遲鈍愚笨，楊過則聰明伶俐；郭靖正直厚道，楊過則敏感偏激；郭靖憨厚木訥，楊過則熱情善辯；郭靖專一執著，楊過則狡猾多變；郭靖出身清白，楊過的身世中則有明顯的隱秘與汙點。如果說郭靖的性格像是某種岩石那樣的固體，堅實可靠，恆久不變；那麼楊過的性格則像是某種溫熱的流體，熱烈衝動，聰明敏感，流動不拘，難以定型。這性格有明顯的兩重性，有時候溫熱宜人，溶冰化鐵，摧枯拉朽；有時候卻又高熱灼人，火花四濺，甚至會引起一些不大不小的火災。

總之，郭靖的形象是武俠世界的正宗典範，楊過的形象則是武俠世界的一個反叛者、一個明顯的另類。

一

所以，楊過一出場就顯得流裡流氣，是一副活脫脫的市井小流氓形象。郭靖好好地問他叫什麼名字，他卻說自己叫「倪牢子」（你老子），難怪黃蓉一見面就不喜歡他；而他與西毒歐陽鋒相遇，雖非一見如故，但很快就氣味相投，真心誠意地拜歐陽鋒為義父。看來真是物以類聚、人以群分，老子英雄兒好漢，老子反動兒混蛋；楊過是楊康的兒子，會是什麼好東西？

果然，跟隨郭靖、黃蓉夫婦到了桃花島不久，楊過就惹出了事來。與武氏兄弟似乎是天敵，而對桃花島的小公主郭芙居然也沒有半分相讓，以至於不但煽郭芙耳光，而且還用歐陽鋒的蛤蟆功將武修文打成重傷。更要命的是，師祖柯鎮惡查問他的武功來歷，他不但不予回答，反而張口大罵柯鎮惡為「老瞎子、老混蛋」。對師祖如此不敬，當然是公然反叛師門，終於使得桃花島上沒了他的容身之地。

郭靖好意將他送到終南山全真門下，希望他用心學藝，立志成才，沒想到他從第一天起，就搞得全真弟子鹿清篤屎尿淋頭。進而又得罪師父趙志敬，以至於師父不願教他真功夫，最終自食其果，不但武功毫無進展，而且還再一次將師兄鹿清篤打成重傷。其後居然還大罵自己的師父為「老雜毛、牛鼻子」，公然辱罵師尊、反叛師門，投入古墓派門下。可見楊過天生反骨，難以在正派名門之中找到自己的位置，只有在暗無天日的古墓中才能暫時安身。

而多年以後，一旦從古墓之中走出，果然就立即惹出無數事端。由於小龍女莫名其妙地離他而去，浮浪風流的楊過，把白衣少女陸無雙暫時當成了小龍女的替身，雖說救了她的性命，但卻又因此使她神魂顛倒，從此陷入無望的愛情之中。接著是招惹完顏萍，後來又挑逗程英，再後來在絕情谷中讓公孫綠萼情不自禁、死而後已。假如他真愛這些少女也還罷了，問題是他自始至終只是把這些花季少女當成小龍女的代用品，不客氣說，就是當成了玩弄的對象。

華山歸來，他也曾在武林大會上與小龍女一道趕走金輪法王師徒，為中原武林立下頭功，這使郭靖喜出望外，誰知緊接著就是公開拒絕郭靖的許婚，進而當著天下英雄之面說要娶自己的師父、姑姑小龍女為妻！這就是說，楊過和小龍女這對「非禮」的戀人，此時不僅成了古墓派的叛徒，同時也成了整個社會的異類和反叛者。如此違反禮教大防，而且死心塌地，全不聽郭靖的好言相勸，頑固不化，寧死不屈，賭咒發誓，一定要在自己的立場上堅持到底。

更嚴重的是，由於他長期不明父親楊康死亡的真相，本能地將自己的父親想像成一個英雄，復仇之心也從未泯滅，因此自以為是地對郭靖夫婦始終心存疑慮，常常以怨報德，最終甚至投入民族大敵忽必烈的麾下，成為死仇金輪法王等人的同夥，進而制定了謀殺大俠郭靖的計畫，而且差一點點就幾乎得手。假如楊過當真得手，他不但會成為倫理的叛逆，同時還會成為整個漢民族的敗類和罪人，那就真是萬劫不復了。幸而作者不但讓楊過在那關鍵的時刻及時打住，而且還讓他做出戲劇性的突變，徹底地扭轉和改變了楊過的性格與命運。

二

上述種種，其實都還只是楊過性格的一個側面，甚至不過是一種表面現象。這個人物形象，當然還有另外一面，還有更深刻、更本質的一面。

楊過終於沒有對郭靖下手，固然可以說是沒有找到最合適的機會，但更主要的原因卻還是出於他內心的矛盾衝突，無法為自己的行為衝動找到堅定的信念。當他見識了郭靖坦誠磊落的英雄氣度和為國為民的大俠胸懷，這才真正找到了自己信念的依據和行為的典範，所以他再一次「出爾反爾」，非但不再想殺郭靖，反而寧願為保衛郭靖而犧牲自己的生命。與以前出爾反爾不同的是，這一回，楊過的信念是十分堅定，並且從此不會再變了。考慮到楊過此時仍然沒有明白父親死亡的真相——也就是說，郭靖仍然可能是他的殺父仇人；再考慮到楊過身上的情花之毒未解，不殺郭靖、黃蓉就等於是自殺，對他保護郭靖而犧牲自己的行為，就應該增加三倍的敬意。

表面看起來，楊過的心胸氣度向來就不寬厚廣闊，而且一向是睚眦必報，但真正在大關鍵處，他卻總是在捨己救人。郭靖夫婦與他有「殺父之仇」，他們的女兒郭芙於他不但自幼就水火難容，長大後又有斷臂之恨，進而更有傷妻之仇，但楊過的「報復」，算起來卻是：救過黃蓉，救過郭芙，救過郭靖，也救過郭襄。武氏兄弟與楊過始終不睦，要算是他生命中的宿敵冤家，但在他們為了郭芙而兄弟相殘之際，卻又正是楊過設計相救，甚至捨命吸毒。這一次救人的代價是，小龍女再次因誤會而出走；郭芙更是對他怒火沖天，斬斷了他的右臂。而在郭芙斬斷他一臂，進而又發毒針使小龍女毒入膏肓，楊過也還是非但沒有對她實施任何報復，反而在她危急之際將她救出火海。對此，他也曾自我反省，得出的結論是：「對自己激烈易變的性格非但管制不住，甚且自己也難以明白。」[1]

他自己不大明白，我們卻應該明白，當年在華山頂上見證過大俠洪七公和大惡歐陽鋒惡戰之後又相擁大笑而逝，不僅是楊過人生和性格的一個最重要的轉捩點，同時也是他的性格和命運的一種深刻的象徵：他本人就是那種超越世俗認知理念的正邪合一體。這固然使他的心理和行為充滿複雜多變的矛盾衝突，但又使他的精神有了更大的發展空間，使他的性格比一般人有更大的內在張力，使他的形象超越庸常而更富有光彩奪目的人性內涵。

楊過形象的核心，正是他那熾烈的生命光輝和火熱的人間情懷。陸無雙、程英、公孫綠萼乃至小小的郭襄，都被他的這種奇異的光輝所吸引；小龍女的冰心更是被他的這種火熱的情懷所融化。書中的黑暗古墓和絕情幽谷原是兩個典型的克制情感、壓抑人欲、扭曲人性的處所，正是楊過的到來，使這兩處發生了革命性的變化。是他使得小龍女冰心溫暖，使得古墓派的傳人從此徹底改變了其「活死人」的心理狀態和生活方式；又是他使得絕情谷中的眾生不再絕情，人世間也不再有人會為情花毒刺所傷。所有這些，不僅是一些事實，其實更是一種象徵。

身患絕症的小龍女與楊過的最後一別，長達十六年之久，楊過的愛情非但不減分毫，而且他始終在把自己生命與情愛的溫暖光輝播撒於總是多災多難的人間。「神鵰大俠」所到之處，必有種種神奇的故事在流傳，在寒風刺骨冰封雪飄的黃河風陵渡口，正是神鵰大俠的形

1見《神鵰俠侶》第四冊，第一〇三六頁。

象和故事溫暖且照亮了每個世間旅人。

三

直到很久很久以後，人們才慢慢理解楊過。如果不像黃蓉那樣，從一開始就戴著一副有色眼鏡來看楊過，我們就會發現，這個看起來心思變化不定、行為屢教不改、人品善惡難分的反叛浪子，性格其實非常簡單。他的所有行為的依據，只不過是誰對他真心關懷，他就會加倍報答；誰對他不好，他當然也不會客氣。而他所有的心理渴望，則無非是期望得到一點點真情熱愛和溫暖關懷。

楊過不過是一個缺乏關懷、需要關懷、渴望關懷的人間孤兒。再回過頭來看看楊過的經歷，我們就會理解，楊過之所以自始至終對歐陽鋒真心誠意的愛戴敬仰，並非所謂物以類聚，而是因為楊過在對方狂傲霸道、瘋瘋癲癲的言詞背後，感覺到了發自內心的父愛人情。歐陽鋒對楊過的一絲關懷，在從來就沒有見過自己父親的楊過心裡就會放大成百倍的溫暖。對於這位給予自己父親般溫暖關懷的人，慢說楊過不知道他是什麼人，就算是知道這歐陽鋒是武林中人所不齒的大魔頭，他也照樣會願意為了保護他而粉身碎骨。

同樣，在第一次見到古墓派的孫婆婆時，楊過之所以毫不猶豫地對她產生無比的信任，正是因為他從她那張核桃殼般的醜臉上發現了一縷慈愛的眼光！孫婆婆死後，與不動聲色的小龍女相反，楊過大哭不止，幾乎是傷心欲絕。他甚至不忍心立即關閉棺蓋，只希望能最後多看她一眼，搞得小龍女莫名其妙，原因不過是，這位慈祥的死者曾經在她的最後時刻給予了他人間少有的護犢之情。

與小龍女之間的關係就更具有典型性了，楊過之所以能夠迅速地把她當成自己的親人，絕不光是因為他已無處可去，而是因為他很快就發現這位面冷心更冷的小龍女在打他屁股的時候，居然越打越輕！小龍女在初次打人時是否有意憐惜楊過，實在找不到證據；即使是憐惜，也遠遠談不上是關愛和溫情；但孤苦無依而又聰明敏感的楊過，卻從中「解讀」出溫情關懷的信息。

按說，在這個世界上，最關心愛護楊過的人，無疑應該是郭靖。且郭靖也確實對他充滿真摯的父愛，何以楊過當年並不珍惜，甚至不明白，要到多年之後才能真正懂得並感激？表面的原因，似乎是由於楊過心中總是懷疑郭靖夫婦與他的生父楊康之死有關，心中疑慮不除，當然不可能與郭靖夫婦心心相印。其實，更深刻的原因並不在此，而在於，一，郭靖夫婦一見楊過，就表現出一種異乎尋常的關懷，這在流浪江湖的楊過看來簡直是難以置信，世間居然還有人會把他當成自己的親兒子那樣？二，關鍵之處，在於黃蓉從見到楊過的第一面起，就對他流露出懷疑厭憎的眼色，此後同行至桃花島，直至收他為徒，看來對他實在不錯，但時時處處卻從沒有放鬆過對他的疑心和警惕。敏感的楊過對此豈有不知之理？黃蓉不讓他做郭靖的徒弟，而要自己來教他；但卻不教他武功，只教他讀書識字，少年楊過如何能信她對他是真心關懷？

說來似乎有些教人難以置信的是，在楊過的心中，最珍惜、最在意的，恰恰是郭靖夫婦對他的態度。在他的潛意識之中，他不知不覺的將郭靖夫婦當成了自己的父親母親。他在自己的成長過程中最為盼望的，就是自己能夠成為他們的孩子，盼望他們能給予自己父親母親般自然親切的目光。越是這樣盼望殷切，他就越是敏感；越是這樣渴望多多，自然就越是殷切苛刻。

我說楊過在內心深處把郭靖夫婦當成自己的父母，最好的證據就是，當楊過成人之後，從華山歸來，故意撕破自己的衣衫、打腫自己的嘴臉，裝成一副潦倒不堪的模樣，前往郭靖夫婦所在之處。看起來像是脾氣古怪的楊過故意搞出的惡作劇，恐怕連他自己也並非真正明白，在自己的潛意識中，正如一個浪子回鄉，故意要引起父母的憐惜，進而「考驗」父母對自己感情幾何。如果楊過並不在意郭靖夫婦對他怎樣，他又何必這樣做作？要不然，後來當黃蓉平生第一次對他真正地和顏悅色，真正地以一個母親的口吻對他說話的時候，已經長大成人的楊過何以會那樣激動、熱淚盈眶、泣不成聲，甚至恨不得將自己的心掏出來獻給黃蓉「媽媽」?!

由此可見，假如黃蓉當年對楊過不持偏見，對女兒侄兒一視同仁，只要黃蓉一個親切的目光，實際上就能改變楊過的立場、性格和後來人生道路。同樣，當年柯鎮惡若不那麼凶巴巴、惡狠狠地對待這個小孩子，楊過何以會大罵師祖，以至於被逐出桃花島？假如全真派道士趙志敬愛徒如子，楊過又怎麼會再一次反叛師門？黃蓉說楊過心思複雜，她從來就猜不透楊過的心事，原因其實並不在小小楊過當真有多複雜，而在於黃蓉從來就沒有用母親慈愛和信任的目光打量過楊過，當然就沒有、也不可能會發現楊過的心思其實非常的簡單。你給他一縷溫情的目光，他就會給你一片彩虹；你給他一片母愛，他就永遠是你赤誠的兒子。只可惜，黃蓉始終沒有愛過楊過，所以也就始終不能懂得楊過。這固然是黃容一生的遺憾，更是楊過一生的不幸和悲哀。

四

也許，這就是所謂命運，一切都有某種「定數」。我不是說那種神秘不可測的所謂天命，而是說個人與社會、生命與歷史、情感與道德、突出個性與傳統觀念之間的種種複雜而又矛盾衝突的關係。

身為楊康之子，又成無母的孤兒，在很大的程度上就已經決定了楊過一生不幸的命運走向。這種身世不僅決定了楊過的性格和心理狀態，同時也使他帶有某種「原罪」的遺傳——因為他是楊康的兒子。黃蓉始終不喜歡、不信任楊過，就一半是因為楊過的性格本身，而另一半則是因為他的父親。反過來，楊過又正因為始終不能忘懷父親之死，不能泯滅殺父之仇，不能明白父親人生及其家庭歷史的真相，所以始終對郭靖、黃蓉夫婦心存芥蒂，甚至產生過殺之復仇的惡念。由於這種歷史的原因，使得楊過始終不能真正融入黃蓉的家庭，從而注定他要一生孤苦伶仃，去獨自書寫自己不由自主的人生命運。

在更深的一層意義上，楊過的命運則是由於他的個性氣質與社會規範的衝突所造成的。這也同樣存在兩個方面的問題，一個方面是楊過該學習如何把自己融入主流社會；另一個更重要的方面則是，主流社會如何寬容和接納楊過這樣個性突出、情感熾熱、心理敏感、行為衝動的青年？這實際上就不是一個傳奇的個案，實際上還是一個中國禮教文化傳統與個體人性之間必然衝突的一個帶有普遍性的問題。楊過與郭靖黃蓉等所代表的主流社會之間的衝突，其實遠不止是他要與自己的師父小龍女戀愛結婚這一樁——這只不過是最有代表性的一樁，實際上，楊過每一次反叛師門、與主流社會的傳統規範對抗，都是這種文化與人性、社會與個人衝突的典型案例。在楊過所處的歷史背景下，這些衝突當然都是些不可解決的「死結」，傳統禮教及其價值觀念不可懷疑，更不可動搖，「有罪」和受傷的當然只能是反抗這種傳統的弱小個人。

我猜想金庸先生在寫作楊過的故事的時候，一定融入了自己的獨特經歷和痛苦體驗。作者本人在中學和大學中，就曾兩次違背校規，「反叛師門」，兩次被自己的師門「勸退」[2]，這與楊過的經歷情形驚人的相似。這表明，楊過所遇到的問題，直到二十世紀仍然存在，相信今天的讀者對此有正確的理解。

楊過一生的慘痛經歷，說到底是因為他的個性太過突出，這有一點像「五四」青年，對一切傳統都要進行一番個人化的、情感、理性和人性立場上的「價值重估」。這樣的人，當然不會受到主流社會的接納，更不會受到熱烈由衷的歡迎。所以，即使成了民間俗世中人人

2見《金庸生平與著作年表》，見《金庸小說國際學術研討會論文集》（附錄）第六三七頁，王秋桂主編，臺灣遠流出版事業股份有限公司一九九九年十二月第一版。

景仰的神鵰大俠，他也依然還是一個出沒山林之間、遠離江湖塵世的「邊緣人」。當然，又正因為個性突出，而且才氣縱橫，雖然遭受常人難以想像的深悲劇痛，一生身殘心苦，但最終還是與大俠郭靖殊途同歸，走上象徵歷史正宗的華山之巔，名列至高無上的「乾坤五絕」之中。而且，在金庸小說的主人公中，真正能夠自出機紓，別走蹊徑，自己單獨創造出一門新的武功來的，實際上只有這傷心斷臂的楊過一人。

只不過，楊過自創的武功名叫「黯然銷魂掌」，取的是江淹《別賦》中「黯然銷魂者，唯別而已矣」的句意。那時楊過將自己所學武功「融會貫通，已是卓然成家。只因他單剩一臂，是以不在招數變化取勝，反而故意與武學道理相反。」[3]這一套武功，可以說是楊過的心理、性格和他的人生故事的最佳總結和寫照。徘徊空谷、力不從心、行屍走肉、倒行逆施、廢寢忘食、孤形隻影、飲恨吞聲、六神不安、窮途末路、面無人色、想入非非、呆若木雞……云云，與其說是武功招式，不如說是楊過對自己一生遭遇的總結和感慨。至此，相信所有有情的讀者，都會像小郭襄那樣，先是覺得好笑，然後淚流滿面。

「故意與武學道理相反」，不但是這套武功的關鍵處，也是楊過性格的關鍵處，或者說是作者構思楊過形象的關鍵處。楊過為他的那個世界貢獻了自己的一切，得到的卻只有「黯然銷魂」，只有「人生不如意，十之八九」的痛苦經驗。書寫至此，不禁要問，出了毛病的到底是楊過本人，還是他所生存的那個世界？

3 見《神鵰俠侶》第四冊，第一三三一頁。

郭芙不知心裡事

說起郭芙，我猜很多人對她沒什麼好印象，或者乾脆就沒什麼印象。所以，一般的讀者，對談論郭芙，恐怕不會有太大的興趣。在金庸小說《神鵰俠侶》中，作為一代大俠郭靖和一代女傑黃蓉的長女，郭芙的形象，實在沒多少閃光點，就是她的妹妹郭襄小姑娘，給人們留下的印象也比郭芙要美好、深刻得多。

但要是換一個角度看，所得出的結論或許會完全不同。在純粹的文學意義上，尤其是在「人學」或心理學意義上，郭芙的形象，比她的父親郭靖、母親黃蓉、妹妹郭襄以及她的外公東邪黃藥師、師爺飛天蝙蝠柯鎮惡等武俠名人，只怕是更有價值。也就是說，如果不僅談武俠，而且談人文，那麼郭芙的形象，實際上就比她的那些著名的親人更值得研究。

一

首先，作者對郭芙這一名門之後的形象設計，就頗具匠心。作者並沒有按照龍生龍、鳳生鳳、老鼠生兒打地洞的那種中國傳統思維邏輯來設計郭芙的形象，而是儘量別出心裁，按照生活邏輯及其可能性來塑造郭芙的個性形象。結果是，一方面，郭芙的外形繼承了父母的優點，從小就豔光照人，讓諸多少年為她的美色心神迷醉；而另一方面，郭芙的內在品質卻又繼承了父母的缺點，即像她父親郭靖那樣遲鈍愚拙、像她母親那樣任性妄為。

我常常想，有郭芙這個女兒，簡直就是對郭靖、黃蓉夫婦的一種諷刺。或者，按照老話，就是一種莫名其妙的報應。為什麼郭芙沒有結合郭靖的樸實寬厚、黃蓉的聰明伶俐這兩樣優點，而恰恰是遺傳了父母親的缺點？這需要遺傳工程學家去做研究。我所能想到的，是除了遺傳的因素之外，還有家教的因素。這一點書中寫得明明白白，黃蓉對她的這個長女從小百般縱容、溺愛無度、放任自流；而郭靖即使想要管教，也被黃蓉擋了回去，因而每一次管教都只能是虎頭蛇尾、空有雷聲，這使得郭芙更加有恃無恐、變本加厲。桃花島上的蛇蟲鳥獸，飽受郭芙的摧殘迫害，無妄之災日復一日，桃花島上狗跳雞飛。對此，母親黃蓉視若無睹，父親郭靖有苦難言。結果是，郭大俠、黃女傑的掌上明珠郭芙姑娘，雖然像芙蓉一樣清麗動人，卻也像芙蓉一樣浮於水面、徒有其表。郭芙的「芙」字，想必也包含了浮躁、輕浮的「浮」字的諧音。

郭芙的形象，很容易讓人想到紈褲子弟，想到「君子之澤、三世而斬」，想到為什麼中國人「忠厚傳家久，詩書繼世長」的美夢總是一次又一次的破碎落空。因此，郭芙的形象就自然而然的成了一種文化的啟示：忠厚如郭靖、聰明如黃蓉，都不能養育出優秀的兒女，惶論其他無知無識、不厚不實的家庭？當然，金庸的小說並非老式的「勸世賢文」，而我也沒有必要在這裡大談教育哲學，作什麼醒世恆言。我所感興趣的，只是郭芙的性格及其依據或來源。我只想說的是，金庸的這種寫法，顯然打破了武俠小說的常規，而融會了自己的人生經驗。

如上所說，郭芙的性格特點，最突出的就是一個「浮」字。仔細想來，郭芙其實並不像她父親郭靖那樣遲鈍愚拙，用今天的話說，她的智商應該不低。郭芙之所以不能成才，武功始終在二、三流之間，最主要的原因其實還在這個「浮」字上。心浮氣躁如郭芙，當然不可能像她父親郭靖那樣刻苦用功，同時又不能像她母親那樣聞一知十，既無巧智又無恆心，當然不可能成為一流的武功高手，超一流的境界更是難以企及。驕嬌之心、浮躁之氣，實際上成了郭芙心智發展的最大的障礙。這一點，與其說是智力的不足，不如說是性格的局限。

二

其次，郭芙形象的意義，不僅在於她的成才之路不通，也在於她的成人之路的曲折。郭芙之「浮」不僅表現在練武上，更表現在她的戀愛上。郭芙的戀愛生活，明顯的可以分為三個階段，或者說是三個不同的層次。

第一個階段，是郭芙與武氏兄弟青梅竹馬，從而在這兩個人之間始終難做抉擇。這個故事也可以分為幾個層次，第一個層次是，武敦儒雖非儒雅，但卻也沉穩敦厚；武修文雖非文秀，倒也活潑伶俐。兩個人各有優點，因而使得郭芙始終左右為難。在少男少女的成長過程之中，不免會遇上這樣尷尬的境況，難得作者將這種境況寫得那樣的惟妙惟肖。進而，更妙的是，當武氏兄弟要為爭奪郭芙而自相殘殺之際，楊過巧施釜底抽薪之計，使得武氏兄弟絕望離開。但不久他們就一一移情別戀，而郭芙也同樣將自己愛戀的目光，投向新結識的耶律齊。原來那樣欲死欲活、拼死拼活、苦繞苦纏、難解難分的情感糾葛，居然只是年輕心靈的暫時的夢幻。事後想起青春情夢，反覺當時如此荒唐。這就進入了這個愛情故事及其情感心理的一個更深的層次。

愛上耶律齊並最終與之結合，是郭芙的情感生活的第二階段，也是她的精神境界的第二層次。無論是武功還是人品，耶律齊比武氏兄弟都要高明得多，但這還不是郭芙愛上耶律齊的最重要的理由。當然郭芙始終也未必明白自己愛上耶律齊的理由是什麼，她的愛一向是情不自禁、身不由己。這理由，需要我們幫她尋找，我們能找到的第一層理由是，耶律齊的性格和人品很像郭靖，這要牽涉戀父情結。對於一向心智不深的郭芙，她所敬重和愛戴的父親郭靖的形象，實際上早已成了一種無形的模式，她的情不自禁的愛戀，實際上正是對此種模式不假思索的接受。再進一層，武氏兄弟性格相異，但對郭芙而言卻又有一點重要的相同，那就是他們都對郭芙無條件的低聲下氣。郭芙習慣並喜歡在武氏兄弟面前扮演驕傲的公主，為所欲為，但心目中的王子畢竟不是這種可以隨便呼來喝去的奴才。這就是郭芙心中本能的矛盾，她喜歡武氏兄弟，敬重的卻是耶律齊。魚與熊掌不可兼得，她當然要捨棄兩條小魚，而取一隻熊掌。

最出人意料的是，當我們和郭芙一樣，以為耶律齊就是她最後的情感歸宿之時，作者在小說的最後，卻又揭開了郭芙心中最大的隱秘。那就是，郭芙在自己三十多歲、結婚多年之後，才「突然」明白自己最隱秘的心事：原來自己心中的最愛，還是那個自小到大的冤家對頭、數十年恩恩怨怨糾纏不休、一向看不上、合不來、離不開、得不到的楊過！

作為郭芙情感生活的第三階段——應該說是第三層次——的這一情節，堪稱金庸小說的絕妙之筆。妙處之一，是始終都出人意料。在小說開始之際，按照郭、楊兩家綿延三代的深厚淵源，大家猜想年輕的楊過與郭芙一定會結成連理，了卻上幾代的夙緣，作者偏偏讓這兩個人越離越遠；而在小說結束之際，大家早已接受了郭芙、楊過各有鍾情的事實，作者又回過頭來，揭開郭芙心理的驚人的秘密。妙處之二，是事事在情理之中。一開始，楊過和郭芙，就像小說《紅樓夢》中所言，「求近之心，反成疏遠之意」；到後來，則又是疏遠之態終於掩不住親近之心。妙處之三，是對郭芙的情感層次的描寫歷歷分明，簡單地說，就是郭芙對武氏兄弟的情感是喜歡；對耶律齊的情感是敬重；而對楊過情感才是刻骨銘心的至愛！換一種說法是，對武氏兄弟的情感出於本能，對耶律齊的情感摻和了理智，而對楊過才真正是既超乎本能也超乎理智、說不清又道不明、像是愛又像是恨的一往情深。

這一情節最大的妙處，當然還是對郭芙的性格和心理驚人的發掘。郭芙幾乎過了半輩子之後，才偶然地在生死拼爭的戰場上突然明白自己的隱秘心事，讀懂自己的情感真相，這表明郭芙的行為、心理和全部人生一直都「浮」在半空之中。還別說，這個世界上又何止是心浮氣躁的郭芙如此心事混沌？不然，何以聰明的古希臘人為何會說：「認識你自己，乃是人類最大的智慧」?!

三

最後，直到徹底揭開郭芙的心理秘密，作者才算是最後完成了郭芙的形象。奇妙的是，等到這個形象最後完成之際，我們卻發現，郭芙這個人留給我們的印象已經悄悄然徹底地改變了。簡單地說，就是那個「討厭」的郭芙，到最後居然變成了「可憐」的郭芙。這一轉變，無疑使得這一形象具有更豐富的人文價值和更崇高的藝術成就。再回過頭來看郭芙，看郭芙與楊過之間的恩怨糾葛，看郭芙的成長經歷和人生遭遇，或許就會帶著一種悲憫的目光。而在此種目光的注視之下，同一個情節或場景就會顯現出超乎我們理解和想像的豐富內涵。

最典型的例子是，我們再看郭芙斬斷楊過手臂這一情節時，就不會僅僅是為郭芙的任性、浮躁的行為而感到震驚、憤怒，還會看到郭芙本人當時的那種喜悅、嬌羞、焦慮、惶恐、茫然彙集而成的複雜的心理狀態及其習慣性的行為衝動。郭芙做事的確是經常不假思索，這不假思索也的確造成了許多惡劣的後果，同時也在不斷鑄造自己的性格／命運的悲劇。畢竟，她在斬斷楊過手臂的同時，也在無意之間斬斷了她與楊過之間最重要的一架情感的橋樑。如此，我們就不再會僅僅是數落郭芙的種種過失，以及在這些過失中所表現出來的「討厭」的、浮躁且任性的性格，同時也應該為郭芙的性格和命運悲劇而感嘆、再思索。

其實，郭芙的性格並非一個「浮」字了得。嚴格地說，郭芙的性格，其實是一種病態，或者更不如說是一種早已存在，但一直未被命名的人格心理的殘疾。在此，我們不妨稱之為「郭芙綜合症」。其最主要的特徵，是家境條件優越，從小驕縱任性，心智發育不良，獨立意識薄弱，人格缺失明顯。郭芙智商幾何，或許很難評定；如果查她的情商，一定會有驚人的發現：那就是，在「發現」自己的心事之前，郭芙在人格精神上始終沒有真正的長大成人。實際上，小說中提供了足夠的有關郭芙的「孩子氣」的例證，缺的只是我們的「發現」。

對我來說，小說《神鵰俠侶》中真正驚心動魄的情景還不是郭芙終於明白了自己的心事，而是第三十五回書中的一個常常被人忽略、但卻非常重要的細節：聖因師太、張一氓等武林奇人秘密來到郭襄的閨房祝賀小姑娘的生日，臨走之際，將一把寫明情況的紙扇插在離地四丈有餘的樹杈中，書中寫道：「郭芙自襯不能一躍而上，叫道：『媽！』黃蓉點了點頭，輕輕縱起……拔出紙扇，落下地來。」我之所以說這個小小的細節使我感到驚心動魄，是因為郭芙的這一聲「媽！」喊得這樣自然而然、毫不臉紅，就彷彿她不是三十多歲，而是才三歲。有人或許會為她辯護說，這只是因為郭芙知道自己武功不夠，所以才請媽媽幫忙。但這種說法卻是只知其一、不知其二。那就是，永遠有媽媽幫忙，郭芙的武功和人格就永遠也不能提高到能獨立運用的程度。我個人認為，郭芙的這一聲「媽」，實在是洩漏了郭芙精神人格嚴重殘障的最大天機。

李莫愁死不知情

李莫愁有一個外號，叫做「赤練仙子」，這與小說《碧血劍》中的「金蛇郎君」的外號恰好相對。同金蛇郎君夏雪宜半是金蛇、半是郎君一樣，李莫愁也半是赤練、半是仙子。這兩個人都曾喪心病狂，不同的是，金蛇郎君是為了報復滿門被殺的血海深仇，而赤練仙子李莫愁則是因為情場失意而濫殺無辜。

李莫愁濫殺無辜，說起來實在有些讓人難以置信：她恨何沅君奪去了自己的心上人，居然將與何沅君毫無關係的何老拳師一家大小二十餘口滿門殺絕，原因只不過是這家人與她的情敵同姓——姓何；進而，她還跑到沅江之上一連毀掉六十三家貨棧船行，這回是因為這些貨棧船行的名號中有一個何沅君的「沅」字！

她還發誓，誰要是在她面前提及何沅君三個字，就是與她不共戴天，從而不是你死、就是我亡。十年之後，李莫愁仍沒有「我亡」，那就意味著不少人為之「你死」。只是具體數目，我們不得而知。如此一來，李莫愁來到江南陸家莊陸展元、何沅君夫婦故居，將陸展元的弟弟陸立鼎一家殺害，倒顯得「順理成章」了。

一

面對如此令人髮指的事實，人們不禁要問，這李莫愁與陸展元、何沅君夫婦究竟有多少深仇大恨，搞得這樣城門失火、殃及池魚？追問她的動機，那就更加讓人難以接受，甚至難以想像了：李莫愁對何沅君如此切齒痛恨，以至於瘋狂變態地濫殺無辜，原因不過是，她愛上了陸展元，而陸展元卻與何沅君相愛結婚。此外，無論是見證人武三通，還是她自己，都沒有提出任何有關何沅君或陸展元「得罪」她李莫愁的事實。

當年李莫愁熱戀陸展元的情形究竟怎樣，書中沒有明確交代，作者對此一直語焉不詳。或許是隨著陸展元夫婦的病逝，當年往事多半已是死無對證；或許是因為李莫愁已處於精神瘋癲的狀態，很難讓她清晰地回憶往事；再說就是她回憶了，她的單方面的證詞，也難以完全令人相信。當然，也不排除這是書中的一個不大不小的漏洞，很有可能是作者對此設想得並不周詳。

不過，要說李莫愁對陸展元是毫無回應的單相思，那又不然。書中提供了一件重要證物，就是一方繡著紅花綠葉的素色緞子錦帕。當年陸展元臨終之際，曾將此錦帕交給自己的弟弟陸立鼎，囑咐他在萬一無計可避之時，可以拿出它來，或可讓李莫愁放他一條生路。陸立鼎夫婦沒有來得及用此錦帕即遭李莫愁毒手，臨死之前，拿出錦帕，由武三通夫人將它一分為二，分別繫在程英、陸無雙兩個小輩的脖子上，李莫愁見了果真猶豫再三，不忍立即下手。這方錦帕，就是當年李莫愁送給陸展元的定情信物。

如果我們認真考究，就會發現，這方錦帕能夠為我們提供不少有關李莫愁和陸展元當年關係的信息。它可以為我們提供的信息之一，是能夠證明李莫愁與陸展元當年曾有過親密的交往，那麼李莫愁對陸展元的戀情，就未必是純粹的單相思。其二，陸展元當年顯然接受了這方錦帕，並將它一直保留下來，固然有可能是留做救命之用；但也不能完全排除留此信物作為對一段情感的紀念之意。更大的可能性是，陸展元對李莫愁的熱烈戀情茫然不知所措，所以，他雖與何沅君結婚，但卻還保留著李莫愁的愛情信物。其三，陸展元之所以接受了李莫愁的愛情信物，卻又最終拒絕了李莫愁的愛情，其原因也可以到這方錦帕上去找。這方帕子上繡的是紅花綠葉，取意於「紅花綠葉、相偎相依」之意，這沒有問題。其中的紅花，是雲南大理國最著名的曼陀羅花，這也沒有問題。問題出在，李莫愁將這朵紅花比作自己，而將綠葉當成了陸展元的形象象徵——因為在陸展元的江南話中，「陸」、「綠」同音。

之所以說李莫愁的這種搞法有問題，是因為她的這一寓意違背了中國傳統的價值觀念。傳統的綱常要點，確定不移的是夫為妻綱；傳統的認知模式，乃是男女、陰陽，主次分明。而李莫愁別出心裁，將自己當成紅花主體，而將陸展元這個男人當成綠葉配角，豈不是要違背綱常、顛倒陰陽？我猜想，當年陸展元接受這方錦帕時或許曾高高興興，但一旦明白李莫愁的設想和寓意，就一定會大為震驚，進而會感到羞辱和恐懼，因而根本無法接受。在陸展元的時代，一個男人如何能接受李莫愁這種明目張膽的女權思想？目瞪口呆的陸展元，必然會因此而逃避李莫愁，轉而追求何沅君——在江南話中，「沅」、「軟」同音——就像《書劍恩仇錄》中的陳家洛放棄文武雙全的霍青桐，轉而接納天真無知的香香公主；或是像《俠客行》中的石清躲避樣樣都勝過他的梅芳姑，而與溫柔嬌俏的師妹閔柔結為夫妻。這叫做，自古紅顏多薄命，世間才女命更薄。否則，就沒有二十世紀轟轟烈烈的女權運動了。

但另一方面，在李莫愁而言，這種以她為主、以他為輔的想法和做法，卻又十分正常。因為她是古墓派的弟子，顯然不大知道古墓之外的人間世界中男主女輔、夫為妻綱的倫理法則，進一步說，就是她知道這種法則，也一定會覺得這種法則的荒謬，從而一定要以身作則，打破陳規，顛倒陰陽，改換乾坤。否則，她就不是古墓派弟子李莫愁了。

二

提及古墓派，我們才算是觸及到了李莫愁性格及其命運悲劇的關鍵處。那是一個獨立的、純粹的女性世界，在那個小小的世界中，自然而然是以女子為中心。實際上，這一派的祖師奶奶——應該叫祖師「姑姑」？——林朝英，就是一個不自覺的女權主義的先驅，她一生不願輸於男子，更不願屬於男子，而要與當時天下第一男子王重陽一爭短長。正因如此，才會有古墓幽居，才會有後來的古墓派，才會有李莫愁從小寄生於此的那個不見天日的女性世界。

古墓派的女性世界實際上又是一個不得已而存在的世界，是一個封閉的、壓抑的世界。一開始是由於不得已而與世隔絕，但到後來，這種隔絕就變成了一種傳統規則。古墓中人的自我封閉是十分明顯的，與全真派近在咫尺，但數十年來卻一直是老死不相往來。要不是楊過無知闖關，可能永遠都沒有人能夠瞭解古墓中生活的真相。進而，古墓中生活的壓抑也是非常明顯的，這只要從她們養生修煉的秘訣中就可知情——書中曾寫到李莫愁的師妹小龍女修煉的「十二少、十二多正反要訣」，其中的「十二少」是：「少思、少念、少欲、少事、少語、少笑、少愁、少樂、少喜、少怒、少好、少惡」[1]！——李莫愁是小龍女的師姐，少不了也曾修煉過這種古墓派的養生功夫。也就是說，李莫愁在古墓中生活，就要壓抑所有的人生欲望和人性本能。

古墓派倒也有一項能夠變通的規矩，說是如果有哪一個男子能夠發誓為古墓中的某個女性甘願犧牲自己的性命，那麼，這個女子就可以自由地走出古墓。小龍女就是因為楊過表現出了願意為她獻身的行為，而獲得了走出古墓的資格。可問題是，這項規矩看似合情合理，實際上只是一條荒唐的「第二十二條軍規」。因為古墓派中的女子一向不與外界交往，裡面的人不許出去，外面的人不許進來，墓中的女人根本就沒有機會見到外人或被外人見到，何來男子與之相愛，並願意為之獻身？更何況，這條規則又還有一條補充規定，那就是在一個男子的獻身行為之前，不得透露這條規矩，否則就算是作弊犯規。

值得注意的是，李莫愁正是因為沒能遵守這條規矩，自動走出古墓，從而成了古墓派的叛徒。在古墓中人看來，李莫愁的行為大逆不道，因而成為江湖魔頭就在情理之中。但如果

1見《神鵰俠侶》第四冊，第一五〇六頁。

我們換一種角度看，李莫愁只是不願意受那種違反人性的壓抑，而要追逐人性的解放和人生的自由，從而勇敢地走出古墓，何罪之有？在這一意義上，我們甚至要說，李莫愁其實是一個自我解放的先驅和英——雌。進而，我們更應該看到，李莫愁成為江湖中的魔女，與其說是因為反叛師門的必然結果，不如說是因長期在師門中受到極大的壓抑，一旦鬆綁解放，不免有些過度自我膨脹；一旦遇到刺激，就很容易產生心理變態。

也就是說，李莫愁的病根，是在古墓中就已種下了。具體說，一是，古墓中的女性中心意識，導致她的過度敏感或過度自大，以至於難以被古墓外的世界所接受。二是，李莫愁受不住古墓生活的壓抑，擅自走出古墓，一方面是出於情欲本能的衝動，另一方面則是出於她高傲剛烈、愛走極端的性格。壓抑愈深，她的反應就愈是強烈、反抗也就愈是偏激；而她愈是偏激，就更是不容於師門。這種欲望與傳統、個性與教條的矛盾，實際上早就扭曲了李莫愁的靈魂，而且斷絕了她的任何退路，使她不得不勇往直前。三是，她根本就沒有受到過愛情和人生方面的教育，從而根本就不瞭解塵世間的愛情與人生的具體遊戲規則，一旦她的愛情被對方拒絕，等於是剛入場就被罰出場，她當然就根本無法接受！最後，由於她對塵世人生的無知，因而不僅不合時宜，而且還非常危險地將男女間的愛情當成了唯一的人生追求和人生內容，所以一旦愛情的支柱不能成立，她的全部人生也就變得沒有方向、沒有退路，甚至毫無價值。

因此，陸展元因不甘當她的綠葉而拒絕她的愛情，就等於摧毀了她的人生支柱；而何沅君取而代之成為陸展元的妻子和愛人，也就等於是剝奪了她的人生權利。所以，她當然會對何沅君恨之入骨，對陸展元愛恨交加，並從此瘋狂變態。這就是說，李莫愁的瘋狂，只不過是古墓生活精神壓抑的後遺症，受到塵世生活環境污染之後所產生的綜合併發症。

三

李莫愁瘋狂的殺人行為當然是魔鬼的行為，但我們如果瞭解她心理變態的原因，就會對她產生深切的同情。進而，我們還將看到，李莫愁非但不是天生的魔鬼，而且也不是完全不可救藥。

在李莫愁的一生之中，至少還有一件善舉，那就是對小郭襄曾有一段養育之恩，舐犢之情，而這種本能的母愛，閃爍著人性之光。一開始，李莫愁是懷著自利之心和惡毒之念加入到搶劫嬰兒郭襄的行列之中的，她以為這個小孩是楊過和小龍女的私生女，可以用來要脅他們，以便換得她垂涎已久的《玉女心經》。但很快，她就對這個小小嬰兒萌生愛意，進而將這小小的人質當成了自己的心肝寶貝。盡心養育之後，情感自然加深，以至於當黃蓉前來搶救郭襄，李莫愁竟然對這個小小嬰兒百般回護；甚至在受到黃蓉暗算之後，還曾一度猶豫，要不要用自己的生命換取這個嬰兒的安全。正是由於這一刻的猶豫，使得黃蓉不忍加害於她；爾後在她葬身火海之際，黃蓉還讓小郭襄對她合掌拜謝。

李莫愁能夠如此善待郭襄，當然不是出於人道的理性，而是純粹出自她的母性本能。這本能居然沒有被古墓生活所徹底壓抑，也沒有被人世的不幸遭遇所扭曲，終於由這個機會自然流露，使得李莫愁的形象在這一剎那間變得如此美麗動人。至此，我們才領會到，李莫愁之「赤練仙子」外號中的「仙子」之意，不僅是說她的外形像仙子那樣美麗，同時還是另有所指。不難設想，假如不是黃蓉救女心切，因而將郭襄從李莫愁身邊奪走，那麼為了養育這個嬰兒，李莫愁就會繼續隱居不出，會忘卻人間的仇恨和競爭，會從此將養育嬰兒當成自己的一個全新的人生目標。那麼，這個小小無助的嬰兒，必然會成為李莫愁激發母性、消除魔性、恢復人情、張揚人性的最佳良藥。

可是，黃蓉還是無情地將小郭襄從她身邊奪走了。或許黃蓉根本就不知道，這實際上是剝奪了魔女李莫愁唯一的一個再生為人的機會。事後黃蓉邀請李莫愁一同前往古墓尋找楊過，李莫愁欣然答應，黃蓉——以及大多數讀者——以為她只不過是想借機奪得玉女心經；誰能想到，李莫愁答應與之同行，更有可能是對小郭襄實在的依依難捨，因而想陪伴一程是一程。古墓派的《玉女心經》，又怎能比得上她本能的慈母心情？然而無奈黃蓉根本不讓她有機會再次接近郭襄，從此以後，李莫愁的人生再一次失去目標，她就只好重蹈覆轍，並且變本加厲，終於瘋狂無救，直至最後情花毒發，痛苦不堪忍受，主動投身火海，自焚而亡。

李莫愁人生的最後一幕，讓人不由得產生同情之心。書中寫道：「李莫愁一生造孽萬端，今日喪命實屬死有餘辜，但她也非天生狠惡。只因誤於情障，以致走入歧途，愈陷愈深，終於不可自拔，思之也是惻然生憫。」[2]在她生命的最後時刻，還在唱著那首那首迷情的

2見《神鵰俠侶》第四冊，第一二二六頁。

歌曲，然而只唱到「問世間，情是何物，直教生死相許？天南地北……」便聲若游絲，悄然而絕。後面的「雙飛客，老翅幾回寒暑。歡樂趣，別離苦，就中更有癡兒女。君應有語，渺萬里層雲，千山暮雪，隻影向誰去……」等等，就再也唱不出來了。李莫愁是唱著這首歌曲出現在讀者面前，又唱著這首歌曲對人世做最後的告別，人世間情是何物？李莫愁終生都在尋找，但顯然沒有找到滿意的答案。她甚至不明白，為什麼她總是找不到答案。

絕情谷主公孫止

如果說《神鵰俠侶》中的絕情谷是一個寓言世界，那麼絕情谷主公孫止當然就是一個寓言中的人物。在這本書中，一個活死人墓，一個絕情之谷，相互映襯，異曲同工，都是自我封閉、自我壓抑的王國。絕情谷只不過是活死人墓的放大和變形，如果擴而大之，就成了一種中國傳統文化生態及其歷史真相的寓言。

一開始，看到谷中鳥語花香、室內一塵不染，谷中人物高冠古服、個個道貌岸然，谷中生活寧靜平和、井然有序，人們會不由自主地疑心自己是不是無意間走進了桃花源？但是不久，我們就會看到，像在任何封閉的王國一樣，這裡非但不是什麼人間天堂，反倒有一個令人毛骨悚然的活地獄——我說的不僅是那個長久不被人所知的地下鱷魚池，而且包括所有表象背後的一切。而這一切，當然都與谷主公孫止密切相關。

一

這個公孫止到底是怎樣的一個人物？如果僅看表

面現象，會覺得此人溫文爾雅、古風撲面，言談大方端重、彬彬有禮，屬於江湖世界中少見的異人。但若是繼續看他做什麼、做過什麼和怎樣做，那就是另外一回事了。

楊過、金輪法王等人之所以來到此地，並深入探訪，知道世間還有絕情谷這麼個地方，是因為此谷中人用一種奇異的圍網抓捕了武功奇高的老頑童。當然這是因為老頑童先到谷中滋事，搗毀丹房、書房，搶走靈芝、妙藥，谷中人奉命非將老頑童抓回不可。在大夥兒剛剛來到絕情谷之後不久，就發現公孫谷主正在做的一件事，那就是準備他的新婚盛典，邀請眾位不速之客作為觀禮嘉賓。不料其新娘子不是別人，正是楊過正在苦思苦尋的心上人小龍女；而小龍女居然化名柳姑娘，且裝作不認識楊過，於是這件婚事就透著古怪。

事情不久就弄清楚了，小龍女在主動離別楊過之後，一直心事綿綿、矛盾重重、情思不斷，終於在絕情谷外不遠處突然病倒，幸得公孫谷主及時解救並悉心服侍。公孫止有意求婚，小龍女決意下嫁，以便終生隱居谷中，徹底斷絕對楊過的思念以及與他的聯繫。小龍女之所以變成柳姑娘，是因為一方面決意永遠離開楊過，以免使他因為違犯禮教大防而被世人所恥笑；而另一方面卻又對楊過念念不忘，他姓楊、她便改姓柳。開始是小龍女絕情訣別郎君，公孫止多情迎接佳人；到後來卻是小龍女舊情復發，公孫止絕情阻止。公孫止、小龍女之間的一場紅燭婚禮，終於了變成楊過、小龍女與公孫止及其絕情谷徒眾的一場浴血爭鬥。

如果僅僅是這場爭鬥，雖然公孫止表現得不夠大方，甚至有些蠻不講理，但畢竟還是情有可原。因為小龍女送上門來，且又締結婚約，突然間新娘的情郎上門，搞得他一場歡喜一場空，他當然不免惱羞成怒。然而後來發生的一切，就不僅讓人瞠目結舌，而且會徹底改變人們對公孫止的觀感印象，須對這一人物進行重新認識和評價了：公孫止惱怒之下，發現不僅是小龍女對楊過情感深厚，而且他自己的女兒公孫綠萼對楊過居然也情不自禁，於是設下毒計，一箭雙鵰，將自己的女兒和楊過一起推入地下鱷魚池中！一貫道貌岸然的公孫谷主居然對自己的親生女兒如此辣手無情，實在有些出人意料，更令人髮指。

更有甚者，當楊過和公孫綠萼僥倖逃脫鱷魚之吻，找到一條不為人知的地下通道，進入一個深達百丈的地穴，從而揭開了一段更加令人毛骨悚然的驚人秘密。他們發現，據說已經逝世多年的公孫綠萼的生身母親、公孫止的原配妻子裘千尺還活在人間——活在那個不見天日的地穴之中。這位裘千尺，早已是筋骨殘廢、頭髮脫落，如今形貌醜陋不堪，心智也不大正常，這一切當然是拜公孫止所賜。當年裘千尺懷孕之時，公孫止與谷中婢女柔兒私通，被裘千尺發現，威脅公孫止說在他和柔兒之間只能留下一命，公孫止毫不猶豫地將身中情花之毒的柔兒一劍刺死。活命之後，卻又出人意料地用花言巧語外加麻藥烈酒將裘千尺灌醉，然後挑斷她的筋絡，繼而將她推入地穴之中。

僅僅是上面的這段歷史，就已經說明在絕情谷寧靜平和的生活表象背後，隱藏著不可告人的歷史秘密；在公孫止溫文爾雅的畫皮之下，還隱藏著一顆自私懦弱而又凶狠毒辣的心。進而，隨著裘千尺的出現，公孫止與小龍女的婚禮固然化為泡影，而公孫止的形象也還有更加驚人的變化。

我們看到，隨著裘千尺的出現，公孫止不僅徹底失去了美麗的小龍女，而且還失去了谷主的地位，公孫止所有的道德外衣也隨之被全部脫去。典型的例子，是在第二十九回書中，公孫止居然在絕情谷外的大道上，企圖用武力劫持年輕美貌的完顏萍。這時候，堂堂的絕情谷主，成了一個不折不扣的採花賊。若非黃蓉、李莫愁連袂出現，完顏萍的命運就不堪設想。繼而，公孫止回到絕情谷中，見到風韻猶存的李莫愁，居然又「一見鍾情」，迫不及待地要求聯手、聯姻，後來甚至不惜再一次設計陷害親身女兒，以便從裘千尺手中騙取最後一顆情花解藥，來討好李莫愁。此時的公孫止，已經是一個不可自抑的色情狂。最後，豆蔻年華的公孫綠萼，終於死在了她那殘忍無情的父親公孫止手中！而此時的公孫止，已經是一個喪盡人性的衣冠禽獸。

二

看完公孫止的故事，任何人都會義憤填膺。想到這一人物形象如此驚人的變化，卻又只能啞口無言。若說這個公孫止天生就是一個衣冠禽獸，從來都是蛇蠍心腸，那就未免對這個人物形象及其寓言意義過於簡單化了。我們必須看到，公孫止的性格，實際上有一個明顯的發展變化過程。

在具體評說公孫止的性格之前，我們不妨換一種角度、換一個話題，說說他所練的奇異武功。公孫止武功的奇異之處有二，一是他神奇的閉穴功夫，可以隨意關閉穴道，這幾乎使他刀槍不入，因為打中了他的穴道也是白搭，反而會使攻擊的一方為之驚訝慌亂，此堪稱第一流的防衛功夫。二是他神奇的墨劍、金刀相互倒錯的功夫，刀不施刀法，劍不施劍法，讓人防不勝防，楊過就曾吃盡了這種出其不意的刀劍之法的苦頭，這武功堪稱第一流的進攻招術。由此等武功，再加上他奇異的生活方式，公孫止給人的印象無疑屬於異人一類。表面看來，此人幾乎沒有任何弱點，因而實在難以戰勝。

然而，等到他的原配夫人裘千尺出現，將自己的血液溶化在茶水之中讓公孫止喝下，頃刻間就使得公孫止的武功原形畢露，脆弱不堪，漏洞百出。其中奧妙，乃是因為裘千尺深知公孫止閉穴功夫的致命弱點，那就是不能飲食任何油葷，當然更是見不得鮮血。一旦見血，其閉穴功夫就會不攻自破。進而，公孫止的刀劍倒錯互換，也不過是眩人耳目的花招。一旦明白「刀即是刀、劍即是劍」的規則，就會發現他的武功實際上毫不稀奇。裘千尺點破關鍵，使楊過很容易將公孫止打敗；同時也使我們發現，公孫止原來也不過是常人。

我想大家早已明白，在一般的武俠小說中，再神奇的武功也只是一種想像的武功而已，但在金庸的小說中，一些重要人物的神奇武功常常是這個人物性格的外化或提示。也就是說，公孫止的武功奧妙及其破解方式，實際上正是我們瞭解和理解其性格和心理的重大關鍵。以此方法原則對公孫止的武功進行讀解，就會發現此人性格、心理的兩大要素，那就是內在自我封閉和外在的自我虛飾。簡單地說，也就是壓抑和虛偽。在公孫止及其絕情谷的故事之中，不難找到這兩個性格特徵的具體印證。

所謂閉穴功夫，其實只不過是一種典型的自我壓抑的功夫。為了保證這種功夫的長期有效，公孫止不得不長期遠避油葷，這當然又是進一步的自我壓抑。而公孫止為了保持自我壓抑的狀態，避免油葷的誘惑，讓絕情谷中所有的人都成為素食者，就不僅是自我壓抑，而且是壓抑他人了。難怪來此做客而又離不開肉食的馬光佐等人大呼嘴裡淡出鳥來，本能地對公孫止及其絕情谷沒有好印象。進而，公孫止的自我壓抑，實際上表現在自己的情感、心靈、性格等等各個方面。在小龍女出現之前，公孫止的生活無疑出於全面的自我壓抑狀態，這使得絕情谷中保持著一種表面上的和平安寧。

小龍女的出現，就像是裘千尺的那一滴血，使得公孫止自我壓抑的堤壩出現漏洞，從而情欲氾濫成災，再也難以自我控制，最終就必然是全面崩潰。劫完顏萍、追李莫愁，乃至看到任何美女都想強暴，公孫止這才不可救藥。我們不妨設想，假如小龍女沒有出現，人們當然也就無從知道他的原配妻子裘千尺的故事，那麼公孫止的生活當然就會維持著清心寡欲、儼然有道的原狀；而他的神奇武功和他的道德形象，就仍然會是不可一世、受人敬仰。

三

問題是，小龍女不可阻止地出現了，絕情谷的秘密也被揭穿了，公孫止的武功、情感、心理的所有神奇外殼和內在平衡也全都被打破了，他的生活、命運、形象也被徹底地重寫了。這不僅證明了古人之言：通往天堂之路步步艱難，而通往地獄之路則有如滑梯；同時也證明了西方哲人所語：人既是天使、又是魔鬼。

這就是說，公孫止其實只是可憐的凡人，具有典型的人性弱點。只因其祖上要避安史之亂，遷居此谷，創建了這個封閉的世界，並且形成了獨特的價值傳統，將自我壓抑當成了生活的規則，將正常的情欲當成了洪水猛獸。進而為了保持這種祖傳的武功，就必須保持素食的傳統，同時還要繼續保持自然封閉和自我封閉的生活方式。問題是，公孫止也是人，自然有自己的人性的弱點和欲望，封閉的生活方式固然能夠將這種弱點遮掩一時，將這種欲望壓抑一時，但遮掩本身並不是消除，而壓抑的結果也絕非根治。相反，越是遮掩其弱點就越是固執，而越是壓抑其欲望也就越容易膨脹變形。而在這個意義上，可怕可惡的公孫止，其實不過是絕情谷這一環境及其歷史傳統的一個可憐的犧牲品。他的人性欲望原非罪惡，只是這種欲望的壓抑和變形才造成了種種罪孽。

這個人的故事，實際上乃是一個文化的寓言。

裘千尺自掘深淵

絕情谷中奇異的情花，結出各種各樣形狀、滋味各不相同的果實，當然是一種人類情感的寓言。如果說公孫止是一種果實，那麼曾與他生長在同一枝頭的裘千尺則顯然是另一種果實。

裘千尺被弄成殘廢、推入地穴之中，不僅在終年不見陽光的百丈深穴中靠野生棗子為食，居然生活了十幾年，而且還練成了一種空前未有的口吐棗核的驚人絕技，這樣的人物及其故事當然只能出現在諸如武俠小說等傳奇書中，只有金庸這樣富有想像力的小說家才能想像的出來。然而這個人物形象及其情感故事，卻又有其真實合理的一面，與凡俗塵世間的一般人情無異，這樣的人物也同樣只有金庸這樣的作家才能寫出。

一

如果站在維護婦女權益的立場上，當然會毫不猶豫地說，裘千尺的情感及其人生悲劇，是由她那不忠貞、更不仁慈的丈夫公孫止一手造成的。而且，這樣說，也確實有充分的證據：其一，當她懷孕之時，她的丈夫居然與別的女人私通，是可忍、孰不可忍？其二，當她丈夫殺害了自己的情人柔兒之後，裘千尺已經徹底諒解了丈夫公孫止，準備與他重修舊好之際，她那狼心狗肺的丈夫居然暗下毒手，將她打成殘廢，並且慘無人道地將她推入地下深淵之中，顯然是要置她於死地。也就是說，是她的丈夫對她犯了背叛婚姻罪和傷人致殘、企圖謀殺罪。也正是她的丈夫，使她生不如死，但又求死不得，終於不成人形，悲苦不堪。站在這一立場上，任何法官都會判她的丈夫公孫止有罪，而且罪大惡極，該當處死，甚至——依照傳統的法規——應該千刀萬剮。

然而，清官難斷家務事。夫妻的情感關係及其生活經歷，決不是上述證詞那麼簡單，這就不是任何法庭所能輕易裁決得清。即使是裘千尺本人提供的證詞中，我們也能推斷出，公孫止背婦私通，雖然並不道德，卻也有其不得已的苦衷。這當然不僅是指裘千尺懷孕期間，脾氣急躁暴烈、動輒發怒罵人，迫使公孫止另覓情感慰藉。實際上，自從他們結婚之後，公孫止的心裡恐怕就一直不大好過。原因是，裘千尺不僅出身江湖名門，是威震江湖的鐵掌幫主裘千仞的胞妹；而且其自身的武功也遠遠高過對方，曾挖空心思地指點過公孫止彌補其武功的不足；進而還在一次外敵入侵之際，捨命殺退進犯之敵，確保了絕情谷安然無恙。這就是說，裘千尺在身分上是公孫止的妻子，實際上卻又是他的師父，心理上還是丈夫及其整個絕情谷的大恩人。假如公孫止性格忠厚老實，知道感恩圖報，甚而胸懷寬廣，當然不成問題；假如裘千尺性格溫柔和藹，謙虛謹慎，不把自己的能耐和功勞掛在嘴上，當然也不成問題。

據裘千尺所說，她對自己的丈夫不但在武功方面傾囊相授，對丈夫的飲食寒暖也關懷得無微不至，也就是說盡到了一個做妻子的責任。這一點，我們完全可以相信。問題是，她甚至沒有想到，除了武功方面、生活方面，丈夫還有心理、精神、自尊心等方面，更需要她的關懷和照顧。問題出在，裘千尺不是那種溫和謙退之人，而公孫止又沒有那種大度包容之心；裘千尺不免常常居功自傲、頤指氣使、輕視對方，而公孫止偏偏又心比天高、神經敏感、不願仰人鼻息、做妻子的裙下之臣。實際上，妻子不斷市恩作態，丈夫不免忍氣吞聲，夫妻間的情感自然會受到極大的傷害，兩人的關係也早就貌合神離。至少，丈夫公孫止顯然是不甘長期忍受妻子的那種師長兼恩人的作風神情。因此，或早或遲，公孫止就非要移情別戀不可。

值得注意的是，公孫止所戀的對象，名叫柔兒，而且名副其實，性格溫柔。據裘千尺說：「這小賤人就是肯聽話，公孫止說什麼她答應什麼，又是滿嘴的甜言蜜語，說這殺胚（**引者按：指公孫止**）是當世最好的好人，本領最大的大英雄，就這麼著，讓這賊殺（**引者按：還是指公孫止**）才迷上了。」裘千尺的證言應該十分可信，就是說，公孫止別戀柔兒，實際上是想彌補自己情感生活上的不滿足。也就是說，柔兒所具備的溫柔品質，是裘千尺所不具備，也不屑於此的。這也就是夫妻關係的裂痕之所在——要是還不明白，不妨再聽聽裘千尺的下一段：「他十八代祖宗不積德的公孫止，他這三分三的臭本事，哪一招哪一式我不明白？這也算大英雄？他給我大哥做跟班也還不配，給我二哥去提便壺，我二哥也一腳踢得他遠遠地。」——這段話是裘千尺被害多年以後說的，當年當然未必會這麼直接的侮辱公孫止的人格；但有意思的是，聰明的楊過在聽到裘千尺的這番話後，有一點非常合理的暗中推斷：「定是你處處管束，要他大事小事都聽你吩咐，你又瞧不起他，終於激得他生了反叛之心。」[1]即使是在一個男女平等的社會中，一個丈夫也未必受得了一個這樣的妻子；更何況公孫止是生活在一個遵循古禮、男尊女卑的封閉的世界之中？

二

值得注意的是，一開始，公孫止雖然受不了自己的妻子裘千尺，但對妻子只有厭煩和恐懼，並無仇恨之心，更無加害之意。如果是在現代社會，公孫止遇到這樣的情況，就比較好辦，可以與裘千尺協議離婚；協議不成，還可以到法院去起訴離婚。問題是，在公孫止和裘千尺的世界中沒有這樣的生活慣例，所以，公孫止和他的情人只得暗中商量決定，乘裘千尺靜室練功、足不出戶之際，一同私奔出谷，逃離自己的家園。從這一點說，一個男人在自己的祖居之地無法安身，而出此私奔下策，應該說是有實在不得已的苦衷。

不幸的是，即使是下策也無法實行，他們的計畫被裘千尺知曉，結果是，柔兒和公孫止先後被自己的女主人投入情花叢中，受萬千毒刺之罰。更可怕的是，裘千尺將幾百枚毒刺解

1以上引文均見《神鵰俠侶》第二冊，第七一八頁。

藥絕情丹全部沉浸在砒霜毒水之中：要解情花毒，就要喝砒霜水；不喝砒霜水，就解不了情花毒。最後，裘千尺拿出僅剩的一顆絕情丹交給公孫止，只能解救一人的生命，讓他去決定是救自己還是救情人。

這一生死考驗，終於使得公孫止自私自利、貪生怕死的本性得到充分的暴露。他顯然不是那種可以為情而死，甘願為解救情人而獻身的情聖；而只不過是一個地地道道的凡夫俗子，一個披著英雄外衣的可憐蟲。他對柔兒的加害和最後的欺騙當然是非常卑鄙和殘酷的。然而，說到殘酷，卻也至少還是有一點點不得已，因為是裘千尺製造了這種殘酷的局面，逼他做出這種一生一死的殘酷選擇。長久積威之下，身中毒刺之時，公孫止做出任何選擇都將是殘酷的。他之殺人求生，並非因為他生性殘酷，而只能說是卑鄙自私。

此時，公孫止對裘千尺的恐懼終於徹底化成了刻骨的仇恨。往日的無數積怨，此次非人的疼痛，求生的羞辱，不得不親手殺死情人的無名悲憤和失去情人的哀傷，自然匯成一團極端怨毒的怒火，要發洩到他認定的「罪魁禍首」裘千尺的身上——在公孫止看來，裘千尺不是罪魁禍首還有誰是罪魁禍首？就算是與人私通，那也罪不至死，而裘千尺逼他親手殺死了自己的情人柔兒，他當然要對她施行殘酷的報復。在這一意義上，裘千尺被打成殘廢，進而被推入死地，雖非罪有應得，至少有一部分屬於咎由自取。以無情對無情、以殘酷對殘酷，這對夫妻已然反目成仇，從而各走極端，實在已不能用常理常情來測度。

三

寫到這裡，我在不斷提醒自己，切不可站在男性立場上，為自己的同性公孫止做什麼無罪辯護。我還提醒自己，也不要追究裘千尺的法律或道德上的責任。我所要做的，是分析裘千尺這一人物的個性，探索人性的弱點。

裘千尺的性格弱點是十分明顯的，那就是她的任性霸道和愚昧無知。表現出來的是任性和霸道，骨子裡卻是愚蠢和無知，兩相刺激和互動，致使不斷惡性循環，終於不可收拾。不僅自毀了她的婚姻生活，也徹底毀滅了自己和丈夫的生命。裘千尺的任性和霸道，在她的言談舉止之中時時處處都有表現，當年就曾牛氣哄哄，後來仍是得意洋洋；當年就是偏激暴躁，後來還是固執己見。不說別的，就說硬要將自己的女兒許配給楊過，否則就不給他絕情丹，就是一個極典型的例子。在她看來，她女兒公孫綠萼愛上了楊過，楊過就應該做她的女婿。或者不如說，她選中了楊過，楊過就該老老實實的與她女兒結婚。楊過心裡怎樣想，甚至她女兒心裡是什麼滋味，她是全不考慮，也根本就不在意！

這種霸道和任性，當然是出於對人性和人類感情的蒙昧無知。有理由認為，裘千尺從來就不大懂得，夫妻之間除了飲食寒暖、生兒育女、練武抗敵之外，還要有情感上的相互慰藉、人格上的相互尊重、心理上的相互體貼、精神上的相互關懷。由於這種驚人的無知與蒙昧，裘千尺一直是盲目地自信和自得，進而盲目的任性和霸道。以至於在將丈夫和他的情人雙雙拋入情花叢中，繼而逼迫公孫止殺害柔兒之後，還在為公孫止的「悔悟之誠」而「甚感滿意」，洋洋自得地與丈夫舉杯暢飲。直至在迷醉中被丈夫挑斷筋絡，她也不會去想公孫止為什麼會對她這樣殘酷無情，更不會去想他們的夫妻關係是如何走到了這一步。在被害之後，她更不會去想了，在她看來，所有的罪責當然都只能由她丈夫一人承擔。

絕情谷中的這對夫妻，到底是有情還是無情，是多情還是絕情，是丈夫壞還是妻子惡，是妻子可憐還是丈夫可悲，旁人實在難以斷定。所以最後作者巧施妙法，讓裘千尺、公孫止一同摔下百丈深淵，乾脆來一個你中有我、我中有你，生生世世永不分離。只不過，這個最終的結局也還是裘千尺一手策劃施行的，事前公孫止並不知情，是不是可以由此從結尾推斷開端，只好讓大家去猜測和判斷。

胡斐不通世間事

金庸先生說他在在小說《雪山飛狐》中沒有把胡斐這一人物寫好，以至於要專門為他再寫一本《飛狐外傳》。但依我看來，在後一本書中，胡斐的形象還是沒有怎麼寫好。而沒有寫好的原因，恰恰在於想把胡斐寫成一個急人之難、仗義江湖的「真正的俠」。

具體說，就是除了孟子所說的大丈夫須當富貴不能淫、貧賤不能移、威武不能屈之外，還要讓胡斐「不為美色所動，不為哀懇所動，不為面子所動」[1]。把一部小說中的人物，搞成了一種道德觀念的演繹，即使設計得再精巧，也很難真正使這個人物的形象具有豐富的性格內涵。

儘管如此，我還是很喜歡胡斐這個人。不過，我喜歡他的原因，可能與作者金庸先生喜歡他的原因不大一樣。我當然也喜歡他仗義行俠、正氣豪邁、堅定果敢，但我真正喜歡他的原因，卻是因為他常常會犯錯誤。因為會犯錯誤，這個人物就顯得更加可信，也更加

1見《飛狐外傳》「後記」，第七二五—七二六頁。

可愛；也因為他會犯錯誤，才能證明他是一個世間之人。所以，最好是換一種眼光看胡斐。

一

胡斐第一次登場亮相，是在商家堡的那個大雨滂沱、雷電交作的時刻，當眾指斥苗人鳳夫人南蘭沒有母愛、良心。那一刻，在場的有江湖鏢客、朝廷武官、劫匪強盜、武林豪強，人人都對南蘭的行為看不過眼，但卻沒有一個人敢公然說出自己的觀點。理由很簡單，那就是與南蘭私奔同行的不是別人，而是第一流武功高手田歸農。誰要是說出這樣不中聽的話，惹怒了田歸農，豈不是老虎頭上拍蒼蠅，自己找死？只有這麼一個面黃肌瘦、一副乞兒模樣的無名少年，忍不住說出自己心中所想，當然就格外震動人心。

這當然不是一個錯誤，而是一次地地道道的俠義行為，做他人所不敢做，言他人所不敢言，當真是有志不在年高，無志空長百歲。胡斐的行為，也充分證明了他的俠義天性，大可由小看大。或許在場有許多深通世故的成人老者，如老江湖馬行空之流，會認為胡斐這麼幹，是純粹的少不更事，像是「胡作非為」。

胡斐的犯錯，是將商家堡中練功房裡的鏢靶上的「胡一刀」三個子刮掉，換成「商劍鳴」，惹得商老太既震驚又憤慨，當然要嚴加追查。進而，當商老太疑心到馬行空的頭上時，胡斐又自己站出來說商老太自己不敢去找人動手、卻將人家的名字寫到牌子上出氣，

「這才是卑鄙行徑，鬼祟勾當」[2]。最後，看到商老太沒有怒氣的樣子，居然對她毫不防備地走向她身邊，結果被她一把抓住，動彈不得，被捆綁吊打，吃足了苦頭。這是一個典型的例子，按說，如果胡斐有足夠的江湖經驗，他就不該冒失地將胡一刀的名字刮掉，打草驚蛇，因為君子報仇，十年不晚。進而，如果他有經驗，就算是做了此事，誰也不會懷疑到他的身上，他大可不必自己跳出來，讓商老太自己去疑神疑鬼，豈不是好？

當然，胡斐如此，卻又是他性格的必然表現，作為大俠胡一刀之子，豈能容得父親英雄的名字被人寫在鏢靶上受打擊糟踏？進而，事情是自己做的，但商老太卻懷疑到他人的頭上，好漢做事好漢當，豈能讓別人去為自己頂缸？如果那樣，就不是英雄行徑，胡斐也就不是胡斐了。然而，無論如何，在勇敢地做了，又勇敢地站出來承認自己做了之後，居然被商老太外表平和的假象所迷惑，以至於被抓住吊打，大吃苦頭，總是一個嚴重的教訓。因為憑此時胡斐的武功，如果正面對敵，或稍加防備，商老太就無法將他抓住。說起來，這事發生在胡斐身上，當屬必然。一個小孩子，自然缺乏江湖鬥爭經驗，這事毫不稀奇。

雖說在被吊打之時「胡斐身上每吃一鞭，就恨一次自己愚蠢，竟然不加防備而自落敵人之手」[3]，但我們看到，聰明的胡斐並沒有當真接受這血的教訓。在他自行脫身，救出他的平四叔，又將商寶震痛打一頓出氣之後，胡斐居然去後又來，自投羅網，搞得自己差一點再次被抓住，從而成為商老太的刀下之鬼。這一行為與其說是胡斐的英雄氣概、豪邁過人，不如

2見《飛狐外傳》上冊，第七十四頁。

3見《飛狐外傳》上冊，第七十五頁。

說是輕身犯險、有勇無謀。

當然，所有這一切，都是胡斐性格的表現。一方面，這位遼東大俠之子的言行舉止，都讓我們看到他身上確實流淌著英雄的血。但另一面，我們也應看到，正因為父母早喪，小小胡斐隨著毫無武林經驗的平四叔流落江湖，缺乏必要的經驗指點和應有的智慧教養，以至於如此輕信、輕敵、自信過頭、行為魯莽。

只不過，胡斐的這種性格，與作者所設計的、書名所暗示的「飛狐」形象，就差得較遠了。因為書中的胡斐不像是一隻智慧計謀過人的「飛狐」，而像是一隻魯莽凶狠的「飛豹」。

二

幼年的胡斐是那樣，長大了的胡斐又如何？我們看到的是，成年的胡斐仍然不長記性，還是像少年時一樣，是一隻幼稚的飛豹，並沒有變成一隻成熟的飛狐。他還是那樣年輕氣盛，做事只憑自己的一股衝動。在廣東佛山鎮，明明身上缺錢，「英雄樓」的夥計不讓他進入樓上雅座，他便「氣往上衝，心道：『你這招牌叫做英雄樓，對待窮朋友卻是這般狗熊氣概。我不吃你一個人仰馬翻，胡斐便枉稱英雄了。』」[4]他的這種「英雄氣概」，與市井混混的作風，相差實在不大。如果有人指責胡斐後來之所以要找「英雄樓」老闆鳳天南的麻煩事與

4見《飛狐外傳》上冊，第一五五頁。

他的這「一口氣」有關，恐怕胡斐難以辯駁。

武俠小說的讀者，當然不會那麼想。肯定會不假思索地將胡斐當成一個英雄俠士，而鳳天南當然是一個惡霸豪紳。

可是，即便這樣，魯莽成性的胡斐也仍然是好心辦壞了事，無意中害了佛山鎮無辜貧民鍾阿四一家。當然不是說他不該為鍾阿四一家主持公道，不是說他不應該對當地惡霸鳳天南父子以其人之道還治其人之身，也不是說他不該專門到北帝廟中搞什麼現場勘測、當眾公審；而是說他不該在事情辦到一半的時候，輕易地中了調虎離山之際，中途將原告、被告扔在廟中不管，追出門去。等到他發現上當，趕回廟中，見到的已是鍾阿四、鍾四嫂和他們的兒子鍾小二三人的屍體！不妨設想，假如胡斐沒來伸手管這檔子事，鍾阿四一家雖然有冤難伸，但總不至於一家人慘死絕戶；正因為胡斐要當救星，但又中途出錯，虎頭蛇尾，才使這一家人落得如此悲慘的下場。這一點，胡斐本人也不得不承認，又哭又叫：「鍾四哥四嫂，鍾家兄弟，是我胡斐無能，竟然害了你們性命。」繼而看見鍾家三口死不瞑目，這才對著北帝神像發誓：「北帝爺爺，今日要你做過見證，我胡斐若不殺鳳天南父子給鍾家滿門報仇，我回來在你座前自刎。」[5]

這麼說，胡斐追殺鳳天南一家，就與作者的設想有了很大的差距了。作者設想他是「真正的俠義」，從而「不為……所動」，但在胡斐，卻是一半為自己贖罪，另一半仍是要為白

5見《飛狐外傳》上冊，第一八六頁。

己出氣——原因是鳳天南父子害得胡斐犯了這樣一個大錯！——這回，他連自我反省也給省了。值得注意的是，胡斐到最後也沒有殺鳳天南父子，鳳天南是被湯沛所殺，而胡斐也根本就沒有去追究鳳一鳴的下落。可是，胡斐卻也沒有再回到廣東佛山鎮北帝廟神像前自刎。可見「真正大俠」的行徑未必名副其實；而英雄的誓言，也未必當真靠得住。

我們且不用理想之俠的標準來要求胡斐，即使是以常人的標準，也不難看到胡斐性格中明顯的缺點。儘管他的每一次行動幾乎都有仗義行俠的良好動機，但也幾乎沒有一次行動不是事與願違。除了替鍾阿四一家打抱不平結果反倒使得這一家人慘死之外，在追殺鳳天南的路上，胡斐還從俠義之心出發，阻擋鍾氏（**又是姓鍾的！**）三雄，護衛劉鶴真夫婦去給大俠苗人鳳送信，結果出人意料，弄得苗人鳳的眼睛被毒瞎！進而，出於好心要幫助馬春花夫婦，非但沒有能拯救徐錚的命，反而差一點將馬春花的「好事」攪黃，總之那一次抱不平同樣是打錯了。至於他與袁紫衣一路同行，卻始終沒有發現對方是一個尼姑，紫衣就是「緇衣」、袁姓就是「圓性」；而最後有錯把紅花會的大頭領陳家洛當成朝廷的紅人福康安而大罵一氣、大打一場，對於胡斐來說，就更是毫不稀奇了。

如果我們要求胡斐發現袁紫衣的身分，分清福康安的真假，那就未免對他太苛刻了。從頭到尾，胡斐都不是一個經驗豐富、心思細密、頭腦清楚的人。最典型的例子恐怕還是，明明知道自己對毒藥一行毫無所知，程靈素對他約法三章，他也親口保證遵守，但事到臨頭，他還是出於保護弱小的俠義心腸，將三章約法拋到了九霄雲外。

好在，胡斐雖然年輕氣盛，而且總是秉性難改、不斷犯錯，但卻也總是能知錯補過。把苗人鳳的眼睛弄瞎了，他就去請毒手藥王的弟子來救治；對馬春花，他當然更是一幫到底。在心地上，胡斐當然是一個不折不扣的好人，甚至稱得上是一個真心的俠士；但在性格上，這位年輕的大俠卻未免太過魯莽。這本書中的故事，與其說是胡斐時時仗義江湖，不如說是這個莽漢不斷將功補過。

三

現在，問題就比較清楚了，胡斐行俠的動機雖好，但結果卻常常不妙。最後雖然也能有所補救，但卻已經不是純粹的俠行了。如果作者清醒地意識到這一點，而不是盲目地將這個人物當成一個「真正的俠」，胡斐的形象無疑要真實、可愛得多。儘管作者在無意中也寫出了胡斐形象的缺點，但因為總是不自覺地將這個人物的思想境界無故拔高，以至於這個人物缺乏應有的深度。

首先，作者恐怕就沒有意識到胡斐在江湖上總是屢行屢錯又屢錯屢行的性格特徵，這樣，胡斐本人對自己缺乏江湖經驗，性格衝動魯莽的弱點和缺點當然也就不會有清醒地認識。既然沒有認識，當然也就談不上反省，更談不上接受教訓、改正缺點了。如果寫出胡斐認識到自己的缺點，在不斷行俠江湖、與人對敵的過程中，也在不斷地與自己的缺點作鬥爭，胡斐的形象，當然就會是另一種風範。

其次，一般性的犯錯倒也罷了，作者將胡斐對苗人鳳的犯錯，僅僅寫成是受了受騙者的騙，雖然很是好玩，而且表面上也符合胡斐缺乏江湖經驗性格特徵，但卻沒有寫出胡斐應有的心理矛盾、複雜的自我衝突及其艱難的自我抉擇。因為這苗人鳳不是別人，是打遍天下無敵手，同時卻又是他的殺父仇人；而且胡斐對此所知無多，苗人鳳卻又真心懺悔。所有這些，都應該使胡斐陷入複雜的外在境象陷阱和內在心理危機之中。不要說別的，楊過的故事就是一個很好的參照，在楊過心中，不僅父仇始終是一個心理死結，而且父親的形象在他心中始終被幻想放大。胡一刀顯然比楊康更加英雄豪邁，但卻也死在了苗人鳳手中，勢必更加複雜而難以分辨；而胡斐的性格又比楊過更加魯莽，結果如何，豈不是無法預料？

實際上，作者最大的失誤，是不該把這段情節僅僅當成胡斐追殺鳳天南過程中的一段小小的插曲，而應該把這段情節當成一個重要的核心情節加以構思。因為無論從胡斐的情感上說、還是從他的性格上說，既然武功練成，那麼生平頭等大事就該是弄清自己父母死亡的真相，一心去找自己的殺父仇人；而不該是這樣在江湖上毫無目的地遊蕩，去管佛山鎮當什麼義務員警還兼法官。

再次，對馬春花一言之恩，胡斐終生銘記，並湧泉相報，這當然是一種崇高的道德品質。但胡斐為馬春花亂打抱不平的情節，本來還應該有更隱秘複雜的心理動機和更精彩深刻的心理矛盾。胡斐初見馬春花，馬春花如春花怒放，小胡斐情竇初開，當有異樣的，當然也是隱秘的心理幻想和衝動，這樣，胡斐銘記馬春花才有足夠的心理依據。胡斐成年之後，馬春花風韻猶存，胡斐報恩乃至亂打抱不平中，如果夾雜一些個人的少年記憶和青春衝動，那就會讓胡斐的「亂打抱不平」變成一套余魚同偷學「百花錯拳」，這個故事的人文內涵才算得上是非同一般。

當然，如果這樣寫，胡斐就不再是作者心目中的「真正的俠」了。這也就是說，正是為了寫出一個「真正的大俠」，才使得作者犧牲了胡斐這個「真實的個人」。這在普通的武俠小說裡並不罕見，但在金庸的小說中就要算是一個不小的失誤。

商老太鐵廳烈火

商老太是早已被胡一刀所殺的武林高手八卦刀商劍鳴的夫人，是商家堡的女主人，如同無數中國古代婦女一樣，其個人姓名已不可考了。與日常生活中的中國婦女不一樣的是，這個看上去貌不驚人的白髮老婦，不但身懷絕技，更是滿懷仇恨。自從她的丈夫被殺，她的餘生就只有一個目標，那就是為丈夫報仇。所以，她只有一項工作，就是把自己的兒子商寶震訓練成一個武功高強的殺手，以便完成復仇的目標。

所以，我們在《飛狐外傳》一書的開頭，就聽到「一個嘶啞的嗓子低沉地叫著。叫聲中充滿了怨毒和憤怒，語聲從牙齒縫中迸出來，似是千年萬年、永恆的詛咒，每一個字音上塗著血和仇恨。」[1]

在這本書的開頭，還沒有見到她的面，我們就知道她的仇人是胡一刀、苗人鳳兩位絕世高手。看起來，這位商老太是一個典型的武俠人物，只不過「武俠小說中，反面人物被正面人物殺死，通常的處理方式是認為

1見《飛狐外傳》上冊，第五頁。

『該死』，不再多加理會。本書中寫商老太這個人物，企圖表示：反面人物被殺，他的親人卻不認為他該死，仍然崇拜他，深深地愛他，至老不減，至死不變，對他的死亡永遠感到悲傷，對害死他的人永遠強烈憎恨。」[2]這就是說，寫這個人物，作者金庸先生換了一種角度，也換了一副眼光。所以，這個商老太值得一說。

一

商老太的故事還要從《雪山飛狐》開始說起。那是胡一刀和苗人鳳兩位當世高手在河北滄州鄉下比武，在生死對決之前，兩人相互交代後事。苗人鳳說他還有一件心事未了，就是山東武定縣的商劍鳴曾上門挑戰，將他的兩個兄弟、一個妹妹打死，還將他的一個不會武功的弟婦也一掌打死。因為與胡一刀比武之事未了，不敢冒險輕生，苗人鳳一直沒有去找商劍鳴報仇。胡一刀夫婦答應，如果苗人鳳在比武中失手被殺，他們一定會替他完成這一報仇心願。後來，胡一刀沒等比武結束，就連夜快馬趕到山東武定，殺了商劍鳴，再回來與苗人鳳比武。[3]

那時候，所有的讀者都只會為胡一刀的英雄氣概和俠義心腸由衷讚嘆，同時當然也會

2見《飛狐外傳》「後記」，第七二六頁。
3見《雪山飛狐》第八十七—九十三頁。

覺得那個叫作商劍鳴的人實在該殺，因為他上門找「打遍天下無敵手」苗人鳳挑戰，未見正主，卻打死其弟弟妹妹，已是不該；而連根本不會武功的苗人鳳弟婦也一起打死，就更是犯了武林大忌。這樣的人，當然是死有餘辜，不會有人為他痛惜。那時候，相信不會有多少人記住商劍鳴的名字，胡一刀殺死他，就像是殺死了一隻普通的臭蟲。

可是，到了《飛胡外傳》中，見到了商劍鳴的夫人商老太、兒子商寶震，情況就大不一樣了：原來商劍鳴這個人也還有自己的家庭、自己的親人；而他的家庭和親人會因為他的死而悲痛、憤慨和仇恨；尤其是這悲痛和仇恨會徹底改變這一家人的人生命運。從這個新的角度看，雖不能完全改變對商劍鳴的觀感印象，但至少我們知道胡一刀殺死的不是一隻無名的臭蟲，而是一個活生生的人。進而，我們甚至會懷疑，胡一刀越俎代庖，到底有多少合理性？

在一般的江湖人眼中，甚至在一般的武俠小說讀者眼中，自然有一種非黑即白、黑白分明的價值觀念，那就是凡與好人作對的就必然是壞人；而殺死壞人的行為當然也就是俠義之舉。我們都知道遼東大俠胡一刀和金面佛苗人鳳兩個人都是鼎鼎有名的俠義之士，商劍鳴主動上門與苗人鳳挑戰，而且殺死苗人鳳無辜的家人；後來又被大俠胡一刀殺死，那麼商劍鳴當然就是不折不扣的壞人了。可是，面對商老太和她的兒子商寶震，我們又怎能想像，讓他們接受旁觀者的價值觀念，而不去懷念和敬重自己的親人？實際上，在商老太的心中，她的丈夫商劍鳴不但是一個蓋世英雄，而且是一個無人可以替代的好人，按照同樣的邏輯，凡是與商劍鳴這個好人作對的當然就是壞人。所以，商老太和她的兒子對胡一刀、苗人鳳懷有刻骨仇恨，立誓矢志報仇，就不僅情所應當，而且還理所當然。

這樣，我們會看到，站在不同的角度和不同的立場上，對同一個問題會有完全不同的觀點，對同一件事會有完全不同的評價。值得注意的是，黑白分明的思維方式，和凡是敵人反對的我們就要擁護、凡是敵人擁護的我們就要反對的價值法則，不同立場上的人都可以按照自己的角度和觀點加以解釋和利用。而這個商老太，就正是運用這種黑白思維和敵友準則的一個極端化的典型。我們會發現，這種黑白思維看上去似乎頗能分清是非善惡，但實際上恰恰相反，站在簡單的非敵即友、非友即敵的原則立場之上，就再也難以顧及善惡，更談不上分清是非了。

二

商老太的問題就出在這裡。她的丈夫被殺的遭遇顯然值得同情，她對丈夫商劍鳴的深情值得尊重，她對胡一刀的仇恨可以理解，她的復仇誓願甚至也無可厚非。問題是，她的思維過於簡單，視野過於狹窄，性格過於固執，而行為又過於偏激。更重要的問題，則是她的信念過於盲目。

她恨胡一刀是可以理解的，因為正是胡一刀殺死了她的丈夫商劍鳴。但是，她對苗人鳳何以也懷有那樣的深仇大恨？這看起來就多少有些不可理喻。因為苗人鳳非但沒有殺死商劍鳴，相反正是商劍鳴殺死了苗人鳳無辜的弟弟妹妹和更加無辜的弟婦，實際上苗人鳳才是純粹受害的一方。苗人鳳一直沒有找商劍鳴報仇，胡一刀越俎代庖之舉事先其實也沒有與他商量，何以商老太將苗人鳳也列入自己的復仇黑名單之中？對此，書中沒有詳細交代，其中可能性很多。最大的可能性，是將胡一刀和苗人鳳當成一夥，也就是說將受害者和殺人者不加區分，認定胡一刀的行為是受到苗人鳳的指派。再一種可能性，是當年商劍鳴去找苗人鳳挑戰之後，沒有將自己在苗家的所作所為告訴自己的妻子，以至於商老太一直認為自己的丈夫被殺是完全無辜的。最後一種可能性是，即使商老太知道商劍鳴當年在苗家的所作所為，也非但不認為丈夫的行為不當，而且還會認為苗家人死得不冤，凡是與她丈夫作對的人都是她的敵人，當然也就是她仇恨的對象。

我感到，在商老太而言，最後的一種可能性最大。也就是說，她認為被她丈夫殺死的人是該死，沒有什麼無辜不無辜，因為江湖的法則就是弱肉強食，你死我活，當然毫不稀奇。反過來，殺死她丈夫的人，則必然是十惡不赦的混蛋，竟然會殺死她的親人。對此，商老太不認為自己使用了雙重標準，她其實也的確只有一條標準，那就是一切從我出發。被我方殺死的人該殺，而殺死我方的人就更加該殺。為此，她正在加緊對兒子商寶震的武功訓練，希望她能儘快成為這個世界中的強者，為父報仇雪恨。

所以如此，以至後來發生的一切，都是源於商老太心中的一個堅定的信念，那就是堅信自己的丈夫商劍鳴是一個蓋世英雄，甚而對他敬若天神。她無條件地堅信，凡是自己丈夫所為，都必然是英雄行為；同時還堅信，自己丈夫的武功也是舉世無雙。對於胡一刀輕易的殺死商劍鳴一事，她曾對自己的兒子商寶震解釋說：「若非你爹爹跟那姓馬的事先有這一場較量，嘿嘿，八卦刀威震江湖，諒那胡一刀怎能害得你爹爹？」[4]在她的心目中，自己的丈夫如果不是因為與馬行空打鬥中受了一點內傷，任他遼東大俠胡一刀也好、打遍天下無敵手苗人鳳也罷，就全都不在話下。否則，當年商劍鳴如何敢上門挑戰苗人鳳？

對此，旁觀者很容易看清，這位商老太明顯是很少涉足江湖，因而坐井觀天，不知天下之大、能人之多，更想像不出胡一刀、苗人鳳的武功高到什麼程度。其實還有一層，源於一種人性的本能弱點，像商老太這樣的井底之蛙，常常會不自覺地將自家廳堂想像成世界的中心。只需三分事實，再加上七分想像，就能把商劍鳴行走江湖頗為順利的經歷，加工成天下無敵的神話。因而不會去追究，為何商劍鳴與馬行空這樣的人比武，為什麼也會受傷；更不會輕易承認，自己敬若天神的商劍鳴居然也會技不如人。

實際上，正是由於這種摻雜過多想像的信念，支持著商老太報仇雪恨的決心。有時候，這種源自虛妄的精神力量，也的確能鼓舞一種視死如歸的勇氣，創造出一種打鬥拼爭的奇蹟。對付那個半路改行的強盜閻基，就是一個典型的例子。商老太之所以要出面找閻基單獨決鬥，當然不是仗義保護自家對頭馬行空的鏢銀，而是因為這商家堡乃是商劍鳴親手所建，「怎容鼠輩在此放肆劫鏢？」[5]商老太本來未必是閻基的對手，只因他在洋洋得意之際說了一句「商劍鳴什麼英雄了得，八卦刀法不過如此」，犯了商老太的大忌，使得她發瘋發狂般招

4見《飛狐外傳》上冊，第七十頁。
5見《飛狐外傳》上冊，第七十一頁。

招拼命，打得閻基心驚膽顫、鬥志全消，這才莫名其妙地敗下陣來。

三

打敗了牛皮哄哄的閻基，商老太的自信心勢必更加膨脹。如果說報仇雪恨是她的生命目標，那麼對商劍鳴及其八卦刀法的自信則是她生命的依託。而盲目自信愈加膨脹，其生命依託實際上就愈加脆弱。

偏偏這時出現了一個小小孩童，將訓練鏢靶上胡一刀的名字抹去，改成商劍鳴；進而當眾大罵她「不敢去找真人動手，卻將人家的名字寫在牌上出氣，這才是卑鄙行徑，鬼祟勾當！」[6]這個小孩不是別人，正是自己的仇人胡一刀的兒子胡斐。進而，更為可怕的是，商老太終於發現，胡斐這個黃口小兒不僅具有真正的英雄氣概，而且武功也高得驚人——她自己就不是他的對手，拼命的打法和氣概非但毫無用處，反而當眾挨了胡斐兩記熱辣辣的耳光！進而還發現，非但自己不是胡斐的對手，就連正宗的八卦門一流高手王氏兄弟也不能輕易拿下胡斐。

此刻，商老太會是一種什麼樣的心境？驚愕、震撼、憤怒、羞辱、悲痛、仇恨、絕望一齊襲來。胡斐的武功表現，不僅確切證明她想靠武功為丈夫報仇全無指望；同時實際上也證

6見《飛狐外傳》上冊，第七十四頁。

明了，商劍鳴的武功的確不是胡一刀的對手；八卦刀威震江湖、商劍鳴蓋世無雙，只不過她自欺欺人的心造幻象。這一刻，商老太的生命目標，和這目標的信心依託，全都被小小胡斐徹底打破。

這一刻，商老太的心理發生了驚人突變，全世界都成了她的仇人。無論是原本與她有仇的胡斐、馬行空，或是原本與她無仇的趙半山、呂小妹，或是非但無怨無仇反而沾親帶故的王劍英、王劍傑，全都成了她切齒痛恨的對象。這一刻，商老太才真正變得不可理喻，因而她關閉了鐵廳、點燃了烈火，要將這些人統統燒死。沒想到，商劍鳴留下的最後一招，竟也被小小胡斐化解。於是，商老太就只有使用自己的最後「絕招」，出其不意地將馬行空打入火海，然後自己懷抱丈夫留下的紫金八卦刀，端坐在鐵廳烈火之中，讓烈火焚身，期待到另一個世界去會見並陪伴自己永遠心愛的丈夫商劍鳴。在這個世界上，她的目標落空，生命失去了意義，唯一能選擇的，當然是另一個世界。

其實，早在這鐵廳烈火被點燃之前，商老太久已被關閉在自己心造的鐵廳之中，任仇恨的烈火熊熊燃燒。她把仇恨的火焰當成自己生命的能源，把報仇雪恨當成自己生命的目標，那麼最終燒毀自己、燒毀商家堡、毀掉自己兒子商寶震的一生，就會是一種必然的結局。

商老太的復仇，無疑是一個悲劇。而這悲劇的根源，不僅在於她心理的突然變態，其實也在於仇恨本身，進而還在於那種為仇而生、你死我活、你活我死的江湖法則。

馬春花任性迷情

商老太死了，馬春花最後也死了。商老太死於仇恨，馬春花死於愛情，這人生的機緣氣運，當真常常讓人匪夷所思。

有時候忍不住想，假如商老太當時能夠依從兒子商寶震的心願，向馬春花的父親求婚，兩家化仇為親，大家和和美美地生活，那麼馬行空固然不會橫遭慘禍，馬春花就不至於情迷死路，而商老太也就不會烈火焚身。只不過，那樣一來，就沒有書中這些精彩的故事了。而且，性格決定命運，生活又豈能假設？

實際上，正是因為商老太發現了兒子商寶震對馬春花十分鍾情，想要設下一個折磨這個仇家女兒一生的妙計，而碰巧又被馬行空偷聽到了，馬行空這才突然決定要讓女兒和徒弟徐錚立即訂婚，而且故意請商老太作為媒證。馬行空自以為此計大妙，根本想不到也來不及與女兒商量，這才有了後來完全出人意料的一幕，不僅促使馬春花劍走偏鋒，而且也決定了徐錚和商寶震兩個人的不幸命運。

一

馬春花在與徐錚訂婚的第二天，就情不自禁地投入了一個素不相識者的懷抱，在意亂情迷之中做了別人情婦，無疑是這本書中最驚人也具想像力的一幕。不要說別人想不到，只怕馬春花自己也絕對想不到。換到另一場合，她自己絕對不會相信會有這樣一幕發生。事後若讓她解釋，她也必定會一片茫然，最後多半只能推說是她命中注定的一段冤孽：不然何以她一個大姑娘家竟然如此糊塗膽大，在光天化日之下做出了平日裡連想一想都會臉紅的事情？

而實際上，這段命運冤孽的背後，大有文章。

先說福康安，這位來自京城的闊少、當朝的第一紅人，不僅身分顯貴，而且英俊瀟灑，風流手段高明，偷香竊玉之心更是不需多說。在此窮鄉僻壤，忽然見到馬春花這樣一位「十八九歲年紀，一張圓圓的鵝蛋臉，眼珠子黑漆漆的，兩頰暈紅，周身透著一股青春活潑的氣息」[1]的年輕姑娘，如春蕾勃發，且又野味迷人，豈有不「採」之理？於是臨時決定，進駐商家堡。所以，他與馬春花第一次見面雖是偶然邂逅，但再度「重逢」卻絕非湊巧，而是有備而來。

再說馬春花，我們早就知道，這是一個青春勃發、頭腦簡單、嬌憨任性的姑娘，顯然

1見《飛狐外傳》上冊，第六頁。

不知道福康安到商家堡是瞄她而來，她甚至沒有對那位貴公子稍加注意。這倒不是因為男女有別，而是因為她先是急急忙忙，後則滿懷心事。這心事，當然是對剛剛確定名分的未婚夫徐錚的不滿：她只不過是去請求商寶震放了可憐的少年胡斐，其後則只不過是想把商寶震從胡斐的手中救出，又不是當真去幹了什麼見不得人的醜事、壞事，也值得這樣凶巴巴、氣狠狠地潑醋、發火？這不是故意要讓大姑娘受委屈嗎，而馬大姑娘偏偏最是受不得委屈。委屈之後，自然會傷心，傷心之後就覺得更加委屈：「難道我的終身，就算這麼許給了這蠻不講理的師兄麼？爹爹還在身邊，他就對我這麼凶狠，日後不知更要待我怎樣？」[2]而一陣委屈又傷心、傷心又委屈之後，自然會不知不覺或是情不自禁地投入後花園中那早已為她張開的溫柔羅網。偏偏是父親許婚，偏偏是胡斐被打使她難以入睡，偏偏是商寶震多情握手，偏偏是未婚夫粗魯審問，偏偏是那意緒迷茫的心境，偏偏是那迷人心魂的洞簫絮語，偏偏是春花爛漫夕陽西下的醉人時刻，偏偏是那溫柔如水款款多情的公子，她又怎能不情欲如潮，身不由己？

或許連她自己都不知道，這其實是一種下意識的衝動和反叛。不僅反叛蠻不講理的師兄兼未婚夫徐錚，也是反叛她那匆匆為她許婚、根本不與她商量的父親。若是在正常的情況之下，馬春花雖然嬌憨，甚至有些任性，但絕不會想到要反叛。在正常的情況下，父親將她許配給師兄徐錚，她會覺得是順理成章，因而會欣然順從。其實就算在這非常的情況之下，她

2 見《飛狐外傳》上冊，第八十五頁。

也已經順從了父親的意志，認定了做師兄的未婚妻的身分。其實，在內心深處，老實說，馬春花一向不大看得上這個相貌不俊、性格粗魯、頭腦更是簡單的師兄未婚夫。不說別人，就是商家堡的這個少堡主商寶震就樣樣都比徐錚優越得多，而商寶震恰恰又對她馬春花一往情深且濃情如火，而她馬春花可沒想到要做對不起師兄、未婚夫的事！而她之所以覺得委屈，則是因為師兄徐錚平常對她根本就不敢大聲說話，誰料到當了未婚夫之後居然就像是換了一個人？師兄不那麼凶巴巴的倒也罷了，偏偏他要誣賴好人，豈不是讓她加倍覺得心中委屈，從而對這樁婚事產生加倍的不滿？假如徐錚不是如此一反常態，「蠻不講理」地對她進行審問且居然向她發火，她也就不會因為委屈而傷心，又因為傷心而產生反叛的衝動。

除了下意識的反叛衝動，馬春花的行為當然還受到了自身情欲的驅使。首先，馬春花正處在春花綻放、性欲衝動最為激烈的人生季節。進而，傷心委屈之後的情緒波動、心思迷茫之際的理智失控，又正是情欲氾濫的最危險的時刻。更何況後花園中夕陽花香、簫聲細語，又正是促使少女情竇大開、欲望勃發的催化劑。之所以「但聽簫聲纏綿婉轉，一聲聲都是情話，禁不得心神蕩漾」；只覺得「他臉上的神情顯現了溫柔的戀慕，他的眼色吐露了熱切的情意，用不到說一句話卻勝於千言萬語的輕憐密愛，千言萬語的海誓山盟」[3]，固然是因為福公子引誘手段十分精妙，但也因為馬春花自己情欲萌動，這才會讓一對初次見面的陌生人突然之間就兩性相通。

3見《飛狐外傳》上冊，第八十六頁。

二

假如人們對馬春花的突然失身不能理解，或很難原諒，那麼馬春花對福康安居然一往情深，至死不變，就只能讓人目瞪口呆了。然而，馬春花如此任性迷情不僅完全符合她的個人性格，實際上也完全符合人之常情。

首先，福康安是馬春花真正初戀的對象，而初戀的美好總是讓人終生難忘。進而，福康安還是她生命中的第一個男人，是他讓她有了第一次成功的性經驗，而對於第一次性經驗的對象，無論男女，當然都會深刻在自己生命的年輪中，深藏在自己的記憶裡，永遠不能抹去。這樣，無論是在情感的層面，還是在肉體的層面，福康安都是她的第一人，馬春花對此當然不能忘懷。關鍵在於，馬春花當年並非「受騙失身」，而是心甘情願，並且永不後悔。

其次，馬春花的初戀實際上與眾不同，這不僅是一般的男歡女愛，而且也是一個武士、鏢師的女兒，突然領略到了另一個完全不同的社會階層的文化、藝術化的愛情！那簫聲嗚咽，溫柔戀慕，超出了馬春花的想像之外。社會階層及其生活方式的差異，對於生長於拳師鏢頭之家的馬春花，無疑是一種詩情畫意的隔河景色。而短短相聚過後的漫長離別，時空的阻隔正好是審美與想像的動力源泉。沒有人告訴她福康安是什麼人，她對他也根本來不及瞭解就從此分別，這更便於她用自己的回憶、思念和幻想去做創造性補充，在自己的心裡從而把他和他們的愛情描繪成世界上最新最美最奇的圖畫。

再次，在她一生之中最為歡娛忘情的時刻，她就有了孩子，而且是一對玉雪可愛的雙胞胎。按現代人的說法，這就是有了愛情的結晶。在馬春花，這不但是她與福康安的關係及其記憶的血的紐帶，而且多半會被她看成是一種命運的使者。每天對這這兩個可愛的孩子，她怎麼可能不想起孩子的生身父親、她自己的初戀情人？嫁給師兄徐錚，顯然是迫不得已，不僅是因為亡父早已許婚，更因為這兩個孩子不能沒有名義上的父親。徐錚知道這兩個孩子並非他的骨血，以他的性格脾氣，當然難以控制自己不因此而導致夫妻間的衝突與隔閡；而越是夫妻衝突與隔閡，馬春花對孩子生父的思念也就越深。

又次，如果福康安始終杳無音訊，人海茫茫、天各一方，倒也罷了，馬春花即使再不滿自己的婚姻、再怎麼思念情人，也不得不對自己的生活「認命」。偏偏福康安多年之後又派人前來打聽她、迎接她，這不僅意味著重新獲得了對方的消息，同時也等於重新獲得了一份對方始終沒有忘卻自己的證明，怎麼能叫馬春花不怦然心動？

又次，假如她的丈夫徐錚好好地活著，馬春花即使怦然心動，總不至於會公然拋棄丈夫、投入情人的懷抱。偏偏對她一相情願的商寶震公報私仇，將徐錚殺死。她雖然不愛這個丈夫，但仍然為他殺了商寶震，徹底了結了一段恩怨情仇。從此身得自由，無牽無掛，若不跟隨福康安的手下去投奔自己的情人，反倒會讓人覺得奇怪、不合常情。這樣做，並非馬春花薄情寡義，而是因為她始終不愛師兄徐錚，人的情感實在勉強不得。

最後，到了福康安的豪門大宅之中，生活遠遠不是馬春花所想像和期望的那樣，但這時馬春花已經沒有了退路。雖然她的新婆母不僅明顯地將她當成不相干的外人，甚至迫使福康安將她驅逐，最後終於狠心下毒；但只要福康安能將她放在心上，她就什麼都能忍受。雖然最後福康安沒有拯救得了她的生命，甚至倒有見死不救的嫌疑，但她卻至死也不能相信福康安會如此無情、如此狠毒。原因無它，只因為她愛他，也以為他同樣愛她。退一步說，即使明知他不愛她，或者說他的愛遠遠不足以願意與她同生共死，只要他沒有親口說他不要她或親手將她殺死，那麼她的愛也還會是永遠不變。所以，在她生命垂危之際，她的最後一個人生渴望，就是能再見福康安一面。

三

胡斐不可能找到福康安來與馬春花作最後的訣別，即使是找到了他，他也多半不會隨胡斐一道前來。於是聰明的胡斐想出了一個大膽的主意，讓長得酷似福康安的陳家洛來假扮情郎，讓馬春花最後再見「他」一面。見面的具體情形書中並未描述，只是寫胡斐在門外「忽聽得馬春花『啊』的一聲叫。這聲叫喚之中，充滿了幸福、喜悅、深厚無比的愛戀。」[4]

對馬春花，這是一個圓滿的人生結局，這一結局來自胡斐、陳家洛的俠義和仁慈。而作者寫此一段，除了對人性的善意和悲憫之外，顯然還別有深意，那就是寓言馬春花愛情的虛

4見《飛狐外傳》下冊，第六七六頁。

妄。她所愛的人無意來看她，來看她的人並非她的愛人，但她卻對此毫無察覺，以為最後終於見到了「心上人」一面，豈非虛妄之至？

從這一點往回看，馬春花對福康安的一往情深，不僅結局虛妄，實際上從一開始就不真切。不客氣說，馬春花自始至終就沒有看清福康安的真面目，始終就不知道，這是一個什麼樣的人。她所深愛的只是福康安的一番柔情密意，而這只不過是他的一番風流表演。她自己所付出的倒是一片真情，但這片真情實際上一直是給予了虛空——她所愛的對象與其說是一個實實在在的人，不如說是她心中的一種虛無飄渺的幻想。而這種幻想，又只不過是社會地位的差異和時空的距離所造成的，純粹心理上的「隔河景色」。進而正是因為一直信念這種隔河景色，當然就愈發不能接受身邊的徐錚，以至於夫妻的日常生活愈發變成了隔閡重重、矛盾重重的人生苦役。假如馬春花也能像《書劍恩仇錄》中的雪鵰關明梅，最後能夠看清身邊的幸福比天邊的彩虹更加寶貴，那麼馬春花的愛情和人生，就一定會是另一番景象。

可是，雖說是當局者迷、旁觀者清，但「子非魚，安知魚之樂」？當日那短短的激情迸發，或許就足以讓馬春花曾經滄海難為水，除卻巫山不是雲。而最後雖然死於非命，但確曾有過一段熱情奔放欲仙欲死的生活，如果這還不足，那麼誰的生命又能永恆？更何況，情郎送別，在她而言，於願已足。人生本來如夢，馬春花分不清真假，那又有什麼關係？對她來說，「此生足矣」！

我在這裡說三道四，馬春花說不定會怪我多事。想到此，不禁心中茫然。

南蘭一生夢未成

自從在商家堡被小小胡斐當眾罵過一句「你良心不好，雷公劈死你」，南蘭的一生，心裡恐怕就難得安寧。更嚴重的是，胡斐這樣一句判詞，一定會影響許多讀者的觀感，也覺得南蘭這個女人不是個好人。在一些讀者看來，南蘭作為一個有夫之婦，背夫私奔，是不道德；而離開苗人鳳這樣一個英雄丈夫，卻跟著田歸農這樣一個卑鄙小人，是不明智；自己隨人私奔，連親身骨肉聲聲呼喚也置之不理，當然是連一點母愛都沒有。這樣一個女人，最後身心憔悴、悔之晚矣，豈不正是「惡有惡報」？

然而瞭解胡斐的讀者，一定會好好想一想，胡斐這個小男孩，雖有勇氣俠心，但一向魯莽衝動，說錯話、做錯事，是胡斐的家常便飯。更重要的是，此時的胡斐，顯然是少年不識情滋味，對南蘭的身世、南蘭的故事、南蘭的心情，他幾乎全不瞭解。他的判詞，又如何能夠做數？南蘭到底是怎樣的一個人，顯然需要做進一步的瞭解之後，才能進行價值評估。

一

如果對南蘭的身世遭遇有所瞭解，就會看到，這實在是個不幸的女人。她的不幸，首先是在於命運，將她無情地拋進這個她感到陌生、恐懼又厭惡的武林世界。作為一個官家小姐，一個在主流社會中成長起來的無辜少女，本來是隨父親赴京候缺，沒想到一夜之間就父死家破，成為無根的漂萍。其原因，只不過是她的父親帶了一把寶刀，要到北京賄賂官員、換取功名，因而「懷璧其罪」，惹得一幫武林強人如蠅逐臭、公然謀財害命。要不是苗人鳳偶然留意，及時出手相救，那麼寶刀美女就都會成為強盜瓜分的對象，南蘭的命運必定會更加慘不堪言。實際上，即使得到了苗人鳳的相救，南蘭一生的命運其實還是被徹底改變了。而且，一切都無法挽回，因為時光不會倒轉。

南蘭很快就嫁給了苗人鳳，首先是因為要投桃報李、感謝對方的救命之恩；其次是情況緊急、幫苗人鳳吮毒，有了「肌膚之親」，就非嫁他不可：「他是大盜也好，是劇賊也好，再也沒第二條路」[1]；再次是因為父親既死，自己就舉世無親，無依無靠，只得嫁給苗人鳳為妻。在一般人看來，南蘭遇到苗人鳳相救，並與之成婚，應該是她一生最大的幸運。苗人鳳不但是打遍天下無敵手的英雄，而且是江湖上有名的金面佛大俠。更重要的是，苗人鳳對她

1見《飛狐外傳》上冊，第四十三頁。

不但有救命之恩，而且婚後對她一片深情。但南蘭當時決心下嫁，只不過是情勢所迫，實有迫不得已的苦衷。關鍵的原因，乃是因為南蘭小姐不是苗人鳳所屬的武林世界中人。正如書中所說：「如果南小姐會武功，或許會佩服丈夫的本事，會懂得他為什麼是當世一位頂天立地的奇男子，但她壓根兒瞧不起武功，甚至從心底裡厭憎武功。因為，她父親是給武人害死的，起因是在於一把刀；又因為，她嫁了一個不理會自己心事的男人，起因是在於這個男人用武功救了自己。」[2]

在南蘭和苗人鳳之間，實在存在著極大的文化差異，包括社會身分、生活習慣、生活情趣、價值觀念、人生目標等等。一句話，他們原本就不屬於同一個世界，而走到一起，實際上是陰錯陽差。書中有一個非常重要的細節，是當日苗人鳳受傷之後，叫南蘭將受傷未死的強盜蔣調侯一刀殺了，南小姐說她不敢殺人，苗人鳳大喝一聲：「你不殺他，就是殺我！」[3]結果南小姐大吃一驚，身子一顫，寶刀脫手，正好切除了蔣調侯的腦袋，蔣調侯死了，南小姐也昏了過去。這就是他們之間的文化差異，在苗人鳳，殺人，至少是殺可殺或不得不殺之人，簡直如同家常便飯；而在南蘭，殺人，即使是殺自己的殺父仇人，甚而是殺人自救，也還是不能下手、不敢下手、不忍下手。

實際上，在他們同行之後，這種文化差異幾乎無處不在。那場驚心動魄的遭遇，從此

2見《飛狐外傳》上冊，第五十一頁。
3見《飛狐外傳》上冊，第四十頁。

成了南蘭的一塊心病，以至於「一閉眼就看到雪地裡那場慘劇，看到父親被賊人殺死，看到自己手中的寶刀掉下去，殺死了一個人。常常在夢中哭醒」[4]。這些，慢說苗人鳳根本就不知道，就是知道，他也不會理解自己司空見慣的場景為何會成為南蘭的痛苦夢魘，從而就無法勸慰於她。相反，當鐘氏三兄弟前來報仇，而苗人鳳又受傷未癒，南蘭本能地想騎馬逃走，但苗人鳳卻搖頭不語。他知道南小姐不會懂得打遍天下無敵手不該是逃跑之人，而鐘氏三兄弟也不會是輕易能甩脫之輩，但他不會懂得，南小姐對這種充滿刀光劍、說起來總是快意恩仇的生活，實在是有些無法消受。

按照書中的說法，苗人鳳夫婦之間的裂痕，起因是苗人鳳在胡一刀夫婦的墳前情不自禁地誇讚胡一刀夫人：「像這樣的女人，要是丈夫在火裡，她一定也在火裡，丈夫在水裡，她也在水裡……」以至於在不知不覺之間傷害了南蘭，因為南蘭曾在大火燒房之時捨棄了苗人鳳而率先逃出。看起來這是苗人鳳在無意中說了一句錯話，但「也可以說是無意中流露了真心」，因為「他一直羨慕胡一刀，心想他有個真心相愛的夫人，自己可沒有。胡一刀雖然早死，這一生卻比自己過得快活。」[5]苗人鳳心如明鏡，知道南蘭沒有他所期望的那樣愛他；但他卻不知道，南蘭對他愛得不深，恰恰在於他忽視了他們之間的身世、趣味、價值等等文化上的差異。

4見《飛狐外傳》上冊，第四十三頁。
5見《飛狐外傳》上冊，第五十頁。

很明顯，南蘭的婚後生活是不愉快的。她的趣味和要求非但得不到丈夫的理解和尊重，甚至得不到起碼的瞭解。在英雄丈夫的身邊，她的夢魘還是無法驅除，而她的隱秘心事更得不到丈夫及時的撫慰。一句話，她的婚姻生活，固然不能使苗人鳳感到多麼幸福，而與她所期待的則更是相差得太遠。

二

南蘭離開自己的丈夫和女兒，之所以得不到一些人的諒解，除了人們心中固有的「嫁雞隨雞，嫁狗隨狗，嫁根扁擔抱著走」的古老觀念作怪之外，還有一個重要的原因，就是不瞭解更不理解這對夫婦之間存在的生活情趣和價值觀念上的差異。人們根本就不瞭解更不理解，南蘭這樣的一個女人嫁給苗人鳳這樣一個英雄，雖不能說是一場深重的災難，但卻顯然未必是一件幸事。

武功蓋世，義薄雲天，打遍天下無敵手，武林同仰金面佛，苗人鳳這樣的英雄，當然少不了被人敬仰崇拜。但是，西方人有一句諺語，說「僕人眼裡無偉人」，原因是僕人天天見到的是偉人的日常生活，能見到他們不大為人所知的凡俗庸常的一面，沒有「審美的距離」，偉人當然也就會與常人無異了。以此類推，偉人的妻子與其距離更近，對其方方面面的瞭解更多。或者反過來說，所有的英雄偉人在自己的妻子面前必定最為放鬆，表現出其不加任何修飾的面貌，那感受或許就更是不足與外人道了吧。更何況，大凡英雄偉人，就算不是每個人都是「工作狂」，至少都會對自己的工作、自己的專業或自己的事業充滿熱情，如是才能取得超越他人的成就。常年守著事業強人，成天面對心不在焉的配偶，這種婚姻是否幸福，即便不是一個疑問，也只有很少人能夠消受。

總之，做苗人鳳的妻子，滋味如何，只有南蘭自己知道。「他天性沉默寡言，整天板著臉，妻子卻需要溫柔體貼，低聲下氣的安慰。她要男人風雅斯文、懂得女人的小性兒，要男人會說笑，會調情……苗人鳳空具一身打遍天下無敵手的武功，妻子所要的一切卻全沒有。」[6]即使不能說苗人鳳毫無生活情趣，至少可以說他的生活情趣少得可憐，更要命的是他即使有什麼情趣，也不是他妻子南蘭所需求所盼望的。如前所說，他們之間有明顯的文化差異。

田歸農的到來，或者說是田歸農的引誘，使得南蘭心花怒放，很快就紅杏出牆，進而就出現了隨之私奔的那一幕。但我們要看到，無論是田歸農的故意引誘，還是南蘭的春心亂動，這些其實都不過是事情的結果，而不是其真正的原因，真正的原因當然是南蘭夫妻生活的不和諧。在她的心目中，苗人鳳不是什麼人中鳳凰，而像是一個田間農夫；相反，田歸農雖名歸農，實際上卻是風流俊俏如人間鳳凰。田歸農沒有一句話不討人喜歡，沒有一個眼色不是軟綿綿的叫人想起來就會心跳，而田歸農所具有的風流品質，正是南蘭所渴望、而她的丈夫苗人鳳又恰恰不具備的。這使她真正明白，問題不在於她沒有得到丈夫苗人鳳的關懷，

6見《飛狐外傳》上冊，第五十頁。

而在於她並不愛自己的丈夫苗人鳳。

現在，讓我們直接面對這樣一個問題：南蘭的私奔行為錯了嗎？她下定決心拋棄丈夫、女兒、名聲和家庭，追求自己的愛情、溫柔、快樂和幸福；下定決心「只要和歸農在一起，只過短短的幾天也是好的，只要和歸農在一起，給丈夫殺了也罷，剮了也罷」，何錯之有？她不愛苗人鳳、而愛田歸農，「她很愛女兒，然而這是苗人鳳的女兒，不是田歸農和她生的女兒」[7]，因而最終棄之而去，這是她的一種選擇。這一選擇理應得到現代人的理解和尊重，就像列夫・托爾斯泰筆下的安娜・卡列尼娜的選擇應該得到尊重一樣。

三

南蘭也像安娜・卡列尼娜一樣，為自己的選擇付出了沉重的代價，最終卻並沒有獲得期望之中的回報。原因是，一，跟隨田歸農的日子久了，生活進入日常狀態，田歸農的熱情在慢慢減退，而南蘭的新鮮感也在慢慢減退。二，田歸農始終擔憂苗人鳳的報復，因而不得不加緊練功、加強防備，這也大大影響了他們的生活情趣，進而便是南蘭發現田歸農與苗人鳳相似、甚而不如對方的的地方。三，南蘭的私奔，不僅拋夫別女，而且拋棄了名聲，甚至還有生命的風險，這是一種巨大的風險「投資」，當然始終指望獲得應有的「利息」回報；

7見《飛狐外傳》上冊，第五十一—五十二頁。

如果不能獲得足夠利息回報，那麼失望就會加倍。四，離開苗人鳳固然是義無反顧，但離開女兒苗若蘭卻是內心的一種歉疚和隱痛，因為那不但是苗人鳳的女兒，畢竟同時也是她的女兒。五，儘管沒有跡象表明南蘭的生活環境中有誰為她的「來歷」說三道四，但作為一個生活中人，這種道德名聲的壓力甚至比苗人鳳的陰影帶來更大的心理壓力。所有這一切，都會成為南蘭「不幸」的根源，使她人憔悴、身有病、心痛苦，以至於將不久於人世。

南蘭對苗人鳳當然也會懷有一份歉疚，他畢竟是她的救命恩人，而且兩人畢竟夫妻一場。苗人鳳對南蘭和田歸農的私奔並未追究，越是不追究，南蘭的歉疚實際上就會越深。但這種歉疚會不會發展成小說中所寫的那種道德上的懺悔，乃至後悔當初，卻大大值得質疑。南蘭對胡斐說「說來你定然不信。但這幾年來，我日日夜夜，想著的便是這兩個人（**按指苗人鳳父女**）。」[8] 就算我們相信她發現了田歸農對她的引誘是為了獲得那張藏寶圖，而不是真心愛她，她是否就會後悔當初？仍是一個疑問。因為她不愛苗人鳳、熱愛田歸農，乃是不爭的事實。如果她會為此而做道德懺悔，那就連自己的感情立場和自主的人生抉擇一起也全部否定了。那麼，南蘭成了什麼人？豈不是成了作者道德教化的工具？

實際上，南蘭的悲劇，也像安娜・卡列尼娜一樣，是由於沒有真正獨立的生活意志和生活能力，而把愛情作為人生全部的內容或是生命全部的寄託。因而一旦發現這一內容有損，或寄託的支柱晃動，就會陷入絕望的深淵。

8見《飛狐外傳》下冊，第七一〇頁。

何人識得張無忌

金庸小說《倚天屠龍記》的最後一回有一個很奇妙的回目，是〈不識張郎是張郎〉；其中有一個令人目瞪口呆的情節，是少女殷離死而復生，但卻認定眼前的這個活生生的張無忌不是她心中的那個無日或忘的張無忌。這似乎就是張無忌的一種「宿命」，因為在金庸小說的讀者當中，就有不少人像殷離那樣，只喜歡記憶中的那個倔強凶狠的咬人少年，而不喜歡已經成人的這個仁恕寬厚的張無忌。[1]原因很簡單：據說是覺得這個成年的張無忌實在是「沒性格」。[2]

說張無忌「沒性格」當然是不準確的。只不過，張無忌看起來沒有通常的武俠小說主人公那樣的英雄氣概，性格上也不是那麼激烈和鮮明。正如金庸先生所說，張無忌的性格或許「和我們普通人更加相似些」[3]：

1參見《倚天屠龍記》第四冊，第一五八四頁。

2我與許多金庸迷聊天，大多數不喜歡張無忌的讀者都說是因為這個人物「沒性格」，也有人說是因為他沒有主見，或沒有英雄氣概，還有人說是因為這個人物性格在小說中沒有發展。

3見《倚天屠龍記》一書的「後記」，第一五九三頁。

老實、厚道、隨和、軟弱，易受環境影響、做事優柔寡斷，總之是做人有些平庸。對此，作者在小說中有過一段很好的分析：

「他武功雖強，性格其實頗為優柔寡斷，萬事之來，往往順其自然，當不得已處，也不願拂逆旁人之意，寧可捨己從人。習乾坤大挪移心法是從小昭之請；任明教教主既是迫於形勢，亦是殷天正、殷野王等動之以情；與周芷若訂婚是奉謝遜之命；不與周芷若拜堂又是為趙敏所迫。當日金花婆婆和殷離若非以武力相脅，而是婉言求他同去金花島，他多半便就去了。」[4]

這樣一個人，難怪有些讀者不喜歡。然而，讀者喜不喜歡張無忌這一人物形象，固然可以見仁見智，各不相同；但有些讀者以自己喜不喜歡來判定這一人物是不是「寫得好」、是不是有文學價值，那就是另一回事了。對於前者，我們無法、也不必加以討論；而對於後者，我們就應該、或必須加以分析研究。

在我看來，張無忌形象能夠為武俠小說的人物形象畫廊提供一種新的性格模式，這本身就是對武俠文學的一種重要的貢獻。在想像的武俠傳奇英雄的世界中，出現一個與我們普通人更加相似的、沒什麼英雄氣概的主人公形象，這不正是另一種形式的出奇制勝？更何況，張無忌形象的出現，還標誌著金庸小說創作的一次重大的轉變。

4見《倚天屠龍記》第四冊，第一五七六頁。

我曾經比較過郭靖、楊過、張無忌這三位主人公的人格模式[5]，認為郭靖是儒家之俠的典範，理由是他奉行「為國為民，犧牲自我」的人生準則；楊過則是道家之俠的一種典型，理由是他奉行「至情至性，實現自我」的人生準則；而張無忌形象的價值則在道家和佛家之間——他有道家的「無為」、又有佛家的「慈悲」。當然也可以說是在二者之外——張無忌是明教的教主，理應是「明教精神」的典範。在哲學理念上，三者之間當然可以三足鼎立。

在創作思路的上，小說「射鵰三部曲」的三位主人公形象，基本上是按照正、反、合的邏輯模式發展的。《射鵰英雄傳》的主人公郭靖的形象當然是「正」，即正統的、或正宗的主流意識形態及其文化價值的體現，所謂「為國為民，俠之大者」；相比之下，《神鵰俠侶》的主人公楊過形象則無疑是「反」，衝動偏激、反叛師門、挑戰傳統價值；而《倚天屠龍記》的主人公張無忌的形象則是「合」，合郭靖的單純質樸與楊過的聰明伶俐，合郭靖的為國為民與楊過的至情至性。作者是想「極高明而道中庸」，張無忌的形象，是對郭靖形象與楊過形象的一種藝術上的統合或中和。

在《倚天屠龍記》一書中，我們幾乎處處都能發現這種「中和」的痕跡。張無忌出生之

5參見拙著《金庸小說主人公的人格模式及其演變》，《孤獨之俠》一書第一八四—二〇四頁。上海三聯書店一九九九年四月第一版。

地名為冰火島，這不僅是說這個島嶼是北極冰海中的一座火山島，作為張無忌生命最初的生存之地，這一環境的命名，實際上也暗示了未來的主人公張無忌的性格：冰與火的中和，當然就溫暖宜人。進而，張無忌作為武當名俠張翠山與天鷹教「妖女」殷素素的兒子，他的身上流動著的血脈也是正、邪兩派的中和。進而，按照金庸小說的慣例，主人公最突出的武功技藝常常是他的性格與人生的最好的說明或補充。郭靖的降龍十八掌、楊過的黯然銷魂掌，無不如是。那麼，張無忌的乾坤大挪移和太極拳劍，當然也就應該是主人公性格最重要的提示。而這兩種神功的一個共同的特點，就是對乾坤陰陽的中和與圓轉。最後，也是最明顯而又最重要的，張無忌出道江湖之後最大的行為目標，就是要在以六大門派為代表的正派集團與以明教、天鷹教為代表的邪派之間充當和平的使者，謀求正、反之「和」或「合」。

問題的複雜性在於，用「性格」這個詞來概括一個文學人物形象，進而又用某一個詞語──如優柔寡斷，或拖泥帶水等等──來概括一種性格，看起來頗能提綱契領、簡明扼要，實際上卻是問題多多。原因就在於「理論是灰色的，而生活之樹常青」，對於一個活潑和充實的生命，豈能用一種性格概念來固定？即使是對一個寫得鮮活的文學形象，僅用一個概念來說明常常也是不夠的。只要文學創作不是某種簡單的概念演繹，其中的人物形象多半就會「形象大於思想」，當然更大於概念。對於一些古典小說，尤其是對那些以理性主義為思想基礎的小說，用「性格」一詞對其中人物形象進行分析研究或許行得通，而對於另外一些小說，就未必行得通了。

二

雖說張無忌的性格或許與普通人有某些類似之處，但對於《倚天屠龍記》一書的武林世界，他實際上是一個大大的異類。

張無忌生平的一大與眾不同之處，是他出生與成長環境的獨異。除了上述冰海火山的象徵意義之外，在這一環境中出生並成長起來的張無忌，在性格上當然會有明顯的與眾不同之處。一是冰火島孤懸海外，與世隔絕，年幼的張無忌雖非孤陋寡聞，但畢竟是耳聽者多、眼見者少。二是在這個島上，除了張無忌之外，就只有他的父親、母親和義父三人，從小獨得三位長輩的厚愛，深受不含雜質的愛心潤養，培育了他無比淳厚的天性。因此，相對於大陸上的人，他是「海外人」；相對於世俗社會中人，他是天真的「自然人」；相對於江湖現實中人，他是一個不折不扣的「大海中人」。總之，對於《倚天屠龍記》的世界，張無忌具有徹頭徹尾的赤子衷腸，實際上就成了一個地地道道的另類人物。

張無忌性格最突出的一點，就是他過分的誠實或單純。九歲以前的張無忌一直生活在一個單純透明的環境之中，從來就沒有接觸過謊言，根本不明白謊言也是生活的一個重要的組成部分。所以，張無忌不會說謊，也根本上就缺乏辨別謊言與欺詐的能力，從而他的一生總是免不了不斷地上當受騙。在張無忌一家回歸大陸途中碰到第一批大陸江湖人時，當聽到了他母親說「那胡做妄為的謝遜死了」，而他的父親居然也隨口附和，便忍不住心中難過，大喊大叫：「義父不是惡賊，義父沒有死，他沒有死。」[6]由此惹出大禍，不僅間接導致了他父母親的慘死，更使他的生命處於極度危險之中，從此受盡磨難。

儘管他母親臨死之前諄諄告誡他「要提防女人騙你，越是好看的女人越會騙人」[7]，但這一血的教訓仍未能改變張無忌的誠實天性，沒有使他從此變得精明起來。在他此後的人生中，這類的事情仍在不斷發生。雖然他早已打定主意死也不說義父謝遜的消息，但後來還是中了朱長齡的圈套，主動說出了謝遜在冰火島的秘密。進而，明明知道朱長齡是一個騙人的奸賊，而張無忌也學會了九陽真經，但還是被朱長齡騙得摔下了懸崖、跌斷了腿骨。[8]再後來，在東海靈蛇島上，丐幫八袋長老陳友諒言行不一，沒有騙過金花婆婆，也沒有騙過趙敏，但卻騙過了目盲的謝遜，也騙過了沒有目盲的張無忌。[9]所以，在小說的最後，老謀深算的朱元璋設下一箭雙鵰的巧計，使得張無忌心灰意懶，從此退出江湖，[10]實在是「順理成章」！

在某種意義上，我們不妨說，張無忌的江湖人生，是從面對謊言開始，而以上當受騙告終。他所進入的，是一個謊言世界；而他所經歷的人生，也是一段不斷被狡計與謊言所欺騙

6見《倚天屠龍記》第一冊，第二八一頁。
7見《倚天屠龍記》第一冊，第三七七頁。
8見《倚天屠龍記》第二冊，第六〇四頁。
9見《倚天屠龍記》第三冊，第一一〇二—一一〇四頁。
10見《倚天屠龍記》第四冊，第一五九〇—一五九一頁。

的人生。張無忌的這種經歷，讓人想到法國啟蒙主義思想大師伏爾泰的小說名作《老實人》和《天真漢》中的主人公。不斷上當受騙的張無忌並非任何意義上的傻瓜，但他卻聰明而不「精明」，所以在這個精明人的世界中，張無忌也就只能像老實人、天真漢那樣，反而只能成為世俗社會欺騙的對象和笑料。當然，從另一角度看，張無忌這樣的老實人、天真漢，也同樣成了我們認識和反思現實世俗社會的一面具有一定光潔度的「鏡子」。它照見了江湖，也照見了江山；照見了正派的不正，也照見了邪派的不邪；照見了統治者的殘暴，也照見了反抗者的卑污。

雖然，在《倚天屠龍記》一書中，作者的鏡子意識——對中國的傳統文明、世俗社會及其欲望人生做出映照、反省、批判的創作意識——還不是非常自覺，但這部作品毫無疑問是金庸小說創作的一個重要的轉捩點。我這樣說的證據是：在這部小說之後，金庸寫出了《連城訣》、《天龍八部》、《俠客行》、《笑傲江湖》、《鹿鼎記》。其中《連誠訣》的主人公狄雲是更加地道的「老實人」；而《俠客行》一書的主人公石破天則是更加地道的「天真漢」；《天龍八部》中的段譽不僅僅是小說的主人公、同時還是那個欲望／人世界的觀察者和反省者；《笑傲江湖》中的令狐冲這個主人公最大的性格特徵，就是不能做政治上的入世或入時之人；與之相反，《鹿鼎記》的主人公韋小寶入世而又入時，只不過證明了「卑鄙是卑鄙的通行證」。所有這些角色，都不僅是一個傳奇故事的主人公，同時也成了那個傳奇背後真實的歷史文化世界的觀察者、反應者或透視鏡。金庸小說創作的這一轉變，正是從《倚天屠龍記》及其主人公張無忌開始的。

三

在《倚天屠龍記》一書中，主人公張無忌還有一種非常容易被人忽視的身分，那就是他還是一個業餘神醫——不但武功高強，而且醫術通神。有過一段學醫的經歷，並且有行醫的本領和資格，這是張無忌形象的另一個與眾不同之處。

在蝶谷醫仙胡青牛逝世以後，張無忌堪稱當世第一名醫。在醫術上，張無忌比胡青牛或許仍然稍遜一籌，證據是他在光明頂上沒有看破少林寺圓真和尚裝死的詭計，而在無名島上又沒有查出殷離假死的真相；但在醫德方面，以「見死不救」而知名的胡青牛就沒法與宅心仁厚的張無忌相提並論了。雖然張無忌在他的少年時期僅僅用兩年多時間就達到神醫水準，未免會讓今日苦讀十年以上的醫學博士、博士後們感到汗顏、更感到疑惑。

在這部小說中，張無忌隨時發揮自己高明的醫術，常常成為小說敘事情節的一種重要的推動力。在護送楊不悔西去崑崙的路上，若不是他治好了崑崙派弟子詹春的傷毒，以他小小的年紀，決難輕易完成讓人望而生畏的萬里之行；既使到達西域，也難以輕易找到崑崙山坐忘峰的具體途徑。正因為他深通醫術，對猿猴也一樣救死扶傷，才能在前來求醫的那隻老猿腹中發現那部藏了將近百年的武學寶典《九陽真經》，這才練就九陽神功，驅除了體內玄冥神掌的陰寒之毒，徹底擺脫了死亡的威脅。至於張無忌利用自己的醫術療傷拔毒、治病救人，同時常常借此使自己化險為夷、轉危為安，那就不必一一細說了。

我對張無忌學醫救人的經歷感興趣，還不在於小說的作者如何利用這一點巧妙地推動情節發展，或者是借此創造出多少神醫的傳奇。我所感興趣的，是張無忌的性格、或者說是天性，與他的學醫經歷之間有怎樣的關係。

在這部小說中，張無忌並沒有當真以行醫為業，但學醫的經歷加上行醫的經驗，對這一人物的心理、性格及其人生無疑有非常重要的影響。簡單地說，就是對他的生命意識、人生觀念、善惡價值、和人文情懷的形成，起到了十分重要的作用。

張無忌的醫術如何固然重要，但更重要的是他的醫德和醫道——即對生命的瞭解、重視、理解和悲憫。實際上，張無忌的第一次「出道」，就是為了救人，是出於他的醫者仁心的推動：目睹峨嵋派對明教銳金旗壯士殘忍凶狠的大屠殺，忍不住挺身而出，質問峨嵋派師徒：「這般殘忍凶狠，你不慚愧麼？」「這些人個個輕生重義，慷慨求死，實是鐵錚錚的英雄好漢，怎麼說是邪魔外道？」「那青翼蝠王只殺二人，你們所殺之人已多了十倍。他用牙齒殺人，尊師用倚天劍殺人，一般的殺，有何善惡之分？」[11]這「無忌三問」看起來僅僅是個不明真相的無知小子的天真發問，實際上正是一個大仁大智者對真正「不明真理」者的提示或警戒。然後，張無忌就開始了殺人屠場上的救死扶傷，為銳金旗的壯士們止血包紮。再後來，他又以身相代，寧願讓殺人不眨眼的滅絕師太對他連擊三掌，也要阻止這場打著正義旗號的慘無人道的大屠殺。

11見《倚天屠龍記》第二冊，第六八三頁。

在這樣的場景中，與其說張無忌是一個英雄、一個俠士，更不如說他是一個醫生，一個具有悲憫情懷的人道主義者。實際上，在《倚天屠龍記》中，張無忌所有的行為，無不可以看成是救死扶傷。直接用自己的醫術為人療傷拔毒固然是正宗的醫生行為，而張無忌為銳金旗挺身而出，接著為明教和天鷹教「排難解紛當六強」，後來又為救六大門派的高手而奮不顧身，最後號召和領導天下英雄起而抗元，無不是對人間的「救死扶傷」。醫生的職責和仁心不僅深入骨髓，進而泛化為張無忌一切行為的內在動力。

如果情況允許，讓張無忌在明教教主和一個開業醫生這兩樣職業中做出選擇，我猜他一定會選擇做開業醫生。當然，這需要一個和平安寧的環境。能夠那樣，他所期望的人生價值才會充分實現，而他的人生也會因此而獲得真正的平安喜樂。可惜他的時代沒有給他提供這樣一種社會環境，而作者金庸也就沒有做這方面的進一步設想。

四

武俠小說的主人公出生入死幾乎是家常便飯，正因為司空見慣，對於生死的考驗常常就會不假思索。武俠小說主人公是這樣，作者是這樣，讀者當然也是這樣。但張無忌的情形卻大不相同：在他回到大陸不久，就親眼目睹了父母的死亡；而他自己也因為中了鹿杖客的玄冥神掌，連武功通神的祖師爺張三丰也是束手無策，甚而連蝶谷醫仙胡青牛也無法根治。從此，年幼的張無忌每天都在玄冥神掌的陰寒痛苦中煎熬，每天都受到死神的威脅，如此長達數年之久。這種獨特的經歷，對張無忌的心理和性格不可能不產生巨大的影響。所謂玄冥神掌，當然是純屬想像和虛構的一種神奇的武功，但在金庸的小說中，這種武功未嘗不是一種深刻的象徵。玄冥神掌可以說是「不可知（玄）的死亡（冥）之掌」；而所謂玄冥神掌的陰寒之氣，當然就是死亡的陰冷氣息。

張無忌本不是一個哲人，但長期面對死亡的威脅，長期面對「生或是死」的生命考題，使他不得不考慮生死的懸念、死亡的奧妙和生命的意義，從而慢慢地形成自己生命意識。小小的張無忌當時當然還沒有什麼獨立思考的能力，所謂生命意識，其實也不是張無忌苦思冥想的結論，而只是對前輩哲人有關生命思考和議論產生了奇妙的共鳴：「生死修短，豈能強求？予惡乎知悅生之非惑邪？予惡乎知死之非弱喪而不知歸者邪？予惡乎知夫死者不悔其始之蘄生乎？」[12]

或許當年的張無忌對《莊子》的道家生命哲學尚未有真正深刻的領悟，因而對生命如「做大夢」、死亡如「醒大覺」之說還只是下意識的心理共鳴。但經歷了一番孤獨寂寞的出生入死之後，再在光明頂地道中聽到小昭所唱的小曲中的「展放愁眉，休爭閒氣。今日容顏，老於昨日。古往今來，盡須如此，管他賢的愚的，貧的和富的」；「到頭這一身，難逃那一日。受用了一朝，一朝便宜。百歲光陰，七十者稀。急急流年，滔滔逝水」，想到十餘

12 語出《莊子》。張無忌曾背誦給金花婆婆聽，見《倚天屠龍記》第二冊，第四七九頁。

年艱苦備嘗，今日又困處山腹，眼見已無生理，自會「不禁魂為之銷」[13]。也就是說，此時的張無忌，已經從往日對死亡的安慰性的想像，上升為對生命的體驗和感悟。從盲目的、或消極性的樂觀，上升為清醒的、或積極性的悲觀。張無忌再一次在精神上脫胎換骨，一旦從山腹中走出，就會讓自己的生命大放光芒。

有意思的是，當張無忌出了山腹，走上光明頂，看到的是在六大派圍攻之下的明教、天鷹教一敗塗地的場面，聽到的卻是明教、天鷹教教徒們神態莊嚴、將死亡置之度外的生命的歌唱：「焚我殘軀，熊熊聖火，生亦何歡，死亦何苦？為善除惡，惟光明故，喜樂悲愁，皆歸塵土。憐我世人，憂患實多！憐我世人，憂患實多！」聽到這樣的歌唱，敵方的主腦、少林寺空智大師不禁合十讚嘆「善哉！善哉！」武當派的俞蓮舟也在心底敬佩「他們不念自己生死，卻在憐憫眾人多憂多患，那實在是大仁大勇的胸襟啊！」[14]張無忌更是不暇多想，挺身而出，想要「排難解紛當六強」。此時，張無忌的生命意識，已經從本能的想像層次、知性的體驗層次，進一步上升到理性認知的第三層次。

在《倚天屠龍記》一書中，還有第四種生命的歌唱。也不妨說，是第四種生命意識。那就是殷離在傷痛昏迷中所唱的波斯詩人峨默的不朽詩句：「來如流水兮逝如風，不知何處來兮何所終！」[15]使得在場各人全都心生感慨，看江河流水，想無影清風，品味詩歌中的人生哲

13 見《倚天屠龍記》第二冊，第七五六頁。
14 見《倚天屠龍記》第二冊，第七七四頁。
15 見《倚天屠龍記》第三冊，第一一五一頁。

理和各自生命的詩意。就在這一回書中，美麗動人的小昭與張無忌生離，從此東西永隔如參商；不久，真情執著的殷離又與張無忌「死別」，張無忌四女同舟的美夢到此徹底破滅，能不使他的人生觀念和生命意識再度變化？

在前兩次生命意義的陳述中，小說的作者曾對主人公張無忌的心理稍加注意，雖寥寥幾筆，頗能動人心弦。遺憾的是，在後兩次生命的歌唱中，作者卻莫名其妙的忽略了張無忌的主觀心理反應。雖然張無忌每一次都在歌唱的現場，甚至作者每一次都是從張無忌的視角寫出現場的歌唱，但卻沒有一筆寫到張無忌在明教教徒「生亦何歡，死亦何懼」和「憐我世人，憂患實多」的歌唱中所受到的心理震動，這位未來的明教教主居然沒有與明教的「教歌」產生任何共鳴！進而，在殷離的「來如流水兮逝如風」的歌唱中，作者寫到了「各人想到」，甚至寫到了「張無忌只覺得掌裡趙敏的纖指寒冷如冰，微微顫動」[16]，但卻居然省略了張無忌心理的感受！

更遺憾的是，作者既然沒有注意主人公張無忌生命意識的產生和變化，以及這種變化對張無忌的人生觀念會有怎樣深刻的影響，沒有深入到主人公張無忌的心理和精神世界中去，當然也就不會將上述四種生命觀念或生命意識的四種境界作為張無忌心理、性格發展的依據、轉捩點和推動力。從而，張無忌在自己不同的人生際遇中，在他生命的不同階段，沒有看到應有的意識深化、心理變化和性格發展。而《倚天屠龍記》一書也沒有以張無忌的性格

16見《倚天屠龍忌》第三冊，第一一五一頁。

變化作為推動小說情節發展的原動力。從而，使得這部小說的人物形象的審美意義、小說的文學藝術價值都受到了明顯的影響。

最遺憾的是，由於作者沒有堅持張無忌的生命觀點，從而也就沒有把生命意識和人文關懷提升為《倚天屠龍記》一書的敘事主題。反過來，這又使得主人公張無忌的形象及其意義受到了極大的局限和嚴重的影響。作者大約沒有想到，對個體生命的珍惜和尊重，其意義實際上超過了虛構或真實的幫派矛盾、正邪矛盾、階級矛盾、民族矛盾。

五

人們總是想當然地認為張無忌沒有個性、沒有主見、缺乏英雄氣概，有時候，這只不過是對這一人物形象的一種典型的誤讀。張無忌並非沒有主見或個性，只不過，他的個性與主見確實有些與眾不同。

早在幼年時期，張無忌尚未登上武當山，就被別有用心的玄冥二老抓去，且讓他身中玄冥神掌，當然是為了逼他說出義父謝遜的消息。那求生不得的痛苦煎熬可想而知，但當殷素素問他是否說出了義父的下落，張無忌昂然回答：「他便打死我，我也不說。」[17]此一言，足見少年張無忌的堅強的意志和他的英雄氣概。進而，在蝴蝶谷中，受到武功高強的金花

17見《倚天屠龍記》第一冊，第三七六頁。

婆婆和少女阿離的脅迫，張無忌武功不濟，便以牙還手，使得少女殷離對張無忌的個性留下了終生難忘的深刻印象。更好的例子，也許還是當他受到紀曉芙的臨終囑託之後，十四五歲的張無忌歷盡艱辛，將更加幼小的楊不悔萬里迢迢地送到她的父親楊逍的手中。楊逍問他要什麼樣的報答，張無忌回答道：「紀姑姑沒將我瞧低，才託我送她女兒來給你。若是我有所求而來，我這人還值得託付麼？」[18]對此，我們還能說張無忌沒有性格、沒有主見、沒有英雄氣概嗎？

成年之後的張無忌當然沒有幼年時那樣簡單，但卻絕非人們想像的那樣，年紀越大就越沒有主意。不想加入明教，但卻當了明教教主，看起來是他沒有主見、沒有性格的表現，但當時的情況是：「張無忌耳聽得殺聲漸近，心中惶急加甚，一時沒了主意，尋思：『此刻救人重於一切，其餘盡可緩商。』」[19]可見，張無忌並非當真沒有主見，而是始終以救人為重。後來，張無忌在推辭不得之後，對明教約法三章，[20]要求明教上下人人嚴守教規，為善去惡，行俠仗義；本教兄弟之間務須親愛互助，有如手足，切戒自相爭鬥；進而要求明教對中原各大門派既往不咎，不再去和各大派尋仇。如此立場清醒、旗幟鮮明、思路清晰、言簡意賅，又怎麼能說他沒有主意、沒有性格、沒有英雄氣概？

張無忌當然也確實有「糊塗」、「沒主意」的時候，例如趙敏問他，如果她將周芷若殺

18見《倚天屠龍記》第二冊，第五三九頁。

19見《倚天屠龍記》第三冊，第八六〇頁。

20見《倚天屠龍記》第三冊，第八六九—八七〇頁。

了，他會不會殺了她替周姑娘報仇？張無忌的回答是「我不知道」；進而說：「我爹爹媽媽是給人逼死的。逼死我父母的，是少林派、華山派、崆峒派那些人。我後來年紀大了，事理明白得多了，卻越來越不懂，到底是誰害死了我的爹爹媽媽？不該說是空智大師、鐵琴先生這些人；也不該說是我的外公、舅父；甚至於，也不該是你手下的那阿二、阿三、玄冥二老之類的人物。這中間陰錯陽差，有許許多多我想不明白的道理。就算那些人真是凶手，我將他們一一殺了，又有什麼用？我爹爹媽媽總是活不轉來了。趙姑娘，我這幾天心裡只是想，倘若大家不殺人，和和氣氣、親親愛愛的都做朋友，豈不是好？我不想報仇殺人，也盼別人也不要殺人害人。」[21]這些話聽起來實在有些孩子氣、實在太「糊塗」；但其中卻有清醒又清新的思路，並且為江湖人生，實際上也為江山歷史提供了另一種價值選擇的可能。

張無忌確實十分的隨和，許多事似乎都是無可無不可，但若以為這就是無主見、無原則，那就大錯而特錯了。最突出的例子是，我們看到，張無忌可以暫時接任明教教主，但當明教勢力不但震動江湖、而且震動「江山」之際，張無忌卻發誓「我若有非分之想，教我天誅地滅，不得好死。」[22]搞得權欲方張的周芷若很是失望。張無忌對「將來的王位」的拒絕和恐懼，賭咒發誓，決不妄想，這就是他的原則。他實在對王位、對政治不感興趣，當然也知道自己沒有那份才能，或者說沒那種從事傳統政治鬥爭的天性。張無忌有的，只是對中國這樣

21見《倚天屠龍記》第三冊，第一〇三五—一〇三六頁。
22見《倚天屠龍記》第四冊，第一三二四頁。

一個數千年的「文明古國」做「人道啟蒙」的天賦與條件，那就是他的赤誠、天真、善良、仁愛和悲憫，和他的生命意識、做人良知、人道觀念與人文情懷。

在讀過楊逍所著的《明教流傳中土記》之後，張無忌感慨萬千，頓悟「只有朝廷官府不去欺壓良民，土豪惡霸不敢橫行不法，到那時候，本教才能真正的興旺。」[23]遺憾的是，張無忌只是一個合格的醫生，一個沒有被作者最終確認的知識分子，或許還能做一個合格的明教教主；但肯定不是一個合格的政治家，而他自己也堅決不想去當一個政客。而在一個政治家／政客們利用醫生、強姦知識分子、改寫宗教性質的奇特歷史文化圈中，張無忌這樣的人即使有再多的悲天憫人之心，也注定不可能有任何真正的作為。他注定不是朱元璋這樣的政治流氓的對手，所以，及早退出，與其說是一種輕信或軟弱，不如說是一種無奈和悲哀。

問題其實還不在於當時的張無忌有何作為、如何行為，而在於今天的作者和讀者怎樣去認識張無忌的這些行動與作為。我們看到，還是有那麼多的人將悲天憫人當成胸無大志，而將野心私欲當成偉業雄圖；將赤誠真摯當成傻瓜笨蛋，而將撒謊騙人當成智慧精明；將救死扶傷當成軟弱無用，而將殺人如麻、流血漂杵當成英雄氣概；將人道的啟蒙當成無知的囈語，而將霸道的邏輯當成天下惟一的人生至理箴言和歷史的規範法則，豈不悲哉?!

23見《倚天屠龍記》第三冊，第九七四頁。

六

張無忌最「沒性格」的地方，大約是他對身邊的四個姑娘小昭、殷離、周芷若、趙敏，始終缺少明朗的態度或主動的表白。為此，他不但成了一些讀者取笑的對象，甚至受到了本書作者的調侃：「似乎他對趙敏愛得最深，最後對周芷若也這般說了，但在他內心深處，到底愛哪一個姑娘更加多些？恐怕他自己也不知道。」[24]作者以此來證明張無忌性格上的「拖泥帶水」。

實際上，張無忌的愛情故事，應該有多種閱讀角度或閱讀方式。如果不從概念出發，我們就會看到，其中具有頗為豐富的人文內涵。

張無忌愛情故事的第一個值得注意之處，是他曾經作過一場典型的春夢：夢見趙敏、周芷若、殷離、小昭四個姑娘一起嫁給了他，「在白天從來不敢轉的念頭，在睡夢中忽然都成為事實，只覺得四個姑娘人人都好，自己都捨不得和她們分離。」[25]這個夢境寫得非常直白，算不上什麼妙文，真正值得注意的是，作者開始注重主人公的心理／夢境／潛意識。這意味著，在愛情或欲望的描寫方面，作者開始了人類心理的寫真。沒有因為英雄的模式而限制，也沒有因為

24見《倚天屠龍記》的「後記」，第一五九三頁。
25見《倚天屠龍記》第三冊，第一一四五頁。

道德的常規而縮手，張無忌成了金庸筆下第一個公然「夢娶四美」的正派男主人公。

在今天的某些讀者看來，張無忌夢娶四美或許成了他沒性格、沒主見的證明，因為這種心理實在違背了今天的「一對一」的社會習俗、婚姻制度、道德規範及其心理定勢。但，正如小說中所言，在張無忌的時代，三妻四妾實是尋常之極，單只一妻的反倒罕有。這就是說，張無忌夢娶四美具有足夠的現實生活的依據。繼而，直到二十世紀，還有怪物大老爺辜鴻銘這樣的妙人提出「一個茶壺、四隻茶杯」的妙論，並將此視為——當然是男性立場的——「自然天理」。此「一壺四杯理論」是否「天理」，當然缺乏證據；但男性成長、成熟期間有一段泛愛的過程，這種自然的天性，應該不會被生理、心理學家所懷疑。也就是說，張無忌的這個典型的白日夢，其實只是一種常見的、普遍性的心理狀態的展示，不能作為一種性格的證明。

另一個值得注意之處，是張無忌的這些愛情故事，有其歷時性的發展積累，四女同舟，恰恰只是一種巧合，也是非常短暫的人生際遇。在張無忌短短的人生故事中，經歷了非常複雜的人生境遇。而在不同境遇中，對不同的對象產生不同的情感，實屬情理之常。在斷腿之際，與殷離同病相憐；在光明頂山腹之中，與小昭相依為命；在東海的荒島上，與周芷若事急從權；在拯救謝遜的途中，與趙敏心心相印。主觀的情感態度、心理選擇，當然有一定的作用；但這些人生情境的時間或短或長、情分或深或淺、結局或離或合，畢竟還有「宿命」的擺佈。

我們當然不能否認，在四女同舟之際，張無忌對她們確實是難以取捨。原因之一是如上所述的社會習俗和同娶四美——這樣就不必選擇——的潛在欲望；原因之二則是張無忌性格的隨和或隨緣。所謂隨緣，除了指情境的遇合，更重要的還是張無忌非常在乎對方的態度。周芷若對他有漢江船中餵飯之恩、光明頂上指點之惠；殷離對他有斷腿處贈餅送飯之情、更有舅表兄妹血緣之親；小昭一見公子，便自命丫鬟、殷勤服侍；趙敏得遇郎君，就一見鍾情、神魂顛倒。最難消受美人恩，張無忌無從選擇，是不願得罪其中的任何一位。此外，還有原因之三，那就是他所面對的這四個姑娘性格各異，殷離潑辣如火，小昭溫柔似水，周芷若端莊含蓄，趙敏爽朗活潑。這不僅是張無忌所面臨的一道難題，實際上也是世間男女在情感選擇中所共同面臨的難題。在這一意義上，張無忌難做抉擇、不知道最愛哪一個，就一點也不奇怪。

最後，張無忌實際上還是很有分別，或者說很有分寸。他對周芷若如是說：「小昭離我而去，我自是十分傷心。我表妹逝世，我更是難過。你……你後來這樣，我既痛心，又深感惋惜。然而，芷若，我不能瞞你，要是我這一生再也不能見到趙姑娘，我是寧可死了的好。這樣的心意，我以前對旁人從未有過」；「芷若，我對你一向敬重，對殷家表妹心生感激，對小昭是意存憐惜，但對趙姑娘卻是……卻是刻骨銘心的相愛。」[26]說話至此，如果還說張無忌沒主見、不知道到底誰是他的「最愛」，那就有些故弄玄虛了。

26見《倚天屠龍忌》第四冊，第一五七七頁。

七

寫到這裡，忽然想到，我是不是在為張無忌做「有性格」的辯護？如果是那樣，那就是我做得不夠好。我的本意，是想對張無忌這一人物形象所蘊含的人文資訊及其獨特的審美價值做些分析。

殷離姑娘「不識張郎是張郎」的情景，確實使我受到了很大的震動，同時也受到了很多的啟發：我們會不會犯殷離同樣的錯誤？我們是不是會固執自己的想像，而拒絕小說中所提供的「現實」的資訊？更重要的是，我們會不會固執於「武俠的」張無忌，而忽視了「人文的」張無忌？

在一定的程度上，我承認張無忌是一個好好先生，缺乏通常意義上的英雄氣概，性格上也不夠果斷鮮明。進而，我恐怕還要說作者金庸先生對這一人物形象的描寫並未做到盡善盡美。在武俠層面上，張無忌形象是有些「乾坤大挪移」；而在人文層面上，張無忌形象卻又沒有真正做到「太極圓轉」。

其原因，首先當然是由於小說情節／主題的限制，小說名為《倚天屠龍記》，確定了小說的「倚天」（**反暴政／英雄主義**）、「屠龍」（**抗入侵／民族主義**）兩大主題；而小說的主人公張無忌則既非單純的屠龍英雄，亦非單純的倚天猛士，卻又要受到兩者的制約，當然就會受到很大的影響。

其次，更重要的一點，是作者對張無忌形象的人文品質缺乏明確而深刻的確認：無論是他的「銀鉤鐵劃」的家學淵源、他的當代神醫的特殊身分、他的「太極傳人」的道家傳統、他的明教教主的精神立場，還是對他的生命意識、他的知識分子觀念、他的人文情懷，都缺乏系統的考察和表現。如前文中所述，作者甚至很少寫到張無忌的心理活動，更遑論他的精神層面。

因此，在我看來，《倚天屠龍記》的作者金庸先生，在一定的程度上，也同殷離姑娘一樣，有些「不識張郎是張郎」。

周芷若抱負遠大

我曾經說過，張無忌身邊的四個姑娘，兩個漢族姑娘與兩個異族姑娘恰好形成對比，結果是漢族姑娘遠沒有異族姑娘那麼可愛。漢族姑娘殷離遠沒有波斯與高麗混血的小昭姑娘可愛；漢族姑娘周芷若顯然又不如蒙古族姑娘趙敏那麼可愛。不然的話，張無忌就不會放棄與周芷若的婚約和婚禮，隨趙敏而去，並且到最後還公開對周芷若說趙敏才是他的最愛了。

不過，要是選擇談論的對象，兩個心理非常複雜的漢族姑娘可就比兩個性格相對單純的異族姑娘更讓人有話可說了。也許是因為作者金庸先生更熟悉漢族姑娘，所以就寫得更豐富；也許是因為漢族姑娘本身更加苦大愁深、扭曲變態或含蓄虛飾、心思複雜，帶有更豐富的文化資訊。

這裡只說周芷若。在專門說周芷若的時候，我想就應該專說她的個性心理，而不要搞什麼民族性格的比較研究了。理由很簡單，民族性格和個人性格顯然不能一概而論，不見得所有的蒙古姑娘的性格都像趙敏，而周芷若這個漢族姑娘與別的漢族姑娘性格和心理上當然也就可能大不相同。

一

對於周芷若肯定會有兩種截然相反的印象和評價，一種是喜歡她的，當然就理解她生命中的種種不得已；而另一種不喜歡她的，則不免對她的所作所為，尤其是她對張無忌的所作所為不能原諒。我的想法是，最好先將主觀印象和評價放在一邊，看看周芷若這個人，哪些屬於不得已，哪些屬於不能原諒。

周芷若是張無忌一生當中所遇到的第一個同齡姑娘，雖算不上是青梅竹馬，但也是自幼相識。第一次與她相遇的地點，是在漢水舟中，那時候周芷若約莫十歲左右，但卻給人留下了深刻的印象。具體說，一是非常漂亮，是一個美人胎子；二是非常不幸地成了世間孤女，楚楚可憐；三是非常懂事，自己父親剛死，心中當然悲痛，但卻主動要給生命垂危的張無忌餵飯。張無忌不想吃，她就說：「小相公，你若不吃，老道長心裡不快，他也吃不下飯，豈不是害得他肚餓了？」[1]小小年紀就能如此明白事理，主動為他人著想，不能不讓人心生好感。

等到周芷若在張無忌的生活中第二次出現，已是多年以後，他們都已長大成人。張無忌練成了九陽神功又摔斷了腿，周芷若則成了峨嵋派弟子中的新秀，丁敏君在殷離手中吃了敗

1見《倚天屠龍記》第二冊，第四〇〇頁。

仗，將周芷若當成救兵搬來。在張無忌眼中，周芷若出落得更加漂亮，更加斯文守禮，同時還是心地善良。只有殷離發現了她的厲害：「不是說她武功，是說她小小年紀，心計卻如此厲害。」[2]合理的推測，應該是周芷若知道丁敏君這個師姐的為人，對她當然不敢有絲毫的得罪，但又不願為她隨便傷害無辜，所以在與殷離打過二十招後，就假裝受了重傷，讓丁敏君扶著她離去，於是一場生死拼爭就被她巧妙地化於無形。此時，即使再不細心的讀者，也會看到，這周芷若原來如此乖巧伶俐，而表演做作的功夫，竟已接近爐火純青。因此，我們不能不對這個周芷若刮目相看。

周芷若一流的表演功夫，後來在光明頂上再一次讓我們大開眼界。張無忌排解糾紛，與各大門派高手過招，因不通易理，碰上了崑崙派的兩儀劍法和華山派的反兩儀刀法，一時手忙腳亂。周芷若看在眼裡，急在心裡，適逢師父滅絕師太現場說法，於是就急中生智，將計就計，借著向師父請教的由頭，大聲講述易理常識，對張無忌進行場外指點。雖說周芷若的聲音未免太大，且越來越大，但當時幾乎沒人會懷疑，這個看上去如此天真爛漫、單純幼稚的小姑娘，實際上是在瞞天過海。若非她的表演技藝超群出眾，怎能瞞得過在場的天下英雄？

周芷若的最佳表演，當然還是在那荒島之上，奉謝遜之命與張無忌訂婚之後，對張無忌說：「我是個不中用的女子，懦弱無能，人又生得蠢。別說和絕頂聰明的趙姑娘天差地遠，

2見《倚天屠龍記》第二冊，第六三五頁。

便是小昭，她這等深刻的心機，我又怎及得上萬一？你的周姑娘是個老老實實的笨丫頭，難道到今天你還不知道麼？」[3]想像一下當時的情形，別說是一生老實忠厚、總是上當受騙的張無忌，天下一大半男子聽到這周芷若的這番「真情告白」，也非得大上其當不可。很久之後才知道，早在說這話之前，這個「老實賢淑」的周姑娘就已經用藥迷倒了所有同行者，然後殺了殷離，放逐了趙敏，偷了屠龍刀和倚天劍，開始練習劍中所藏的《九陰真經》的武功，張無忌已成了她籠中之鳥！而當時在張無忌的懷中，這周芷若竟是那樣款款情深、楚楚可憐、憨憨老實、耿耿忠誠！

看到這一幕過後，再看她在大都旅館之中，當著對她敬若天人的韓林兒的面，表演傷心自殺的情形，就不會感到半分驚訝。之所以說她那次自殺是一種純粹的表演，是因為她在自殺之前居然半夜叫醒隔壁的韓林兒，到他的房間裡泡上一段時間，卻又裝模作樣地一言不發，搞得韓林兒莫名其妙，然後再回到房間馬上動手上吊，韓林兒豈能不關心她的動靜？[4]實際上，她先是在消磨時間，等到約莫張無忌將要歸來的時候再行動作；再則是要特意引起韓林兒的注意，並確認他會為她擔心睡不著，這才自殺開始表演，以便韓林兒及時相救，而張無忌能很快到來。

也許人人生來就會表演，中國人對此道則是更加擅長；如果說中國的女性尤善此道，那

3見《倚天屠龍記》第四冊，第一二〇六頁。

4見《倚天屠龍記》第四冊，第一三二六—一三二七頁。

麼周芷若就更是人生表演學的「皇冠上的明珠」了。這當然與文化傳統有關，也與個人的天資才賦有關，同時當然還與個人的生活環境和生活經歷有關。周芷若不但天生麗質，更難得的是自小聰穎過人，當然也就從小乖巧精明並善於表現。我不敢說當年她在漢水舟中主動給張五忌餵飯就是刻意地討好張三丰，但她不幸的生活遭遇，小小年紀就父母雙亡，顯然會使這個聰明伶俐的孩子變得更加乖巧宜人。因為世間上所有的漢人，無不喜歡乖巧的孩子。因此，要想生活的快樂幸福，就要想辦法討人喜歡；要想討人喜歡，就要善於表現自己的乖巧伶俐。而周芷若，似乎憑自己的本能就懂得這一點。當然也可以說，是生活的磨練使她慢慢地形成了這種善於表現乖巧的本能。要不然，以她小小年紀，怎麼可能在入門不久就能迅速地「在峨嵋門下，頗獲滅絕師太的歡心，已得她易經原理的心傳」？[5]

二

周芷若乖巧伶俐、善於做作表演是毫無疑問的。不過，對此不能作簡單的道德判斷，說她一貫虛偽，甚至生來就善於欺騙。應該看到，周芷若的生活和表演，的確有許多不得已的苦衷；因此她的做作，有時真中藏假，有時假中藏真。

說周芷若生活中有許多不得已，是因為生活並不總是順遂人意，相反常常需要人去順應

5見《倚天屠龍記》第三冊，第八二九頁。

潮流、適應環境，有時候想做的事情卻不能做，而有時候不想做的事情卻又非做不可。而事情做與不做，都是為了要「做人」，也就是要符合一定的文化傳統、風俗習慣、社會環境及其價值觀念。例如在張無忌為了請求滅絕師太不要濫殺明教銳金旗的徒眾，拼命接受滅絕師太的三掌，結果被打得一時爬不起來，蛛兒（殷離）懇求周芷若去看看張無忌的傷勢並勸勸他不要逞英雄找死，周芷若「原想過去瞧瞧，但眾目睽睽之下，以她一個十八九歲的少女，如何敢去看視一個青年的傷勢？何況傷他之人正是自己的師父，這一過去，雖非公然反叛本門，究是對師父大大不敬，是以跨了一步，卻又縮回。」[6]

至於自己不想做，但卻又非做不可的事情，典型的例子之一，是周芷若在光明頂上奉師父滅絕師太之命，用倚天劍刺殺張無忌，差一點就要了張無忌的小命。我相信這件事絕非符合她的本願，而確實是不敢違抗師命，而且倉促之間又來不及細想，更何況動手之際還曾手腕微側、長劍略偏，沒有直接向張無忌的心臟刺去。

當然，對於此事，我們難免要想，假如是趙敏或殷離，肯定會寧可殺了自己也不會向著心上人動手，更何況片刻之前，張無忌非但明明白白地對她百般照應，而且親手將那倚天劍送在她手中，讓她還給自己的師父。進而，若說周芷若根本來不及細想，也不確切，因為在此之前片刻之間，她的心中早已轉過了無數的念頭：「今日局面已然尷尬無比，張公子如此待我，師父必當我和他私有情弊，從此我便成了峨嵋派的棄徒，成為武林中所不齒的叛逆。

6見《倚天屠龍記》第二冊，第六八七頁。

大地茫茫，教我到何處去覓歸宿之地？張公子待我不錯，但我決不是存心為了他而背叛師門。」[7]很清楚，周芷若的行為，首先是想到了自己，進而是要洗刷自己，用自己的行動證明她和張無忌之間並無私情。此事生死攸關，非此即彼，沒有做作表演的餘地，周芷若也就只好狠下心來，出乎張無忌的意料，刺他一劍。

更典型的例子，當然還是在大都城萬安寺中，滅絕師太決定自殺之前，讓周芷若接替峨嵋掌門，並讓她發了毒誓，一定要利用自己的美色和張無忌對她的好感，設法找到屠龍刀和倚天劍，但又絕不能對張無忌產生真情、更不能結為夫婦。搞得周芷若一時不知該如何是好，「神志一亂，登時便暈了過去，什麼也不知道了。」[8]其中有無表演的成分，不敢亂說。周芷若感到為難，卻又不能不應，倒也是實情。周芷若畢竟還是一個年輕的姑娘，如何抵擋得住師父滅絕師太那樣的軟硬兼施？後來在荒島之上，周芷若對張無忌那樣欺騙做作，顯然與她的使命、她的師命和她被迫所發的誓言有關。

三

但要說周芷若欺騙張無忌僅僅是因為師父之命不敢不從，自己誓言不敢不遵，卻又把周

7見《倚天屠龍記》第三冊，第八四四頁。
8見《倚天屠龍記》第三冊，第一〇四八頁。

芷若姑娘想得太過簡單了。

儘管周芷若從來都是做出對師父唯命是從的樣子，但實際上卻並非當真會對師命不折不扣地執行。最好的證據就是，後來她還是想方設法，乃至搞出尋死上吊的把戲，促使張無忌與她立即拜堂成親。那時候，師父遺言、自己的誓言又在哪裡？更何況，那時候，張無忌的義父謝遜的下落還沒有半點消息。這表明，自稱是儒弱、愚蠢、沒本領、沒主見，甚至連作者都認為是性格「柔和溫婉」的周芷若，實際上是一個目標明確、頭腦清楚、極有主見、外和內剛之人。只因為她一向表演優異，絲毫不露半點做作痕跡，不但張無忌會乖乖地被她牽著鼻子走，就連她的師父滅絕師太對她也顯然看走了眼。

滅絕師太雄心萬丈，希望峨嵋一派能夠光大其門、領袖武林，但她顯然沒有、也絕對不會想到，她的這個小小徒兒，不但政治抱負實際上比師父更加遠大得多，而且她的主觀能動性之強也遠遠出乎滅絕師太的意料。如果說滅絕師太把自己的徒弟當成光大本門的一顆關鍵性的棋子；那麼，張無忌則是棋子的棋子，與張無忌結婚即是周芷若整個人生棋局中的關鍵性的一步。實際上，周芷若根本就不是什麼被動「棋子」，而是一個十分主動的下棋人。

我這樣說，當然是有根有據。周芷若的政治抱負非凡，開始時幾乎半點也看不出，但後來卻是愈來愈明顯。張無忌曾對她說，只要驅走韃子大事一了，「你我隱居深山，共享清福，再也不理這塵世之事了」，周芷若的回答是：「你是明教教主，倘若天如人願，真能逐走了胡虜，那時天下大事都在你明教掌握之中，如何能容你去享清福？」「再說，我是峨嵋一派的掌門，肩頭擔子甚重。師父將這掌門人的鐵指環授我之時，明我務當光大本門，就算你能隱居山林，我卻沒那福氣呢。」[9]若說這還不夠明顯，再看完皇帝遊皇城歸來之後，周芷若當著彭瑩玉、韓林兒的面對張無忌說的：「你怎能輕身冒險？要知待得咱們大事成，坐在這彩樓龍椅之中的，便是你張教主了。」韓林兒拍手說張教主做了皇帝，周姑娘就是皇后娘娘，只見「周芷若雙頰暈紅，含羞低頭，但眉梢眼角間顯得不勝之喜。」——就是這意思！

四

這樣一來，周芷若的政治抱負是清楚了，但她的性格和心理卻因此而變得更加複雜了。僅僅是她對張無忌的情感態度，就很難用三言兩語說清。說她愛他，她就不該傷他、瞞他騙他；說她不愛他，她卻又追他、逼他、求她、恨他但又忘不了他。此中奧妙在於，周芷若不但有極大的政治抱負，而且一直想「革命生產兩不誤」、事業愛情雙豐收。前面提到過周芷若的人生棋局，那麼對她而言，最合意的棋路是，首先是要當上峨嵋掌門人，練成《九陰真經》，光大門派；然後是與張無忌結婚，不僅愛情美滿，更重要的是，總有那麼一天，天下在明教的掌握之中，明教在教主張無忌的掌握之中，而張無忌又在她的掌握之中！

既然是下棋，就要一步一步地走，既要下棋先看五步，又要隨著棋局形勢的變化而隨時

9見《倚天屠龍記》第四冊，第一三一二—一三一三頁。

變招。張無忌只是周芷若棋局中的一子，儘管她對他始終有好感、甚至有愛情，但具體如何對待，卻要依據彼時的棋局整體形勢而定。比如當初，張無忌不過是一個無知小子，為他而得罪師門顯然不合適，所以師父叫殺他，該出手時就出手；師父教她騙他，該騙人時就騙人。後來，明教聲威大振，張無忌股票升值，當然就要迷他、求他、逼他與自己成婚。師命云云，何足道哉！

再後來，張無忌在婚禮之上棄她而去，不僅丟了她的面子，更主要的是使她美夢成空。趙敏一再攪亂棋局，她當然要對之狠下毒手。張無忌不得到手，她又找宋青書當了替身，說是要氣氣張無忌，也給自己挽回面子。實際上這裡面仍有政治投資，宋青書乃是武當第三代的第一人，武當派將來的掌門人非他莫屬。即使不能君臨天下，峨嵋派與武當派聯手，武林霸業則是可以預期。只不過，宋青書被他的師叔打成殘廢，毫無利用價值，周芷若對他當然也就不再客氣。回過頭來，再向張無忌投資，只要他和趙敏尚未婚配，她就不是沒有希望。更何況，趙敏是蒙古郡主，張無忌則是反蒙古的領袖，這兩人關係的前途如何，未到棋局終了，尚難定論。

當然，上述推測，僅僅是依據周芷若的性格棋理。需要說明的是，周芷若的棋路，一半是自己的努力，一半則是命運的安排。所以，我們必須用發展的眼光來看周芷若，只有看到她的心路歷程，才能對她做出準確的判斷和評價。這個出身孤苦的船家女兒，儘管天生麗質、才智不凡，但卻也並非天生就有明確的政治抱負和巨大的個人野心。一開始，她或許只想求得一個安身之所；進而想苦苦練成一身武功；再進一步當然就想在同門中出人頭地；後來真的當上了掌門人，武功上又有更上層樓的機會，她當然不肯放過；順手將張無忌誘入籠中，發現此非凡鳥，高枝可期，當然又會使她的野心抱負更加膨脹。

周芷若的野心之所以膨脹不止，這又與她的出身與天賦密切相關。正因為從小幾乎一無所有，所以，只要可能，就想得到全世界。正因為機緣湊巧，加上她有美貌、才智、乖巧、伶俐、勤奮、斯文有禮、能吃苦耐勞等諸般真真假假的優點，再加上她不為人知的頭腦清楚、心理精明、意志剛強、不甘平庸和生來卓越的表演做秀的天賦，才使她在短短的時間內取得了驚人的成就。收穫越多，刺激就越大；刺激越大，收穫又越多，如此循環，她當然就會以為，如果她想得到全世界，她就一定能夠得到。不難設想，如果她當真做了張無忌的妻子，而張無忌又當真做了皇帝，那麼肯定會有一天，這個周皇娘一定會像歷史上的著名女皇武則天一樣「改唐為周」。反過來，要想知道武則天的個性發展，也大可以周芷若形象及其人生歷程為參考。

只可惜，這個美貌聰明的周姑娘，最終非但沒有「事業愛情雙豐收」，卻反而被「患鬼」纏身，差一點就精神崩潰。這當然可以說是命運對她不公，但也是她自作自受，似乎又可以說，原因恰恰就在於，她什麼都想要，但卻並不真正明白，自己最想要的到底是什麼。

滅絕師太性乖戾

在這部小說之中，峨嵋派的創始人郭襄是一個何等可愛的小姑娘，不料時過境遷，她的後繼者滅絕師太竟是如此不近人情、殘忍乖戾。可見門派傳統也好，俠義立場也罷，歷史的遺傳常常會產生出人意料的變異，而任何一個群體之中都會有不同的個體。所以，誰也不能肯定，在任何正義的旗幟之下，站立的都會是真正俠義正派之人。這個滅絕師太，就是一個極好的例證。

一

滅絕師太雖然是女流之輩，但武功高強不讓鬚眉，性格剛烈老辣比男子尤有過之，更是以毫不妥協地與邪派魔教作鬥爭而卓著威名。作為武林之中的一大名門正派的掌門人，滅絕師太堅持正義，而且立場堅定、旗幟鮮明，大約沒多少人會懷疑。她在書中第一次露面，就豪氣逼人，讓人生畏，就連那個不可一世的金花婆婆也知難而退。進而，又因為她的愛徒紀曉芙被魔教光明左使楊逍逼姦，滅絕師太竟將這個原本準備傳其衣缽心愛弟子一掌打死！要麼立功受獎當掌門，要麼因過受罰被處死，黑白分明，生死立判，沒有絲毫妥協商量的餘地。這個滅絕師太的作風和性格，由此即可見一斑。

滅絕師太再一次露面，是在六大名門正派聯合圍剿魔教老巢光明頂戰役開始之際。她的大弟子靜虛被魔教青翼蝠王韋一笑吸血而亡，其狀慘不忍睹，眾弟子悲痛啼哭，滅絕師太厲聲喝止。繼而教訓弟子：「咱們平素學武，所為何事？還不是要鋤強扶弱，撲滅妖邪？……吉凶禍福，咱們峨嵋早就置之度外……」「百年之前，世上又有什麼峨嵋派？只須大夥兒轟轟烈烈的死戰一場，峨嵋派就是一舉覆滅，又豈足道哉？」[1]這番慷慨決死的英風豪氣，任誰聽了也要佩服得五體投地不可，難怪當時在場的張無忌聯想到荊軻刺秦、風蕭蕭兮易水寒。

正因如此，遇到魔教銳金旗下徒眾，滅絕師太當然就會殺手無情。只不過，這一回張無忌的觀感又有不同，忍不住出面為魔教弟子救死扶傷，請求滅絕師太手下留情。滅絕師太雖然發現張無忌的武功絕非妖邪一路，不免稍起憐才之念，但原則立場可不能輕易放棄，於是她問張無忌知不知道她的法名，然後說：「你知道就好了，妖魔邪徒，我是要滅之絕之，決不留情，難道『滅絕』兩字，是白叫的麼？」[2]張無忌要不是有九陽神功護體，早已被滅絕師太三掌打死。

1見《倚天屠龍記》第二冊，第六五七頁。
2見《倚天屠龍記》第二冊，第六九〇頁。

若是在尋常的武俠書中，滅絕師太的這種行為和這種個性，一定會被視作理所當然，也一定會受人讚賞。然而，在這部書中，滅絕師太的行為，卻當面受到了年輕小子張無忌尖銳的質疑：那青翼蝠王只殺了二人，如今峨嵋派所殺之人早已超過了十倍以上；韋一笑用牙齒殺人，滅絕師太用倚天劍殺人，一般的殺，有何善惡之分？這讓我們想到，原來在正邪、敵我的原則立場之外，還有另一種立場原則，那就是人道的立場和原則。

由此看來，這滅絕師太的思想行為，非但不是天然正確，相反卻是問題多多。滅絕師太雖然口口聲聲宣揚俠義正派，要求弟子對敵人決不留情，似乎總是從正邪不能兩立的原則立場出發。實際上，師太此來，卻是另有隱私。其一，是因為峨嵋派的一代高手、滅絕師太的師兄孤鴻子就是被明教的光明左使楊逍活活氣死的，具體詳情雖然不得而知，但「氣死」云云，總該是別有隱情。其二，則是因為明教的金毛獅王當年為了找其師父成崑報仇，在武林中四處殺人生事，然後寫上「殺人者混元霹靂手成崑也」，被殺者中間有一位河南開封的武林高手金瓜錘方評，而這方評不是別人，正是滅絕師太的同胞兄長[3]。這就是說，在滅絕師太冠冕堂皇的旗幟背後，還有許多不可忽視的私心雜念。

孤鴻子是峨嵋弟子，雖非為公犧牲，但滅絕師太身為一派掌門，要為本門弟子「主持公道」，當然也馬馬虎虎說得過去。在與明教大戰之前的動員會上，滅絕師太也把這段門派仇恨說了，只不過仍沒說孤鴻子氣死的前因詳情，更不會把這一點作為口號公開的寫在本派討

3見《倚天屠龍記》第一冊，第三一四—三一五頁。

伐明教的旗幟上。然而，為自己的哥哥報仇雪恨，當年就派弟子下山四處尋訪，甚至冒險劫殺張翠山夫婦；進而把對金毛獅王個人的仇恨轉嫁到整個明教身上，又讓自己負責的整個門派冒此全軍覆沒的風險，卻是無論如何也太過分了。這一點，滅絕師太當然不會對自己的弟子說。若不是武當派俞蓮舟心思縝密，世間只怕無人知道滅絕師太的這一隱私。上述事實表明，世界上確實沒有無緣無故的愛、也沒有無緣無故的恨。任何堂皇純潔的旗幟背後，常常會有許多見不得人的雜念私心。進而，可怕的倒不是個人的私心雜念，而是利用職權把這些私心雜念包裝成大眾的目標，讓大家去為之拼命。

二

滅絕師太真正的可怕之處，其實還不是對敵人的過於慘無人道，而是對自己的弟子也同樣的冷酷無情。殺死自己的得意弟子紀曉芙，就是典型的一例。而在這件事的背後，我們又能發現滅絕師太更加可怕的一面。

滅絕師太曾為自己殺死紀曉芙這樣辯護：「這等不知羞恥的孽徒，留在世間又有何用？」[4]這一辯辭聽起來是那樣的堂皇，看來滅絕師太真稱得上是一個講究原則立場之人，嫉惡如仇。只不過，在處死紀曉芙之前，實際上還有一段非常出人意料的插曲。那就是她曾對

4見《倚天屠龍記》第三冊，第八五二—八五三頁。

紀曉芙說：「好，你失身於他，回護彭和尚，得罪丁師姐，瞞騙師父，私養孩兒……這一切我全不計較，我差你去做一件大事，大功告成之後，你回來峨嵋，我便將衣缽和倚天劍都傳了於你，立你為本派掌門的繼承人。」[5]搞得在場的丁敏君妒恨交迸，暗罵師父糊塗混帳、倒行逆施。也就是說，紀曉芙非但可以不死，而且還可以繼承師父衣缽，當上峨嵋派未來的掌門人，當然，這要有交換條件，那就是要去完成一件大事——誰都猜得到，滅絕師太要紀曉芙去做的大事，無非去誘騙和刺殺楊逍。紀曉芙不忍殺害楊逍，但又不願欺騙師父，所以只好搖頭不應，滅絕師太這才將她一掌打死。

這裡有幾點值得注意，一是滅絕師太的原則性不是不可商量，不是不可交換的，用她的話說，應該是可以將功補過。這不光說明滅絕師太也有其靈活性，而且表明對同一件事她可以有截然不同的處理方法，當然也就可以有截然不同的價值評估。倘若紀曉芙答應了師父的要求，非但可以將功補過，還可以升官提職，當接班人。細心的讀者不難發現，封官許願這一招，滅絕師太至少用過三次，除了這一次之外，後來在光明頂戰役之前，她又曾公開表示，只要在這一戰中立功，不管是女是男、是出家人還是俗家人，都可以接替她的掌門人之位；第三次是真的將掌門人的指環傳給了小弟子周芷若。滅絕師太當日說要選犯了一連串大錯誤的紀曉芙當接班人，是真心許願還是故意欺騙，我們不得而知。但要當接班人就必須絕對服從師父的命令，則是非常明顯。

5見《倚天屠龍記》第二冊，第四九一—四九二頁。

滅絕師太當日究竟要紀曉芙怎麼去立功贖罪，已是死無對證了。然而，在她傳位給周芷若時所提出的要求，卻是清清楚楚，讓人毛骨悚然。她要求周芷若的是：以自己的美色誘惑張無忌，以便取得倚天劍、屠龍刀，這叫做成大事者不拘小節；然而在取得刀劍之後，卻又不許周芷若當真對張無忌產生半點真情。所以在說明真相之前，事先早已準備了這樣一份誓言要求周芷若照本宣科：「小女子周芷若對天盟誓，日後我若對魔教教主張無忌這淫徒心存愛慕，倘若和他結成夫婦，我親生父母死在地下，屍骨不得安穩；我師父滅絕師太必成厲鬼，令我一生日夜不安；我若和他生下兒女，男子代代為奴，女子世世為娼。」[6]

對於這樣一種要求和這樣一份誓言，想必每一位讀者都會有自己的判斷和評價。不惜威脅利誘，進而賭咒發誓，要求自己的弟子去欺騙敵人，甚至犧牲色相，當然還要犧牲自己的情感，去完成這份事關師門氣運名聲的光榮神聖事業，這在滅絕師太而言似乎不僅合情合理，而且順理成章。在她看來，為了師門大我而犧牲小我，這應該是每一個峨嵋派弟子的神聖使命。而為了實現這一神聖使命，當然應該一不怕苦、二不怕死，能上刀山、能下火海，不惜賣身絕情、滅絕人性。在她看來，一個人為民族大義或師門大業犧牲自己乃是自然天理，不證自明，其他一切，自然都不在話下。

6見《倚天屠龍記》第三冊，第一〇四三頁。

三

我們看到，在交代了這件大事之後，滅絕師太當真就以身作則，從大都萬安寺塔上跳下，絕不接受張無忌的半分恩惠，自然落地摔死，滅絕了自己。於是我們這才發現，這滅絕師太的私心雜念、性格怪癖、手段毒辣甚而威脅利誘等等，都還不是十分可怕，真正可怕的是她對自己信念和目標的那份不假思索、不擇手段的偏執與狂熱。

她這一死，不但周芷若再也不敢違背師父命令，因為這已經成了師父的臨終遺願，再也無法解釋、無法求情、更無法更改。而旁觀之人，也就不得不相信，這個滅絕師太，當真是主義堅定，立場鮮明。否則，就不會如此滅絕自己、以身相殉。不過，她為什麼對張無忌如此痛恨呢？她明明知道，張無忌的武功正派，為人更加正派，在光明頂上排解糾紛，在萬安寺中又拯救六大門派，大家有目共睹，為何滅絕師太卻偏偏視而不見？是因為張無忌當上了明教的教主，所以就恨屋及烏？但明教明明是一直站在反元抗蒙的第一線，滅絕師太不是說自己的平生願望「第一是逐走韃子，光復漢家山河；第二是峨嵋派武功領袖群倫，蓋過少林、武當，成為中原武林中的第一門派」[7]嗎？為了達成她的第一心願，為什麼不與明教結成

7見《倚天屠龍記》第三冊，第一〇四九頁。

民族統一戰線，共同作戰？

有人可能會想，滅絕師太的第一願望，是說說而已；她真正關心的，其實是她的第二個願望，即讓自己的峨嵋派領袖群倫！從她對周芷若的要求來看，似乎也證明了這一點。然而，這又還不能解釋她為什麼對張無忌如此痛恨。實際上，除了說得出來的政治原因之外，還有一個說出了一半的道德原因，那就是她認為張無忌是一個魔教的「小淫賊」，怕他會玷污了周芷若的「清白」，就像楊逍玷污了紀曉芙的清白一樣。而在這個道德的原因背後，更有一個沒有說出來，甚至恐怕連她自己也說不清楚的心理的原因，那就是她對男女情感及其正常人性的無知、恐懼和仇恨。她想「滅而絕之」的，與其說是邪教，不如說是人類中的一切「邪氣」——這包括性欲、情感、生命的歡樂，甚至包括有情的生命本身。

這樣，我們才能理解，她為什麼如此痛恨楊逍，為什麼要打死紀曉芙，甚至連紀曉芙和楊逍的「孽種」楊不悔也要打死。我們才能理解，她為什麼要讓周芷若發此重誓，進而會以化為厲鬼來恐嚇。因為她情感壓抑、心理變態、人性扭曲，才會將自己的全部熱情投入自己的政治生涯之中。而這種政治生涯，又使得她進一步壓抑情感、扭曲心理、滅絕人性。滅絕師太這個人其實並不可怕，可怕的是她的那種政治思想、政治道德和政治熱情。到最後，她連自己都要「滅絕」。

謝遜懺悔向新生

在《倚天屠龍記》中，滅絕師太始終在派人尋找謝遜，但直到她自殺身死也沒能見到金毛獅王，這使我也感到非常的遺憾。我常常想，假如他們見面了，兩種完全不同性格的碰撞，一定會有出人意料的精彩表現。這兩個人天生就該是死對頭，一個是正派，一個是邪派；一個是生命極度的壓抑乃至枯萎變態，一個是生命力極度的發洩乃至膨脹變形。相似的是，這兩個人手上都曾沾滿了他人生命的鮮血；不同的是，一個至死也不願寬恕他人，而另一個則以餘生用來自我懺悔。

作為旁觀者，我們會覺得滅絕師太可敬之中包含了更多的可懼可嘆，而謝遜則在可怖之中又含有更多的可愛可憐，這就是人生和人性的奇妙之處。看他們的故事，我們情感態度會發生出人意料的大幅轉移，這本身就足以發人深思。

一

當這個身材魁梧高大、一頭金髮披肩、眼睛碧光油亮、手提一根一丈六七尺長的兩頭狼牙棒的怪物出現在王盤島上的時候，不僅在場者會覺得震驚恐怖，相信每一個讀者都會情不自禁地瞪大眼睛。此人非但顯然不像是普通的中原漢人，甚至也不像是正常的人類；毋寧說他更像是鬼蜮魔城「天龍八部」中的眾生，像是魔鬼和天神的一種奇妙的混合體。要不然，他怎麼會有那種超凡的能耐，只一聲野獸般的長嚎，就讓整個島上的武林人物受傷變成癡呆？

但很快，我們就發現，金庸筆下的金毛獅王，看起來雖然與一般武俠小說中的壞蛋魔頭一般無二，且更加變形誇張，但實際上卻不可同日而語。我們很快就看到，這位自稱「十三年來，我只和禽獸為伍，我相信禽獸，不相信人。十三年來，我少殺禽獸多殺人」[1]的大魔頭，實際上還有文雅君子的一面，不殺張翠山和殷素素，就是這一面的最初顯現。雖然在大海茫茫、冰山處處的惡劣環境中咒天罵地，大發癲狂，差一點將殷素素掐死，以至於張翠山、殷素素不得不奮起反抗，終於打瞎了他的雙眼；但烏雲蔽日過後，風平浪靜之時，我們還是能在他猙獰恐怖的外表之下，看到他那如同晨光微露的君子相。

不久我們就知道了，這位貌似魔鬼的金毛獅王之所以變形變態，並非因為他天生的狠惡殘忍或魔鬼心腸，其實只不過是因為一場常人根本無法想像、更無法相信的家庭慘禍，導致他性格變異、心理扭曲，進而幾乎使他徹底地精神瘋狂。具體說，就是他的師父成崑在十三年前的一天，突然將他的父母妻兒及其全家大小十三口全都殘酷地殺害了，偏偏留下了他本

1見《倚天屠龍記》第一冊，第二〇四頁。

人，面對這種絕對出乎意料的場面，經受這種幾乎是毀滅性的心理打擊和精神折磨。這經歷不僅使他感到無比的悲痛和憤怒，同時更讓他感到無比的震驚和惶惑：他至親至愛的師父怎麼會如此無恥地強姦他的妻子，又怎麼會如此殘忍地殺死他所有的親人？這不但使他一夜之間失去了所有的親人，而且更使他所有的精神支柱和價值觀念都在那一刻徹底崩塌毀滅。這世間，除了復仇，就再也找不到任何可戀、可信、可倚的目標或對象。

從此之後，他當然只能為復仇而活，但起先是他的武功不如他的師父，不但報仇不成，自己反而受傷。後來練成了威力無比的七傷拳法，但卻又再也找不到師父成崑的影子。為了找到師父成崑復仇，謝遜不惜一切代價，憤怒衝動之下，到處屠殺無辜、製造血案，然後寫下「殺人者渾元霹靂手成崑」的字樣，企圖借此逼迫成崑露面應戰。然而不但成崑始終沒再露面，反而請來少林寺方丈空見大師前來勸解，使他在無法抑制的憤怒衝動之下連慈悲仁愛的空見大師也一樣打死。這樣，悲傷、憤怒、惶惑、震驚、仇恨、怨憤、絕望，加上苦練七傷拳對自己內臟心脈的傷害，和打死空見大師的無邊悔恨，不僅將他造就成一個滅絕人性的殺人魔王，同時也將他的精神世界徹底撕碎，終於心理失常。

他無論如何也沒想到，師父成崑之所以如此，並非偶然的酒後失德或發瘋，而是刻意如此，要通過在明教中擔任法王要職的徒弟，對明教前教主陽頂天當年的「奪妻之恨」進行瘋狂殘酷的報復。成崑是故意要將自己的徒弟製造成一個瘋狂殺人的工具，故意讓他與整個武林為敵，以便將來人們明白真相之後會與明教清算血帳。而成崑之所以選擇自己的徒弟作為自己瘋狂陰謀的工具，恰恰是因為他深知自己的徒弟謝遜天資聰穎但心靈脆弱、天性純樸但性格衝動——這，才是謝遜性格的「真相」。

二

這部小說中最富想像力的細節和最為驚人的情景，是本書主人公初生的啼哭，居然將逐漸喪失人性且幾乎不成人型的謝遜從可怕的瘋狂之中喚醒。從那一刻開始，謝遜愛心萌生，靈智恢復，仇念消滅，他的心理、性格和命運再度被徹底改變，開始恢復正常。這當然是具有象徵性的一幕，並非因為小主人公的純真啼哭如仙樂梵音，勝過一切靈丹妙藥；而是因為謝遜精神癥結所在，心病正須心藥醫。對於謝遜這樣一個因喪子之痛而導致仇恨瘋狂的人，初生嬰兒的啼哭，是最真切的人性呼喚，可以幫他恢復父親的人性本能。

謝遜人性本能的恢復，當然還得益於聰明伶俐的殷素素抓住了這個關鍵性的機會，答應將自己的新生嬰兒做為對方的義子，承襲他那失去了的兒子謝無忌之名。謝遜喜極而泣，既想抱抱這個嬰兒，又怕自己的樣子嚇壞了孩子的細節，充分體現出他的感人至深的愛心。進而在曠野之中那一番縱情大笑，不僅徹底消泯了對張翠山夫婦的毀目之恨，而且將十幾年來一直淤積於心的仇恨、憤怒和悲傷做了一次暢快淋漓的發洩。從此以後，謝遜真正開始重新做人。

謝遜對無忌深摯的父愛，無疑是這部小說中的一個敘事重點。這種無私的父愛，不僅表現在無忌調皮搗蛋、張翠山夫婦想要責罰之際，總會受到他的庇護，以至於小小無忌自然而然地將自己的義父當做最大的靠山；也不僅僅是表現在從無忌八歲之日起，他就將自己的一身高深的武功傾囊相授，甚至不惜強制性地囫圇灌輸。更表現在，自從認了這個義子，謝遜的生活目標就開始了根本性的轉變，思索屠龍寶刀中的秘密不再是他生活的重點，他一直在探索的實際上是一直在留心大海中的風向水流，一心一意要把他的無忌孩兒送回大陸，讓他在正常的世界中過上真正的幸福生活。

進而，謝遜此舉的真正難能可貴之舉，不是想出了如何回歸大陸的方法途徑，而是他決心將張翠山夫婦和他們的兒子送回大陸，而他自己則準備做出徹底的犧牲和奉獻，孤獨一人留在這個遠離塵世的荒島上了此殘生。原因是，「我得能疼他十年，已經足夠了。賊老天總是跟我搗亂，這孩子倘若陪我的時候太多，只怕賊老天遷怒於他，會有橫禍加身。」[2]真正的原因，當然還是他知道自己血債累累，不願意自己的罪孽使他所至愛的無忌孩兒受到絲毫的報應和影響，因而寧肯自己受盡孤寂的懲罰，也要把他們早日送上歸途。此徹底捨己之舉，是一個父親、一個人在這樣的情況下所能做出的最大的愛心奉獻。

當年決心讓謝無忌改回父姓變成張無忌，送他們一家走向歸途，而自己則決意留在荒島之上不肯一同離去，是為了對無忌孩兒的愛；而多年之後，又出人意料地隨著明教紫衫龍王一同回歸大陸，雖然原因眾多，但最主要的原因，顯然還是同樣出於對他的無忌孩兒無法抑制的思念之情。甚至可以說，謝遜明知自己在大陸仇家多多，且屠龍刀亦必會惹出無窮禍

2見《倚天屠龍記》第一冊，第二四五頁。

患，但還是毅然踏上歸途，實際上表現出了他對張無忌更深一層的父愛。他當然沒有夢想，甚至也不會願意與張無忌在一起生活；但卻還是想離自己心愛的無忌孩兒更近一點，甚至只是想聽到一點關於他的消息，就不惜冒著極大的生命危險而回到遍佈仇家的故鄉。

從謝遜對張無忌的深情至愛之中，不僅可以看到他性格轉變之大，看到他人性的光輝何等溫暖燦爛；還可以推想他當年對自己的親生兒子謝無忌勢必懷有同樣的深情，也就不能理解當他至愛的兒子、妻子及其父母親人被自己尊敬且至愛的師父成崑殘酷殺害之際，他的情感和心靈所受到的是怎樣的致命打擊。我們也就不難理解，當年的謝遜為什麼會從一個心地善良之人，突變為一個瘋狂殺害人類的野獸魔頭。

三

謝遜與張無忌、周芷若一起，從東海靈蛇島回到大陸之後，如何被丐幫所俘，然後又如何被轉移到少林寺中，老實說，其中尚有不少疑惑和漏洞。尤其是，周芷若在此過程中到底扮演了怎樣的一個角色，始終就沒有說清。不過，我要說，將謝遜安排到少林寺確實是一個巧妙的設計，不僅因為謝遜的師父兼仇人混跡在此，更重要的是這裡將是謝遜最後的歸宿。聽到了少林寺的暮鼓晨鐘，聽到了渡厄、渡劫、渡難三位少林高僧的佛家經文，謝遜真心懺悔自我，從此在少林寺出家，也是這部小說之中一個頗為出人意料且發人深省的結局。這一情節，也為《天龍八部》中蕭遠山、慕容博這兩人的出家開了先河。

說起來，放下屠刀、立地成佛，一向就是佛家精神的精義，也是傳統中國民間故事中的一個並不鮮見的主題。謝遜的故事之所以還是讓人受到意外的震撼，其實並不是他的出家，而是他的真心懺悔。實際上他的懺悔並不是在出家之後，乃是在根本就沒有出家之念以前。先是對殺死他一家十三口、使他瘋狂十三年的師父成崑僅僅還報以十三記七傷拳，而並不傷害對方的生命；反而在得勝之後主動散去武功內力，從此恩怨兩銷。然後就甘心當著天下英雄公然接受受害者親朋故舊的審判和報復，隨時準備被復仇者殺死，甚而準備比被殺更加難堪的報復。

如書中所寫：「武林豪士於生死看得甚輕，卻絕計不能受辱，所謂『士可殺而不可辱』。這二人每人一口唾沫吐在他臉上，實是最大的侮辱，謝遜卻安然忍受，可知他於過去所做罪業，當真痛悔到了極點。人叢中一個又一個的出來，有的打謝遜兩記耳光，有的踢他一腳，更有人破口大罵，謝遜始終低頭忍受，既不退避，更不惡言相報。」[3]此時的謝遜，稱得上是一位真正的英雄——當然不是一位普通的武俠英雄，而是一位具有巨大道德勇氣和非凡懺悔精神的文化英雄。這一場景，足以讓有心的後人為之塑造一座雕像，以警醒後人，尤其是只有悠久的犯罪歷史，但卻從沒有真心懺悔傳統的中國人。

謝遜的懺悔，實際上也並不是從來到少林寺之後才產生，而是早在冰火島上就已經開始。他向張翠山夫婦和年幼的張無忌講述他所遭遇的家庭奇禍，也講述自己所做的數十起瘋

3見《倚天屠龍記》第四冊，第一五二四頁。

狂的罪孽，尤其是詳細講述了自己當年利用少林寺方丈空見神僧的慈悲拔苦之心而將對方打死的經過，講述「我謝遜忘恩負義，豬狗不如」[4]的沉痛往事，實際上就正是一種充滿誠意的懺悔。實際上，在打死空見大師的那一刻，他就已經有了悔恨之心，只是大仇未報，怨恨難消，仍處在精神錯亂之中，才沒能徹底懺悔平生。直至他聽到張無忌初生啼哭，突然恢復人性本能的那一刻之後，心境漸安，良知漸復，懺悔之心萌生，且日漸茁壯，後來才終於向自己的義弟和義子講述了自己的罪孽往事和懺悔之意。

如果沒有長期的痛悔與自責的心理基礎，謝遜在少林寺外短短數月，又怎能突然間幡然悔悟？如果說僅僅因為他聽了少林寺的暮鼓晨鐘，或是聽了渡厄等三位老僧的佛家經文，就能讓謝遜這樣一個雙手沾滿鮮血的殺人魔王立地成佛，那就當真是一個神話，或者不如說是一個笑話了。且不說成崑在少林寺中、空見門下十多年，仍不見他有絲毫的懺悔和感悟，就是那渡厄、渡劫、渡難三位少林寺中的絕世高僧，不也對他們自己的小小奪目之仇、敗仗之怨始終未能忘懷？

謝遜的故事，其實與佛經或佛教無關，而是一個有關人性與良知的故事。雖說他最後與他唯一的仇人成崑恩怨兩銷，而他自己也終於變成了一代高僧，但回首一生往事，還是禁不住要為他的不幸命運感到憤怒、沉痛和悲傷。這命運是成崑一手造成的，而成崑卻仍然還自由自在地活在這個世界上。

4見《倚天屠龍記》第一冊，第二六六頁。

狄雲素心無處安

《連城訣》一書的主人公狄雲的出現，標誌著金庸先生的武俠小說創作向凡俗人生及其社會生活的真實更加靠近了一步。這是因為，狄雲的形象，與以往任何一部武俠小說的主人公都大不一樣，即使練了武功，而且有過別人難以想像的奇遇，他也還是不像任何一個傳奇故事的主人公，而仍然是一個普普通通且地地道道的尋常人。在某種程度上，他甚至連尋常人也不如，因為大多數世間尋常人都不見得會像他那樣老實巴交、傻頭傻腦。

寫狄雲的故事，據作者說，是想要借此紀念自己幼年記憶中「很親切的一個老人」[1]；實際上，恐怕更是想借此人物的故事，來抒發作者對這人世和人性的深深感慨。我說過，金庸筆下的狄雲，頗似伏爾泰筆下的老實人，他們的故事，其實都可以看成是人間世界的一種的寓言。

1見《連城訣》第三九八頁，修訂版「後記」。

一

狄雲的形象非常的簡單，無知無識、老實忠厚這八個字就足以概括；他的故事也同樣簡單，無非是不斷地上當受騙、委屈蒙冤。

狄雲這個鄉下小夥子，在湘西麻溪鋪鄉下耕田練劍，倒也曾有過一段平安單純的日子。沒想到鄉下人進城，身不由己地走進了一個又一個人造的陷阱漩渦之中，此後厄運就如噩夢一樣，一串串接踵而來。先是被人冤枉成強姦犯，然後再加上盜竊罪，被剁斷了手指、穿透了琵琶骨，被打入死牢；然後是他的同獄，莫名其妙地對他懷恨在心，每天對他痛加折磨；最後是他在獄中得到消息，知道心愛的師妹戚芳竟然嫁給了陷害他的仇人萬圭。有冤無處伸，有怨無處訴，在這個世界上，他已沒有一個親人，也沒有了任何指望，當然只好一死了之。

沒想到，他要自殺，同獄難友丁典卻又將他救活，從此真的成了難中之友。打破了他的腦袋他也不會想到，他所受的這些冤枉，原因全不在他，而在於他有一個漂亮的師妹，而這個漂亮的師妹又鍾情於他，這才有一連串針對他的陷害和「疏通」。那所謂的「疏通」，原來竟是惡毒的一石三鳥之計：欺騙狄雲，疏通官府對狄雲做無限期的關押；蒙蔽戚芳，好讓戚芳感激涕零而後心甘情願地嫁給對她垂涎已久的萬圭。

狄雲隨丁典出獄，不料丁典中毒身死，狄雲自己也差一點成了惡僧寶象的免費午餐。幸而老實人也能急中生智，他非但沒有被寶象吃掉，寶象的僧袍反而成了狄雲的外衣。沒想到這又會給他帶來新的無妄之災，他在河邊救人，卻反而被著名的「鈴劍雙俠」的駿馬踩斷了腿，原因是他穿了一件血刀門的僧袍。鈴劍雙俠固然是自以為是，但只認衣衫不認人，卻是由來已久的人間陋習，要不然怎麼會所有的人都認定老實巴交、清白無辜的狄雲，就是那強暴婦女、作案多起、血債累累的淫僧？

更要命的是，不但痛恨淫僧的鈴劍雙俠和市民群眾認定他是淫僧，就連真正的淫僧血刀老祖也把他當成了寶象的徒弟、自己的徒孫。結果是，正派的人個個都要抓他，邪門的血刀老祖卻成了他的救星，一直帶著他以及「獵物」水笙一起從江南逃到了藏邊雪谷，狄雲根本就沒有任何分辯的機會。

一個好端端的鄉下小夥子，突然經歷這些莫名其妙的不幸，但自始至終都無法分辯，甚至無人願意聽一聽他的冤情，這就難怪在血刀老僧死後，江南四俠之一的花鐵幹和鈴劍雙俠之一的水笙對他恩將仇報之時，他終於忍不住嘶聲大喊、有如哭號：

「你們這些惡人，天下的惡人都來打啊，我狄雲不怕你們。你們把我關在牢裡，穿我琵琶骨，斬了我手指，搶了我師妹，踹斷我大腿，我都不怕，把我斬成肉醬，我也不怕！」[2]

2見《連城訣》第二五四頁。

二

狄雲說「不怕」，其中當然有真實的成分，他連死都不怕，還怕什麼痛苦冤屈？但這「不怕」的表態，卻也不能全都信以為真，在這個世界上，狄雲或許不怕「惡人」，但情人變成路人，進而親人變成仇人，顯然就要另當別論了。要不然，當年他就不會因為戚芳嫁人，而在獄中絕望自殺。

在大叫「不怕」的那一刻，狄雲顯然有些瘋狂神態。也幸而有這一番瘋狂的發洩，不然的話，要麼是被這滿腔的仇恨冤屈活活憋死，要麼是從此以後徹底心理變態，從此改做一個向整個世界作瘋狂報復的真正的大惡人。此時的狄雲，已經練成了絕世神功神照經，不久又將血刀刀法練得純熟，在武功方面恐怕已經是少有敵手，假若他要向這個世界進行報復、從此一心作惡，這世界必將不得安寧。

幸而狄雲並沒有被瘋狂憋死，也沒有當真從此發瘋變態，他還是那個老實忠厚的鄉下小夥子。然而又正因如此，他的厄運也就還沒有到此結束。待到冰消雪化之時，那個曾向他乞命求食的大俠花鐵幹轉眼間又成了英雄，而清白善良的狄雲和水笙反倒被誣成淫賊和淫婦。狄雲想為清白的水笙辯護，卻不料越描越黑，狄雲當然是失望又憤怒，若非他心中另有期望，說不定真要憤怒瘋狂。

經過丁典的指點，經過了人生的磨練，從雪谷中走出的狄雲不僅武功上今非昔比，心智和見識方面無疑也有了長足的進步。至少，他對萬圭之流當年的陰謀、如今的詭計，不但瞭若指掌，可以說是明察秋毫。走出雪谷之際，狄雲還存有兩個熱切的夢想，一個是找到師父，找回往日的美好生活；另一個是與他一直鍾情不變的師妹戚芳見面，向她表白自己的冤情、揭露萬圭的真相，然後……

他的冤情是徹底澄清了，萬圭父子的真相也暴露無遺，在萬氏父子作惡的現場，狄雲以其人之道還治其人之身，把他們封閉在萬家的夾牆之中，讓他們自食其果。然後，眼見著他與戚芳立即就能蝴蝶雙飛、舊情重續，開始幸福美好的生活，但戚芳卻要他「等一等」，而這一「等」的結果卻是從此人鬼殊途。戚芳是想去偷偷將自己的丈夫萬圭從夾牆裡放出來，卻不料被救的萬圭反而將他的妻子殘酷地殺害。此時的狄雲，不僅對戚芳之死感到無比的悲痛，對萬圭之毒感到覺對的悲憤，而於戚芳對自己的再一次欺騙更是感到萬分的悲哀。也許戚芳始終是善良無辜的，但恰恰是這個善良無辜的師妹，對他一再背叛和欺騙。狄雲的這個腦袋，永遠也想不通其中的奧妙：為什麼明明知道狄雲的清白，卻還要嫁給萬圭？進而，為什麼明明知道萬圭父子惡毒真相，卻還是想著「一日夫妻百日恩」？為什麼被冤屈、被拋棄的總是更加善良無辜的狄雲？

如果說狄雲對戚芳的行為和心理永遠也想不通，那麼他對自己的師父戚長發的所作所為就更是想不通了。儘管在監獄之中，丁典早已對他說過，他的師父戚長發文武兼通、博學多才，決不是什麼不識字的老實鄉下人，不會分不清《唐詩劍法》和「躺屍劍法」；不會分不清「孤鴻海上來，池潰不敢顧」和「哥翁喊上來，是橫不敢過」；而且戚長發的外號「鐵索橫江」，意思是「叫人上也上不得，下也下不得。」[3]雖說狄雲對丁典衷心信服，但丁典對他師父做出的這種評價，他卻是始終無法相信——不如說他始終是不敢相信、不願相信。

直到最後，戚長發的匕首無情地刺向他的後心，他才真正明白了自己的師父戚長發是怎樣的一個人：「戚長發為了財富，能殺死自己的師父，殺死師兄，懷疑親生女兒，為什麼不能殺徒弟？」[4]但他還是不能明白：「一個人世上什麼親人都不要，不要師父、師兄弟、徒弟、連親生女兒也不顧，有了價值連城的大寶藏，又有什麼快活？」[5]至此，狄雲才因明白了師父的真相而絕望；又因為不明白師父為什麼會這樣而陷入了徹底的茫然。

如果說以前所經歷的一切，明顯是惡人作祟，明顯是受屈蒙冤，狄雲還能咬牙忍受；那麼後來的經歷，才是對他更為致命的打擊。因為這打擊不是來自惡人、仇人、不明真相的人，而是來自情人、親人。師妹戚芳的背離，不僅使他情感失落，更使他對人間情感的信念和希望受到沉重的打擊；而師父戚長發對他徹頭徹尾的欺騙，則不僅使他身心受傷，更使他的人性本能、親情倫理、社會道德等等所有價值觀念和精神支柱都受到了毀滅性的摧殘。

3見《連城訣》第六十八頁。
4見《連城訣》第三九〇頁。
5見《連城訣》第三九一頁。

三

再回首狄雲的遭遇，任何人都會不寒而慄。狄雲在這個世界上的什麼地方生活得最幸福？答案是：一，當年湘西麻溪鋪鄉下的農舍；二，蒙冤受罰的荊州死囚牢房；三，出入無路的藏邊荒涼雪谷。

這顯然是一個卓別林式的答案，然而狄雲的遭遇，實際上比卓別林電影中的人物更加淒苦不堪。因為最後，當年的農舍物非人也非，再也回不去了；再說沒有了師父、也沒有了師妹，他回去了又能找回什麼？進而，荊州死囚牢房之中再也沒有了丁典，那人間唯一的溫暖亮色已經埋葬在了凌霜華的墓中，只能供人憑弔。所以，狄雲造最後實際上無處可去，只能回到那曾經飽受冤屈折磨的寒冷雪谷之中，雖然身冷心更涼，但那畢竟是他唯一能夠存身之地。

再回首狄雲曾經生活過的這個世界，任何人都會毛骨悚然。在這個世界中，號稱明鏡高懸、為民造福的官府是可以隨便用金錢收買；號稱行俠仗義、為民伸冤的俠客，要麼是被壞人殺死，要麼是像花鐵幹那樣變成了貪生怕死的可憐蟲；而號稱禮儀之邦、純樸善良的人們，要麼是蒙冤受屈，要麼是黑白不分。更不用說，有多少假仁假義之輩、窮凶極惡之徒在此世界中恃強凌弱、橫行霸道。更為可怕的是，最深厚質樸的情感也會莫名其妙的變質，而最老實忠厚的師父竟然是人世間最殘忍無情的狡詐之徒。

在這個世界上，大俠好名，邪徒好色，從官府到民眾則又人人都為金錢財寶而瘋狂。而忠厚質樸的老實人狄雲，不好名、不好色、不好金錢，卻反倒在這個世界中無法生存。是無知無識、善良純真的狄雲無能，不配生活在這個世界上？還是這個人欲氾濫、私心膨脹、道德淪喪、真情泯滅、綱紀鬆弛、官匪一家、正邪難辨、一抓就死、一放就亂、牛皮烘烘、欺世盜名、文明法則徒有虛名的世界，根本就不適合人的生存？狄雲素心如此，卻居然無處安身，在這世界上，幾乎人人都比狄雲聰明更精明，但由這些確實聰明精明且號稱文明高明的人所組成的世界，為什麼竟然是這個樣子？是因為秦始皇？是因為「四人幫」？還是需要凌退思、萬震山、言達平、戚長發、萬圭、血刀僧、花鐵幹、汪嘯風及其江南四俠、鈴劍雙俠、甚至丁典和凌霜華、甚至鐵骨墨萼梅念笙……所有的好人壞人、死人活人、古人今人，大家一起來想想法子討論一下？

花鐵幹生死關頭

我說《連城訣》不是一部普通的武俠小說，而是一部「無俠」之書，重要的證據之一，就是作者在這部書中將大名鼎鼎的江南四俠，分別命名為陸天抒、花鐵幹、劉乘風、水岱，讓這四個人的姓氏，組合成「落花流水」，且居然還讓他們自己當成口號喊了出來。雖說這是照江南方言的諧音寫出，不無戲謔的成分，但誰都看得出，其中顯然有一種明確的寓意。

只因江湖著名的魔頭淫僧血刀老祖擄走了水岱的女兒水笙，江南四俠不得不連袂追截，結果被血刀老祖無情戲耍，一敗塗地，猶如落花流水一般。江南四俠中的三人非死即傷，只有花鐵幹碩果僅剩，而結果卻是誰也沒有想到。

一

假如花鐵幹早已戰死，又或者是最後能夠奮力一戰而將血刀老僧殺死，那都不過是平常的結局。但在這部書中，卻出現了一個大大出人意料的場面，那就是當水岱嚴重受傷、水笙被制，血刀老僧實際上也到了強弩之末的時刻，唯一有能力與對方做拼死一戰的花鐵幹卻突然喪失了鬥志，並終於被血刀老僧所催眠！「他一心一意只想脫困逃生，跪下求饒雖是羞恥，但總比給人在身上一刀一刀地宰割要好得多。他全沒想到，若是奮力求戰，立時便可將敵人殺了，卻只覺得眼前這血刀僧可怖可畏之極。」[1]看到這裡，相信所有讀者都會為花鐵幹扼腕嘆息。

小說中寫出了這花鐵幹被血刀僧催眠的全過程，這與傳統小說之中的巫術、作法、念咒等荒誕不經的寫法絕無半點相同。相信心理學家、精神病學家、催眠師及其他臨床醫生，一定能夠證明血刀僧的催眠方法對症有效，花鐵幹的表現也就並不稀奇。書中交代了，花鐵幹之所以會被催眠，有一個重要的情節／心理背景，那就是在前面的戰鬥中，他不慎失手刺死了自己的結義兄弟劉乘風。這一意外導致了他心志沮喪、神思恍惚，而後銳氣大挫、一時六神無主；再加上親眼看到陸天抒斷頭、水岱折腿，只覺得那血刀僧簡直是神鬼莫測，因而逐漸喪失鬥志；恰好血刀僧在無力再戰之時，只好發揮口頭威脅功夫，只怕他自己也沒想到這對花鐵幹而言乃是對症之舉，放下武器的引誘催眠正中下懷。

於是，我們就看到了，花鐵幹這位在江湖中出生入死的大俠英雄精神上的徹底崩潰。而這一精神崩潰的過程，實在比我們見到的任何血肉模糊的大戰更加驚心動魄。對這一過程，我們當然可以做不同的解釋。一種合理的解釋是，花鐵幹最終放下武器、束手就擒，顯然是

1見《連城訣》第二二五頁。

因為剎那間精神失常，因而不由自主。而另一種也許同樣合理的解釋則是，這花鐵幹面臨生死關口，加上受到了一定的心理刺激，終於徹底暴露了他貪生怕死的真面目。

之所以會得出後一種解釋，是因為有水岱作為參照。處於同樣的境況之下，水岱雖然雙腿齊斷，但心神未傷、鬥志未竭，遭受血刀僧的痛苦折磨，始終意志堅定、寧死不屈。花鐵幹卻是相反，身體完好而鬥志先折，求生之念徹底模糊了他的心志神明，他的求生之舉，與水岱最後的求死結局，不但相互對照，而且恰成因果。這就是說，這個花鐵幹雖說混跡江湖，也曾經歷過各種各樣的生死陣仗，但真正到了生死考驗的關頭，畢竟還是暴露了自己意志薄弱之處，終於功虧一簣，從此改變了人生面貌，最終也就無法與一向齊名的水岱相提並論。

作者的這種寫法，不但大膽新奇，而且深刻真實。花鐵幹的意志崩潰，說到底不過是人性的弱點，世界上當然有大量視死如歸的英雄，但對死亡的恐懼，畢竟還是大多數人的共同特徵。花鐵幹的如此表現，只不過說明他雖是大俠，卻也還是一個凡人。而作者這樣寫，只不過是要讓我們看到，並不是所有的大俠都是名副其實，更不是所有的武林人都能毫不猶豫地忘死捨生。

進而，更為難得的是，即使花鐵幹在生死關頭喪失鬥志，顯示出他貪生怕死的凡人本質，但作者並沒有因此判定花大俠過去的名聲全是虛假，更不是說江南四俠全都是欺世盜名，他們的人生當真變成了「落花流水」。相反，書中證實了「其實他為人雖然陰狠，但一生行俠仗義，並沒有做過什麼奸惡之事，否則怎能和陸、劉、水三俠相交數十年，情若兄弟？」[2]這實際上也就證實了已經逝世的陸、花、劉、水四大俠都曾是真正的人間英雄，只不過花鐵幹在三俠死後苟活人世，最後的歲月需另當別論。

二

我們看到，苟活下來的花鐵幹幾乎是在突然之間產生了性格巨變，幾乎面目全非。對此，書中也做出了相應的解釋：「今日一槍誤殺了義弟劉乘風，心神大受激蕩，平生豪氣霎時間消失得無影無蹤，再受血刀僧大加折辱之後，數十年來壓制在心底的種種卑鄙齷齪念頭，突然間都冒了出來，幾個時辰之間，竟如變了一個人一般。」[3]往日仗義江湖的花大俠，突然變成了卑鄙無恥的大惡人，這才是這部小說中真正的驚人之筆。

花鐵幹的這種變化是真正的突變，起因其實還在於他在生死關頭喪失鬥志，自動放下武器，被血刀僧點中自己的「靈臺」要穴之後，不久就發現，水岱說得不錯，這惡僧果然真氣衰竭，當時只要自己出手，便可結果他的性命！這一「發現」，當然會使花鐵幹對自己的所作所為後悔不迭，而且只要想到「自己是成名數十年的中原大俠，居然向這萬惡不赦的敵人

2見《連城訣》第二四一頁。

3見《連城訣》第二四一—二四二頁。

屈膝哀懇，這等貪生怕死，無恥卑劣，想起來當真無地自容。」[4]

我想說的是，促發花鐵幹心理變化，毀棄自我人格的力量，與其說是來自他迷迷糊糊之間的求生欲望；不如說是來自他清醒之後的那種「無地自容」的心理感覺！求生之時，他還只是不能自控；清醒之後，他才因為無地自容，而真正開始心理扭曲，想到自己竟然一世英名付與流水，才真正不能自安，也就無法自信。正如西方人所言，通往天堂之路步步艱難，而通往地獄之途則有如滑梯。不能自控在先，不能自信在後的花鐵幹，既然已經無地自容，當然就只好硬著頭皮，從此破罐子破摔了。而花大俠一旦不以大俠自居，進而徹底放鬆自我約束和管制，那麼以往被長期壓抑的種種欲望和惡念，當然就會加倍發洩釋放。他這個人，當然就會在剎那間變得面目全非了。

假如花鐵幹明白，人之怕死其實不見得是多麼可怕的墮落，相反是一種人之常情；假如有一個心理醫生在旁邊對花鐵幹進行及時開導，對他說他當時放下武器、哀懇求生，只不過是因為剎那間的心志失常，而後又被雪刀僧乘機催眠，這算不上是卑鄙無恥，用不著「無地自容」；假如花鐵幹知道自己的行為會得到世人的諒解，不會影響到他得一世英名，那麼花鐵幹就不會心理變態，他的行為也就不至於徹底反常。問題是，生活中卻沒有那麼多的假如，實際上恰恰相反，在花鐵幹的價值觀念及其文化傳統之中，從來就不曾有過對人性弱點的明智的認識和寬容。在這一文化體系中，向來是將人之本能的求生欲望，當成道德墮落的

4見《連城訣》，第二二七頁。

證明；甚至在戰爭中將迫不得已的被俘，也當成可恥可惡的「叛變」。當然也就更不會有人以神志失常及其被催眠的理由，去為一個求生者的行為辯護。

所以，在這個世界中，花鐵幹只能是無地自容。只能在被死亡的恐懼打垮之後，再一次被無地自容的感覺所打垮。所以，花鐵幹的迅速蛻化變質，與其說他天生就是「壞種」，不如說是受到自身固有的道德傳統的嚴重壓迫和激化所至。就在花鐵幹受到生死極境考驗之際，他所秉持的道德文化觀念實際上也在受到極限的挑戰。當我們看到這種道德觀念非但不能有效地幫助花鐵幹度過生死玄關，相反還在生死關外變成一種自我毀棄的無情力量，我們實際上也就看到了這種道德文化的極限或缺陷。因此，花鐵幹性格的突變，其中就包含了深刻的文化意義。

三

大名鼎鼎的江西鷹爪鐵槍門掌門人、江南大俠花鐵幹因為在生死關頭的「一念之差」，從此判若兩人，這不僅表明了他個人性格及其心理的奧妙，而且也證明了人性的複雜。花鐵幹是嚴格自律的江南大俠，還是自我放任的卑鄙小人，一切都因環境與心態的變化而定。花鐵幹既非天使，亦非魔鬼，他的性格變化，只不過是顯示出人性中高貴與卑污兩個不同的側面。

我們看到，心理上無地自容的花鐵幹，仍在不斷尋找自己的存身之地。具體說，他的所作所為，無非是一要保命，二要保名，這些當然都是出自他的人性本能。在他穴道被點、血刀僧生死未卜、狄雲敵友難分之際，花鐵幹所要做的，是千方百計地討好狄雲，使他不會來傷害自己。先是認定狄雲貪花好色，硬要將他的侄女水笙許配給狄雲，後來發現狄雲似乎並非淫僧，於是立即改口：「狄大俠這一次一腿踢死血刀惡僧，定然名揚天下。我出得谷去，第一件事便要為狄大俠宣揚今日之事。狄大俠奮不顧身的救援水姑娘，踢死血刀僧，那實是武林中頭等的大事。」[5]他認為這些話必定能夠打動狄雲，因為這正是他最重要的人生經驗和最深刻的內心欲求，當然這也是他對人心或人性的理解和估價。人生在世，誰不好色？如果不好色，那就一定是好名！

遺憾的是，這狄雲偏偏既不好色，更不好名，與花鐵幹根本就不是一路。假如狄雲好色或好名，花鐵幹或許還會與之結成某種統一戰線，互相利用、互相包庇、互相鼓吹，大家都安安心心地做武林大俠、歷史英雄。但這狄雲既然是一個莫名其妙的另類，而且明顯是不識抬舉，等到花鐵幹穴道通暢、活動自如，他要做的第一件事，當然就是要將狄雲送上西天。僅僅是為了保證自己醜態和醜行的秘密不會洩漏，他也一定要將狄雲除掉，更何況殺了狄雲還會讓他自己得到清除淫邪妖僧的大俠美名！

偏偏花鐵幹的武功，根本殺不了武功初成的狄雲。如此，他就只有使用最後一招了，那就是在雪山融化之日，天下英雄入谷之時，大造狄雲和水笙如何淫邪私通、無恥無行的謠

5見《連城訣》第二四五頁。

言。要造得沸沸揚揚，煞有介事，搞得狄雲和水笙不敢或不願見人，而人們也對這兩個人嗤之以鼻。這樣，他們就沒機會說出花鐵幹的惡行醜態的秘密；即使說了，世人也不會相信。於是，花大俠還是花大俠，小淫僧還是小淫僧，貌似精明的天下眾生，誰會費心去區分什麼真假是非？

堂堂一位大俠，竟變得如此卑污，為了保命，可以生吃結義兄弟的屍體；為了保名，可以開動宣傳機器公然顛倒黑白。看到人性的本能弱點居然可以一「弱」至此、一變至此，回想當年江南四俠的道德風貌，真讓人冷汗淋漓，感慨唏噓。更要命的是，看到花鐵幹公然加入了瘋狂搶劫祖傳財寶的行列，我們甚至無法分辨，這到底是一種病態、還是一種本質真相？

虛竹子人性閃光

在《天龍八部》的三位主人公中，虛竹出場最晚，所占篇幅最短，看起來性格最沒特色，所以常常被一些讀者所忽略。偶爾談及此人，也只是覺得這個小和尚相貌醜陋、性格迂腐，既無英雄氣概、又無智慧風流，既不合潮流規範，又不能自主自決，所作所為常常成為書中的笑料。一個佛家禪門的小和尚，居然成了道家逍遙派靈鷲宮的主人，成天被一群女性包圍，豈不是莫名其妙？

然而，這個虛竹，或稱虛竹子，卻是這部書中不可或缺的一個另類的人物典型。在他的故事和性格中，我們能看到作者的另一層主題命意。他的故事，層次分明：一層是命運決定性格；二層是性格決定命運；三層是性格與命運的衝突；四層是命運與性格的和諧。可以說，作為一個文學形象，這一人物身上蘊藏著最為豐富的人生人世的哲理玄機。

一個人來到這個大千世界，看似平平常常，實則不知道要有多少因緣巧合。人生命運之說之所以自古以來既刺激人類的思考而又迷惑人類的心智，就是因為人類的大腦所擁有的運算能力，總是算不清人生之中到底有多少種偶然的機緣。

例如虛竹，誰會想到，這個誰也不知道其來歷，從小在少林寺出家的孤兒，居然是德高望重的少林寺掌門人玄慈的親兒子？誰又會想到，玄慈的情人、虛竹的媽媽，居然又是那惡名昭著的天下第二大惡人葉二娘？誰會想到，禪宗祖庭的掌門大師居然還曾為情欲驅使、大破淫戒；而以殘害嬰兒知名於世的大魔頭恰恰是因為自己的孩兒被人所奪，這才失心發瘋？異性相吸、物極必反，出家的大和尚與混世的大魔頭的愛情結晶，當然會「中和」成一個特殊的人。

人們當然更不會想到，姑蘇慕容家族一心復辟大燕王朝，妄圖挑起宋、遼兩國的衝突糾紛，其結果，居然會影響到虛竹這個無辜嬰兒的一生命運。玄慈帶領中原豪傑前往雁門關堵截據說將要「入侵少林寺」的契丹武士，結果殺了契丹人蕭遠山的妻子僕從，卻將其子蕭峰帶回並寄養在少林寺外農夫喬三槐家中，由少林高僧玄苦大師教授他武功。蕭遠山矢志復仇、且投桃報李，也在暗中將玄慈與葉二娘的私情查出，並同樣將他們的兒子奪走，也送進少林寺中，使他變成一個不知其父母是何人的孤兒。這樣，這個小小嬰兒的命運就由此注定：他「出生」在少林寺中、成長在少林寺中，少林寺是佛國禪門，這個「無父無母」的孤兒，當然就只能由寺中僧人養育，自然而然地成為小僧人，且按照少林寺玄、慧、虛、空的輩分排列，被命名為虛竹。

問題是，虛竹自小對自己的真實來歷一無所知，從小見慣青燈黃卷、聽慣暮鼓晨鐘、說慣阿彌陀佛、做慣晚課晨功，自然會以為自己生來就是一個僧人。更何況，他的身上，還有其母親葉二娘親手所燙的戒疤數點，他當然不可能想到這是母親的愛情紀念，而會將此看成是出家禮佛的胎記。總之，虛竹從小對自己的僧人身分是絕對認同，毫無疑義。再說，從小生長在少林寺中，不知人間俗世，即便是想「疑」也無從疑起。他不當僧人、不認同僧人的身分，又能當什麼人、能認同別的什麼身分？於是，這一命運，就不僅決定了虛竹的生活環境和生活方式，同時也就決定了他的性格和他整個的精神世界。

俗話說「小和尚念經，有口無心」，但虛竹這個小和尚卻不一樣。他是對俗世人間一無所知，因而心無旁騖，對禪門戒律、佛家經文，是自然而然地虔誠信奉。因而這個小和尚是一個真真正正的虔誠小和尚。也正因如此，當他走出山門，初次接觸紛繁複雜的世間人事，免不了會顯得局促、呆板，甚而迂腐不堪。

二

假如始終不出少林寺一步，虛竹的命運不難預料，無非是少林寺中的一個普普通通的僧人，度過平平凡凡的修行一生，無聲無息，如虛如空。問題是，寺中長輩派他下山送信，這一去，當真是手足無措、頭暈目眩，而又時來運轉、不由人算。對虛竹而言，外面的世界不但陌生，而且使他無奈。似乎有一股說不清道不明的命運的力量，要把他推向不可知的深淵。似乎那俗世江湖之中，人人都在故意跟他過不去，甚至專門和他做對。

虛竹第一次下山露面，就碰上了風波惡、包不同這樣的世間奇人，搞得他連一口水也喝不到口：在他喝水之前，照例要念飲水咒，足見即便是下了山離了寺，虛竹也還是自覺遵守戒律，一派僧人作風。問題是，風波惡隨便一問「你念了飲水咒之後，將八萬四千條小蟲喝入口中，那些小蟲便不死了？」因為師父沒有教過，這個問題就頗讓虛竹感到惶惑。進而，包不同硬是「非也非也」，說那水中沒有八萬四千條小蟲，而只有八萬三千九百九十九條小蟲；又說虛竹有天眼通，「否則的話，怎地你只瞧了我一眼，便知我是凡夫俗子，不是菩薩下凡？」[1]這一下，虛逐不但惶惑，而是左看右看、滿臉迷惘、不知所云了。進而，這個問題還沒有解決，那邊風波惡又來找他這個「少林高手」比武，這下就更讓他手足無措，只好退出路邊涼亭。

山下人間給虛竹的這份「見面禮」，當真讓虛竹難以消受，誰知這段小小插曲，卻不過是開場鑼鼓，乃是此後虛竹命運的一個巧妙的比興。緊接著，他和他的師叔祖玄難以及風波惡、包不同等人一道，被丁春秋抓住，被帶往擂鼓山聾啞谷中，全然身不由己，無法「得

1見《天龍八部》第三冊，第一一三八—一一三九頁。

勝」，更無法「回頭」。

這不，本是想救人，卻被迫下棋；下完了棋，居然還要他脫離師門、另行拜師，且不管三七二十一，先把他身上的正宗少林內功化解得乾乾淨淨，還搞得他一身莫名其妙的逍遙派邪門內功，居然要他做什麼逍遙派的掌門人！試想，一個從未見過世面的小和尚，能做什麼掌門人？更何況，還是違背他的心願，迫他、誘他、糾纏他，讓他上當、上鉤、上賊船。

好不容易逃脫糾纏，想趕緊逃回少林寺中，沒想到在旅途中吃一頓麵，卻又碰上無妄之災，遇到了阿紫這個小魔女，本來素不相識，更是無怨無仇，虛竹對她禮貌有加，但她卻平白無故地騙他喝雞湯、吃肥肉，讓持戒謹嚴、「二十三年之中，從未沾過半點葷腥」[2]的虛竹，莫名其妙地破了葷戒！

接下來就更是要命：他好心救了一個女孩，卻不料是天山童姥，這一糾纏，就更加不能脫身。她對他毫無感激之心，反而惡聲惡氣，這倒也罷了；還要逼他練習殺人的武功、又犯殺戒；進而惡意迫他再犯葷戒；進而又誘他糊裡糊塗之間犯了淫戒；進而還讓他在悲憤絕望之下又犯了自戕性命的佛門大戒！總之是搞得虛竹當不成和尚修不成佛。最後，天山童姥和李秋水雙雙死去，他又莫名其妙地成了靈鷲宮的新主人，一個出家的小和尚成了一個婦女王國的最高領導。以至於心情矛盾恍惚之際，連酒戒、妄言戒等等佛門之戒也一齊犯了。

總之，一貫虔誠向佛、老實巴交的虛竹，下山不過數月，就被逼被誘得五戒、八戒齊

2見《天龍八部》第四冊，第一二六六頁。

犯；喪失本門內功，深入旁門左道。這一切本非虛竹所願，但他卻始終身不由己，以至於從此面目全非，豈不哀哉！看起來，確實有一種神奇的力量與虛竹作對，搞得他厄運不斷、噩夢連連，而且揮之不去，逃之不脫。即使到最後，他能夠自作主張，不當什麼靈鷲宮主人而寧願當少林寺的小和尚，當他回到少林寺之後，儘管他誠心認錯、真心悔改，甘心受罰，但最終還是被開除出少林寺！加上剛剛知道自己父母的身分，就面臨父母雙雙自殺的悲慘遭遇，從此虛竹當真成了得非所願、願非所得的野鬼孤魂。看來這虛竹的命運，當真是苦不堪言。

三

然而，命運雖是一種神奇的力量，但在這命運的背後，卻是別有文章。一方面，是命運決定性格，而另一方面，性格卻又決定命運。看起來虛竹常常是命中注定，別無選擇；但他種種選擇本身，往往又正是他性格及其本能的表現。

讓我們從他當上逍遙派掌門一事說起。聾啞谷中聰辯先生蘇星河擺下的那副圍棋珍瓏棋局，我們已經說過多次，那幾乎是一個人物性格的測驗試卷，段譽、慕容復、段延慶等人都在下棋過程中充分展示了他們的性格和心理特徵，甚至測出了他們各自心病的癥結所在。正當段延慶下棋入魔，被丁春秋催眠，將要自殺，小和尚慈悲之心大動，眼見危機生於頃刻之間，虛竹靈光一閃：「我解不開棋局，但搗亂一番，卻是容易，只須他心神一分，便有救了。既無棋局，何來勝敗？」[3]於是取過一子，閉了眼睛將棋子放在棋局之上。沒想到這一下還真是關鍵的一著，不僅救了段延慶一命，也終於解開了這個幾十年無人解開的珍瓏，從而使虛竹這個少林寺的小和尚，被逍遙派老掌門人無崖子[4]選為弟子、接班人！硬將自己的功力灌注到虛竹身上，硬將掌門人的指環給虛竹戴上，搞得虛竹無可奈何，不得不答應。

看起來似乎是命運對他不公，可是，問題並不這麼簡單。虛竹小和尚原是一個道地的旁觀者，沒想到後來卻出人意料地成了這局棋、這幕戲的真正主角，看起來完全是偶然巧合，實際上卻也是他性格、本能的自然表現和必然結果。其中奧妙，詳情如下：

第一，慈悲救人之心，正是虔誠小和尚的本性，如果見死不救，那就不是虛竹了。

第二，別人大多著眼於棋局，用心於勝敗，而虛竹卻只是有眼旁觀，無心下棋，因而不但旁觀者清，而且只有他能想到「既無棋局，何來勝敗」，從而敢於閉眼落子。

第三，閉眼落子處居然正是棋局關鍵處，看似偶然，其中卻也有棋理人生的玄奧，那就是圍棋的「倒脫靴」之法和人生的「有所失才能有所得」之道，此道不僅恰好暗合虛竹的身分和性格，同時也暗示了他將會失去他那一點點少林內功、得到無崖子畢生修養功力。

第四，虛竹當和尚的主意雖然堅定，但卻自來並無自己的主見，性格自來隨和聽話，蘇星河、無崖子這些長輩的話不能不聽，更何況他的師叔祖玄難還囑咐他要「聽話」？虛竹是

3見《天龍八部》第四冊，第一二一九頁。

4段譽在大理無量山水下洞窟中看到「逍遙子」的名字，但虛竹所遇卻又是「無崖子」，不知這兩個人是不是同一個人？存疑。

「向來服從慣了的。佛門弟子，講究謙下，他聽那老人叫他磕頭，雖然不明白其中道理，但想這人是武林前輩，向他磕幾個頭是理所當然」[5]。誰知道這磕頭就是拜師？別人當然知道，虛竹當然不知道。

第五，虛竹雖然念經熟練，但卻一向笨嘴笨舌，辯才方面根本就不是聰辯先生蘇星河的對手，更何況他碰到的還是蘇星河的師父、更加能言善辯的無崖子！所以，即使他心中明明感到哪裡「不對頭」，但也不知從何說起，要想說服逍遙子，那就更是門兒也沒有。再說，無崖子不久就瞑目而逝，無可再辯；蘇星河又遇危機，更不可不救。三搞兩搞，他這掌門人的身分也就越來越「紮實」。總之，虛竹的這種性格，實際上決定了他的命運，他是非當逍遙派掌門人不可。

進而，雖然虛竹和尚打定了三十六計走為上策的主意，想趕快回到少林寺稟報師父、師祖，以便徹底擺脫逍遙派的糾纏，安安心心地做他的小和尚，無奈又碰上了萬仙大會，見到三十六洞洞主、七十二島島主要合夥殺一個小女孩！這事他又怎能不管？依小和尚虛竹的性格，怎麼可能見死不救？於是他突然衝出，將小女孩從屠刀下搶了就跑。沒想到這一救人之舉，使他更深地捲入了逍遙派矛盾事務之中，原來這小女孩不是別人，正是那令江湖群雄談虎色變的天山童姥，而且居然還是無崖子的同門師姐。從此，虛竹在天山童姥和李秋水這對逍遙派師姐妹的矛盾衝突中越陷越深，終於不能自拔。說起來，這還是因為他的性格，因

5見《天龍八部》第四冊，第一二二九頁。

為他的慈悲之心、救人之念，和比他的心念思想更加迅速果敢的動作行為。

虛竹的處境是這樣的：要想救人救到底，就必須一直背著天山童姥躲避李秋水的追殺，而且必須跟著天山童姥學習高深武功，否則就無法抵擋追殺之敵，隨時都有可能全功盡棄，甚至還有生命危險。如此矛盾，不是虛竹這個簡單的腦袋所能解決的，然而儘管如此，虛竹最終實際上還是選擇了救人。這其實也就選擇了他命運中的最關鍵的一步：童姥的脾氣性格十分倔強執拗，不僅要想方設法留住虛竹，同時還處心積慮地「改造」虛竹。

我們看到，虛竹寧可餓死也不願再犯葷戒，搞得童姥肝火上升，一計不成、又施一計。葷戒恪守，色戒如何？這回終於找到了虛竹的「練門」：當童姥將一個赤身裸體的少女送到虛竹的懷中，在那黑暗的冰窖裡，這個「未經人事的壯男，當此天地間第一大誘惑襲來之時，竟絲毫不加抗禦，將那少女愈抱愈緊，片刻間神遊物外，竟不知身在何處。」[6]雖說虛竹在事後醒過來也曾大為後悔，說自己錯了，甚而想自殺贖罪，然而當童姥第二次將那無名少女送來，虛竹還是又快活、又害怕，忍不住再次親熱起來。而且這回還互相取了外號，分別叫做「夢郎」和「夢姑」，進而又親熱起來。第三天依然如是：「這三天的恩愛纏綿，令虛竹覺得這黑暗的寒冰地窖便是極樂世界，又何必皈依我佛，別求解脫？」[7]以至於到第四天，不僅開始主動盼其好事，左等右等不來，虛竹竟如熱鍋上的螞蟻，最終忍不住向童姥開口相

6見《天龍八部》第四冊，第一四二一頁。
7見《天龍八部》第四冊，第一四二五頁。

詢。顯然，他是再也忘不了他的「夢姑」了！

這也就是說，虛竹的持戒意志，終於沒有戰勝他的本能衝動。與夢姑的男女歡合，雖說是出自童姥的設計，但畢竟是虛竹本人主動的行為，是他人性本能的選擇。畢竟，外因是變化的條件，內因才是變化的根據。

四

下面，我們要做出判斷：虛竹的這些經歷，到底是命運對他的痛苦折磨，還是對他的慷慨賞賜？虛竹的種種遭遇，到底是不幸，還是幸運？

這個判斷當然不好做。因為古人有言，子非魚，安知魚之樂？我們不是虛竹，所以就很難代替虛竹做出判斷。表面上看來，虛竹顯然感到不大幸福。他所經歷的所有這一切，幾乎都非虛竹的主觀意願，而是命運把這一切強加在他的頭上。既然所得非所願、所願不能得，命運對虛竹顯然就不是什麼恩寵，相反是太過殘酷了。看到丁春秋被交到少林寺戒律院看管，虛竹心裡非常失落，更想不通：「我想在少林寺出家，師祖、師父他們卻趕了我出來。這丁春秋傷天害理，作惡多端，卻能在少林寺清修，怎地我和他二人苦樂的業報如此不同？」[8]這一席話，看起來大可作為虛竹不樂於命運安排的證詞。

8見《天龍八部》第五冊，第一七一九—一七二〇頁。

然而，細心的讀者，會發現虛竹後來還有另一份與之完全相反的證詞。那是在他發現公開招駙馬的西夏公主不是別人，正是他的「夢姑」，並與她想認、相會之後，他寫了一張字條給段譽：「我很好，極好，說不出的快活。要你空跑一趟，真是對你不起，對段老伯又失信了，不過沒法子。字付三弟。」[9]依我看，虛竹的這份證詞無疑具有更大的權威性，不僅其中的「極好」之言，可見其幸福之情溢於言表；而且因為這是他最新的證詞，可以對前面的證詞進行徹底「翻供」。完全可以說，在此之前，他其實一直不知道什麼是人生的幸福；只有再見夢姑，他才開始懂得，什麼是真正幸福的人生。

進而，我還能證明，其實虛竹未必不知道什麼是幸福人生，只不過是他一直不敢直接面對自己內心的欲望。要不然，當那個西夏宮女問及「先生平生在什麼地方最是快樂」這個問題是，虛竹並沒有回答說是在少林寺的經堂、禪房、練功場，卻說是「在一個黑暗的冰窖之中」？何以當那宮女問及「先生平生最愛之人叫什麼名字」時，他沒有回答說最愛師父慧輪、父親玄慈、母親葉二娘，而是在又一聲嘆息之後說「我……我不知道那姑娘叫什麼名字」[10]?!我們知道虛竹從不說謊，而在這樣的時刻，虛竹又不能不說出自己內心最深處的秘密，由此可見他對夢姑的思念何等之深。若非這樣，夢姑就不知道虛竹是他的夢郎，而虛竹也就不可能再見到他的夢姑，那麼他真的就有可能永遠不知人生幸福的滋味了。

9見《天龍八部》第五冊，第一八一九頁。
10以上引文均見《天龍八部》第五冊，第一八一七頁。

再退一步，我們該還記得，在縹緲峰上靈鷲宮中，虛竹與段譽相對長嘆，繼而又一起飲酒長談，原以為相互之間心照不宣，其實卻在各說各的愛人。段譽說的是王語嫣，而虛竹說的卻是他那不知姓名、也不知長得什麼模樣的「夢姑」。兩個人開創了援引佛經談情說愛的歷史先河，並由此結拜成兄弟、且將虛竹尚未見過的蕭峰也結拜在其中！此時，他們喝酒、吃肉、談情、妄言、想念各自心中的愛人，然後大醉，這種人生滋味難道虛竹當真能忘？而這一幕，有誰強迫了？

雖說虛竹在那次酒醒之後，也曾自我懺悔，並決定重返少林，決心改過自新，忘掉過去的一切，從新開始僧侶生涯，但當蕭峰少林寺外被中原豪傑所圍困，眼見蕭峰和段譽對飲，準備廝殺自救之際，虛竹想起「當日在縹緲峰上與段譽結拜之際，曾將蕭峰也結拜在內，大丈夫一言既出，生死不渝，想起與段譽大醉靈鷲宮的豪情勝概，登時將什麼安危生死，清規戒律，一概置之腦後。」[11]於是毫不猶豫地挺身而出，當著所有少林前輩、當這天下英雄，與蕭峰、段譽一起喝酒，繼而並肩戰鬥！這種行為，難道不是虛竹主動自願的選擇？

寫到這裡，我想我們能夠清楚地看到，虛竹的心理和行為常常相互矛盾，這種自相矛盾的原因，說穿了，就是佛門戒律與人性本能之間的矛盾；也就是自我意識、自我身分認同與自己的本能欲望、個人情感之間的矛盾。如前所說，虛竹從小在少林寺中長大，早已習慣了僧侶生活，習慣了對出家人的身分認同，因而除了佛門規矩之外別無所知；除了自幼習慣了

11見《天龍八部》第五冊，第一六一四頁。

的少林寺生活之外，根本就不知道什麼別的生活和人生。然而，這種僧侶生活出自命運的安排，而並非出自虛竹的自我選擇，因此，他的身分認同及其相關價值觀念其實也就不是出白他的自我選擇。只不過，在離開少林寺之前，他不知道還有別的生活方式，自然而然地害怕任何陌生的生活方式，自然而然的排斥和拒絕別的價值觀念。

也就是說，虛竹下山之後的遭遇，看上去是不斷受到命運的作弄，實際上卻又在這種「作弄」的同時向他展示了一種前所未知的生活方式，進而也給他提供了主動選擇生活，重新認識自我的機會。虛竹的痛苦，只不過是來自對新生活的無知和恐懼，出自對新的身分的本能的排斥和對舊身分習慣性的依戀。這種排斥和依戀，在虛竹的身分轉化及其自我認同的過程中，不足以作為他的人生觀念的唯一證明。因為在與夢姑重逢之前，他根本就不知道什麼是人生之中真正的「說不出的快活」。在此之前，他還不知道什麼是真正的人生幸福，因為小和尚心中壓根兒就沒有幸福觀念、更遑論對幸福的體驗。

五

到這裡，我們就開始觸及小說《天龍八部》更深一層的主題了。

一般的讀者，或許會不假思索地認為小說《天龍八部》是一部演繹佛家思想的小說，這當然也不能算錯。因為這部書的書名就取自佛經，而在開頭的《釋名》中，作者也聲言此書是想「借用這個佛經名詞，以象徵一些現世人物」[12]。而書中幾個主要的「天龍八部」似的人物，到最後也歸於佛門，如蕭遠山、慕容博，還有丁春秋；天下第二惡人葉二娘也在少林寺地面上自殺；而少林方丈玄慈臨死之前也還在說偈：「人生於世，有欲有愛，煩惱多苦，解脫為樂！」[13]

然而，正是那葉二娘和玄慈的「孽子」虛竹，與所有上述人物相反，即不是從俗世皈依佛門，而是從佛門走向了俗世。這就是小說《天龍八部》所隱含的更深一層的思想主題，即，既超越天龍八部，也不去彼岸佛國，而是把人間的希望留給了人性的正常發揮。而虛竹全新的人生及其幸福生活，就是一種典範，或者說是一種明確的象徵。

書中顯在的主題，似乎一直在說愛欲的煩惱和冤孽，然而在虛竹的故事中，卻展示出愛欲的喜悅和醉人。即使是在那又寒冷又黑暗的冰窖之中，對於虛竹而言，卻是一生之中感到最為快樂的地方。因為在這裡，有「夢姑」和「夢郎」神奇的相會、相擁和相愛。

對於這段神奇的愛情故事，一般的現代人可能會感到不可思議：金庸先生居然寫出赤裸裸的性愛，比那纏纏綿綿的愛情更加動人。一般人可能難以理解，在那黑暗之中，兩個人不僅從來沒有見過面，也不知道對方長得什麼樣子，甚至不知道對方的姓名，乍一相「見」就發生性關係倒也罷了；發生了性關係之後居然會彼此鍾情至深、且從此念念不忘。這豈不是

12見《天龍八部》第一冊，第三頁。
13見《天龍八部》第五冊，第一六五六頁。

對——我們所熟悉的——愛情的歪曲，甚至是否定？而實際上，金庸先生在這裡所寫的的確不是一個簡單庸常的愛情故事，而是一個中國武俠版的《伊甸園》寓言。

而這段寓言故事的依據，其實非常簡單，不過是「好色而慕少艾，乃是人之天性。虛竹雖然謹守戒律，每逢春暖花開之日，亦不免心頭蕩漾」[14]。「夢郎」如此，「夢姑」當然也是一樣，雖然他們彼此不見對方形象，但人性本能的熱情，卻照亮了他們的「本質」：他們是真真正的、實實在在的人——相吸相親相欲相愛的男人和女人。這不僅是愛情的「本質」，也正是人性的「本質」。

虛竹的故事無非說明，水可載舟，亦可覆舟。人性如水，需要疏通規範，一旦氾濫成災，就會造成「天龍八部」的世界，人人苦不堪言。但這並不意味著為了防範人性的氾濫，就要徹底否定所有的人性本能，以至於必須河乾海枯才算是樂園世界。人性本能既是人生人世的痛苦根源，但也正是人生人世幸福的根源，更是人類未來的希望之所在。蕭峰的犧牲是一個很好的例證，而虛竹從寺廟走向凡俗的生活則是一個更生動的例證。

14見《天龍八部》第四卷，第一四二一頁。

段延慶面目全非

《天龍八部》中最出人意料而又意味深長的情節構想，當是蕭峰、虛竹、段譽這三位主人公的身世之謎。其中顯然有異曲同工之妙：這三個最具俠義慈悲之心的主人公，原來竟都是惡人之子。蕭峰發現他一直追究的「大惡人」竟是他的生身父親蕭遠山，就已令人大吃一驚；後來發現虛竹居然是天下第二大惡人葉二娘的兒子，就更加令人震撼；再後來看到段譽的生身父親又居然是天下第一大惡人段延慶，就只能是目瞪口呆了。

其中妙處，在於它表明，每個人身上都有可能流淌著惡人的血脈，猶如西方基督教文化傳統中的「原罪」。它還表明，只要有一念之善，就能超度人生苦海、改變人格命運，而這一點，則是道地的東方精神。

在刀白鳳迫不得已的揭開自己兒子段譽的身世之謎前，段延慶這個天下第一大惡人一直令人痛恨和厭惡。此前片刻，他還殘忍無情的殺害了伴隨他出生入死多年的老夥伴南海鱷神岳老三，原因不過是岳老三不肯聽話殺死段譽、反而想解開段譽身上的繩索。只此一端，就可見他那「惡貫滿盈」的外號，實在是名下無虛。然而，在刀白鳳說出段譽身世真相之後，我們驚奇地發現，這段延慶的形象頓時大為改觀。

一

實際上，段延慶本人也有自己的身世之謎。

早在第一卷書中，大理國君臣就已知道，這段延慶正是失蹤多年的本國前朝上德皇帝段廉義的兒子，曾是正宗的大理國延慶太子。上德五年，朝中忽生大變，上德帝被奸臣楊義貞所弒，延慶太子不知去向，其後上德帝的侄子段壽輝得到了忠臣高智升和天龍寺諸位高僧之助，平滅了楊義貞，段壽輝順理成章的當上了皇帝，稱上明帝。上明帝只在位一年，就去天龍寺出家為僧，而將帝位傳給了自己的堂弟段正明——也就是當今大理國的保定皇帝。事過境遷，大理國人幾乎將延慶太子其人忘卻的乾乾淨淨。等到段延慶再度出現，世間已經沒有什麼延慶太子，有的只不過是一個號稱「惡貫滿盈」的天下第一人。正如大理國大臣巴天石所說：「這惡人若不是延慶太子，自不能覬覦大寶。就算他是延慶太子，如此凶惡奸險之徒，怎能讓他治理大理的百姓？」[1]總之，在大理國，已經將那延慶太子徹底除名了；相反，他們要想辦法對付這個大惡人。

1見《天龍八部》第一冊，第二九三頁。

讀者大約也會這麼想。對於這樣一個號稱惡貫滿盈的人，我們自當他罪該萬死，此外難道還會有別的什麼想法？誰會換一種思路，站在段延慶的角度，為他設身處地？誰會想一想，這段延慶怎麼會變成現在這樣的一個面目全毀的青袍怪客，惡名昭著的天下第一大惡人？只有作者金庸先生。

很少有人會想到，段延慶是不是天生的邪惡奸險之徒。假如沒有當年的楊義貞叛亂，假如段延慶還是大理國的延慶太子，他還會成為現在這個樣子，會成為天下第一大惡人嗎？當然，歷史不能假設，段延慶生於皇家，就該既要享受無上的尊榮，也要承受無上的風險。大理雖是佛國，畢竟還是人間，是人間就免不了有帝王剛愎自用而引起暴亂，或有人因覬覦皇帝寶座而發動政變。很少人會想到，一夜之間，段延慶不但丟失了太子身分，失去了王位繼承權，自己也失去了家國，而且父皇和家人還慘遭殺害，自己也隨時有生命危險，家國之中處處風聲鶴唳，人間鳳凰變成了喪家之犬，從九重天堂突然間跌落到十八層地獄，這是怎樣的一種痛苦煎熬？而這種煎熬，對一個年輕人的心理、性格又會有怎樣的影響？

矢志報仇的段延慶非但沒有得到命運的半點眷顧或補償，相反還受到了接二連三的戕害與摧殘。等他練好武功，從東海趕回大理，想要憑自己的武功實力殺敵報仇，奪回自己的家國江山，不料還沒有到達目的地，就在湖廣道上遇到強仇圍攻。一場血戰下來，儘管他盡殲諸敵，自己卻也身受重傷，雙腿折斷，面目毀損，喉頭被敵人橫砍了一刀，聲音也發不出了。憑著一股超人的毅力，勉強堅持到大理，「他簡直已不像一個人，全身汙穢惡臭，傷口中都是蛆蟲，幾十隻蒼蠅圍著他嗡嗡亂飛。」[2]此時，他已身在地獄的入口。

使他更加絕望的是，此時大理的皇帝，不僅不是他的仇人楊義貞，甚至也不是因平滅楊義貞而當上皇帝的段壽輝，而是接替了段壽輝的段正明，人間新桃換舊符，往日的噩夢已再無人提起，他想報仇，卻已找不到仇人。進而，他還知道，當今皇帝段正明寬仁愛民、深得人心，文武百官、士卒百姓個個誠心擁戴，誰也不會記得、更不會懷念他這個前朝太子了。此時，如果他貿然在大理現身，說不定會有性命之憂，說不定有人要討好當今皇帝，立時便會將他這個多餘的太子殺了。他最後的指望，是想找到天龍寺中老僧、他的親叔叔枯榮大師，期望他能為自己證明身分、主持公道，卻不料，枯榮大師卻又居然在閉關參禪，連面也見不到！

那一刻，段延慶真正是跌入了十八層地獄的最底層，恢復王位似已全無指望，而他本人反倒隨時有性命之憂，身心傷殘如此，活在人間顯然已是毫無意義。可是，致命的傷殘病痛，卻讓他求生不得，而想在菩提樹上一頭撞死，但卻全身乏力，求死也不能。那一刻，段延慶的命運曲線下降到了最低點；而他對命運的憤怒和仇恨則勢必會上升到最高點：造物命運，何以對他前朝王子段延慶竟是如此不公？那一刻如果恢復氣力、而且手中有筆，段延慶一定會寫出一千篇憤怒的《天問》。如果他不能恢復氣力，終於死在菩提樹下，那麼他就會像一條無人多看一眼的野狗，甚至會像一粒微不足道的浮塵，隨風飄去，無影無蹤。

2見《天龍八部》第五冊，第一八六七頁。

那一刻，過去的那個延慶太子是真正的死去了，活過來的只不過是一個知道自己叫做段延慶的充滿怨天大恨的人。從南荒僻地養傷練功歸來，段延慶前赴兩湖，將所有仇家殺得乾乾淨淨，手段凶狠毒辣簡直駭人聽聞，這世間才開始出現了一個天下第一大惡人。江湖之中人人對他聞之喪膽、切齒痛恨，但誰也不會想到，這位「惡貫滿盈」其實是命運的造物，因為過去的一切，早已悄無人知。

二

段延慶在書中第一次露面，早已經面目全非。木婉青在江邊發現他，就像是看見一座奇怪的雕像，氣息若有若無，臉頰忽熱忽冷，心臟似跳似停，青袍與青岩同色，口不張而能發聲。那聲音不知來源何處，說什麼「我不是人，我也不是我，這世界上沒有我了。」[3]年輕無知的木婉青，當然不可能懂得他話中真義。讀者當時，又怎能明白這青袍怪人的言外之音？

我們很快就知道，這個殘疾人，就是大名鼎鼎的天下第一大惡人，叫做段延慶。他之此來，全然不安好心，是想誘騙木婉青與她的親哥哥段譽亂倫，以便製造一樁大理皇家的醜聞，為自己復辟王位製造可乘之機。既然如此，大家投向他的目光，除了仇恨，就是厭惡。誰也不會去想，即使是在這樣的時刻，段延慶內心也還有「我不是人」的痛苦；甚至越是這

3見《天龍八部》第一冊，第二五九頁。

樣的時刻，他越是會感到「我不是我」的悲哀。這段延慶既是惡貫滿盈的罪魁，其實又是一具不折不扣的行屍走肉，因為「這世界上沒有我了」。

此刻，既然段正明勤政仁善、萬民擁戴，大理國河清海晏、歌舞昇平，段延慶妄圖復辟自己的王位，顯然只能說是倒行逆施。他來找段正明、段正淳復仇，顯然是無據可依，因為他的這兩位堂弟，並非當年叛亂弒君之人。何況，若因此而導致禍端，戰火蔓延，那他段延慶就成了大理國的千古罪人。更何況，即使他復辟成功，以他的惡行，也絕非大理百姓之福；以他的惡名，又怎能受到萬民敬仰？而以他的殘疾惡相，他又怎麼能面對自己的臣民？

這些，段延慶或許想到過，但站在他的立場上，越是想到這些，反而會越是對那惡毒的命運充滿巨大的憤恨仇怨；也就越是要逆天行事，堅持到底，堅決與那瞎眼的命運抗爭。進而，他不僅是要與命運相抗，更重要的是要為自己的存活找到一種目標、一種理由、一種依據和證明。否則，他活著幹什麼？他又何必還活著？命運的惡果，已經變成了一顆仇恨的種子，生出的全部希望之芽，只能開放出一朵讓人不寒而慄的惡之花。

然而另一面，段延慶實際上也常常準備與命運妥協，只要求一種明白的、哪怕是悲劇性的結局。小說中有一個細節，很可能被讀者忽視，那就是當大理現任皇帝段正明第一次與他見面，他就和盤托出了自己的惡毒計畫，激得段正明對他動手，第一指被他擋住，然而對於段正明繼之而來的第二指，卻只是『嘿嘿』兩聲，既不閃避，也不招架。」[4]——那一刻，段延慶是在想乾脆借段正明之手，了斷自己的一生。要麼復辟歸位，要麼乾脆死在對方手下，段延慶沒有第三條路可走，他也不想走任何第三條路。在他，這也是一種別無選擇，看起來似乎一直野心勃勃，惡行不斷；實際上卻又如走肉行屍，了無生趣。要不然，在擂鼓山聾啞谷中的那個圍棋珍瓏面前，他何以會自傷自嘆，進而被鳩摩智乘機催眠，以至於想要舉杖自殺？如果他從不想死，天下更有何人能夠催眠這位第一大惡人？

實際上，雙腿折斷、喉管刀傷、口不能言、面目全非，不僅是段延慶傷殘的外形，同時也正是他的身分和精神的象徵。那砍傷他喉管之人，比起命運對他的「發言權」的剝奪，實在算不得多麼殘酷；那毀傷他面目之人，比起歷史對他「身分證」的遺失和篡改，更不過是小巫見大巫。問題是，他能將那些傷他喉管、毀他面容的仇人一一殺死，報仇雪恨；而對那無形的命運和無情的歷史，任他本領再大也只能徒呼奈何。我想說的是，段延慶的「不成人形」的面目，只不過是命運、歷史和他的仇家合作篡改的產物，「真相」如何，尚須深入研究。

依我看，這位號稱「惡貫滿盈」之人，實在有些名不副實，甚至有些「欺世盜名」。不說別的，就說他帶著自己的狐群狗黨，號稱四大惡人，氣勢洶洶來到大理，結果卻不過是玩了一場小兒把戲。把段譽和木婉青強行抓來，關在一處，慢說最終並無亂倫醜事發生，即使

4見《天龍八部》第一冊，第二八七頁。

是最終不幸發生了兄妹亂倫之事，人們明知是由他們一手策劃，強行關押在先，偷施春藥在後，除了對四大惡人更增厭惡痛恨之意、同仇敵愾之心，從而極大影響段延慶以前朝太子的身分復辟歸位的大計，又怎能損得了段正明、段正淳這對皇兄御弟的半點名聲？

後來，段延慶其實有多次殺害段正淳、段譽的機會，但他要麼白白放過機會，要麼講究舉止堂皇，甚至於轉彎抹角捨近求遠避易求難，總之是不肯痛痛快快地一刀了斷。書中故事，無不可見段延慶空有一身正邪雙修的武功，卻無復辟報仇的真正雄才大略。這原因，我猜想是，由於段延慶僅僅是在南荒僻地修煉自己的武功，卻沒想起要到中原古國來學習相傳千載之久的政治權謀。他或許根本就不知道，中原文明數千年，不知積累了多少爭寶奪位、復辟篡權、欺師滅祖、殺父屠兄、造謠生事、顛倒黑白、無中生有、殺人盈野、血流成渠、兄弟相煎、叔侄相殘、血流五步、焚城滅屍的寶貴經驗。他更不知道，中原文明更有一樁無上秘笈絕招，那就是將上述所有的一切，都能巧妙包裝成上承天意、下應民心、推動歷史車輪滾滾向前，如此才不失文明禮儀之邦的道德光輝。奧妙是，一旦成了最後的勝利者，在勝利之後，「歷史」還不是由你想怎樣寫就怎樣寫？

可是，這個段延慶，對此簡直一竅不通。中原的惡狼無不披著寫滿道德溫柔的羊皮，而段延慶卻相反，公然打著「天下第一大惡人」的旗號，讓人畏之避之厭之恨之，實際上呢，他有時不過是一隻披著狼皮的羊——我可不是瞎說，有書為證——書中寫到黃眉老僧來找段延慶下棋一節，就足以說明問題。按說段延慶親自守著關押段譽、木婉青的小屋，凡見敵方來人，動手打死便是，偏偏他卻要跟對方下棋；黃眉僧要求他讓四子、三子，固然不允；但對方要讓他三子、四子，他卻也不答應。還說什麼「那也不用，咱們分先對弈便是」[5]——這時候，這位老兄還在一心一意地追求「公平競爭」！再說黃眉老僧為了爭得一先，竟殘酷地將自己的一根腳趾當場砸碎，此分明是殘酷欺詐，而段延慶居然還是讓他一先。進而，明知段譽搗鬼，比賽並不公平，居然還能對弈到底；最後明明贏棋，只是段譽搞偏了杖頭，他居然也莫名其妙地甘心認輸！如此看來，這段延慶不是披著狼皮的羊，又能是什麼？

三

我們無法為段延慶的惡名、惡行、惡性作過度的辯護，因為他惡貫滿盈的事實俱在，不容置辯。其實我也無意為他做任何辯護，因為他為惡人間，當然是罪有應得。只不過，作者金庸先生到最後一刻，居然對這位天下第一大惡人施以大赦，讓他全身而退、沒有受到任何應有的懲罰而繼續存活世間，而沒有像通常的武俠小說那樣到結尾處善惡到頭終有報，實在頗為出人意料，值得我們深思。

事情的起因是，正當段延慶舉起鐵杖要殺害段譽之際，段譽的母親刀白鳳突然站起身來說道：「天龍寺外，菩提樹下，花子邋遢，觀音長髮。」[6]就像聽到了咒語一般，段延慶

5見《天龍八部》第一冊，第三〇〇頁。
6見《天龍八部》第五冊，第一八七一頁。

立即住杖不動，且用驚奇的目光看著這位美貌的鎮南王妃。很快，他就想起來了，這位鎮南王妃不是別人，正是當年在天龍寺外菩提樹下，主動向傷殘得不成人形、骯髒的令人噁心、正處在最絕望時刻的「叫花子」段延慶獻身的「白衣觀音」！當年正是因為「觀音」的獻身，才使得段延慶獲得生命的勇氣和活力。此可見「觀音」現形，段延慶憶及往日舊恩，居然住手不動。

進而，刀白鳳向段延慶揭露了一段驚人的秘密，讓他去看段譽脖子上的小金牌，金牌上刻著段譽的生日。稍加計算，他就明白了，這段譽不是別人，而是他的親生兒子。儘管段譽醒來，對這個惡貫滿盈的生身之父不願相認，一貫殘忍毒辣的段延慶雖然怒火沖天，但最終非但仍是不忍下手，反過來卻放了段譽。最後哈哈大笑，飄然而去，從此不知所終。

也許正是因為曾記住了刀白鳳的觀音雨露之恩，又不忍殺害自己的骨肉，總算沒有喪盡天良、滅絕人性，作者才對這個天下第一大惡人最終赦免。實際上，段延慶「惡貫滿盈」之名，至少有一部分也由此而被「證偽」。刀白鳳當年的滴水之恩，段延慶雖然沒有湧泉相報，但至少是多少年來記在心頭，沒有忘卻。明知道那不是真正的觀音，而只是一個凡間的女子；甚至明知道她對他並無愛意，只是藉以發洩自己內心怨恨之情，但段延慶多少年來還是誠心誠意的將她當成真正的「觀音」供在自己心頭。有此一點，就不能說這個段延慶毫無人性。

進而，我們還應該看到，刀白鳳借他骯髒齷齪之身發洩自己的仇恨，之所以被段延慶當成一種命運的眷顧和恩寵，是因為這是人間所給予他的唯一一點似是而非的溫熱和柔情，由此可見命運對段延慶是多麼殘酷。假如這命運對他哪怕再多一點點真正的眷顧，這人間對他哪怕再多一點點真正的溫情，段延慶還會是段延慶、還會是十惡不赦的天下第一大惡人嗎？

反過來，即便命運殘酷如斯，使得段延慶心理創深痛劇、精神變態畸形、自我面目全非、人生不堪回首；即便是親生子寧死不願相認、反而將他視若毒蛇猛獸，他到最後關頭還是想到「我吃了一輩子苦，在這世上更無親人，好容易有了個兒子，怎麼又忍心親手將他殺了？他認我也罷，不認我也罷，終究是我的兒子。」[7]由此可見，這世界上只要留給他一絲希望的星火，就足以照亮他的心靈世界，足以讓他在人獸關口的絕路終點猛醒回頭。如是，這天下第一大惡人還能說是惡貫滿盈嗎？

7見《天龍八部》第五冊，第一八九三—一八九四頁。

岳老三名人無名

要說《天龍八部》中人物而不說南海鱷神岳老三，那簡直就不成話。不論怎麼說，他也算得上是一位地地道道的武林名人。如果知道我的這個「人物榜」上沒有他的名字，這為老兄一定會死不瞑目。幸虧他死了，要不然說不定就要喀嚓扭斷我的脖子；不過，倒也正因為他死了，我才決定要說說他。

中國民間有一句老話，說是「大丈夫如不能流芳百世，也要遺臭萬年」。我疑心這話外國也有，要不然怎麼會有人為了青史留名而去刺殺總統要人？只不過，在這方面，我們中國有五千年文明，歷史悠久得多。南海鱷神岳老三就是一個典型，為了出名，他可以說是不惜一切代價。當不了好人，或者說認識到自己當好人出不了多大名，那就別出心裁而且一心一意地去做惡人，居然一直排到了「天下四大惡人」的第三位——差一點點就成了第二。

在我要為這位惡人「作傳」的時候，突然想起，這位大名人一直不用自己的名字，原因是他爸爸「這個王八蛋」一生沒做什麼好事，給他取的名字大不中聽。也就是說，岳老三這個大名人，其實是一個沒有名字的人。不能說他是無名之輩，而只能說他是「無名的名人」。這種說法有些自相矛盾，但這正符合他南海鱷神岳老三的性格。

一

話說岳老三，名字已不可考，來歷也同樣不明。有一個外號是南海鱷神，還有一個更響亮的外號叫做「凶神惡煞」——根據這個外號中「惡」字的位置，我們就知道他在惡人中排名第三，所以就叫岳老三。不過，從一開始我們就知道，這個岳老三不甘心當老三，一心想變成岳老二。他不僅自己的心裡想做岳老二，而且還要求別人也稱呼他是岳老二，萬劫谷主鍾萬仇的家僕進喜兒恭恭敬敬地迎接這位「三老爺」，卻不料被他打翻在地。原因是「我是岳老二，幹麼叫我三老爺？你存心瞧我不起！」[1]被他這麼一上綱上線，問題的性質就變了。進而，他又問進喜兒是不是在心裡說他是一個大惡人、惡得不能再惡，進喜兒說「二老爺是個大大的好人，一點兒也不惡」，結果卻被岳老三扭斷了脖子。原來這惡或不惡，在岳老三而言更是一個原則問題，他喜歡被人看作是惡得不能再惡的大惡人，否則就是名有虛傳了。看來這凶神惡煞，當真是名副其實。而他的所作所為，卻又讓人莫名其妙，甚至不可理喻，讓人難以容忍。

1見《天龍八部》第一冊，第七〇頁。

然而，當我們隨著段譽見到此人，看到他腦袋大如笆斗、眼睛小如蠶豆；上身粗壯發達，下身瘦削枯乾；及膝長袍為上等錦緞，粗布褲子汙穢襤褸，這「五官形象，身材四肢，甚而衣著打扮，盡皆不妥當到了極處」[2]，我們就會發現，這岳老三的形象和性格，與我們的想像大相徑庭。直白說，就是這個相貌醜陋、武功高強、行為粗暴之人，其實性格憨直、頭腦簡單。他是一個不折不扣的惡人，但卻不一定是一個真正意義上的壞人，毋寧說他是一個漫畫似的人物。

說岳老三不是一個真正意義上的壞人，當然是有證據的。如果仔細觀察，我們就會在他身上發現不少優點。其一，就是他有一個很好的習性，那就是喜歡講理，只要他說「這話倒也有理」，那麼很多事情都好商量。而一個人只要能夠講理，或是願意講理，那就不至於是一個十惡不赦之人。因為真正的壞人或惡人，常常是不講道理的，甚至專門違背公理道德，或只講自己的道理，而不講公共的道理。岳老三顯然不是真正的不可理喻。果然，岳老三又被段譽和木婉青發掘出了第二條優點，就是能堅守一條原則，即不殺受傷的女子，進而不殺毫無還手之力的人，否則就是烏龜王八蛋。岳老三堅決不做烏龜王八蛋，因而能夠堅守這條原則，這人也就不再那麼可怕、不再那麼難以相處了。

不久我們還會發現，岳老三還有第三個優點，就是很講信用，說過的話大體上能夠算數。原因也非常簡單，說話不算數的人是烏龜王八蛋，而岳老三可以做惡人卻絕不願意做個

2見《天龍八部》第一冊，第一三〇頁。

烏龜王八蛋。所以，雖然有時候講信用使他憋得有些難受，但由於不願意做烏龜王八蛋，也還會勉強堅持下去。其實，不願意做烏龜王八蛋也可以算是岳老三的優點之四。一個人只要還有一定的廉恥之心，不承認也不願公然做烏龜王八蛋，那就不會是徹頭徹尾的壞人。他還有第五條優點，就是眼光不錯，在江湖中人都沒有發現段譽是一塊練武的材料的時候，是岳老三首先發現了段譽的可造之才。雖說他的依據不過是發現段譽腦後有一塊骨頭與他相似，這理由多少有點勉強，但不管怎麼說，他看中段譽，就要算是眼光不錯，這也就要算是他的一大優點。

以上這些，還沒有將他好學的優點計算在內，例如他被蕭峰一把丟進湖水之中，他還要問蕭峰這是一門什麼功夫？葉二娘催他快走，他卻說「我給人家丟進湖中，連人家用什麼手法都不知道，豈不是奇恥大辱？自然要問個明白。」[3]

接著說岳老三氣勢洶洶地來找木婉青，原是因為木婉青殺了岳老三唯一的徒弟孫三霸，他要為自己的徒弟報仇。然而，正是因為有這些優點，被木婉青和段譽抓住，就只好放棄為徒報仇的念想。進而有眼識得金鑲玉，發現段譽腦骨像他，他不但完全放棄了報仇之念，反而起了收徒之心，要段譽趕快拜他為師。還是因為有這些優點，後來不僅保護了木婉青；進而非但沒有得到段譽這個佳徒，反而被迫拜段譽為師，做了段譽的徒弟。岳老三說話算數，從此以後在江湖上與段譽相遇，都不敢太失師徒之禮。由此，岳老三的人生故事，就演成了

3見《天龍八部》第三冊，第八八二頁。

一段常常讓人哭笑不得的江湖傳奇。

二

這岳老三到底是怎樣的一個人，當然還要做進一步的觀察和分析。見他的時間長了，我們就會發現，這個人不僅是外形上處處充滿矛盾和不協調，內心更是時時有不協調的矛盾。最突出的例子是，他一生求名，但卻又將自己的原名放棄不用，說是不好聽；而既然怕名字不好聽，卻又一心一意的追求天下第二惡人的惡名；既然追求惡名，但卻又打死也不願做烏龜王八蛋。其中「邏輯」，誰能搞得清？

我們應該明白，岳老三所有這些優點，並非一成不變。例如上面曾提到的例子，他說他不殺沒有還手之力的人，並且對段譽和木婉青真的這樣做了，這當然是優點。但，他又如何解釋一開始就不分青紅皂白地將萬劫谷的僕人進喜兒打死這件事？難道進喜兒對他有什麼「還手之力」？難道他為之得意洋洋的「凶神惡煞」這個惡名、外號是空穴來風？顯然是他故意行凶，且其中肯定有不少是針對毫無還手之力的人，才會博得天下第三大惡人的名聲。如是，豈不是與他信誓旦旦原則信條明顯自相矛盾？

這行為上的自相矛盾，當然是他心理上、性格上自相矛盾的必然表現。岳老三頭腦簡單、性格粗魯憨直，對世間之事、人生理想其實不甚了了，偏偏又因武功了得，不免常常要自以為是，才會使他這樣矛盾重重，往往令人哭笑不得。若是追根究底，我們會看到，岳老三原是一個純樸之人，無論他的行為多麼凶惡或荒唐，至少在他的心理意識之中，有一條明顯的底線，那就是在任何時候都不願意成為一個烏龜王八蛋。這就是說，他不但要做一個人，而且還要做一個了不起的人，也就是追求卓越。正是這一點，使他與他的三大惡人夥伴有某種質的區別，他既不像雲中鶴那樣姦淫婦女，更不像葉二娘那樣殘害嬰兒，又沒有段延慶那樣的政治野心；也不似段延慶、葉二娘那樣因極端不幸的人生遭遇而心理變態。岳老三唯一的嗜好，是人間的虛名。問題是他既不能流芳百世，又不願遺臭萬年，於是只能勉強做一個凶神惡煞，在此二者之間搖擺廝混。

實際上，此生到底要什麼，到底要成為怎樣的人，岳老三始終都不很清楚。他之追求虛名，實際上只不過是別人的印象和評價。也就是說，他始終不知不覺的生活在別人言語的影響之下，生活在世間語言的牢籠之中，他之「真我」，則常常被他有意無意地忽視。在一種語境之下，岳老三可能成為凶神惡煞；而在另一種語境之下，同一個岳老三完全可能成為豪傑英雄。最典型的例子，是當雲中鶴搶走鍾靈，段譽命他追趕，理由有二，一是「這雲中鶴侮辱她，就是侮辱你師娘，你太也丟臉了，太不是英雄好漢了」；二是「你連第四惡人雲中鶴也鬥不過，那你就降為第五惡人，說不定是第六惡人了」[4]，岳老三覺得這很有道理，於是便一聲狂吼，拔足飛奔，要雲中鶴「快放下我師娘來！」此時雲中鶴倘若能夠對症下藥，用段譽之道還治段譽之身，也說點讓岳老三覺得「這倒也有理」的話來，岳老三說不定非但不

4見《天龍八部》第一冊，第三二三—三二四頁。

追雲中鶴，反而會去找段譽算算師徒關係之賬。遺憾的是，雲中鶴偏偏實話實說、直話直說「岳老三真是大傻瓜，你上了人家大當啦！」這話叫岳老三怎麼能接受？他岳老三怎麼會上別人的當？雲中鶴說他是「大傻瓜」，豈不是對他惡毒攻擊?!這樣，岳老三就非窮追到底不可了。這一情景，可以說是岳老三人生境況的最佳寫照。

在岳老三的一生中，一直在為博得名聲而戰鬥，但卻一直不知名聲之虛，更不知道為此會失落自我。如在少林寺決戰之際，慕容復要段譽叫他一百聲「親爺爺」，這原本不關他岳老三什麼事，但他卻惱怒異常，原因是：「你奶奶的，我這他媽的師父雖然不成話，總是我岳老二的師父。你打我師父，便如打我岳老二一般。我師父要是貪生怕死，叫了你一句親爺爺，我岳老二今後還能做人麼？見了你如何稱呼？你豈不是比岳老二還大上三輩？我不成做了你的灰孫子？實在欺人太甚，今日跟你拼了。」[5]

看到這裡，誰都明白，與其說岳老三是一個惡人形象，不如說他是一個喜劇明星。他在哪裡出現，哪裡就肯定會有樂子。

三

把岳老三這樣的一個惡人寫得很可愛，算得上是金庸先生一大成就。而要看出這可愛背

5見《天龍八部》第五冊，第一六一九頁。

後蘊藏的人生悲哀，則需要讀者有一定的人生經驗和審美眼光。

說一千、道一萬，這岳老三還是頭腦簡單。在他人生的初年，顯然缺乏正常的教養，以至於一生之中常常是分不清世間的真假善惡、皂白青紅。在這一意義上，他說他父親「是個王八蛋」恐怕並無大錯。古人有言，子不教，父之過，無論如何，岳老三成為這種模樣，其父總是難逃其咎。

岳老三的人生哲學——如果他有哲學的話——不過是，王小二過年看隔壁，別人怎麼過，他也就怎麼過。岳老三與段延慶、葉二娘、雲中鶴等人為伍，合稱天下四大惡人，與其說是物以類聚、人以群分，更不如說是近朱者赤、近墨者黑。在那小小的四人幫中，岳老三之所以成為凶神惡煞，實際上他是常常為惡而惡。無論如何，他都做不到無惡不作，更做不到惡貫滿盈，甚至也做不到窮凶極惡。只不過，既要混跡於惡人之間，自然就要扮凶神、作惡煞，否則豈不是浪得虛名？

而與段譽相遇，想做師父的變成了徒弟，該作徒弟的變成了師父，雖然僅有師徒之名，並無師徒之實，但與段譽數次相遇於江湖，岳老三實際上不知不覺間受到了潛移默化的影響。且時間越長，影響越深，表現也就越加明顯。如果說他當初從雲中鶴手中搶救鍾靈，乃是受了段譽言語相激；那麼後來在西夏境內拯救王語嫣，則顯然是他漸變轉性的證明。雖然他口口聲聲堅持「決不轉性」，但他大罵雲中鶴的一段話卻又洩漏了天機：「你奶奶的，岳老二當你變性，伸手救人，念著大家是天下著名惡漢的情誼，才伸手抓你頭髮，早知如此，讓你掉下去摔死倒好。」[6]——岳老三之所以大發雷霆，是因為聽到雲中鶴說他之救人並非出自好心，而是出於好色。那麼，岳老三救人、發火，又為了什麼？

岳老三轉性的最好證明，當然還是在小說的最後，段延慶要岳老三將段譽殺了，對他說：「這個姓段的小子是個無恥之徒，花言巧語，騙得你叫他師父，今日正好將之除去，免得你在江湖上沒面目見人。」若在以前，岳老三自然會覺得這話「有理之極」；而這一回，即使是他一向敬佩追隨、且承認自己望塵莫及的老大說話，他也不再輕信，反而說：「他是我師父，那是貨真價實之事，又不是騙我的，怎麼可以傷他？」當段延慶再次催迫，岳老三的回答也還是：「不成！老大，今日岳老三可不聽你的話了，我非救師父不可。」[7]此刻，岳老三終於在段譽鶴段延慶之間，明確了自己的立場。為此，他也就被段延慶殘酷殺害！

岳老三膽敢公然違抗老大的旨意，以自己的生命為代價，一心拯救段譽，當然絕不僅僅是為了一個空洞、甚至好笑的師徒諾言。恐怕岳老三至死也不明白，段譽對他究竟意味著什麼，正如他至死也不明白段延慶為何對他竟是如此殘忍無情。這就是岳老三人生最大的悲哀。他也許只是憑著自己的一點本能，感覺到段譽的人性光輝代表著另一種人生的價值，那才是他真正應該嚮往和追求的。可是還沒有等到他徹底明白，就被自己的昔日夥伴所殺，這是他人生的另一重巨大的悲哀。岳老三生活一世，但到死也沒有真正明白生命的真義，這才會死不瞑目。每想及此，我就總是忍不住要為岳老三熱淚盈眶。

6見《天龍八部》第五冊，第一七四六頁。

7見《天龍八部》第五冊，一八六五—一八六六頁。

慕容復人生如夢

在《天龍八部》一書中，慕容復既算不上惡人，更算不上壞人，當然也算不上什麼英雄俠士。然而，在這本書中，他的結局卻比大多數惡人或壞人都不如。天下第一惡人段延慶雖然最終沒有如願當上大理皇帝，但卻發現自己有了個兒子，而且他為了這個兒子而退出江湖，總算是為人間做了一件大好事，也就算是有了善終。天下第二大惡人葉二娘也終於找到了她的兒子，最後自殺身亡，一方面是以死謝天下，從此不再作惡；另一方面則是自主選擇自殺殉情，到另一個世界去與心上人團聚，反倒博得了人們的同情和尊敬。

慕容復的父親慕容博和蕭峰的父親蕭遠山一起放下屠刀、立地成佛，當然是再好不過的結局。就算是天山童姥和李秋水這一對冤家，雖然到最終也沒有獲得美好的愛情，但至少在臨終之前發現了逍遙子之愛的真相與虛幻，也可瞑目矣。

偏偏這個沒有當真作過多少惡行的慕容復，到最後還是富貴夢越做越深，猶在大理國境內的墳頭上戴著紙糊的皇冠，神色儼然，用糖果糕點騙取鄉村小童的朝拜，在眾村童亂七八糟的「願吾皇萬歲，萬歲，萬萬歲」聲中，自我陶醉。而後，「眾人都悄悄退了開去，但見慕容復在土墳之上南面而坐，口中兀自喃喃不休。」[1]這情形，當真叫人又是好笑，又是感傷。這慕容復顯然不僅是執迷不悟，而且已經是病入膏肓、不可救藥了。

細想慕容復的生平，看到這位曾一度與「北喬峰」齊名當世的「南慕容」竟落到了這般地步，實在叫人不勝唏噓。

一

慕容復外形英俊瀟灑、內心聰明伶俐、武功出類拔萃、資質算得上是上上之選，在他表妹王語嫣以及許許多多的讀者心目之中，這是一隻珍貴稀有的人間鳳凰，本該有一種別樣幸福的人生。無奈生在慕容世家，天生負有光復大燕皇祚、再創慕容王朝的歷史重任。何況他父親慕容博「博」一生不見成效，只生他一子，給他取名為「復」，使得他從出生之日起就責無旁貸。偏偏他生性剛愎，心高氣傲，認定自己是非常之人、定要做非常之事，捨我其誰的意識深入骨髓。這就決定了這位大名鼎鼎的慕容公子，必將有與眾不同的命運。

在中國這塊古老的土地上，皇帝夢大約是這裡的子民最大的心理欲望或最高的人生夢想。看起來，我們這個禮儀之邦，人人守禮重道，法地敬天，而所有的皇帝據說都是上天之

1見《天龍八部》第五冊，第一九七二頁。

子，普通肉體凡胎，只有對「真命天子」五體投地、高呼萬歲的分，豈敢輕易夢想做皇帝？然而，一句「帝王將相寧有種乎」，再一句「彼可取而代之」，再加上一句「大丈夫當如是」，就輕易戳穿了所謂真命天子的氣球，暴露或刺激了無數人心中被深深壓抑著的潛在的欲望。畢竟，自古以來，「普天之下，莫非王土；率土之濱，莫非王臣」，做皇帝才是人生榮華富貴的真正極點，以天下之公化為一人一家一姓之私，可以隨心所欲，為所欲為，而且還可以「天子聖明」，搞得人家懷疑都不敢懷疑。因此，在中國的歷史上，就有無數的「人丈夫」或混世魔王，或乘火打劫，或渾水摸魚，或殺人盈野、流血漂杵，總之是要用自己和別人的人生、生命博上一博。萬一「本只想打家劫舍，卻不料弄假成真」呢？流氓無賴的小小亭長劉邦，不就改名喚作了漢高祖？

我說這些，只是想儘量去理解慕容家族的祖傳夢想。若是普通家族也就罷了，畢竟皇帝不是人人能當，甚至皇帝夢也不是人人能做。但慕容家族卻不同，在他們身上流的可是大燕皇族的血！如果不「博」不「復」，就對不住自己的祖宗。慕容家族雖說是出身夷狄，但崇拜祖先的中原古禮卻也文明普及，更何況，不「博」不「復」，大丈夫豈不是白白活了一生一世？於是，慕容博就博了一生，而慕容復當然就要緊隨其後，一生為「復」而竭盡全力。

只不過，天不助慕容：其時中原周邊雖然列國紛爭，北有大遼、西有西夏、西南有人理、吐蕃，但各自基業鞏固，輕易難以動搖。中原故地，北宋王朝雖然積弱積貧，卻也是百足之蟲，死而不僵。更何況，北宋君臣還在想勵精圖治、搞變法改革，中原人民生活溫飽，當然誰也不願意天下大亂。在這樣的環境下，慕容家族想憑空起事，造反奪權，實在沒多少可乘之機。慕容博處心積慮，想製造一起北宋王朝和大遼王朝的外交和軍事衝突，其結果除了改變了蕭遠山、蕭峰父子等極少數人的命運之外，對兩國的關係毫無影響。此事不但白費心機，而且還搞得自己不得不詐死埋名。

輪到慕容復，情況還是那樣，他甚至連父親那樣的點子也沒有，連他父親那樣的動靜也攪不出來。歷史時世不造英雄，而一心想要英雄創造時世，徒然逆天行事，結果也就可想而知。實在說，慕容復對此家傳夢想，其實力不勝任。既無政治眼光、也無軍事才幹，又無外交天賦，更無百姓支持，要想復辟興國，只能是癡人說夢。而他自己偏偏從不認識到這一點，或者是認識到了卻不承認，總想要竭盡人力、創造奇蹟，這只能說明其早已癡夢不醒、病得不輕。只見他一天到晚總是匆匆忙忙，成年累月蠅營狗苟，成效如何，人人俱知，恐怕只有他自己才不知不想不承認，聊以自欺。由此可見，這慕容復雖然聰明伶俐，武功了得，但卻並非真正大智大慧之人，從未真正明白世間事理。

二

慕容復不明事理，逆天行事，又並非他天資不好，而是因為他富貴夢深，而且個性高傲又心理偏執。書中有一個非常重要的細節，就是「他想做胡人，不想做中國人，連中國字也不想識，中國書也不想讀。」[2]這就是慕容復心理偏執的證明，也是他不明事理的原因。如果不是心理偏執，他即使是想復辟大燕王朝，也該利用一切可以利用的資源，盡可能豐富自己，以便夢想實現之日可以更好的管理自己的國家。當然，倘若他不是這樣偏執，而是願意識中國字、讀中國的書，說不定他就能明白世間事理，同時明白人生真諦，或許就不會對復辟大業如此執迷不悟了。相反，他不願識中國字、不願讀中國書，而世間有沒有什麼鮮卑字的書可讀，慕容復等於是自絕文明教育之路，這樣就只能使他更加無知、也更加偏執，以至於惡性循環，終於難以醫治。當然，慕容復如此固執，倒也並不稀奇，劉項原來不讀書，慢說他是胡人，就是中國人不讀中國書者也大有人在，甚至還有人發明高論，說是書讀得越多人越壞，知識越多越愚蠢。

再說慕容復，幸虧他有一個從小愛他敬他的表妹王語嫣。他不讀中國書，自有表妹幫他讀，說給他聽，當然不會是文學藝術或是道德文章，而是中文書寫的拳經劍譜、武功秘笈。說起來他會不高興，若非從中原的大量武功秘笈之中學習歷來各家拳招劍法，慕容家族何來如此精深的「以彼之道、還施彼身」絕技？若不是王語嫣當他的「代讀」和「侍講」，他慕容復又怎能通曉百家絕技、在江湖上贏得偌大名聲？既要學中原武功精髓，而又不親中國文化典籍；自己不讀中國之書，而讓別人傳經送寶，這種偏執之心、障眼之法、自欺欺人的行為表現，正是慕容復性格心理的最好說明。

2見《天龍八部》第二冊，第四七〇—四七一頁。

說到王語嫣，當然不能不說到她對慕容復深深愛情，這愛情幾乎天下皆知，慕容復當然也不是不知道。只不過，除了復辟大業，慕容復的心中再無大事。這愛情，在慕容復的心中顯然並沒有多麼重要的位置，如果不出意外，或許將來某一天他會與王語嫣結婚，但那也不是為了愛情，而只是要依照傳統習慣，完成自己傳宗接代的任務。

慕容覆沒有愛情、不懂愛情，甚至極端輕視愛情，很快就有了最好的印證：西夏國王出榜要招駙馬，慕容復當然不會放過這千載難逢的大好機會，立即決定將一直跟隨他在江湖中飽受風塵的王語嫣送回家中。此時，「鄧百川和公冶乾對望了一眼，覺得欺騙了這個天真爛漫的姑娘，心中頗感內疚」[3]，而性情耿直的一陣風風波惡，更是忍不住在眾人面前打了自己一個耳光。然而真正的當事人慕容復卻仍是不改初衷，似乎他的所作所為乃是天經地義。在他看來，段譽為了王語嫣的一相情願，要勸他改弦更張，說什麼「人生在世，最要緊的是夫婦間情投意合，兩心想悅」；「王姑娘清麗絕俗，世所罕有，溫柔嫺熟，找遍天下再也遇不到第二個」[4]，當然只能是對他有意欺騙、全都是無稽之談。要說世間上還有什麼居然比他的政治理想、復辟使命、建國大計更重要，他會說這完全是用心險惡的胡說八道。

正因如此，在西夏皇宮之中應試之際，當問及「公子生平最愛之人叫什麼名字」時，雖然這個題目在他之前已經有過了幾十人次的問答，但他聽了還是一愣，而後沉吟片刻，嘆息

3見《天龍八部》第四冊，第一五七八頁。
4見《天龍八部》第五冊，第一七五二頁。

答道：「我沒什麼最愛之人」[5]！這不是想要討好西夏公主，而是一次真心對答，在他的一生之中，確實沒有愛過什麼人。不但對深愛他的王語嫣無甚情意，就是對他的生身父親，也沒有多少骨肉親情。有一個細節最能說明問題：在少林寺中，那無名老僧指出蕭遠山的內傷所在，蕭峰立即跪下求其為自己的父親診治；而當老僧同樣指出慕容博的內傷之後，慕容復的反應卻是「素知父親要勝好強的脾氣，寧可殺了他，也不能人前出醜受辱，他更不願意如蕭峰一般，為了父親而向那老僧跪拜懇求」[6]。若非那老僧主動施救，慕容復顯然決意與父親一道一走了之，父親死亡的危險、痛苦徹骨的煎熬，全都不顧。

世間人人生而有情，慕容復卻偏偏如此例外，原因無他，只因王霸雄圖之心太過，壓抑、扭曲和消融了他的正常的人類情感。久而久之，就使他變成了一個地地道道的，無情的「非人」。

三

對於這樣的一個完全被自己的「神聖使命」所迷醉、所異化了的人來說，只要能夠達到目的，他就會不擇手段。因此，看起來不惡也不壞的慕容復，因為失去了正常的情感和人

5見《天龍八部》第五冊，第一八一六頁。
6見《天龍八部》第五冊，第一六八八頁。

性，實際上比世間的一切惡人和壞人都更可怕。他的父親慕容博為了挑起宋、遼兩國的紛爭，根本就不在乎多少無辜生命會被慘遭殺害或被痛苦的命運折磨得面目全非，就是一個典型的例證。

因此，處心積慮的慕容復最後會利用他的舅媽王夫人為誘餌，擒段正淳、殺段譽；進而主動與天下第一大惡人段延慶合作，拜對方為乾爹，以便日後繼承大理國的王位，再圖謀下一步的發展，就一點也不稀奇。為了實現他的計謀，殺阮星竹、殺秦紅棉、殺甘寶寶，最後連他的舅媽王夫人也同樣死在他的劍下，他的眼睛都不眨，也就同樣順理成章。然而最出人意料的，還是他毫不留情地將忠心耿耿的家將包不同殺死，原因不過是包不同對他的手段不能認同，進而說穿了他的心事，暴露了他的秘密，怕他成了「不忠、不孝、不仁、不義之徒，不免於心有愧，為舉世所不齒」[7]之人。

慕容復殺了包不同，鄧百川等三人離他而去，當真是眾叛親離，慕容復卻仍是在所不惜。為了實現復辟之夢，慕容復還有什麼做不出來呢？拜惡人為父、改他人之姓、殺無辜、殺親人、殺自己的忠心下屬。只可惜，如此卑鄙無恥、如此鮮血淋漓之後，他的目的仍未達到，原因恰恰在於，正當慕容復人性滅絕之際，天下第一大惡人段延慶開始人性復蘇。這一對比，意味深長。無疑是從這裡開始，慕容復進入瘋狂之境，終於使得他的人生變成了一片空白。

7見《天龍八部》第五冊，第一八七七頁。

關於這一點，書中其實早有揭示：在西夏皇宮之中，當問道慕容復一生之中在何處最為快樂時，他幾乎是張口結舌。書中寫道：「他一生營營役役，不斷為興復燕國而奔走，可說從未有過什麼快樂之時。別人瞧他年少英俊，武功高強，名滿天下，江湖上對之無不敬畏，自必志得意滿，但他內心實在從來沒有感到真正快樂過。他呆了一呆，說道：『要我覺得真正的快樂，那時將來，不是過去。』」——這將來的快樂，可不是指與西夏公主成親，「慕容復所說的快樂，卻是將來身登大寶，成為大燕的中興之主。」[8]——與西夏公主成親，只是達到快樂目的的一種手段，他實際上已經無法品嘗愛情、婚姻等等正常的人生滋味。

慕容復的一生，實際上是空白的一生，唯一的目標與牽掛，就是再創慕容王朝的夢想。這夢想使他瘋狂，而這瘋狂又使得他的夢想更深，於是瘋狂的夢想和夢想的瘋狂，就成為他人生存在的唯一目的和方式。

最後，再看《天龍八部》一書的結尾，看慕容復依然在那墳頭之上做著復辟慕容王朝、當上一方皇帝的美夢，就不再僅僅是好笑和感傷，仔細品味之後，甚至會不寒而慄。只要這墳頭依然存在，慕容復的喃喃之聲就會不休不絕；而只要有人的皇帝夢不破不滅，這世界就免不了要受到「天龍八部」——非人——病毒的侵擾和威脅。時隔千年之久，那些無知村童「願吾皇萬歲萬歲萬萬歲」的呼聲猶未消歇，只怕還會有人仍在這古老的富貴夢中。

8見《天龍八部》第五冊，第一八一六頁。

丁春秋自撰春秋

想了很長的時間，還是決定要說一說星宿大仙／老怪丁春秋。之所以要想很長的時間，是因為這是一個漫畫式的人物，他的故事是用簡略誇張的筆法寫出，一旦「還原」，看起來似乎沒多少東西可說。但我最終還是決定要說，則是因為我們的生活之中，丁春秋這樣的人實在太多太多。

一

早在丁春秋出場之前，江湖上對此人早有傳聞，星宿老怪和他的化功大法，令武林中正邪兩派人物同時皺眉，當真稱得上是臭名昭著。當我們看到他的女弟子阿紫一出場就如此讓人感到邪氣逼人且頭皮發麻，進而看到摘星子、天狼子等一班星宿派的弟子又是如此殘酷歹毒無恥可惡，當然就不難推想到他們的師父星宿老怪丁春秋肯定不是什麼好東西。我們的心裡，多半會將這個長期僻處西域、與毒物為伍的星宿老怪想像成一種奇形怪狀的牛鬼蛇神。

然而當我們真正見到丁春秋「那老翁手中搖著一柄鵝毛扇，陽光照在他臉上，但見他臉色紅潤，滿頭白髮，頦下三尺銀髯，童顏鶴髮，當真如圖畫中的神仙人物一般」[1]的形象時，肯定會覺得大大出乎意料。此人的「內容與形式」相差如此之大，顯然是作者刻意而為，故意要讓習慣於以貌取人的讀者大吃一驚。實際上，此人名為「春秋」，還有更深一層的象徵意義。

我們無論如何也沒有想到，這個西域的魔頭不僅是武林名門逍遙派的嫡傳弟子，而且居然還是生長在山東曲阜孔孟聖人之鄉。加上他最後被關押在少林寺中，必將在那裡終老天年，這丁春秋的一生，可以說是生於儒學之鄉、死於佛教聖地、中間是一段道家逍遙歲月。也就是說，此人竟與中國傳統的儒、道、釋三教都有某種神秘的聯繫。而在這個意義上，此人也算得上是中國文化孕育出來的一個典型，當然，是一個出乎意料的典型。簡單地說，他不是什麼文化的「正果」，而是一個地地道道的叛逆。這顆叛逆的惡果顯然未被這種文化所化，但是否這種文化的必然產物，卻不能肯定，也不能否定，這需要做具體分析。

雖然生於聖人之鄉，丁春秋除了保持著儒家經典之名以及外形上儒雅風範之外，內心之中顯然沒有接受多少儒家聖人之教。證據是他不但投入了道家逍遙派門下，而且還最終成了其師門的叛逆。為了爭奪逍遙派掌門之位，居然將自己的師父打下山谷，逼迫自己的師兄裝聾作啞數十年，這樣，他就一舉成為儒、道兩教的叛徒。作為逍遙派弟子，他的日子過得一

1見《天龍八部》第三冊，第一一二三頁。

點也不逍遙。

說丁春秋是一個壞人，當然並無不可。此人欺師滅祖、殘害同門，行為陰狠、手段毒辣，無情無義、為非作歹，眾所周知。但，若是深入一層，看到丁春秋的所作所為，無非是受到自己欲望的驅使，他的蛻化變質，無非是因為個人欲望與師門規則的衝突，就能看到這一人物形象更深刻的象徵意義。說到底，丁春秋其人，不過是一種「人欲」的象徵。

而在丁春秋的時代，除了通常意義上的內憂外患，實際上還有文化上的禮崩樂壞，與此相對應的卻恰恰是理學的萌芽和興盛，周敦頤、程顥、程頤先後出世講學，弘揚儒教，創建理學，史有「以理殺人」之名。在主流文化圈中，顯然是不得自由與逍遙。在此背景下，丁春秋背棄理學，逃避儒教，投奔道家逍遙派門下，算得上是一種無可奈何、值得同情之舉。

道家一向被看成是對儒家禮教的一種重要的對立和補充，有時候，甚至成了許多儒教罪人的一種別無選擇的精神避難所。道家的理想是標榜自然與自由，正如書中的武林道家教派以逍遙為名，對丁春秋這種不願壓抑人欲之人，當然具有極大的吸引力。可是儒家既然名實不符，道家又能怎樣？逍遙派中無逍遙，正是這部書中所要描寫的重要內容。道家及其逍遙派，並沒有當真為人、個人、個人的欲望與價值找到真正的逍遙之「道」。丁春秋明明只對武功感興趣，但師父卻硬是要他學武之外，還要學習琴棋書畫醫工花戲；丁春秋對掌門之位垂涎欲滴，但師父硬是說只有門門功課都優秀者才能接替掌門之位。眼看掌門之位必將無望，丁春秋這才想要先下手為強，想從師父手中硬搶那掌門的指環。

二

無論在何種意義上，丁春秋當然都算不上是什麼英雄，但也不能因此論定他的個人欲望及其自我價值實現的追求就是一無是處。說起來，丁春秋遠離中原，開闢自己的嶄新天地，首創星宿一派，說明此人至少也算得上是一個蓋世梟雄。

問題是，叛離了儒家的主流，又叛離了道家的正統，丁春秋如何自創新的價值體系？又如何能夠「自撰新的春秋」？簡單地說，就是丁春秋除了自己的欲望及其欲望價值的自我認定之外，並沒有找到任何一點新的文化資源——在西域星宿海邊，找到的只能是大自然中的毒物。作為創教之主，丁春秋只能對自己熟知中原故地傳統文化資源進行大膽的提煉、改造、想像和實踐；實際上，只不過是任由自己的欲望本性發作膨脹，進而走向了更加罪孽黑暗的傳統老路。

我們看到，丁春秋找到的是赤裸裸的鬥爭方略，即讓自己門下弟子從入門開始就學會人與人之間的殘酷競爭。誰的本領大就由誰當本門的大弟子，其餘的排位也以此類推，在此排位之戰中不僅決定位次的高低，實際上也決定個人的生死存亡。摘星子與阿紫之爭，就是一個令人髮指的典型例子。這有點像是階級鬥爭、一抓就靈。問題是，這種鬥爭哲學固然能夠刺激人的生存欲望和鬥爭本能，但也因此而將人類變成了野獸，將人類文明導向了野蠻的鬥獸場。

丁春秋之所以這樣做，是因為他本人當年在逍遙派中飽受文明文化的折磨與羞辱，搞得非常得不痛快，因此本能地痛恨那一切，本能地認為誰的本領大、武功高，就由誰來當掌門大弟子，是理所當然。武力強者得天下，槍桿子裡面出政權，自古皆然。只不過，他沒有想到，他的這種新主義、新思想、新理論、新秩序的構想，其實不過是最古老的「霸道」強權政治的重演。而在此你死我活的鬥爭哲學和霸道實踐之中，丁春秋非但沒有為自己的光榮事業培養出傑出的接班人，反而培養出了一大批貪生怕死的卑鄙無恥之徒。在自己的一群徒弟之中，丁春秋最喜歡、最看重的無疑是他的女弟子阿紫。但正是這個最會哄師父高興的女弟子最先背叛師父，先是將他最寶貴的神木王鼎偷走，後來更是仗著丐幫幫主莊聚賢（游坦之）之勢，在天下英雄面前公然打出了「星宿派掌門」的旗號，與之分庭抗禮，最終使得這位不可一世的創派宗師身敗名裂、痛苦癲狂。

當然，搞得丁春秋痛苦癲狂的其實不是阿紫，甚至也不是虛竹的生死符，而只能說是丁春秋自己，是他殘酷的鬥爭哲學本身。很簡單，當他遇到了比他的武功更高的人，他就該嘗嘗自己的鬥爭哲學的殘酷滋味。

丁春秋作為一種文化的典型，他的武功當然也有一定的文化寓意。雖然出身於逍遙派，但丁春秋的武功卻是自創一格，他的兩種最厲害的武功，首先是由逍遙派的「北冥神功」改造而成「化功大法」；其次就是他一手創建的具有驚人毒性的「腐屍功」。由此創建，一方面說明丁春秋確實具有一個武學上的天才，而另一方面又恰恰說明他的人格局限與文化本性。靈感來源於莊子的「北冥神功」，意在讓人看到個人的渺小，又看到百川歸海又匯入北冥的自然之道；而由此改編的化功大法，則是來自個人的膨脹和變態，此功是要「化」掉一切，不過是要否定、橫掃、毀滅一切他人的內力，我們不妨稱之為絕對的「批判的武器」。丁春秋的「創建」，就是那更加臭名昭著的「腐屍功」了，此功說來神秘，令人噁心恐懼，其來源不過是歷史文化的「腐屍之毒」。

說到底，這丁春秋雖然締造了星宿一派，但實際上並沒有創造出任何超越歷史文化局限的新生事物。他的改天換地寫春秋的雄心大志，只不過是癡人說夢。

三

然而，此人長期僻處西域，坐井觀天，不知北冥之大、天地之寬、天下英才之眾，當然就更不可能知道什麼「法蘭之西、英吉之利、美利之堅」，所以自從打倒自己的師父之後，就自以為是世間最了不起之人。

最好笑的是，不僅是他自己心裡這樣想，而且還總是喜歡人家這樣說。別人不說，就讓自己的徒眾打標語、喊口號、四處遊行宣告。所以，丁春秋每到一處，總會有一大幫徒眾或拿鑼鼓樂器敲敲打打；或打著花花綠綠的旗幟，上書「星宿老仙」、「神通廣大」、「法力無邊」、「威震天下」；同時還念念有詞，對丁春秋的任何一種言行舉止大加讚頌，成為武林中的一大奇觀。其中最突出的例子，當然是在擂鼓山聾啞谷中，當丁春秋與其師兄蘇星河決戰之時，竟有一名星宿派弟子在鑼鼓聲中，拿出一張紙來高聲宣讀《恭送星宿老仙揚威中原贊》，搞得高帽與馬屁齊飛，法螺共鑼鼓同響。書中如此寫道：「別小看了這些無恥歌頌之聲，與星宿老怪的內力，確然也大有推波助瀾之功，鑼鼓和頌揚聲中，火柱更旺，又向前推進了半尺。」[2]這大約是丁春秋的一種獨特的精神勝利法。

與此形成鮮明對照的是，當丁春秋在少林寺被虛竹打敗之後，星宿門下的這些「赤膽忠心」的歌功頌德之徒，立即毫不猶豫地對片刻之前的歌頌對象反戈一擊，紛紛投向虛竹的門下，表示：「『只要主人下令動手，小人赴湯蹈火，萬死不辭。』更有許多顯得赤膽忠心，指著丁春秋痛罵不已，罵他『燈燭之火，居然也敢和日月爭光』，說他『心懷叵測，邪惡不堪』，又有人要求虛竹速速將丁春秋處死，為世間除此醜類。只聽得絲竹鑼鼓響起，眾人大聲高唱了起來：『靈鷲主人，德配天地，威震當世，古今無比。』」除了將「星宿老仙」改為「靈鷲主人」之外，其餘曲調詞句與《星宿老仙頌》均是一模一樣，搞得為人質樸的虛竹一時間也差一點「不自禁的有些飄飄然起來」[3]。這實在是讓人震驚的一幕。

然而想一想，這也是必然之理。對於星宿派的奇異門風，包不同早就曾作過一針見血的總結：要想在這一門中獲得成功，至少要熟練三項神功：「第一項是馬屁功。這一項功夫如不精練，只怕在貴門之中，活不上一天半日。第二項是法螺功，若不將貴門的武功德行大加吹捧，不但師父瞧你不起，在同門之間也必大受排擠，無法立足。這第三項功夫呢，那便是

2見《天龍八部》第四冊，第一二四〇—一二四一頁。
3見《天龍八部》第五冊，第一六三九—一六四〇頁。

厚顏功了。若不是抹殺良心，厚顏無恥，又如何練得成馬屁與法螺兩大奇功。」[4]讓人大開眼界的是，包不同這樣說，星宿門下弟子非但無人生氣，反倒一個個默默點頭，甚至有人誇獎包不同聰明得緊、對本門神功知之甚深。

作者對丁春秋及其星宿門下的此種作風，已經用了漫畫、誇張、寓言，甚至直接說明的方式寫出，對此已經不必多言。丁春秋以這樣自欺欺人的方式書寫自己的光榮歷史，那當然注定只能是「丁記（級）春秋」，他本人是注定要成為歷史的笑柄。理由很簡單，無德無行的領袖，固然可以靠自己的武力強權公然欺世盜名，可以收羅和培養卑鄙無恥的徒眾；而卑鄙無恥的徒眾則必然是「水可載舟、亦可覆舟」。也許，丁春秋本人並不知道，從他第一次「閃亮登場」時起，自己所扮演的角色就注定只能是一個歷史的小丑。丁春秋本人顯然更不知道，就是他的這種無恥可笑的把戲，其實並沒有任何新鮮獨到之處，不過是主流政治歷史文化的一種簡單可憐的複製，既沒有絕後，更談不上空前。

說到底，他只不過是一具傳統腐屍上所派生出來的一顆惡果毒瘤。

4見《天龍八部》第四冊，第一二〇四頁。

康敏畸戀碎花衣

大理國風流王爺段正淳的妻子和情人們，一個個被無法滿足的情感欲望搞得神經兮兮，顯然是作者在演繹佛家所謂「有情皆孽」的道理。不過，其中馬大元的夫人康敏似乎要另當別論。這個女人的故事絕對不是簡單的因情生孽，而是明顯早已心理變態，自戀成狂，是另一種典型的人生相。

一

一般說來，在傳統中國文化圈中，欲望個體始終沒有其正當的價值歸宿。因此，任何欲望個體都值得憐憫和同情；女性無論是作為整體還是作為個體，當然是加倍可憐；不幸出身於貧寒之家的女子，可憐的程度無疑又要加倍；而遭受人力無法阻擋的天災人禍的貧家弱女子，當然就是再加一倍的可憐，那就是可憐的四次方了。看起來，康敏似乎就是這樣一個四倍可憐的人物。

康敏第一次出場，是在無錫附近的杏子林中，為其丈夫、丐幫副幫主馬大元被害一事，要求早已退休的徐長老等人主持公道，幾乎是一口咬定幫主喬峰，那時候，大家沒有看清她的容貌。直到聚賢莊中，她再一次露面，與喬峰正式喝酒絕交，喬峰才看到，原來她是一個容貌清秀、頗具美貌的女子，一副嬌怯怯的模樣，令人愛憐。加上這份對嬌怯美女的愛憐，康敏的可憐指數就該漲至五倍了。

然而，等到認清康敏的真相，相信所有的讀者都會目瞪口呆。那時候，康敏的可憐指數，就會變成讀者的吃驚指數。進而，我們還會發現，這位被迫害與被侮辱女子的可憐指數，實際上早已經變成了她的可惡與可怕的指數。

首先，是她誤導喬峰和阿朱，說大理段正淳就是當年率領中原英雄在雁門關堵截並殺害喬峰父母的「帶頭大哥」，以至於阿朱為此無辜地代父親段正淳死去。更加出人意料的是，康敏如此陷害的段正淳，非但不是她的仇人，相反正是她的情人。等到蕭峰再次跟蹤找上門來，居然發現段正淳正在康敏的床上，而康敏則已經在他的酒裡下了「十香迷魂散」麻藥，要將他一口一口慢慢咬死、一刀一刀慢慢割死。其原因，是責怪段正淳將她忘了、不帶她去大理國做王妃。

其次，是她出賣自己的身體，先後收買了丐幫長老白世鏡、全冠清，設計殺害了自己的丈夫馬大元，然後再以此為由挑起事端，揭露喬峰的契丹人身世之謎，將丐幫幫主喬峰趕出丐幫，使之變成中原漢人的死敵。她之所以要害死自己的丈夫，是因為丈夫馬大元不願聽她的話，是個不能承擔大事的濫好人，亦即是個懦弱無用的東西，不敢揭露喬峰的身世之謎。

最後，她之所以如此痛恨喬（蕭）峰，如此千方百計地要將他置諸死地而後快，也不是因為她對喬峰有什麼血海深仇，只不過是因為在當年丐幫在洛陽的牡丹花會上，喬峰沒有注意到她！她說：「……哼，百花會中一千多個男人，就只你自始至終沒瞧我。你是丐幫的大頭腦，天下聞名的英雄漢。洛陽百花會中，男子漢以你居首，女子自然以我為第一。你竟不向我好好的瞧上幾眼，我再自負美貌，又有什麼用？那一千多人便再為我神魂顛倒，我心裡又怎能舒服？」[1]

這康敏的故事，幾乎每一段都讓人張口結舌。只因為一個男人沒有看她一眼，她居然懷恨在心，且居然恨之入骨，對他視若生死仇人，一心想整得他身敗名裂，為此不惜一切代價。蕭峰雖然沒有被她整死，但馬大元首先因此而死，由於馬大元之死，差一點引起了南慕容、北喬峰之間的大戰；進而引起丐幫內訌，差一點內戰爆發，血染杏林。最後，因為蕭峰的身世之謎被揭開，喬三槐夫婦、少林寺玄苦大師、泰山單正一家、丐幫徐長老、趙錢孫和譚公譚婆，還有聚賢莊上不計其數的中原英雄好漢，都因此而喪命。假如當時阿朱沒有代父赴約，蕭峰當真打死了段正淳，那麼大理國君臣勢必要為之大興報仇之師，其結果必將是一片血雨腥風，實在不堪設想。以上種種人間禍患，皆由康敏這個「弱女子」的一念而生，這比慕容博當年為了興復大燕王朝而蓄意挑起宋遼武林之爭的殘酷惡果，實在不遑多讓。由此，我們不得不對康敏其人刮目相看。

不看她、不注意她的蕭峰被整成這樣；進而，看她、愛她的情人段正淳，只因為有不得

1見《天龍八部》第三冊，第九四七頁。

已的苦衷而不能與之長期想伴，她也要抓住機會對他痛加報復，居然要將對方凌遲處死。不看她不行，做她的情人也不行，而做她的丈夫實際上更慘，雖然看她愛她、與她相親相伴，但只因為有一次沒有滿足她的莫名其妙的欲望要求，不願意做喪失理智之事，最後卻要付出生命的代價。這康敏的行為和心理，實在是匪夷所思，人間少有。

二

康敏的奇異行為與心理，可以從不同的角度去看。首先要看到的是，不管康敏其人的主觀動機如何，我們也不能將上述一切動亂禍害的罪孽都歸結到康敏的頭上。要不是慕容博挑撥宋遼武士的血戰，康敏就是想陷害蕭峰也無從做起；喬三槐夫婦等人的慘死，恐怕不能簡單地掛在康敏的帳上。要不是白世鏡色迷迷的對康敏不懷好意，康敏也就不能引誘他殺了自己的丈夫馬大元；要不是全冠清既迷戀女色、更權慾薰心，丐幫的內亂也就無從發生。要不是中原英雄只講仇恨，不動腦筋，聚賢莊上也就不會血流成河。要不是段正淳到處惹下風流孽債，他也就不會有什麼皮肉之苦，他的女兒阿朱也就用不著代他而死。要不是蕭峰和阿朱化妝欺騙康敏、而又被她識破，她就是想挑撥也無從做起。最後，要不是蕭峰報仇心切、被仇恨衝昏頭腦，富有俠義心腸和江湖經驗的他又怎麼會上當受騙、最終親手打死自己的女友？

進而，我們也不能排斥有人要從女性主義或女權主義的角度，完全把康敏當成一個被侮辱與被迫害的人，把康敏的行為與心理，當成是被迫害者憤怒的反抗和無情的報復。如果不避強詞奪理之嫌，我們不妨將蕭峰對康敏的視而不見，說成是對康敏人格尊嚴的蔑視或侮辱；段正淳與康敏的情感關係，當然就是一種不負責任的玩弄；馬大元作為康敏的丈夫而不能有效的保護妻子的人格尊嚴，反而為了維護男性世界的秩序而對妻子進行訓斥，這當然就是對康敏的進一步的侮辱，從而變成了康敏的這位「復仇女性」的敵人了。

當然，完全從女權主義的角度去為康敏辯護，把蕭峰、段正淳、馬大元都當成該死的混蛋，那至少不是作者的初衷。因為無論如何，蕭峰當年在洛陽的牡丹花會上沒有注意到康敏，絕不是什麼有意的蔑視和侮辱，更何況康敏乃是丐幫副幫主馬大元的夫人，蕭峰對她就算是故意視而不見，也該情有可原。段正淳風流好色，但一向是建立在兩相情願的基礎之上，就算有種種不周到，也不能說就罪該萬死。馬大元不願僅僅因為妻子的怨恨，而貿然揭開蕭峰的身世之謎、引起丐幫的危機，就更不能說是什麼過錯或罪孽了。

這一切真正的關鍵之處，應該是康敏的性格與心理。所有這一切，都是出於康敏過分的敏感和偏執，直白說，其實就是一種心理病態。這心理病態，可以從她講給段正淳聽的兩個相關的故事中找到答案，甚而可以繼續追溯出病因。

那兩個故事其實是一個故事，那就是她的「花衣之夢」的破滅。第一段故事是說她七歲時開始養雞、放羊，父親答應她到年底時將雞、羊賣了，為她做一身新花衣，不料到年關之前，家裡的三隻羊和十幾隻雞都被餓狼吃了。父親追趕餓狼未果，反而摔傷了身體，七歲的康敏大哭不止，不依不饒，一定要父親給她花衣。緊接著的故事是，康敏沒穿上花衣，隔壁江家姐姐卻穿了一件黃底紅花的新棉襖、一條蔥綠色黃花的褲子，這使她又癡迷又羨慕又嫉妒又憤慨，結果在除夕之夜偷偷溜進江家，將江家姐姐的新衣服剪成了永遠無法再縫合的碎片。

以上這段故事意義非凡，因為康敏當時就發現「我剪爛了新衣新褲之後，心中說不出的歡喜，比我自己有新衣服穿還要痛快。」進而這種奇異的心態眼變成她的性格基礎：「我要叫你明白我的脾氣，從小就是這樣，要是有一件物事我日思夜想，得不到手，偏偏旁人運氣好得到了，那麼我說什麼也得毀了這件物事。小時候使的是笨法子，年紀慢慢大起來，就使些巧妙點的法子啦。」[2]很明顯，對康敏而言，丐幫幫主蕭峰也好，大理王爺段正淳也好，顯然都是「別人的花衣」，既然蕭峰不看她一眼、而段正淳又不能歸她獨享，她當然就要「剪碎」之才能後快。既然當年對受傷的父親已是如此薄情，只顧著要自己的花衣，而不顧父親的傷勢，那麼後來對不願幫她得到別人花衣的丈夫如此無義，自然也就不在話下。

這個故事，不妨稱為康敏的「花衣情結」，或乾脆稱之為「康敏情結」。不僅有利於我們瞭解和理解康敏其人，這種特殊的心理情結在人類心理學、尤其是精神病理學上，想必也有一定的典型價值和普遍意義。

2見《天龍八部》第三冊，第九二四頁。

三

康敏的形象及其花衣情結，除了個體心理變態或精神病學上的普遍意義之外，還有著一種深刻的、不可忽視的文化啟示價值。康敏五倍的「可憐指數」轉化為同等的「可怕指數」，其中就有深刻的文化奧妙。

文化與命運對個人、個體女人、貧窮個體女人、受災難的貧窮女人、貧窮受災的美貌女人的壓抑，在一般的意義上說，當然是值得加五倍的同情和憐憫。因為這種壓抑和迫害，會影響到人的生存和發展，使人不能獲得幸福，甚至使人不能成為「真正的人」。這可以說是一種眾所周知的常規和常理，不必多說。

應該一說的是，此外還有另一種意義上的常理和常規，正如物理學上的作用力與反作用力，外界的壓抑必然會遇到個體本能的反抗。這種本能與環境的抗爭或許大多數都歸於無效，但這並不表明環境的壓抑當真就能夠徹底消除個體的本能，實際上只能使這種本能在壓抑的狀態下以一種非常規的形態在暗中生長。也就是說，這種本能與環境／文化／命運的衝突，有其「正果」，那就是個體生命及其心理意識的萎縮；也有其「惡果」，那就是個體生命及其性格心理的畸形膨脹。

康敏的花衣情結，就是這樣本能受到強大壓抑之後，由一朵美麗之花而畸變出的一朵驚人的「邪惡之花」。原因非常簡單，那是因為人人都有自我、自私、自利、自戀之心，在正常的環境之中，這些自我本能得到適度的滿足，個體人權得到一定程度的保障，社會就是一個理想的家園。而在不正常的環境之中，無條件地將個體的自我自私自利自戀之心全都當成洪水猛獸，結果不外兩種，一種是常見的被壓抑狀態；另一種則是突破壓抑而畸形變態，從而走向邪惡的極端。

康敏的性格和心理，正是依據作用力與反作用力相等的規則，將她的五倍的可憐指數，變成同樣倍數的可怕／可惡指數。少女渴望花衣，這是人的本能，不難理解，也值得同情。但當她的本能不能得到正常的滿足，進而發展成一種對他人的幸福的強烈嫉妒，和對自己的人生命運及其整個外在世界的強烈仇恨，同時也把她的自我自私自利自戀等等一起推向了極端，當初的自我花衣之戀就會隨之而變成一種變態的「剪碎他人花衣」的瘋狂。

經過畸形膨脹，康敏的自我早已經不再是正常的自我，所以康敏臨終之際在鏡子中看到的自我形象是：「只見一張滿是血污塵土的臉，惶急、凶狠、惡毒、怨恨、痛楚、惱怒，種種醜惡之情，盡集於眉目脣鼻之間，哪裡還是從前那個俏生生、嬌怯怯、惹人憐愛的美貌佳人？她睜大了雙目，再也合不攏來。她一生自負美貌，可是在臨死之前，卻在鏡中見到了自己這般醜陋的模樣。」[3]這是一種事實，當然更是一種象徵。康敏這個無產階級的美女，變成了這樣一個極端自私自戀的變態狂，實在是意味深長。

3見《天龍八部》第三冊，第九五三頁。

石破天石破天驚

石破天不像是一個真人，而更像是一面作者用心打磨的鏡子，為了鑑照《俠客行》江湖世界的種種罪惡，和這個世界中人們的種種愚昧和醜行。

或者說，這一人物形象簡直就像是一個佛家思想的精神符號：一無名，石破天這個名字還是借用的，而他的原名乃是莫名其妙「狗雜種」；二無相，在這本書中，他幾乎從頭到尾都被認為是另外一個化名石破天的人，而他自己是誰連他自己都說不清；還有就是三無欲、四無求、五無知、六無我，除了想找到自己的媽媽，此人似乎沒有任何其他常人的欲望，一切都是順其自然，如行雲流水。

一

石破天的真正身分，可能就是那個化名石破天而當上長樂幫幫主的石中玉的同胞弟弟、玄素莊莊主石清和閔柔夫婦的二兒子石中堅。很可能是當年苦戀石清而不得的梅芳姑，為了報復石清的「無情」，而將他和閔柔生的這個兒子搶去，然後又送還一具嬰兒的屍體，讓石清夫婦一輩子為此傷心不絕；而與此同時，她卻將石清和閔柔的兒子養了起來，所以才給他取名為「狗雜種」，不教他練武識字，更見不得他開口求人，還經常無緣無故地對他發火施威。結果將這個小小男孩，製造成了一種人間的另類，簡直就像是一個奇蹟。

玄素莊之為玄素莊，不僅是因為莊主夫婦一穿黑袍（玄）、一穿白衣（素），更因為他們的莊園門外掛著一塊寫著「黑白分明」大匾，表明莊主夫婦的道德觀念和智慧水準。具有諷刺意味的是，這塊「黑白分明」的大匾和整個的莊園後來都被雪山派的人燒了，原因是他們的兒子石中玉在雪山派犯下了大罪。更具諷刺意味的是，這對號稱黑白分明的夫婦，實際上連自己的兒子也分不清，一直將老實巴交的「狗雜種」，當成了聰明伶俐的石中玉。進而，最具諷刺意味的則是，一直在父母身邊、飽受父母溺愛的石中玉最終成了一個聰明狡猾、頑劣不堪教養的少年犯；而從小被人搶走、從未得到過正常母愛的石破天卻反倒一直是一位獨具靈性、赤子衷腸的大英雄。

石破天的形象於是就有了一種石破天驚的效果，那就是與人們通常的文明價值和教育觀念相反，一直在父母呵護之下成長且受到良好教育的石中玉始終是玉不成器；而一直沒有得到母愛也沒有受到任何教育的石破天反倒光彩照人。之所以如此，在石中玉，顯然是過度的溺愛，終於適得其反，將一塊良玉變成了頑石；而在石破天，則是有意無意的打磨，反倒陰差陽錯，將一塊璞玉雕刻得剔透玲瓏。進而，在這對兄弟之間，實際上還可以進行更深層次的比較，那就是石中玉作為「文明人」的代表，而石破天則是作為一種「自然人」的象徵。

他們不同的道德智慧品質和不同的人生道路，表現出了作者對社會文明及其「文明人」的疑惑與失望，相反則對自然及其「自然人」莫大的期望與祝福。

這種文明與自然、文明人與自然人的比較及其價值傾向，實際上不僅局限在這對兄弟之間，而是擴展到整個的社會層面。在這一意義上，小說《俠客行》可以說是一個自然人的《文明世界遊記》，以小乞丐的形象、「狗雜種」的名字出現的主人公，對這個文明世界幾乎一無所知，所以鬧出了一個又一個笑話，但每一個笑話到最後卻不僅令人啼笑皆非，同時還發人深省。到底是這個無知無識的小傢伙出了毛病，還是這個世界及其生活在這個世界中的人們出了毛病，我們一直走著瞧，應該是越瞧越清楚。

我說過，石破天像是一面鏡子，他的所見所聞，也就是這面鏡子中所照出來文明世界的真相。我們無法在這裡將這部書中的每一段情節、每一個細節都複述出來，其實也沒有必要這樣做，只要看看不論正派邪派的江湖人士，是如何不惜相互打鬥、相互欺騙、相互背叛和相互屠殺，爭搶謝煙客的玄鐵令；只要看一看武林中人士又如何恐懼、逃避俠客島的請客使者，而俠客島使者揭露了多少人間罪惡，又「製造」了多少新的罪惡，就能明白這世界是一個怎樣的世界。長樂幫軍師貝海石製造「真假石破天」的鬧劇——真石破天其實也是假幫主，假石破天當然就更是替罪羊的替罪羊了，當然是其中最典型的例子。進而，不要說藏汙納垢的長樂幫，就是自詡清高的雪山派，甚至高掛「黑白分明」的大牌匾的玄素莊主石清夫婦，到底是為人還是為己，最終全都是黑白難分。

只有「狗雜種」石破天這個無知的小子，對此世界充滿了新奇和焦慮，但也始終充滿了真正無私的同情與憐憫。也許是無知者無畏，也許是天性使然，只有他不計前嫌，不僅主動代替真正的長樂幫幫主接過俠客島的邀客請柬，從而使該幫免去了一場浩劫；進而還再一次主動冒充石中玉，代他到雪山派去請罪受過，最終還為石中玉開口求人，要謝煙客對石中玉好好教養。

二

石破天形象及其故事的第二個石破天驚的特點，是在智慧與哲學層面，揭示了人類知識的真相：就是有「知」者不一定有「識」，有「識」者又不一定有「知」。具體說，就是無知的石破天，最終被證明為一個真正的有識之士；而有知、且知識豐富的文明世界之中，卻充滿了「無識」之徒。

文明人的有知無識，最突出的例子之一，就是人們始終分不清真假石破天。好笑的是，這裡所說的「人們」還不是指與最早化名石破天的石中玉毫不相干的一般人，而恰恰是與他關係最為密切的人，其中包括他的仇人雪山派弟子；他的生身父母石清夫婦；和他的情人丁璫。只因為主人公的形象與石中玉的形象大致相似，再加上這些人在主人公身上找到了與石中玉身上相似的疤痕，他們就毫不猶豫地認定自己所見到的石破天就是他們所要找的石中玉。這不僅表明人們見識的欠缺，同時實際上還表明他們對石中玉身上疤痕的「知識」，恰恰成了他們見識真假的最大障礙。他們只認定眼睛所見的疤痕，卻完全忽略了石中玉、石破天兩個人性格氣質和人品本性的根本區別。

例子之二，是幾乎所有的武林中人都不知道俠客島及其使者的是非善惡，不明白前往俠客島赴宴的真假吉凶，只是根據每一次凡是不接俠客島邀客銅牌的幫派都被兩位使者殺害，和數十年來凡前往俠客島的武林高手都是有去無回這兩項簡單的事實，就將俠客島十年一度的請客之舉，判定為血雨腥風的「武林浩劫」。數十年來，整個武林一直都在提心吊膽、談虎色變、張惶失措，但卻似乎從沒有人去做過認真的研究或調查，沒有人去研究那些被俠客島使者殺害之人，是否有罪該死；也沒有人去研究那可怕的俠客島是在何方。這就是文明人知識的局限，其中不僅有知識視野的局限和求知方法的局限，還包括求知決心和信心的局限。

例子之三，就是所有的武林高手彙聚在俠客島上，數十年來竟無一人能夠揭開《俠客行》武功之謎，所有的人都按照詩意、畫意、句義、字義去求索答案，結果卻始終是歧義紛紜、莫衷一是，且始終與真相或真義毫不相干。文明世界的文字繪畫將他們引向了歧途，固有的知識成了追求真理的局限，已有的求知方法反而正是見識真理的最大障礙，文明人的有知無識，此例最為典型。

與之相反，主人公石破天雖然是一個典型的無知小子，一路行來，不知道鬧出了多少笑話，但他絕非無知也無識，相反卻是見識超凡。最終只有他破解了《俠客行》武功的奧妙，就是他不知文字（無知）、直達真相（有識）的最好證明。

此外，書中還有其他一些例子，也許更加耐人尋味。例如他將謝煙客看成是一個好人，表面上這是典型的無識，不僅江湖中人要笑掉大牙，就連謝煙客本人也哭笑不得。但最終事實表明，謝煙客並非徹頭徹尾的壞蛋，且與石破天相處，久而久之也真的近朱者赤，表現出了他較好的一面。再如他與俠客島使者結拜兄弟，任何一個武林人士都會覺得此事危險而又荒唐，就連張三李四本人開始時也顯然沒有真心，但到最後，此種奇妙的結拜，也一樣弄假成真。再如他認梅芳姑為母親，看起來雖然最終被證明為錯，但梅芳姑對他雖無生育之名，卻有養育之實，稱之為母，並非不對。更有意思的是，石清夫婦錯認了兒子，把他當成了石中玉；但石破天卻並沒有錯認父母，依據的是父母真愛和親子天性，比之父母所憑的疤痕證據要確切得多。

石破天之無知有識，其根本原因及其意義，就在於他作為一個純粹的自然人，沒有受到文明社會的知識觀念的「精神污染」，從而使他始終保持著人類最寶貴的自然靈性與純淨天真。在於文明人相互交往的過程中，與其說石破天所表現出來的是一種超常的靈性與智慧，不如說是一種超常的赤誠與天真。這使我想到了愛因斯坦的一段話，大意是，第一流的人物，在德行方面的影響和價值，大於，至少不下於他們在具體科學領域中所做出的才智方面的貢獻。石破天的未被污染和教化的靈性智慧無疑是寶貴的，但更加寶貴的其實還是他那未被世俗狡猾所扭曲和污染的誠摯與天真。

三

需要說明的是，石破天形象雖然像鏡子一樣清晰地照出了文明世界的種種缺陷，並且自身作為一個純粹的自然人而成了所有文明人的一種另類的參照，但他卻不是一個徹頭徹尾的否定文明或「反文明」的典型。正如他雖然無名無相、無求無我，但作者卻不是想要把他寫成一個佛的化身，而是要把他寫成一個傳奇中的「真人」。證據是，他畢竟有情，而且最後也開口求了人，進而還想要找到自己真正的父親母親、想要確認「我是誰」。

白自在自大成狂

要說有病，小說《俠客行》中雪山派的掌門人威德先生白自在是真的有精神病：他不僅認為自己是當世武功第一人，而且還要本門弟子見到他的面就要高誦「雪山派掌門人威德先生白自在，是古往今來劍法第一、拳腳第一、內功第一、暗器第一的大英雄、大豪傑、大俠士、大宗師！」誰要是不念，就將誰殺死；誰念得不好，也同樣立殺無赦；誰的眼神不對，最輕的也會被他打得斷手斷足！面對這樣一個老瘋子，門下弟子迫於無奈，大家只好共同商議，在他的飲食中投下迷藥，然後用鐵鍊將他鎖起來，囚禁在一個石室之中。

白自在突發神經，當然並非無緣無故。最直接的原因，是他門下徒孫石中玉強姦他的孫女白阿繡，導致阿繡跳崖、其母發瘋，白自在情急之下打了老妻史小翠一個耳光，使得史小翠離家出走。偏偏在此期間，一生對史小翠死纏不休的丁不四和他的哥哥丁不三來到雪山派凌霄城中，對白自在宣稱史小翠已經隨他們到了碧螺山紫煙島上；白自在雖然將丁不四打得吐血、而後逐出城外，但他自己卻也從此心神不寧，不久便惡化

突變，從而動輒生氣，且胡亂殺人，終於瘋狂

一

白自在發瘋的原因，值得深究。上面說的只是他受刺激而發瘋的具體原因，為什麼他受到這些刺激就會發瘋？那就說來話長了。大致上說，白自在的發瘋，有三種重要的病因：一是自我膨脹，二是情感缺失，三是心理恐懼。

先說自我膨脹，這是白自在發瘋的最主要的原因，所謂自大成狂，主要就是指這一點。白自在之所以自我膨脹，以至於自大成狂，當然有一定的原因。其中最主要的原因之一，據書中交代說，是因為他曾偶然服下某種神奇的果實，使得內力大增，遠遠超過自己的同門師兄弟，從而，同一種雪山派的武功，在他的手中會顯示出與眾不同的非凡效力，他的武功當然也就超過了所有同門，繼而因為武功突出，很快就成了雪山派年輕的掌門人。

這是武俠小說最一般的寫法，所謂神奇之果，當然只能出現在傳奇書中。其實，我們不妨對此做正常的化約和理解，不妨說這白自在具有某種練武的天賦，使得白自在的武功總是能夠超水準地發揮。對此，白自在本人當然也只是知其然、而不知其所以然。這種天賦與幸運不僅使他的武功練得比別人好，而且也正是他非常自信、乃至常常自信過頭的最主要的根源。再一個原因是，白自在從出道江湖，平生罕逢對手，自然會使白自在更加得意自信，以為天下武功高手都不過爾爾，很自然的就會把自己想像成天下無敵。久而久之，自然就會慢

慢地自我膨脹。當然，從自高自大到成狂發瘋，還需一個慢慢積累、從量變到質變的過程。

再說情感缺失。說起來，白自在的情感缺失，恰恰又與他剛愎自用、自高自大的個性有關。年輕之時，白自在和丁不四都看上了江湖上有名的美人史小翠，最終是白自在得勝，如願娶了史小翠為妻。不過，這並不是史小翠對白自在格外鍾情，而是她的父母出於勢利之心，將女兒許配給雪山派年輕有為的掌門人。

實際上，這一許婚曾一度讓史小翠心裡不快。如果白自在在婚後能對史小翠多加關懷呵護、平等尊重，這一小小的不快必然會被溫情融化。問題是，白自在春風得意之際，想到的只是自己已有的武功成就和未來的似錦前程，甚至將贏得美人也當成了自己驕傲自大的資本，根本就不把妻子史小翠放在眼中。得意之情，常常會溢於言表，不時要指點妻子武功，有時不免會傷害妻子那不甘軟弱的自尊心——史小翠乃是一個非常自尊、非常敏感且個性極強的女子，非但對丈夫的自高自大不以為然，而且經常故意在白自在面前提及丁不四的種種優點，使得白自在極不自在。

婚後數十年，白自在從未真正贏得過妻子的芳心，造成了白自在情感和心理上嚴重的缺失。儘管驕傲自大的白自在絕對不會承認這一點缺失會對他有何影響，但來自最親近之人的有意貶損，對他的自信心和自尊心無疑是一種非常難受的刺痛。這種情感缺失無疑會形成他內心的一處隱秘的傷痛，時間長了，就會形成一種精神病灶。史小翠在結婚之後不再離開雪山派凌霄城一步，倒也罷了，偏偏因石中玉強姦事件，引發了老夫妻間的矛盾，一個耳光使得老妻離家出走，白自在心中的缺失變得公開，病灶也就開始發作。

再說心理恐懼。或許有人會問，像白自在這樣自我膨脹之人會不會有心理恐懼？回答是肯定的。實際上，這種人不但會有嚴重的心理恐懼，而且他們的心理恐懼通常會比普通人更多、更深、也更可怕。原因非常簡單，膨脹之後的氣球比沒有吹起的氣球更加脆弱；膨脹得越大，也就越是脆弱得不堪一擊。白自在眼前最現實也最大的恐懼，就是他的妻子史小翠會上紫煙島碧螺山去與丁不四重修舊好，這不僅意味著他的情感缺失的公開化，更意味著他將要丟盡面子、貽笑大方。試想，白自在這樣功高自滿之人，怎能受得了這樣失盡臉面的嚴重打擊？

進而，他雖然將丁不四打得吐血而去，顯示出他技高一籌，這一籌是多少，白自在心知肚明。丁不三在一旁始終沒有動手，但人人都知道丁不三的武功高於乃弟丁不四，如果丁不三動手，白自在會不會依然技高一籌？而如果丁氏兄弟兩個人一起動手又將如何？想到這一點，不能不使白自在冷汗淋漓。

最後，雖然書中並未明說，但照當時的情境，江湖中人幾乎無一例外地被俠客島的「十年一劫」攪得惶恐不安，作為雪山派的掌門人，白自在雖吹噓自己能「打遍天下無敵手」，但想到俠客島信使殺人無赦的赫赫聲威、赴宴者有去無回的神秘懸案，內心的恐懼可想而知。實際上，自從石中玉強姦事件發生之後，雪山派在江湖上處處碰壁，不僅已經沉重打擊雪山派弟子的自信心，改變他們自我認識和自我評價，也必然會打擊、甚至戳穿雪山派掌門人白自在自我吹噓和日益膨脹的大氣球！特別是，他的這種恐懼不僅沒有任何宣洩的管道，甚至連他本人也不敢面對的時候，必將惡化。

惡化的原因是，一方面，只要白自在還沒有發瘋，他就只能欺騙別人，卻不能欺騙自己，真實或真相如何，他就不能徹底回避；而另一方面，在雪山派凌霄城上空飄動數十年之久的大氣球如何能夠被戳破？大名鼎鼎的「威德先生」又如何能夠面對、進而接受失威喪德、無威無德的可怕現實？於是，這心中巨大的恐懼會變成一種非理性的力量，摧毀白自在最後一點理性堤防。或者不如說，一貫自大成癖的白自在，會不由自主地拒絕／丟棄自己的最後一絲清醒神志，而躲進徹頭徹尾的妄想、謊言城堡之中。於是，一個「雪山派掌門人威德先生白自在，是古往今來劍法第一、拳腳第一、內功第一、暗器第一的大英雄、大豪傑、大俠士、大宗師」的神話、謊話、瘋話，就此誕生。而在此瘋狂神話誕生的過程之中，白自在本人也就變成了一個真正的瘋子。不僅他自己徹底拒絕現實和理性，而且還強迫所有門下弟子一同進入他製造的謊話烏托邦，否則嚴懲不貸。對此，用不著高明的醫生，任何一個普通人都能分辨出：這老傢伙已經瘋了。

二

有趣的是，這部小說不僅敘述了白自在發瘋的病歷，而且還展現了這個自大狂被治癒的過程，從而形成了一個完整、也堪稱完美的病歷。具體的治療方法，當然是心病要用心藥醫，即所謂對症下藥、以毒攻毒，其實非常的簡單，那就是徑直將他吹出的氣球一一戳破。

療救白自在的第一步，是史小翠和白阿繡的無恙歸來，且由孫女白阿繡提供史小翠寧死也不願隨丁不四上碧螺山的證據。這就首先解除了白自在有關失去親人、丟掉面子的心理恐懼和憂患——這是他發病的直接誘因。這就在一定的程度上彌補或掩飾了白自在情感的缺失，至少，老妻對他具有明顯的同情之心。這種安慰，可以治標，促使白自在部分恢復神志，可以與人做正常的對話交流。

第二步，是治標之後再治裡。史小翠對他的瘋狂自大實在忍無可忍，針對他那自我膨脹的病因，首先是向他通報小青年石破天用史小翠手創的金烏派武功打敗雪山派武功的高手，且由他的兒子、也是雪山派下一代武功第一高手白萬劍提供證明，這無疑使白自在受到極大的震動。緊接著，是讓內功奇高的石破天與白自在直接比試內力，石破天其實是打不還手。最後事實證明，這一冒險之招非常有效。白自在被石破天的驚人內力震得閉過氣去，醒來之後，神志便隨之恢復了三分。這就足以讓他想到自己的過失和責任，從而最後接過俠客島的請客銅牌，自願為保護雪山派弟子不受屠殺而自我獻身。

第三步，是治裡之後再治根。包括白自在本人在內，誰也沒有想到，令人聞之色變的俠客島之旅，居然成了他根治疾病的良好機遇。說起來其實簡單，面對俠客島上的龍、木二位島主和他們身懷絕技的弟子，面對石破天等當今江湖中各有千秋的俠士英雄，白自在自我膨脹的氣球被一一戳破，不由得他不將自己一手製作的「古往今來劍法第一、拳腳第一、內功第一、暗器第一的大英雄、大豪傑、大俠士、大宗師」的大帽子——實際上正是其精神上的大腫瘤——在心裡一一摘去。看白自在一一戳破氣球，一一摘去帽子，一一清除病根的過程，實在是一個幽默可樂的過程。待帽子摘去、病根消除之後，我們會發現，白自在這老兒其實還是有其可愛可敬的一面。

三

看白自在恢復正常，當然可喜可樂。但若對此稍作聯想，就會憂思重重。金庸小說《俠客行》不僅僅是一段武俠傳奇故事，同時也是一種人生世界的寓言。白自在這樣的病例，在我們的歷史上和日常生活中就所在多多。夜郎古國雖然早已完結，但誰也不能擔保，「夜郎自大」的遺傳基因也已隨之消亡。

在前文中，我只是分析了白自在自大成狂的主要原因，還有幾種非主要、但絕非不重要的原因需要在此作進一步的診斷和分析。

我想說的，是白自在自大成狂的環境因素。

首先是自然／地理環境。雪山派偏處一隅，凌霄城卻高高在上，這種自然地理環境對人的心理會產生一種非常微妙的影響。簡單地說，就是，地方偏僻，顯然會極大地限制人們的視野；高高在上，卻又容易讓人誤以為自己所在的地方乃是世界的中心。視野狹小，而又自以為居於世界的中心，當然就會自以為是，甚而自大成狂。夜郎自大的故事就產生在這樣的環境中，而在《俠客行》中的雪山派，實際上不僅白自在一個人自高自大，而雪山派的每一個弟子在下山之前，一個個都曾不可一世，根本就不知道天有多高、地有多厚。

視野的局限和心態的高傲，顯然是相互作用，以至於精神心理病毒蔓延。而視野的局限，說到底是一種知識的局限。雪山派的弟子，顯然不知道蜀中無大將、廖化作先鋒的歷史；更不知道山中無老虎、猴子稱大王的典故。就是白自在本人，又何嘗不是這樣？首先是他不知道自己的超人功力從何而來，完全忘卻、甚至有意忽視自己是站在前人的肩膀上，還以為自己的武功是天生神賜；其次是因為雪山派閉關鎖國，不知世界之大、能人至多，幻想自己當真能夠打遍天下無敵手。實際上，白自在同時代的高手都被俠客島主邀請去鑽研《俠客行》武功圖譜去了，白自在沒有被列入頭幾批邀請名單之中，就說明他的武功還沒有達到真正的超一流境界。而他本人卻以為自己是「古往今來第一人」，真是可笑復可悲。

其次，白自在之所以自大成狂，與他所處的人文環境也有密切的關係。雪山派閉關鎖國、與外界甚少交往，而白自在執掌雪山一派，位高權重，如同山中大王，說話就是最高指示，不容置疑，更不容分說，這正是產生個人崇拜、甚至個人迷信的溫床。而個人崇拜和個人迷信，則又正是白自在自大成狂不可或缺的環境因素。雖有幾個同門師弟，與白自在輩分相當，但那幾個人武功既低，地位也卑，根本不能與掌門師兄分庭抗禮。

雪山派更沒有一種民主機制，因而也就沒有一絲一毫的民主空氣。在這個封閉的世界之中，所有人都對白自在唯命是從，甚而頂禮膜拜，無形之中，早已將白自在推到了至高無上的境地。這種自然環境和人文環境，正是夜郎自大的沃土。也就是說，白自在自我膨脹的大氣球，雪山派人人都曾用力吹過。開始是自願，後來是被迫；有人是自覺，有人是無奈。結果是使白自在由一個門派中武功高手，變成當世無敵；又從當世無敵，變成古往今來第一人。白自在的氣球越吹越大，直至他從偉大的導師領袖，變成瘋狂的殺人凶手，搞得大家人人自危，這才開始醒悟。

問題是，這種鮮血淋漓的歷史教訓，事後到底還有多少人能夠痛定思痛？這種集體催眠的瘋狂文化經典，又有多少人保持清晰的記憶？

史小翠不讓鬚眉

金庸的小說中，有許多巾幗不讓鬚眉的典型，小說《俠客行》中的史小翠就算得上其中翹楚。遺憾的是，自古紅顏多薄命，若是紅顏再加心高氣傲，那就更是苦不堪言。如果不經過特別注釋，恐怕很多人連史小翠是誰也不知道。不要說旁觀的讀者，就連她的弟子家人，也多半不知道雪山派掌門人白自在的夫人，當年在江湖中曾是鼎鼎有名的風雲人物。曾幾何時，史小翠芳名遠播，不知有多少青年才俊為之輾轉反側、吃醋爭風。只因最終嫁給了白自在，生下了兒子白萬劍，數十年不出凌霄城，從此息影江湖，這才逐漸淹沒無聞。

若非因石中玉為非作歹，搞得她孫女跳崖、兒媳發瘋，而一貫剛愎自用的白自在又毫無道理地責怪於她，甚而居然煽她耳光，實在忍無可忍，一氣之下離家出走、重現江湖，誰會知道她的故事，誰又會知道或在意世間有無史小翠其人？

一

史小翠人生故事的乍看上去似乎平常，甚至可以說有些老套，那就是當她的花樣年華、追求者眾、且在白自在與丁不四兩人之中舉棋不定之際，她的父母代她做出了選擇，讓她嫁給了武功高強、地位顯赫、前程遠大的雪山派掌門人白自在。但白自在的性格簡單粗暴、自以為是、傲慢自大，壓根兒就缺少憐香惜玉之心，更無尊重人格、夫妻平等之意。他不僅是一個非常典型的大男子主義者，同時還是一個非常典型的個人中心主義者，最後終於自大成狂。這樣，在史小翠和白自在的夫妻關係中，就很難談得上錦瑟和諧、鴛鴦幸福。這很容易讓人聯想到包辦婚姻的罪惡，看起來，正是傳統婚俗中的父母之命，將史小翠送入不幸的深淵，使得她終生沒有幸福可言。

實際上，史小翠的愛情和人生故事，遠比我們想像的要複雜得多。其中不僅包含著傳統文化習俗的悲劇，同時也包含著現代人生與情感的矛盾衝突主題，我們應該看到，史小翠畢竟是生活在一個武俠傳奇世界之中，而且她也不是傳統意義上的弱女子，無論是在哪個方面、在何種意義上她都不讓鬚眉。

「不讓」的例子之一，是在結婚之初，就與白自在處處針鋒相對。白自在發脾氣，她也發脾氣；白自在要吵架，她也就不客氣。總之是不能認同白自在的絕對權威，更不會對白自在的自高自大心悅誠服。雖然在總體上她處於弱勢地位，但她卻非但不願甘心臣服，而且憑著自己的本能找到了一個可以抵禦和傷害對方的殺手鐧，那就是故意誇張她和丁不四之間的感情。這使得白自在非常的不自在，但卻又找不到發洩的由頭，只好長期淤積於心，成為一種看不見的心靈創傷。我們在白自在的故事中看到，這種明顯的情感缺失，最終也成了白自在發瘋發狂的一個非常重要的原因。

需要說明的是，丁不四是史小翠當年另一個重要的追求者，無論是武功、人品、地位都比不上白自在。因此，不難設想，假如讓史小翠本人在這兩個人之間自由自主地做出選擇，史小翠大有可能還是會選擇白自在，而不選丁不四。但恰恰是因為史小翠的父母幫她做出了這個選擇，而白自在對她又不夠尊重，難免使得史小翠更加後悔當初：假如嫁給了丁不四會有多好?!

一開始，史小翠這樣想，是出於一種逆反心理，因為她在婚姻選擇上最終是身不由己，而父母包辦的婚姻又沒有給她帶來期望中的幸福美滿。進而，就像小說中所描寫的那樣，這種逆反心理逐漸發展成為一種隔岸觀景的心理定勢：即「隔河景色，看來總比眼前的為美」[1]。越是得不到的東西，就會在想像中越覺得其珍貴；想像中的丁不四，總是比現實中得白自在要好得多。到最後，別說是想像與現實難分，就是分得清，明明知道自己對丁不四的感情並不比對白自在的感情更深，但只要能夠傷害自己的「冤家」白自在，她也管不了許多。只顧將丁不四的話題，作為對白自在的自大和自尊的殺傷性武器來頻頻使用。結果實際上是她與白

1見《俠客行》下冊，第五五〇頁。

自在兩敗俱傷，正如古話所說，殺人一千，自傷八百。

「不讓」的例子之二，是史小翠的武功比不上白自在，但又受不了對方的自我吹噓，更不甘心自己能耐不夠，乾脆從此不提武功，暗中卻在苦心經營，尋找克制白自在武功的方法。因此，當她在離開雪山派之後，居然開創了金烏派武功，並自立門戶，收石破天為徒，且將自己的這個大徒弟取名為史億刀。無需諱言，她的這一舉動，是衝著她的丈夫白自在來的，是想證明給白自在看，你白自在能辦到的事情，我史小翠也一定能夠辦到，而且還會比你辦得更好！

她的這個金烏派，無疑是衝著雪山派來的——金烏就是太陽，太陽一出來，雪山也會融化！「史億刀」這個名字，是衝著雪山派武功最強的弟子——實際上也正是她和白自在的兒子——「白萬劍」而來：你是萬劍，我就億刀，總之是要強你一萬倍！最關鍵的一點，是她這個金烏派的武功招式，也完全是衝著雪山派的武功招式來的：雪山派武功招式的第一招是「蒼松迎客」，金烏派武功的第一招變來一個針鋒相對的「開門揖盜」；你第二招「梅雪爭春」，我就來一個「梅雪逢夏」；你「明駝西來」，我就「千鈞壓駝」；你「風沙莽莽」，我就「大海沉沙」；你「月色昏黃」，我就「赤日炎炎」；你「暗香疏影」，我就來一個「鮑魚之肆」[2]……總之是每一招都要壓制雪山派的武功，要搞得對方無可逃避，且臭不可聞。還別說，後來她的徒弟史億刀（石破天）還真的用這套金烏刀法打得白萬劍大敗虧輸，全無還手

2見《俠客行》上冊，第二七九頁。

之力，壓抑多年的史小翠終於由此揚眉吐氣。

以上事實表明，史小翠的武功及其創造性天賦確實是不讓鬚眉。俠客島邀客使者沒有將史小翠當作有特殊創造性的專門人才請去喝臘八粥，只能說那張三、李四二位仁兄辦事死板，或者壓根兒就是有眼不識金鑲玉。進而，這套武功不僅說明史小翠能力上不讓鬚眉，更說明她在個性上不讓鬚眉——何止是不讓，簡直是偏要更勝一籌方能解氣。在這個意義上，所謂金烏刀法，與其說是一套武功招式，不如說是其創造者的一種非常特殊的情感心理或個性精神。這樣，上述兩派武功招式，從蒼松迎客／開門揖盜，到後來克制對方的招招式式，就不僅僅是想像的武功招式或文字遊戲，而是男女婚姻關係之中一連串心理矛盾和性格衝突的生動描繪。梅雪逢夏、千鈞壓駝、大海沉沙、赤日炎炎云云，實際上就是女主人公性格與心理的寫照；而所謂鮑魚之肆克制暗香疏影，既是描述一種情感狀態，更是描述一種腥燥惡劣的心情。

如此，要對白自在、史小翠的情感和婚姻做出評價，就需格外的小心謹慎。首先當然要承認，白自在的自高自大心理和傲慢自得的性格，嚴重壓抑了史小翠的人格自尊及其聰明才智，這才使得史小翠一心想要自創武功、自立門戶、證明自己、打敗對方。另一方面，我們也要看到，正是因為史小翠對白自在自始至終都採取針鋒相對的方式，始終存有一份「報仇雪恥」之心，總是要與這個「冤家」一爭短長。總之，白自在固然是一個不折不扣的大男子主義者，而不讓鬚眉的史小翠大約也稱得上是一位意識朦朧但立場堅定的女權主義者。於是，這對夫婦的故事，就明顯帶有「性別之戰」的象徵意味。

二

如是，史小翠的愛情和人生故事，遠遠超出了批判包辦婚姻的主題。史小翠的愛情悲劇，並非來自父母的包辦及其外在的命運，而是來自夫婦間的性格矛盾、心理衝突及其性別之戰。如前所說，就是讓史小翠自主選擇，她也還是有可能選擇白自在，而不選擇丁不四。書中對此提供了極好的證明，那就是，當史小翠一怒之下離開雪山派，在江湖中與丁不四意外重逢，丁不四對她依舊情深款款且殷勤相邀，史小翠卻是斷然拒絕。以至於丁不四最後惱羞成怒，死纏濫打，逼得史小翠和阿繡走火入魔，但依舊是寧死不屈。當年出於逆反心理、隔岸觀景、口不擇言等多種原因而創造出來的「與丁不四相愛」的神話，早已不攻自破，而且煙消雲散了。這也就是說，史小翠內心深處所至愛的，絕不是這個死纏不休的丁不四，實際上還是那個自高自大的白自在。

白自在深愛史小翠的證明，是他因對方的離去以及「背叛」的消息而發瘋。史小翠深愛白自在的證明，一是她拒絕了丁不四，二則是她自創的那套金烏刀法，不僅可以用來克制雪山派劍法，實際上還有更深的一層構想，那就是讓金烏刀法、雪山劍法互補互助、並肩作戰。證據是，她曾對石破天說過，如果她使金烏刀法，她的孫女阿繡使「玉兔劍法」，如是「日月轉輪，別說丁不四區區一個旁門左道的老妖怪，便是為禍武林的什麼『賞善罰惡』使者，只怕也要望風遠遁。」[3]所謂「玉兔劍法」，當然是對雪山劍法的別稱。因為她當時不想暴露出自己和阿繡來自雪山派的身分秘密；再說阿繡除了雪山劍法之外，哪裡還會什麼別的劍法？這一構想，與小說《神鵰俠侶》中林朝英創造的既可以克制全真劍法、更可以與全真劍法並肩作戰的玉女劍法，簡直如出一轍。而後來石破天曾用這套刀法與白萬劍的雪山派劍法聯手大戰丁不三、丁不四，正是嚴絲合縫，威力無窮，讓丁氏兄弟狼狽逃竄，證明史小翠所思、所構、所言，均是真而不謬。只不過，不細心的讀者往往會忽略史小翠的這一層隱秘的心意。當然，我們也不應該忽略，她把自己創造的刀法稱為「金烏」（**太陽**）、而把雪山派劍法稱為「玉兔」（**月亮**），卻又包含著她想勝過白自在的意思。這意思，又與《神鵰俠侶》中李莫愁將自己比作紅花、將意中人陸展元比作綠葉的意思相同了。

史小翠深愛白自在的最有力的證明，當然還是她和阿繡最終回到了雪山派凌霄城，回到了白自在身邊，並最終以自己的真情幫助白自在恢復了理智。書中寫到的史小翠拯救白自在那一段，雖然她對自己的丈夫表面上還是不改舊態、罵罵咧咧，口口聲聲稱他為「老混蛋」，但其所作所為、所言所語的字裡行間，無不充溢款款深情。此時，史小翠心中所想是：「咱二人做了一世夫妻，臨到老來，豈可再行分手？她要在石牢中自懲己過，我便在牢中陪他到死便了，免得他到死也雙眼不閉。」[4]而當白自在前往俠客島赴臘八之宴，史小翠

3見《俠客行》上冊，第二七八頁。
4見《俠客行》下冊，第五五一頁。

與丈夫約定，如果他遇險遇難而逾期不歸，她就會為他跳海殉情！——畢竟，她曾與他相伴到了白頭，他們曾一同生兒育女，而她亦在雪山派凌霄城中度過了大半生的時光，數十年不出凌霄城半步。不難設想，假如史小翠當真對白自在毫無愛意而只有仇恨，以她的能力和個性，怎麼可能將這一婚姻從當年一直維持到如今？她又怎麼可能不下雪山、重返江湖，去尋找自己的意中人——假如當真有個意中人的話？

當然，對此有人或許會說，史小翠一開始是身不由己，在一個暴君身邊度過了數十年苦痛不堪的歲月，而當她下定決心離家出走、重獲自由之際，卻已是白髮蕭然，江湖中人事全非。正因為再也沒有別的去處，這才不得已重返雪山，憑弔自己的青春之墓。不過，這也可以理解成，只有離開，才能發現自己對白自在深切的情意；只有重見丁不四，才會發現自己往日隔岸觀景的遐想是多麼荒唐；只有經歷一番孤獨的反省，從練「無妄神咒」而至走火入魔之中解脫，才會懂得自己人生及其男女之愛的真諦。

是耶非耶？實難定論。唯一可見的是史小翠的紅顏早成了白髮，這位奇異的女性，就這樣度過了自己戰鬥的一生。

無主遊魂丁不四

要說丁不四，就不能不說他的哥哥丁不三。這對兄弟雖然哥哥不像哥哥、弟弟不像弟弟，各人自以為是，相互嘲弄又相互敵視；但實際上，丁不四這個弟弟常常是不由自主地跟著哥哥丁不三的葫蘆畫瓢。最典型的例子是，哥哥丁不三為自己立了一條戒律，即殺人「一日不過三」；弟弟丁不四馬上就跟風而上，說自己是殺人「一日不過四」。明明是對哥哥的模仿，卻硬要顯得處處比哥哥更勝一籌，連每日殺人也要多一個，這就是丁不四。

作者將這對兄弟分別取名為不三、不四，分明表現了其譏諷調侃的創作態度，這當然也就包含了作者創造這兩個人物的基本方法與基本評價。從根本上講，這兩個人物只不過是江湖人世間的混混和笑料，只因他們祖傳的武功非同小可，使他們常常自命不凡，自認為是武林翹楚，結果往往令人哭笑不得。而當他們恃強凌弱、為禍武林、殺人如草，則又使人不能不義憤填膺。當然，在發笑和發怒之餘，他們的故事，也還有不少發人深思之處。

一

我之所以只寫丁不四，而不寫丁不三，首先當然是因為丁不四出場的次數比丁不三要多，他的故事顯然更為豐富，可說的地方不少。而更重要的一點，則是因為丁不四的性格比丁不三更有特點，也更值得一說。典型的例子是，丁不三發現石破天是一個內功很好的大傻瓜，說是不配當他的孫女婿，留在世上就丟了他丁不三的面子，所以一定要殺之而後快；而丁不四遇上了石破天，則是「你以為我要殺你，我就偏偏不殺」[1]！丁不四不殺石破天的原因，並非基於俠義胸懷或武林規則，而是一來故意要顯示出他與丁不三不一樣，丁不三一定要殺的人，丁不四偏偏不殺；二來是故意顯示出他丁老四的心意，天下沒人能猜得中。而沒人能夠猜中的原因，就是你以為是這樣，我就偏偏那樣，也就是根據情況隨時變化。也就是說，丁不四殺不殺人，既要看環境而定，更要看他的心情而定。

妙的是，丁不四這老兒在年輕的讀者中還頗有人緣。我的寶貝女兒就說她第一喜歡老頑童，第二喜歡丁不四。之所以如此，我猜想還是因為她覺得丁不四這老兒非常的「好玩」，而不似其他的成年人那樣總是一本正經，令她感到乏味。這倒也是，這丁不四第一次在書中露面，就讓人覺得他憨直可樂。明明武功強過史小翠，而史小翠又走火入魔，他卻並不強人

1見《俠客行》上冊，第二四九頁。

所難；反而捨己之長，用己所短，與史小翠打起了嘴皮官司。這方面，他哪裡是史小翠的對手？史小翠略施口技，丁不四就被無形的繩索牢牢縛住，空自暴跳如雷，仍是無計可施。後來與石破天比武，更是笑話百出：史小翠不僅逼得他先教後打，而且還讓石破天以子之矛陷子之盾，搞得丁不四手忙腳亂。若不是最後急中生智，雙手托天，丁不四注定要吃不了兜著走。即便如此，丁不四的種種表現，也足以讓人噴飯。原因無它，乃是丁不四自認為是蓋世英雄，不願意在史小翠面前失了半點風度。倘若換了旁人，豈肯如此老實入套？

為了要當英雄，或者說是為了要維護自己這個英雄的風度、名聲或面子，丁不四曾吃過不少的苦頭。與石破天比武搞得差一點下不了臺階是一次，後來與雪山派年輕一代第一高手、白自在的兒子白萬劍比武，以長輩自居，硬著頭皮不肯拿出自己的兵器，結果搞的自己十分被動、傷痕累累、狼狽不堪。其實他若是願意拿出得心應手的九節鞭，早就將白萬劍打發了。只因為他一好面子二好勝、三好爭鬥四好玩，這才總是成為人們的笑料。

二

丁不四一生的故事，當然絕不僅僅是好勝、好玩那麼簡單。其中最重要的難點，應該是他與史小翠、梅文馨兩個女性之間的關係。從他與史小翠的關係看，丁不四似乎是一個多情的種子，一生對史小翠念念不忘，苦思苦想，從青春到白頭，此情居然不變。而從他與梅文馨的關係看，他又像是一個無情無義的大騙子，玩弄了梅文馨，生了梅芳姑，但又卻無情無義地將她們遺棄，不僅毀了梅文馨，實際上也毀了他們的女兒梅芳姑的一生。

不過，對丁不四這個人物，與其做道德判斷，不如做心理分析。如果對他的行為、心理做出仔細的分析，我們就會發現，他對史小翠的感情並非通常意義上的一往情深；而他與梅文馨之間的關係，也不是簡單的情感欺騙。

當年丁不四與史小翠之間到底有怎樣的交情，有什麼樣的故事，如今已不可考了。我們只知道，在史小翠周圍，有不少年輕才俊追隨，而白自在和丁不四則是其中的佼佼者。在最後的決賽中，由於史小翠父母的干預，丁不四最後敗給了未必更年輕、但顯然更有為的白自在。我們不妨假定，丁不四一開始有可能真的很喜歡，甚至很愛史小翠，年輕人的愛情先入為主，難免情不自禁，甚至永世難忘。即使是這樣，也還有一種更大的可能性，那就是像史小翠一樣，總以為隔河景色更美、對岸風光迷人，沒有得到的東西總覺得是最為寶貴的。這種心理是人類的一種較為普遍的心理，自己得到的情感事物往往不被珍惜，而自己沒有或不可能得到的情感事物卻時時縈繞心頭，加上種種想像，愈覺其珍稀寶貴。正如史小翠有了白自在，但總覺得丁不四又可能會更好。而丁不四也曾與梅文馨相親相愛，但心裡卻總是惦記著沒有、也不可能再得到的史小翠。對現實的不滿，導致人們追逐夢想；而對夢想的追逐，則會導致對現實生活加倍的不滿。結果往往是，夢想不可能實現，而現實生活卻被搞得無法安神、亂七八糟。

丁不四成了這場愛情角逐中的失敗者，而這個人卻又有一種永不認輸的個性——並不是說他有一種永不言敗的堅韌精神，而是說他即使是輸了也不認輸。於是，這場早有定論的情感追逐，就被他搞得藕斷絲長、沒完沒了。實際上，有一種更大的可能是，丁不四根本就不能判斷自己對史小翠的愛究竟有多深，甚至不能判斷自己究竟是不是真的很愛史小翠。他真正難過的，其實未必是因為得不到史小翠的愛情，而大有可能是因為敗給了白自在，失了面子，心中不服。也就是說，此事其實與史小翠無關，只是丁不四與白自在之間的一場角逐。對丁不四而言，史小翠只不過是這場角逐的一種獎品。

我這樣說，是有根據的，那就是，在多年以後，史小翠因故重現江湖，丁不四又對她窮追不捨。與其說是重燃愛火，不如說是想了卻心頭舊債。他不是找史小翠談情說愛，而是千方百計地想將她哄騙到他的碧螺山，以證明他的——虛妄的——勝利。一開始還是好言相商，無奈史小翠誓不相從；丁不四只好相約比武，誰勝誰說了算。到最後，終於弄得史小翠走火入魔，比武不成，丁不四乾脆就說要用武力劫持。世間豈有這種戀愛方法？進而，史小翠被迫投江，獲救逃脫，而丁不四居然邀請乃兄丁不三一道上雪山派凌霄城，不惜強搶暗劫，也一定要讓史小翠的雙腳黏上一點碧螺山的綠泥，也算是了卻一番心願。當時史小翠還沒有回山，丁不四居然捏造謊言，說史小翠曾上了碧螺山，曾與他暢敘離情。雖然白自在將他打得吐血，但對方卻也因為它的這番謊言而神情恍惚，最終發狂發瘋。由此看來，丁不四哪裡還有一點對史小翠真正的愛情？他所要做的，只不過是要與白自在再賭輸贏，為之甚至不惜編造謊話，欺騙對手，其實更是他的有意自欺。

假如丁不四真的深愛史小翠，就不可能在史小翠安居雪山凌霄城家中的數十年間全然將她忘卻，根本不去尋找打聽；也不該亦不可能移情別戀，與梅文馨同居生女；更不會在與史小翠白髮重逢之際，死纏濫打，無止無休。這故事，與其說是一種愛情，不如說是一種爭強好勝的遊戲。即使一開始不完全是一場風花雪月的遊戲，但到後來，顯然成了一種虛榮心發作後的遊戲式大比拼。

再說他與梅文馨之間的關係，他們緣何相識、何時同居、怎樣分手，書中同樣沒有詳細的介紹。只有結尾處的幾句話涉及此事，說「丁不四苦戀史小翠，中途將梅文馨遺棄，事隔數十年，竟又重逢。」[2]如是，丁不四對梅文馨的始亂終棄，應該是沒有疑問。否則，梅文馨就不該在幾十年前就詐死埋名，不再與丁不四聯絡；更不會對丁不四念念不忘，處心積慮地創立幾套專門對付丁家武功的絕學，以期報仇雪恨。使梅文馨不能諒解的，固然是因為他們的女兒梅芳姑二十年來音訊杳然，不知其身落何處；而丁不四卻依然逍遙江湖，對她們母女置之度外；但最使她切齒痛恨的，卻還是因為丁不四對史小翠始終不能忘懷。

如前所述，丁不四對史小翠之不能忘懷，實際上只不過是隔岸觀景，始終嚮往不能到達的彼岸，從而將眼前的生活和情感閒置荒廢。反過來，從小說的最後寫到丁、梅重逢，梅文馨當著天下英雄熟練地伸手扭住丁不四的耳朵的情形來看，當年的梅文馨絕不是一隻溫柔的鳥兒，所以當年丁不四現實生活中的日子就不一定好過。這倒不是想要為丁不四的遺棄罪辯護，而是說，當他們年輕時，這幾個寶貝主人公都不懂得愛情與人生。丁不四尤其不懂，不僅不懂得愛情與婚姻，更不懂得責任與義務。這與其說是一種情感的簡單盲目或固執偏激，

2見《俠客行》下冊，第六二四頁。

不如說是一種理性的嚴重缺失。而這種理性缺失的原因，又是由於其心理自我意識的蒙昧，最根本的原因當然是人格的不獨立、不成熟。簡單地說，丁不四實際上也是一個心理上的未成年人。

三

並不是所有滿頭白髮的人都是真正的精神、心理或人格意義上的成年人，《射鵰英雄傳》中的老頑童就是一個著名的例子。而丁不四，則是又一個典型。如同本文開頭所說，丁不四只不過是他的哥哥丁不三的影子。丁不三已經不堪，他的精神上的影子丁不四就更是縹緲恍惚。丁不四的生活，不過是按照本能欲望衝動去遊戲，而遊戲的規則卻常常要讓別人去確定，或是要讓別人去裁判。當著史小翠的面與石破天比武，當著丁不三的面與雪山派弟子的比武，與其說是一場比武，不如說是想做秀給旁觀者看。明明力不勝任或是技不如人，卻偏偏要自以為是。而實際上，越是自以為是，就越證明他心理上的不成熟、人格上的不獨立。最好的證明，當然是他實際上在此過程中很快就忘卻了遊戲的目的，而專注於遊戲的過程本身，這就是他的頑童本色。丁不四之所以沒有讓人感到十分可惡，至少沒有丁不三那樣令人厭惡，原因也正在這裡。

最能體現丁不四性格的，當數小說第十四章《關東四大門派》中，丁不四與關東四大門派掌門人偶然相遇，便無故尋釁鬧事的故事。說是無故尋釁似乎也不對頭，丁不四是「有故」而發，只不過這發作的緣故實在讓人啼笑皆非。只因遼東錦州青龍門的掌門人風良的常用兵器是九節軟鞭，不幸與他丁不四的兵器相似，就使得丁不四怒氣發作，大呼「氣死我了！氣死我了！氣死我了！」[3]原因不過是，他丁不四用了九節鞭，天下武林中人就不該再用；否則倘若別人把九節鞭打敗，那就丟了他這個九節鞭主人的臉！所以，他只要見到提九節鞭的主兒，就會怒不可遏。為此，他說他曾將長沙彭氏兄弟、四川章姓武官等使用九節鞭的主兒「因故」殺害；而將安徽鳳陽的一個使用九節鞭的女子剁去雙手！而今遇上風良這麼個使九節鞭的，當然就免不了要「因故」發作。關東四大門派掌門人同行，那正好，他的外號恰恰是「一日不過四」。不用說，丁不四的邏輯莫名其妙，簡直狗屁不通。與其說這是一種明目張膽的強盜邏輯，不如說這是一種自我溺愛的頑童心理：凡是我玩過的玩具，天下其他人都不准玩！誰要是玩了同樣的玩具，他就不會與之善罷甘休。

幸好，當關東四大門派掌門人被丁不四打得危機四伏之際，在場的石破天屢屢出手相救。丁不四發現救人者的勁力打非尋常，倒也口氣漸軟、氣焰漸消，最後自知不是石破天的對手，只得急怒而去。一口惡氣無處發洩，便隨手將一名關東弟子、三名看熱鬧的閒人打死，勉強湊足「一日不過四」之數，聊以自慰或自欺。這種惹是生非而又欺軟怕硬的作風，固然是江湖惡人蠻橫霸道的故伎，卻也正是頑劣童子欺軟怕硬的本色。這世間除了這個丁不四之外，還有哪個成年人會毫無目的地自編、自導、自演這樣一場荒唐透頂的遊戲？

3見《俠客行》上冊，第四〇三頁。

或許，稱丁不四為老頑童或老頑童第二，並不合適。對他真正合適的稱呼應該是江湖上無主的遊魂。這人間俗世，這種自以為是、自高自大，但卻明顯缺乏自知之明、慣於自我逃避和自欺欺人的無主遊魂，所在多多。

梅芳姑孤芳淒絕

直到小說的最後一刻，我們才見到這個千呼萬喚始出來的梅芳姑，然而第一面也是最後一面，這個性烈如火的女子竟然自絕人寰。隨著她的自盡，小說的主人公石破天的身世之謎就再也找不到確證，「我是誰」的疑惑和追問就要永遠延續下去。而與此同時，她本人的種種匪夷所思的行為動機、她的孤僻怪繆的性格淵源和難以索解的心靈奧秘，乃至她一生孤苦無依、形影相弔的情感與人生故事，也將成為另一個巨大的謎團。我們只知道一點，那就是她那疤痕累累、醜陋不堪的面容，並不是她原來的真面目。

一

這是一個非常特殊的文學形象，雖然她正式登場最晚，但早在小說的開頭就成為許多人尋找的對象。雖然她出場最短，但在小說主人公一生的影響卻是最大也最長。雖然她最為孤獨，但其牽連卻是最廣。

看起來，這個人物並不神秘，她是主人公石破天的養母；是玄素莊主石清、閔柔夫婦的仇人；是江湖上大名鼎鼎的丁不四、梅文馨的女兒，她的身分及其人生經歷具是有案可查、有人可證。而實際上，她只是石破天的養母，但卻不能說是他的母親；她是閔柔的情敵，但卻說不上是石清的情人；只是梅文馨的女兒，但卻從未得到過丁不四的父愛和教誨。若不說她是一個典型的「半邊人」，至少也可以說，她的一切身分其實都是似是而非。當然，也正是因為身分上的這種似是而非，才使得她的行為和性格、心理上不可理喻。

當小說的小主人公說他的名字叫「狗雜種」，而這個名字居然還是他媽媽給取的，還說媽媽平時正是以狗雜種呼之，相信所有的讀者都是目瞪口呆。世界上哪有這樣的媽媽，會將自己的兒子叫做狗雜種？誰都能猜到，這個媽媽要麼是假冒偽劣，要麼是瘋癲癡狂。最終也證明了，主人公的這個媽媽身分性格，恰恰正是二者兼而有之。所以，小主人公母子的那一段相依為命的生活，簡直就是蓋世奇聞：媽媽不但不教兒子學文練武，甚至不教他任何語言常識，進而還動輒非打即罵，或是自己傷心哭泣。尤其古怪的是，只要小兒開口有求，她就必定要大發瘋癲，說什麼「狗雜種，你求我幹什麼？幹麼不求你那嬌滴滴的小賤人去？」[1]非但小主人公不知所云，相信所有的讀者對此都是一頭霧水。

看上去，梅芳姑的所作所為實在不合生活常理常規，但實際上卻是完全符合她自己的性格心理邏輯。這個小男孩，非但不是她的親生兒子，甚至也不是她的養子，而——極有可能

1見《俠客行》上冊，第六十六頁。

——是她的仇人石清、閔柔的兒子，也就是她的小仇人，是她報仇雪恨的工具，發洩怨憤的對象。

真正不合邏輯的，是她對石清的刻骨相思如何病變成對石清夫婦的刻骨仇恨？對此，書中沒有詳細說及，不過，有一點大致上可以肯定，那就是石清當年就與梅芳姑沒有多少情感糾葛。因為在小說的最後，石清曾對梅芳姑這樣說：「我明明白白再跟你說一遍，在這世上，我石清心中便只閔柔一人。我石清一生一世，從未有過第二個女人。你心中若是對我好，那也只是害了我。這話在二十二年前我曾跟你說過，今日仍是這樣幾句話。」[2]石清說這些話，是當著梅芳姑、閔柔、石破天、白自在一家、丁不四和梅文馨等很多人的面說的，應該不假。很明顯，石清早在廿二年前就曾回絕過梅芳姑，廿二年來一直沒變，廿二年後還是這個態度。這就是說，石清對梅芳姑沒有始亂終棄一類的事情，也沒有玩弄過梅芳姑的感情，從來就沒有給過他任何許諾。也就是說，愛石清、恨石清，都是梅芳姑一個人的事情，與石清沒有多大的關係。

石清不接受梅芳姑的愛，對梅芳姑當然會造成一定的傷害，會造成她情感上的挫折和自尊心的受損。但任何有理智的人都該明白，這種心理的傷痛，並不是石清故意造成的，甚至根本上就與石清無關。這只能怪自己一相情願、一往情深，選錯了對象。你愛的人，他不一定愛你；正如愛你的人，你也不見得就一定愛他，乃是這個世界上常有的悲哀之事。不成熟

2見《俠客行》下冊，第六三〇頁。

的情果滋味，即使又苦又澀，常常只能由發情者獨自咽下。沒有任何道理要求你所愛的人一定要愛你，更沒有任何道理推定你所愛的人一定會愛你。梅芳姑看來顯然是不懂得這一點，不然何以會因為石清回絕她的愛而採取如此偏激的行為，將自己的美貌毀去，將對方視為生死仇敵；進而將對方的孩子搶來，當成自己報仇洩憤的對象？

二

梅芳姑的所作所為，與其說是一種性格，不如說是一種心理病態。這種病態，與《碧血劍》中的何紅藥、《神鵰俠侶》中的李莫愁如出一轍，而梅芳姑的表現則更為偏激，也更為典型。梅芳姑等人之所以如此，共同的原因是，一開始就無知地將這個人間想像成天堂，以為在這個天堂中人人都能心滿意足，人人都能凡有所求、必有所得。爾後一旦發現這人間原來不是天堂，就根本無法接受，也拒絕接受，從而一下子滑進心造的地獄之中。這樣，就不僅自己在這地獄中煎熬，而且還把自己變成了他人的地獄。她們根本就不懂得，這人世間不是天堂，所以人人或多或少都會有有求不得的失望和痛苦。但若是因為有求不得而無理強求，乃至另走極端，那就會把自己的心靈、自己的生活和這個世界變為人間地獄。

而要確保這人間雖非天堂、亦不至於成為地獄，首先當然是要確知人間的規則。而要確知人非天使亦非魔鬼，當然只能來自成人教育。梅芳姑心理變態的最初原因是她對人生的無知，而這無知顯然是源於缺乏教養。她的真正的病根，一是缺乏父教和母愛，實際上，她的父親丁不四很早就將她們母女遺棄，梅芳姑自幼就成了無父的孤女。失父的缺陷，在她的心靈中留下了無法彌補的自傷自卑的病灶，一旦時機來臨，就會惡性發作。進而，梅芳姑在幼年時雖與母親相依為命，但她的母親梅文馨對她的教育會是什麼呢？她教女兒練武，使之成為梅花拳的高手；教她識字、女紅、烹調等一應人間本領，使之技藝超群。但她母親顯然不會教自己的女兒如何去愛一個人，更不用說教她如何去愛自己的同類。因為，在梅文馨的心中，丁不四是一個騙子和一個混蛋，說不定會認為一切男人都不是好東西——大多數受過傷害的女性都會本能地得出這樣一個結論。而女人呢，只要想到史小翠，梅文馨就不可能心平氣和，必會認為女人也同樣不是好東西。

這就是說，梅芳姑自幼受到了極好的技能訓練，但卻沒有受到相應的，甚至是最基本的社會和人文知識教育。看著梅文馨的生活現實，感受母親的心靈痛苦，接受母親的充滿怨毒的身教，梅芳姑的所得，要麼是明顯的反人性、反社會、反人類的心理積澱；要麼是對人性、社會、人類等話題領域的嚴格禁忌、根本無知和本能的壓抑和恐懼。所以，一旦讓梅芳姑步入江湖人世，獨立面對自己的人生道路，她的性格和心理自然就會產生極端的傾斜。假如當時石清接受了梅芳姑的愛，而且還報以愛情和溫馨，讓梅芳姑逐漸在溫暖的生活中調整心態、治癒創傷、消除病灶，或許會徹底改變她的人生命運。問題是，石清沒有能接受梅芳姑的這份如火如荼的癡情，使得她措手不及，茫然誤解，創深痛劇，這才百病襲來。這份癡情，實際上帶著梅芳姑對人世間全部的熱情和希望，一旦被石清拒絕，在她看來，就等於是對她的情意、美麗、智慧、能力、自尊、自信、夢想等等全部的人生價值的徹底拒絕或否定。就像一個無知的賭徒，將自己的全部家當都孤注一擲，一旦失敗，就是傾家蕩產。頃刻間，一個美麗多情的純潔少女，變成了一個心理變態的亡命之徒。

在那一關鍵時刻，假如她的父親丁不四或母親梅文馨能夠及時給予她關懷、愛護、開導和療救，梅芳姑不至於會引發巨大的心理併發症，更不至於偏至成狂、無可救藥。可是，那時候，她的父親仍然不知在何處遊蕩，而母親則又因為丁不四的寡情而詐死埋名，成為人間地獄中的幽魂。年輕的梅芳姑實際上成了父母健在的孤兒，芳姑不願孤芳自賞，於是就只有毀容，只想報復，只能將仇人的兒子搶來當做進一步報仇雪恨的人質。而她本人，也就只能帶著別人的愛情結晶，從此躲入熊耳山枯草嶺深山老林之中，與世隔絕。梅芳姑的與世隔絕，與梅文馨的詐死隱居，母女兩代的選擇和命運，簡直如出一轍。這也就讓我們明白了，梅芳姑的那些不合邏輯的變態行為，實際上是出於精神血脈的遺傳，和缺乏預防措施、缺乏搶救手段而導致的惡性病變。

三

值得注意的是，梅芳姑雖然明顯精神失常，但卻並非沒有絲毫恢復的可能。實際上，在與狗雜種相處的過程中，雖然時有發作，但卻並非沒有清醒溫情的時刻。雖說對狗雜種非打即罵，在她清醒的時刻卻也教他烹調等等最基本的生存技能。進而，梅芳姑實際上也曾給過石破天一點深刻的人生教訓，例如她曾對他說：「狗雜種，你這一生一世可別去求人家什麼。人家心中想給你，你不用去求，人家自然會給你；人家不肯的，你便苦苦哀求也是無用，反而惹得人家討厭。」[3]——這是梅芳姑最痛苦的人生經驗，也是她所能教給他唯一的人生教訓，她把這一教訓傳授給他，就已經勝於她自己的母親傳給她的一切技藝。

我猜想，梅芳姑對狗雜種是不是也存有一份自己也說不清、道不明的母子情感？他們曾相依為命，除了滿懷怨毒和精神失常，是不是也還有相互依賴的孺慕之情？不然，在狗雜種小小的心靈之中，對自己的這個媽媽，又怎麼會自始至終都懷有一份真摯深切的懷念？也許只有天生靈性的狗雜種才能分辨出，即使在梅芳姑惡狠狠的打罵之中，也包含了一種不自覺、更不易被常人察覺的母愛訊息。我甚至猜想，假如她沒有與狗雜種失散，而是一直與他生活在一起，會不會總有一天慢慢恢復？也就是說，是不是因為與之失散，才使得梅芳姑失去了最後的生存依據，以至於再度發瘋？

最後，當梅芳姑在這個世上所有的牽掛對象都來到她的面前，一下子見到了自己的父親母親、情人仇人、養子狗雜種，百感交集之下，明白了自己的一生始終似是而非，除了自殺之外，還有什麼選擇？此時，她實際上是非常清醒也非常平靜的，最後留給人間的，除了詛咒和絕望，實際上也有留戀和祝福；當然，更多的顯然還是迷惑與思索。

3見《俠客行》上冊，第六十五—六十六頁。

叮叮噹噹悅耳聲

丁不三有個寶貝孫女，名叫丁璫，好色之徒石中玉順口給她取了個外號，叫做叮叮噹噹。這個外號，稱得上是江湖上最為悅耳的外號，妙的是，這個外號也叫出了丁璫的性格特徵。這個姑娘，確實喜歡叮叮噹噹悅人之耳，當然更喜歡心上人對她甜言蜜語，讓她悅耳傾心。

一

丁璫姑娘的心思簡單，她的故事本來也很簡單，那就是當她情竇初開之際，恰好與浮浪子弟石中玉——當時化名石破天——偶然相遇，一見鍾情。與眾不同的是，丁璫愛上石中玉，並非因為盲目無知，更不是受騙上當，而是明知道這個情郎貪花好色、朝秦暮楚，她卻偏偏喜歡他風度翩翩、情話綿綿，沉醉於一片濃情蜜意之中。只要石中玉調情逗趣、軟語輕言，她就禁不住心花怒放、春風楊柳，彷彿人間樂事，捨此無它。一旦登臨如此仙界，這一生都會刻骨銘心。

後來，石中玉臨陣脫逃，長樂幫軍師貝海石大搞掉包之計，製造了一個真假難辨的長樂幫主石破天，這才使得丁璫的故事有些複雜。這複雜倒不是指難辨真假，雖然石破天一再聲稱自己不是石破天，尤其不是她的那個石破天，但看情郎臉上眉眼相似、身上疤痕宛然，丁璫從不懷疑這個石破天就是她的心上情郎。只不過，像書中的大多數人一樣，總以為石破天是因為一場大病，才使得他神智糊塗、性情大變。於是偷來爺爺珍藏多年的「玄冰碧火酒」，給情郎療傷；又偷來家中的二十年紹興女兒紅，為伊人取樂。一開始，還以為石破天裝傻充愣，是另一種調情方式；後來發現他是真的不解風情、與她相處總是戰戰兢兢，這才暗自嘆息。雖然如此，仍懷有一腔愁緒苦苦等待明天變化；即使到最後幾乎絕望的時刻，也還是將他綁成一個大粽子，救了他的一條小命。這裡有個小小的寓言，那就是，愛情是盲目的。否則，石中玉和石破天的神態性格明明有天壤之別，何以聰明伶俐的丁璫居然只因其形似而絲毫不起疑心？

再後來，這事情重新又變得簡單，俠客島使者張三、李四將石中玉抓回長樂幫，與石破天對面當堂，大家方才恍然大悟。即使還有些人對他們難以辨認，丁璫卻是一「耳」了然，只要聽聽石中玉對她說：「叮叮噹噹，這麼些日子不見你，我想你想得好苦，你卻早將我拋到九霄雲外了。你認不得我，可是你啊，我便再隔一千年，一萬年，也永遠認得你。」她就立即能認出哪個是她的真情郎；而另一個當然就是「可惡的騙子，又怎麼說得出這些真心情意的話來？」[1]這叫做，不怕不識貨，只怕貨比貨。兩相比較，石破天無疑成了假冒偽劣。因此，當石破天前來向她再一次解釋說自己從沒有說假話時，丁璫的回答是一連串「騙子」的大罵外加一個熱辣辣的耳光！這裡有又一個小小的寓言，進一步說愛情的盲目，即在熱戀者心中，只有感情的立場或心理的需要，而沒有是非的判斷和對錯的分別。否則，何以石中玉的連篇假話被當成「真心情意」；而一向老實巴交、從來不說假話的石破天反而被當成「可惡的騙子」?!

在丁璫與石破天熱情洋溢的相處相伴過程中，我曾猜想，或許經過這許多的共同經歷，丁璫會慢慢地愛上石破天，而石破天也會慢慢的喜歡上丁璫。我曾想說，丁璫實際上未必知道自己真正所愛的是誰；或者說，她還沒有從根本上懂得愛情的真義。但在書中，我所看到的情形，與我所想的恰恰相反，叮叮噹噹實實在在是迷戀著慣於花言巧語的石中玉，也實在不喜歡始終不解風情的石破天。所以，在真假石破天會面的當晚，丁璫再次來找石破天，這回是明顯的虛情假意，目的是讓他再次冒充石中玉到雪山派凌霄城中去，以便李代桃僵，讓負罪逃亡的石中玉再一次金蟬脫殼。丁璫愛誰、不愛誰，至此應該徹底真相大白。

其實，真相就是真相，從頭到尾都沒有模糊過，模糊的只有我這樣的旁觀者。正如石中玉就是石中玉，石破天就是石破天，丁璫的選擇始終明確。在沒有石中玉的日子裡，丁璫只不過是把石破天當成了一個代用品——就像長樂幫將石破天當成幫主的雙重代用品——至多

1 均見《俠客行》下冊，第四四九頁。

也不過是當成一種情感上的「期貨」。丁璫的故事，我曾在《金庸小說情愛論》中做過引述和分析，我是把她和她的故事當成一個典型例證，證明世間確有：「多情女偏愛薄情郎」。

二

我知道有不少人不喜歡丁璫，原因當然是她居然對流氓成性的石中玉情有獨鍾，而對俠義仁厚的石破天棄若敝履。進而，居然還為了讓石中玉逃脫責罰，而讓石破天再一次以身相代。不過，對此還是要具體問題具體分析，不可作簡單的道德判斷，也不能因為她的性格特別，觀點和選擇與眾不同，就對她籠統地惡語相加。例如，她愛上石中玉，雖不無輕浮，但未必是輕賤。而她設計讓石破天代替石中玉上雪山，也只是惡劣，卻算不上是惡毒。

我想，丁璫的這種個性，或者不如說是一種個人喜好和心理特徵，首先應該是與她的身分與家庭環境有關。她是丁不三的孫女，經常與丁不三生活在一起，長期耳濡目染，不可能不受影響。

影響之一，就是對人的看法與眾不同，沒有正邪之分，也不重視人品不人品，只要我自己喜歡，那就是愛人、朋友；只要自己不喜歡的，管他是誰，都是路人或敵人。

影響之二，是丁氏門風都喜歡聽好話嘉言，丁不三一向自認為了不起，丁不四也自詡英雄，丁璫當然不會自詡英雄，但自詡美人總是可以的。如何證明這一點？那就要找一個合適的如意郎君來檢驗。郎君是否如意，標準就是看他會不會說好聽話。會說的，就是如意的；

不會說的，當然就是不如意的。

影響之三，作為丁不三的孫女，雖然看上去很是得意，實際上卻也有種種不得已的苦衷，丁不三功高自滿，不把天下人放在眼裡，自然也就不大會把自己小小的孫女放在眼裡。丁璫想要過自己的生活，建立自己的價值信心，就非得通過其他的途徑不可，情郎的讚美，當然就變得格外重要。因為這不是針對丁不三的孫女，而是針對她丁璫本人。

影響之四，是作為丁不三的孫女，內心深處一直是不踏實的，因為她知道丁不三在江湖中名聲其實不佳，所以在與石中玉交往之時，就一直不敢告訴對方自己的身分。越是如此，就越是想要儘快尋找到自己的生活、生活方式和價值體現。只有兩情相悅且又能說會道的情郎，如石中玉者，才能給予她這方面的心理滿足。

進而，我們還要看到，丁璫的這種心理狀態，還與她的年齡及其生活閱歷有關。至關重要的一點是，丁璫此時還是一個小小少女，她的戀愛也是一種典型的少女之戀。少女之戀的特徵之一，是最具精神性，或者說是最具心靈性。首先是沒有很多的、或很明確的肉體欲望，所以，說丁璫輕浮則可，說輕賤就過分了。因為她所追求的，只不過是想滿足自己的精神欲望，而最能滿足其精神需求的，當然就是甜言蜜語。

特徵之二，是最具理想性，而不大注重實際，不大願意考慮現實的可能性，婚姻、家庭之類的概念實際上還是模糊不清；而一心一意的渴望並且追求超越現實、羅曼蒂克的理想情境。正是出於這種羅曼蒂克的理想，才會期望並追求自己的如意郎君具有世間少有的特殊天賦，從而可以讓自己生活在綿綿情話構建的縹緲恍惚的仙境之中。

特徵之三，是最具主觀性，妙齡少女情竇初開，熱情激蕩想像豐富，外在的世界對於她來說常常並不真實地存在，存在的只是她願意承認或能夠想像的。對愛情的判斷和對對方人品的認識，實際上並無真正的客觀標準，主觀的情趣才是至關重要。

特徵之四，當然就是無法避免的盲目性了，這也是主觀性的順流而下，過多的想像加上一相情願的追求，常常會把整個世界都塗成玫瑰的顏色。而當這種玫瑰的顏色沾滿雙眼，當然就不易分清青紅皂白，甚至不願意看到世界上還有其他的色彩。俗話說，千穿萬穿，馬屁不穿，對於自我意識剛剛朦朧出現的無知少女，沾滿甜蜜的馬屁，當然會有加倍又加倍的功效。如是，丁璫為石中玉而神魂顛倒，也就毫不稀奇。

最後，也是最重要的一點，當我們試圖對丁璫的形象及其故事做出判斷的時候，一定要有一個前提，那就是一定要尊重不同的個性以及他人對生活的自由選擇。在一般的讀者、尤其是那些具有傳統道德觀念和相關價值標準的讀者看來，丁璫愛上石中玉、且到最後還是堅持選擇石中玉，明顯是一個極大的錯誤。不說別的，石中玉和石破天相比，無論武功人品哪一方面，都是有天壤之別。而在上面我們也說過，少女之戀的確有一定的主觀性和盲目性，所以，在許多人看來，丁璫一味喜歡甜言蜜語，無異於飲鴆止渴。看上去很明顯，石中玉的那些好聽的情話，只不過是張口就來的習慣性謊言。無論如何，石中玉都不可能是一個忠貞不二的情人，更不會是一個可靠負責的丈夫。但是，若為丁璫設身處地，情況或許是截然相反：她只是追求自己想要的。

個人喜好，很難說有是非對錯之分。第一，在她看來，石中玉能夠跟她帶來快樂，而石破天則只能讓她感到乏味、甚至感到憂慮，她當然會選擇前者，而不選擇後者。第二，在她看來，石中玉是一個有情趣的人，而石破天則是一個沒有情趣的人，丁璫想過的是一種浪漫的、富有情趣的生活，因此石中玉就是合適的人選。第三，石中玉喜歡沾花惹草、常常移情別戀，在丁璫看來未必不是一種優點，那就是具有「男子漢」的魅力；無論如何，總比石破天的木頭木腦要可愛得多。第四，如前所說，丁璫選擇的是多姿多彩的愛情，而不是平凡乏味的婚姻；是自由快樂的交往，而不是勢利世故的交換。所以，未來如何，未來再說，現在何必在意？也許她是像後代的歌中所唱，但求眼前的片刻享受，不求將來一輩子擁有。

說到底，丁璫選擇的是自己的生活，她所選擇的是能夠為自己帶來快樂的生活理念和生活方式。至於這快樂能延續多久，這愛情會不會以某種悲劇結局，其實都不關他人之事，自有丁璫本人去承擔。生活就是這樣，世界也就是這樣。也只有這樣，這生活和這世界才會變得豐富多彩、生機勃勃，讓人留戀。

令狐冲笑傲江湖

如果讓金庸迷投票選舉金庸小說中最受歡迎的人物，《笑傲江湖》的主人公令狐冲肯定是最熱門的候選人之一。至於喜歡令狐冲的原因，則恐怕各有不同。這個人聰明伶俐且幽默機智，隨和可親又深情固執，熱情衝動又天真善良，馬虎隨便又自由不羈，確實有不少可愛之處。

其實，令狐冲形象的真正價值，其實還不僅在此，更在於他所逐漸領會並表現出來的，與政治霸權和文化專制環境和傳統冰炭不能同爐的個人主義和自由主義——即「笑傲江湖」——的現代人文精神。

一

一開始，令狐冲是一個不折不扣的「問題青年」。作為名門正派的弟子，尤其是作為武林中鼎鼎有名的君子劍岳不群先生的開山大弟子，令狐冲的行為作風非但不能成為同門之中的模範表率，反而明顯有損一般正派弟子的聲譽。在他正式出場之前，關於他的種種傳聞就已經廣為流布，聽到這些消息，肯定會有人目瞪口呆，有人會哭笑不得，有人甚至會為他扼腕痛惜。他的師父君子劍岳不群，勢必更是為有這樣一個掌門大弟子而頭疼不堪。

具體說，令狐冲行為不檢點的表現有三個方面。一是特別喜歡喝酒，為了喝到一口猴兒酒，居然還與乞丐纏磨耍賴，不用說是有失華山派大弟子的身分體統。二是在平白無故地惹是生非，聽不慣「英雄豪傑，青城四秀」的名號，就挑釁說「狗熊野豬，青城四獸」，惹得對方動手，就將他們從酒樓上直踢下去，還嘲諷說這是青城派的獨門武功，叫做「屁股向後平沙落雁式」，若非其師父處理得當，差一點就會引起兩大門派的無謂紛爭。第三是他居然和臭名昭著的採花淫賊田伯光公然一起喝酒，而且還帶著恆山派的小尼姑儀琳一起上酒樓招搖，進而再一次與青城派弟子發生流血衝突，雙方傷亡慘重。此事在儀琳的口中雖說部分平反，但令狐冲的行為不端，則顯然是不爭的事實。

令狐冲正式露面，是在衡山城中的一家妓院之中，雖說那是身不由己，但他清醒過來之後的種種表現，照樣會讓一些正人君子大皺眉頭。回到華山之後，他的師父岳不群對他嚴加批評，甚至罰他到後山思過崖去獨自面壁思過，恐怕大家都會覺得這是調皮搗蛋的令狐冲所應得，沒人感到不公平。此時的令狐冲，確確實實是一個問題青年，若不對他嚴加管教，何以使他成為同門表率？

如果說剛剛出場時的令狐冲與一般意義上的問題青年沒有任何不同的話，那麼在接下來的三件事的直接或間接影響之下，令狐冲的形象才真的開始變得與眾不同了。

第一件事，是儀琳帶著他從妓院中逃到衡山城外，無意間聽到了衡山派的劉正風和魔教長老曲洋琴簫合奏《笑傲江湖之曲》，如聞仙樂，情不自禁的走近這一極富象徵意義的歷史現場。於是他看到了嵩山派的高手費彬如何對曲洋和劉正風，甚至對曲洋的小孫女曲非煙慘無人道地趕盡殺絕；也看到了傳說與劉正風水火難容的衡山派掌門人莫大先生如何出其不意地殺了殺人者費彬。最後，令狐冲接受了劉正風和曲洋的臨終囑託，答應為他們的《笑傲江湖之曲》代覓傳人。此時的令狐冲雖然還根本不懂音樂，更不懂得《笑傲江湖之曲》對他的一生將會產生多麼巨大的影響、具有何等重要的意義；但他至少看到了，這個歷史性的現場，對曲洋和劉正風的遭遇產生了明顯的同情，而對五嶽聯盟及其嵩山派高手費彬的所作所為也產生了明顯的疑惑和反感。

第二件事，是在他被罰之後，在華山思過崖的山洞裡，無意間發現了山洞內壁另有洞天，進而走進了一個令人難以置信的「歷史通道」。在這裡，他無比驚駭地發現山洞石壁上赫然寫著：「五嶽劍派，無恥下流，比武不勝，暗算害人」十六個大字，以及「卑鄙無恥」、「可恥已極」、「低能懦怯」等無數小字。[1]進而還發現了山洞石壁上刻滿了「范松趙鶴破恆山劍法與此」、「張乘雲張乘風盡破華山劍法」等字樣和圖解，其餘衡山、泰山、嵩山劍法也都被人「盡破」！就像剛開始接觸《笑傲江湖之曲》而不明其真意一樣，令狐冲對「五嶽劍派無恥下流」的說法當然是不能、也不願意相信。但自己的華山派劍法被人所破，招招有其圖解，事實俱在，使他不能不信。更令他恐懼的是，不僅令狐冲所知道的華山派絕招統統

1見《笑傲江湖》第一冊，第三一一頁。

被人所破盡，就是令狐冲所不知道的、顯然是失傳已久的更厲害的華山派絕招也同樣被人盡破！更有甚者，五嶽聯盟中的其他劍派的劍法也莫不如此。這一完全出乎意料的歷史真相徹底摧毀了令狐冲對華山派以及整個五嶽聯盟中各派武功的基本信念，在潛意識之中，其實也動搖了他對華山派及其五嶽聯盟的道德信念。只是他此時還不真正明白，或者不如說是他不敢面對自己的信念動搖這一十分嚴酷的心理事實。因此，令狐冲失魂落魄，大病一場。

第三件事，當然就是當田伯光上華山邀請他去見儀琳，擺明了會不惜採用強制性手段之際，華山派碩果僅存的前輩高手風清揚的出現。風清揚出現的意義，絕不僅僅是教了他天下無雙的「獨孤九劍」；甚至也不僅僅是教了他「一切須當順其自然。行乎其不得不行，止乎其不得不止，倘若串不成一起，也就罷了，總之不可有半點勉強」[2]及其靈活機動、活學活用等等卓越的武學之道；更在於教育他如何瞭解自己、相信自己、發揮自己的主觀能動性。這對於令狐冲的人生轉折，無疑起到了關鍵性的影響作用。不僅使他成為一位新的武學高手，更使他成為一種自主的新人。

二

應該明確的是，令狐冲不是一個文化人，不是一個真正意義上的知識分子，更不是一個

2見《笑傲江湖》第一冊，第三七四頁。

思想家。所以，他不但當時不知道，甚至後來也不知道，或許是知道了但說不清楚，上述三件事對他所產生的真正影響，以及這種影響的真正意義。但作者顯然知道這一點，因此讀者對此也應該深刻領會。

我是說，令狐冲的上述三種行為過失，和後來的三種關鍵性的重要見聞，應該得到更深的理論層面的闡釋。令狐冲與乞丐一起喝酒、與青城派弟子發生衝突、與田伯光這樣的壞人交往，這三件事可大可小，往小處說，是他頑皮胡鬧、行為有失檢點、作風散漫。而往大處說，顯然就是犯了自由主義的錯誤，影響了統一戰線，甚至模糊了路線鬥爭的立場。再往大處說，他的這種自由主義的行為，顯然是出於他的強烈的個性精神，大有個人主義的苗頭，這是一個思想觀念和人生立場的大問題，從而就有失去了華山派弟子、尤其是作為「君子劍」岳不群的開山大弟子的表率作用的極大危險。須知，在令狐冲生活的世界中，價值觀念的傳統，一向是集體永遠大於個人，黨派利益永遠大於個人利益，思想立場和鬥爭陣線絲毫也馬虎不得。劉正風什麼壞事也沒有幹，僅僅是與魔教長老一起吹簫彈琴，就被自己的鬥爭陣線五嶽聯盟嚴格制裁，搞得他終於家破人亡。

老實說，在正式出場之前的傳聞中，令狐冲的自由散漫作風和強烈個性氣質雖然都很明顯，但遠遠沒有到達思想、精神的層面，更沒有到達「主義」的程度。但在他見識了劉正風、曲洋被殺害的那個歷史性的場景之後，他對自己所屬鬥爭陣線的信念顯然就已開始不自覺的動搖；進而在進入華山的那個「歷史通道」，在山洞中的那些令人震驚的「歷史文獻」面前，他對於自己所屬集體陣線信念就更是幾乎被摧毀了。因為找不到新的信念，所以他大病一場。但風清揚的出現，及時的幫助他建立了一種全新的、他自己由衷喜愛且正好符合他個性本質的人生信念，那就是自由精神和個性原則。也就是說，從令狐冲出場開始，他所經歷的，其實是一種從震驚、疑惑、痛苦、思想解放、自我意識覺醒並得到一定的理論依據的心路歷程。「獨孤九劍」的宗旨和本質，就是靈活機動的自由精神，和堅信自我的個性精神，所謂「獨孤」，正是孤獨——個人精神——的明示。

我說過，令狐冲不是一個思想家，而是一個行動的人。這倒使得令狐冲沒有那種「幹，還是不幹？是死，還是活？」的哈姆萊特式猶豫，不會像大多數中國文人知識分子那樣永遠是思想上的巨人、行動上的矮子。令狐冲雖然始終沒有明確的理論意義上的主義，但他的精神卻通過他的行為充分的表現了出來。也就是說，他雖然似乎自始至終都不能為自己的行為找到思想理論的依據，但他的行為卻又比任何擁有那種思想理論的人表現得更加鮮明突出也更加勇敢堅定。

他的第一個精彩的表現，是握住了田伯光伸向他的個人友誼之手。進而，當岳不群命令他去殺了田伯光時，他寧肯刺自己一劍，欺騙師父，也不願意傷害已經有悔過之心的田伯光。此事意義在於，令狐冲首先是作為一個人與田伯光結交，自覺地將自己個人從所屬的集體陣營中分離出來。其次是第一次公然對「一貫正確」的師父產生了懷疑和反抗：他不執行師父的命令是基於一種懷疑，而他欺騙師父，則顯然是一種變形的反抗。再次，他自己當時或許都不理解，他的這種行為，實際上等於是對整個的舊有道德倫理及其運作機制的一次不自覺的挑戰。當然，這也使岳不群極為惱怒，以後將令狐冲開除出門，就是由此發端。

從此以後，令狐冲實際上就自覺或不自覺地與師父離心離德，與師父所代表的正宗或主流社會的規範也就越來越遠。在洛陽王家的那段小小的插曲，就是一個極好的證明。也正是在洛陽，他結交了綠竹翁和他的「姑姑」，重新聽到《笑傲江湖之曲》，就像遊子找回了精神故鄉。也正因如此，後來在五霸崗上，與一群從不相識、但明顯屬於三教九流的人物一起，毫不猶豫地喝酒結交。他與這些人舉杯痛飲，而且還發表了結交宣言，這等於是在精神上，不由自主地對岳不群及其華山派正統正宗發出了公然挑戰和反叛的信號。也許令狐冲本人還沒有意識到自己行為的真義，但老謀深算的岳不群對此卻是清清楚楚，因而毫不猶豫地通報天下武林，正式將令狐冲開除出門。

三

正因為令狐冲不是一個思想者，所以他不明白自己的行為及其精神作風的真正意義，對師父岳不群其人及其所代表的華山氣宗、華山派、五嶽劍派政治聯盟的真相當然也就並不瞭解。因此，師父將他開除出門，還使得令狐冲為此在很長的時間內都覺得莫名其妙，並為此痛苦不堪。

對師父岳不群敬仰和對師妹岳靈珊的苦戀，是令狐冲長期無法解開的沉重心結。這也使得有些讀者頗不理解，何以令狐冲這樣一個聰明伶俐之人，會如此「糊塗」？實際上，作者這樣寫，妙處多多。其一，就是如上所說，證明令狐冲只是一個「行動的人」，而非「思想的人」，思想理念並不清晰。其二，這也證明，令狐冲雖然調皮搗蛋，但他的心地是何等的厚道善良又質樸單純，師父的養育之恩、教養之德，他幾乎是沒齒難忘；對岳靈珊的青梅竹馬之戀，也一直是他心中最美好的人生記憶，因而一直耿耿在心。其三，這還證明，自古至今被中國人當成洪水猛獸的自由主義、個人主義，絕非人們想像的那樣，必定意味著欺師滅祖、自私自利、荒淫無恥、禍國殃民；而是相反，真正的自由主義者和個人主義者，常常是令狐冲這樣的聰明多智、飛揚飄逸但卻心地質樸、善良溫潤、品格高尚的性情中人。最後，更重要的一點，是要讓大家明白，令狐冲與岳不群之間難以調和的矛盾衝突，並非他們師徒之間的個人情感衝突，甚至也不僅僅是令狐冲與華山派或者五嶽聯盟陣線之間的衝突，而是兩種截然不同的文化立場、人生選擇、價值觀念之間的衝突。明白說，就是一邊代表著傳統的政治歷史文化價值，而令狐冲則代表著一種尚屬萌芽階段但卻已是不可遏制的、嶄新的、以個人主義和自由主義為價值取向的人道精神。

最能體現這種精神的，是令狐冲被師父開革出門之後，而且在身受不治之傷之時，先後謝絕了少林寺和日月神教的入門邀請。雖然令狐冲在理智上還不明白究竟，在行為上卻已表現出了中國文化傳統中極為罕見的「不自由毋寧死」的人文精神。謝絕剛剛出獄的任我行的邀請，或許還可以做別的解釋，例如心中仍然有傳統的正邪之別，更何況任我行本人也還前程未卜。而他拒絕少林寺的盛情邀請，則無疑是出人意料因而格外發人深省的：一，少林寺在天下武林中的地位一向是泰山北斗，成為少林寺俗家弟子肯定是無數武林人物夢寐以求的無上光榮；二，令狐冲剛剛被師父開除出門，不僅是自由之身，加入少林派沒有任何身分障礙，且他也會由此洗刷被華山派開革的冤屈與汙名；三，更重要的是，他明明知道自己的內傷只有少林寺所擁有的《易筋經》才能醫治，拒絕加入少林派的邀請實際上也就等於拒絕了唯一的求生機會。但令狐冲仍然是毫不猶豫的拒絕了，他拒絕的其實不是具體的武林門派，而是所有明顯會束縛個人自由，且絕對不會以個人自由為目標的政治團體。

與此相對應的是，令狐冲得知任盈盈小姐是為了救他，一直身陷少林寺的消息，在衡山掌門人莫大先生的啟發和催促下，竟然會大張旗鼓地率領三教九流人士千百人，公然打出營救任大小姐的旗號，向武林第一重鎮少林寺進軍。雖說是為了報答任盈盈對自己的一番感人情意，但他畢竟因此下定決心，正式亮出了自己浪子的身分，打出了自由個人的旗號，讓自由精神的旗幟高高飄揚。

有趣的是，令狐冲雖然拒絕了少林派、日月神教這正邪兩大陣營的代表性團體的邀請，但後來卻出人意料地答應了恆山派掌門人的臨終遺囑，做了原本由清一色女性構成的恆山派的代理掌門人。但這一次與以前的情形截然不同，首先是因為事在緊急，如果令狐冲不答應，恆山老掌門就會死不瞑目，屬於不得已而為之。其次，他曾與恆山派弟子並肩作戰，而這些女弟子又曾給予他巨大的精神安慰，他和她們之間早已具有深厚的戰鬥友情；此刻正當恆山派最大危難之際，令狐冲又恰恰是一個永遠不會拒絕幫助別人的人，他當然就只好答應。再次，在所有武林名門之中，恆山派顯然是最無政治野心的一個政治團體，在武林的政治格局之中始終處於相對弱勢地位，這也是令狐冲要幫助他們的一個重要原因。最後，我想也正是需要讀者認真辨析的是，令狐冲雖然是一個逐漸成型的自由主義者和個人主義者，為此他不想加入任何政治團體，但這並不意味著他不想加入任何社會集體，更不意味著他絕對排斥所有的社會集體生活。出任恆山派掌門，其實也讓令狐冲有一份特殊的親切感，甚至是歸宿感。

四

令狐冲出任恆山派的掌門人，雖沒有將此一派建設成一個合意的民主團體，但與其他門派卻有明顯的不同。所以，他就任掌門之日，五嶽聯盟的首腦人物都沒有來，少林寺方丈和武當派掌門卻親自前來觀禮。這當然不是出自純粹的禮貌，而是要找他談話，向他說明，儘管任我行、左冷禪、岳不群等人陣線各異、旗號不同、性格和行為方式也大相徑庭，但他們想要「一統江湖」的野心卻是如出一轍。這也等於是說明了，在針鋒相對的政治黨派之間，雖有激烈的矛盾衝突，但卻並無真正本質的區別。真正與之區別的，只有令狐冲這樣的沒有個人政治野心的人，這也就是他們要找令狐冲談話，要他出面競選五嶽派掌門人的根本原因。

此後不久，令狐冲曾與任盈盈一道去黑木崖——亦即「黑幕崖」，協助任我行打敗了東方不敗、幫他奪回了日月神教的政權，這也表現出了令狐冲這個「正派」掌門的與眾不同。更與眾不同的是，當重掌大權、志得意滿的任我行再一次邀請令狐冲加入日月神教，且許以副教主、接班人的高位之時，令狐冲再一次拒絕了。雖然仍是說不清自己的理由，但卻已經更深地感受到，日月神教的這種專制體制的不合理：「這等屈辱天下英雄，自己又怎能算是英雄好漢？」[3]

令狐冲不願意做日月神教的副教主，當然也不願意出面競選五嶽派的掌門。在嵩山大會上，他有意讓了師妹岳靈珊，也等於是間接地把掌門之位讓給了他的師父岳不群。直至五嶽聯盟合併成一派，岳不群出人意料地使出了辟邪劍法、刺瞎了左冷禪的雙眼、當上了五嶽劍派的總掌門，令狐冲才真正開始認識岳不群的真相，從心裡感到恐懼和遺憾。也正因如此，令狐冲個人主義及其自由主義的立場，至此才變得真正清晰明瞭，並且異常堅定。所以，當任我行率領日月神教數萬之眾圍剿華山，並最後一次邀請明顯勢單力孤的令狐冲入教之際，令狐冲的回答是：「晚輩是個素來不會守規矩之人，若入了貴教，定然壞了教主大事，仔細思量，還望教主收回成議。」[4]這雖然不是什麼正式的、理論高深的《自由主義宣言》，但令狐冲的行動卻為此增添了極為壯麗的色彩：他先是拒絕入教，緊接著卻又公開向任我行求婚；任我行以武力威脅恆山一派，令狐冲公然表示會——為自由、為尊嚴——誓死周旋到底！

至此，劉正風和曲洋交給令狐冲的那份《笑傲江湖之曲》的真義，才最終顯現出來，從古人嵇康的《廣陵散》到曲洋、劉正風的《笑傲江湖之曲》，雖中間有過人為的斷絕，但卻

3見《笑傲江湖》第四冊，第一二二七頁。
4見《笑傲江湖》第四冊，第一五四七頁。

還是千百年一脈相傳。其中絕不僅是音樂的絕響和人們對音樂的癡迷；也不僅是隱士的情懷或浪子的歡歌；其中更有對個人尊嚴和精神自由的認知、嚮往、肯定，和不惜為此誓死周旋的高貴精神。

小說的最後一章名為《曲諧》，寫令狐冲和任盈盈終於如願成親，而在新婚盛典之上，夫婦二人琴簫合奏了這曲自由主義的神聖經典《笑傲江湖之曲》。這二人得以最終「曲諧」，當然是作者的匠心安排，其中顯然有作者對這兩位主人公格外的愛護和獎賞：不難想像，假如專制暴君任我行不死，誰能保證恆山乃至五嶽不會成為一片焦土？若非因任我行偶然病故，日月神教「千秋萬載，一統江湖」的口號又怎麼會變成溫馨旖旎的「千秋萬載，永為夫婦」？

或許，作者這樣做，是因為他寫作此書的時代畢竟已是二十世紀六〇年代之末，他想讓主人公擁有比劉正風、曲洋、嵇康等無數為個人自由和個人尊嚴而犧牲的前輩更好的命運，從而把希望的星星之火留在人間，照亮更多的晚輩後人。

岳不群君子兩面

說到《笑傲江湖》中的人物，自然不能不提華山派掌門人「君子劍」岳不群。這倒不是因為他是小說主人公的師父，而是因為這一人物的作風與性格自成體，具有一定的典型性。據作者說，當年「南越國會中辯論之時，常有議員指責對方是『岳不群』（偽君子）或『左冷禪』（企圖建立霸權者）。」[1]可見此人早已揚名國外，業已成為某一類政治人物的共名。

不過，我總覺得，要在一部武俠小說中「企圖刻劃中國三千多年來政治生活中的若干普遍現象」，多少有些勉為其難。老實說，《笑傲江湖》中，真正具有人文深度的人物形象其實並不太多。究其原因，恐怕正是作者為了要描寫「普遍現象」，不得不忽略或犧牲了對其個人性格的發掘。結果，就出現了一批類型化人物，表面看起來倒也形象鮮明，但若對這些人物形象進行深研細究，就會發現他們不過是一組淺淺的政治概念的形象浮雕，其中人為著色的痕跡還很明顯。

1見《笑傲江湖》一書「後記」，第四冊，第一五九一頁。

岳不群，就是這組浮雕中形象較為「深刻」的一個。

一

岳不群的形象設計，明顯值得稱道的地方，當然是作者對他的性格定位，讓我們與書中的主人公一道，逐漸發現這個在武林中大名鼎鼎的「君子劍」道貌岸然的表皮之下的另一副十分可怕的嘴臉。表面看上去，此人總是端莊持重、正氣凜然；開口說話則是滿嘴江湖俠義、道德文章；為人處世像是處處秉公持正、儼然是武林衛道士；而骨子裡卻一直是野心勃勃、處心積慮，一旦時機成熟，就會露出他的無比猙獰的真面目。

例如，對福建林家的「辟邪劍法」，他是圖謀最早、用心最深、所得最實。相比之下，大張旗鼓地製造福威鏢局滅門之禍的青城派掌門人余滄海，真是小巫見大巫。對五嶽劍派的「併派」之議，他是設想最周、積慮最多、手段最絕。左冷禪野心霸道，剷除異己，搞得正派武林天怨人怒，沒想到最後卻是為他人作嫁衣，由岳不群來坐收漁人之利。至於其他總總虛偽做作、陽奉陰違、表裡不一，誣陷自己的徒弟令狐冲，誤導自己的女兒岳靈珊，陷害自己的女婿林平之，欺瞞自己的妻子寧中則，自然都不在話下了。

這樣，就打破了武俠小說歷來的正邪分明的界限，還原了歷來政治分野及其政治鬥爭之中「春秋無義戰」的歷史真相。在《笑傲江湖》之中，岳不群的地位算得上是「正中之正」：他不僅是正派的華山劍派的掌門人，而且還是華山派中氣宗一支的正宗傳人。與日月神教這一明顯的邪教組織相比，華山派及其整個五嶽聯盟當然是正派組織；而與專走旁門左道、堪稱「正中之邪」的劍宗相比，華山氣宗無疑是正派正宗，其領導人岳不群當然就是「正中之正」的典範。但後來我們卻發現，華山劍宗與華山氣宗的政治分野，起因卻不過是一場純粹的「學術之爭」。進而，五嶽聯盟與日月神教之間的政治衝突，其實也沒有多少天壤之別，只不過是旗號的不同。最後，正中之正的岳不群與邪中之邪的東方不敗，居然練的是同樣的功夫，只不過一邊叫做「辟邪劍法」，而另一邊叫做「葵花寶典」。

在現代民主國家中，任何一個公民都會覺得，上述這種有關不同的政治黨派中既有好人、又有壞人的所謂「驚人的發現」，其實不過是一種最簡單的普通常識。然而我卻要稱讚作者的這一設計，因為在一個專制傳統源遠流長的社會裡，不同的政治黨派敵我分明，不同的政治勢力被人為地塗上道德油彩，道德化自己和妖魔化對方，千百年來流風不絕。越來越多的油彩，當然只能使經過自我道德化化妝的政治歷史更加骯髒齷齪，以至於後人無法清洗。而《笑傲江湖》一書對此稍加揭露，便讓人觸目驚心。

當我們看到岳不群對自己的弟子講述華山派劍宗和氣宗的「路線鬥爭」的歷史時，年輕的一代露出一點有所懷疑或不以為然的神態，岳不群竟以死亡作為威脅警告，當然會感到加倍的震驚。而後來看到令狐冲與劍宗師叔封不平比武出現「氣宗的徒兒劍法高，劍宗的師叔內力強」[2]的奇異局面，可笑之餘或許有人會稍加思索。而看到君子劍岳不群先生原來真是一

2見《笑傲江湖》第二冊，第四八八頁。

個大大的偽君子，所作所為原來與左冷禪、任我行等人異曲同工，就是一個再大的笨瓜也會明白，在政治領域中，實在不能憑一個人、一個黨派組織的旗幟口號來判斷其歷史功過和對錯是非。

二

岳不群是一個偽君子，這當然是沒有問題的。問題是，應不應該、有沒有必要將這個人看成一個徹頭徹尾的偽君子？就是說，應不應該把岳不群這個人看成是一個頭頂生瘡腳底流膿的大壞蛋？岳不群「君子劍」的外號是不是徹頭徹尾的欺世盜名？這個人的一生之中有沒有表現過真君子的一面？

這裡不僅有作者的創作理念問題，更有讀者的閱讀方法問題。我的意思是說，在中國人的文化意識之中，一向缺乏對人性及其複雜性的深入瞭解。長期固定的道德判斷模式，使得中國人對西方人的「人既是天使、又是魔鬼」的自我認知無法認同，而是滿足於要麼是天使、要麼是魔鬼的黑白分明的道德分界。儘管有古人智者詩云：周公恐懼流言日，王莽謙恭未篡時；設若當時身先死，一生真偽有誰知？

這似乎為我們提供了一種辨人試玉的歷史方法，讓我們從開頭看到結果，盡可能對人做出全面準確的認識和評價；然而，這種方法仍有一定的局限，那就是容易產生另一種簡單化，那就是從結果反推其開端。王莽篡後，改制新朝，原形畢露，於是以前所有的謙恭就都被認定是作偽，而這個人也就被定位成一個典型的偽君子。這在過去一直被認為是順理成章的經典範例，然而在今天的歷史學家和人文學者面前卻顯然還有很大疑問，一是歷史的功過是非需要重新評價；二是人物的性格心理更需要進行更深入的研究分析。

在某種意義上說，岳不群就是一個小王莽。若是從最終結果看，這個人無疑是一個野心家、陰謀家、偽君子，他採取了遠比余滄海、左冷禪等霸道人物更為卑鄙的手段，達到了成為五嶽劍派掌門人的目的。進而，從結果推定動機，岳不群顯然對爭霸武林早有圖謀，而且始終處心積慮，但表面上卻裝得若無其事。最重要的證據就是當青城派大舉進攻福威鏢局之前，岳不群就派了自己的二徒弟勞德諾和自己的女兒岳靈珊前往福州蹲點偵查，這說明岳不群對林家的「辟邪劍法」早就垂涎，後來收林平之為徒，再後來的福州之行，進而擇其為婿，都不是偶然發生的。

更好的證詞，當然是日月神教的前教主任我行做出的，他在西湖死牢中就曾對令狐冲說過岳不群「此人一臉孔假正經，只可惜我先是忙著，後來又失手遭了暗算，否則早就將他的假面具撕了下來。」[3]後來當著岳不群以及天下英雄的面，他也還是這麼說。任我行雖然不是什麼好人，但他卻目光如炬，而且並不妄言，若不因人廢言，他的話應該是可信的。這就是說，不僅令狐冲看錯了他，寧中則看錯了他，少林寺方丈方正大師和武當派掌門冲虛道長等人也看錯了他，甚至對他早已察覺且一直防範的左冷禪最終也還是上了他的惡當，幾乎天下

3見《笑傲江湖》第二冊，第七九九頁。

所有的人都被他所欺騙了。所有這一切，都證明岳不群是一個徹頭徹尾的偽君子。

但這樣一來，岳不群這個人物的性格也就失去了豐富性，甚而在一定的程度上也失去了真實性。說善良無知的令狐冲受騙上當或許差不多，但要說與他相伴數十年的妻子寧中則也長期上當受騙就有些疑問；說心慈性迂的方正大師受其蒙蔽尚可，但要說心智過人的冲虛道長也長期不識岳不群的盧山真面就有些過分。

進而，從事理邏輯上說，岳不群「君子劍」的外號由來已久，總不至於是他自己取的，至少應該有一些名副其實的證據才是。最後，也是最重要的，就是人性的常理，一，岳不群為達到某種不可告人的目的而作偽，當然可以理解，但若是沒有什麼目的，他是否會以作偽為樂？二，就算岳不群習慣於在公共場合中作偽，他是否也會在私人生活中作偽？例如，岳不群在對徒弟門談起華山劍宗與氣宗之爭，談及他對氣宗的信念，就不似作偽。再則，岳不群將令狐冲開除出門，說他交結邪徒，應該也不是作偽。

實際上，在岳不群的性格和行為中，除了虛偽做作、欺世盜名之外，還有更複雜的因素或表現。其中重要的一點，是他的心計、智慧與權謀。而這些因素，並無真偽之分。而其中關鍵的一點，當然還是他的政治抱負，或者說是政治野心。如果不是抱負遠大、目標深遠，岳不群也就不必費盡心機；非如是，他也就不會由君子變成偽君子，且最終身敗名裂了。

三

我提出岳不群到底是真君子還是偽君子的問題，不是要為岳不群辯護或平反，甚至也不僅僅是要說人物個性心理及其社會／人性因素的複雜性；岳不群形象的真正意義，實際上還代表了一種傳統的道德人格理想，進而還代表了傳統政治的一種最高理想，即君子政治，亦即內聖外王的「王道」。

這裡就有兩個新的問題，一個是君子道德作為一種人格修養或個性風度；另一個是君子道德作為一種政治資源或政治理念。以上二者，都是既具有積極價值，也具有消極價值；進而也都具有一定的真實性，同時又都含有一定的虛偽性和欺騙性。這在岳不群的形象中，就表現得非常明顯。

在一定的程度上，我願意相信岳不群的「君子劍」有一定的真實性，不僅是他個人作風嚴謹，而且也要求其門下弟子行為規範，這一點本身應該是沒有什麼疑問的。問題是，這種君子作風和行為規範被推向了極端，以至於嚴重限制了他自己及其門下弟子個性的發展，進而嚴重地壓抑了人性，從而產生了明顯的副作用，甚至物極必反。金庸筆下就有好幾個物極必反的例子，一個是《飛狐外傳》中的「甘霖惠七省」湯沛，再一個例子就是這個「君子劍」岳不群了。這種情況，應該說是君子禮教傳統的一種必然的「副作用」，更大的副作用是使後人再也不敢相信任何禮教、任何君子、任何道德規範，終於造成大規模的道德淪喪。

這原因，其實不在君子禮教本身，而在於我們民族的一種傳統的簡單化的道德理念和思維模式：要麼全是，要麼全否；要麼全真，要麼全假；結果是大範圍的君子其表，小人其裡，人人都成了湯沛或岳不群。

進而，在傳統政治領域，正如《笑傲江湖》書中所寫，雖然各種政治勢力錯綜複雜，但他們所秉持的政治理念及其政治行為，卻不過兩種，一種是霸道，另一種就是所謂王道。從戰國時代開始，孟子就抱怨霸道者多，王道者少。到了岳不群時代，顯然還是這樣。余滄海也好，左冷禪也罷，東方不敗也好，任我行也罷，甚至包括華山氣宗新領袖封不平，無不是霸道人物，無不是想要憑武力征服敵手，進而征服武林世界。相反，岳不群是唯一的高舉「王道」大旗之人，不僅是別出心裁，而且顯然物以稀為貴。

多少年來，我們本能地相信王道的理想，本能地認為無論如何王道總要比霸道好。但岳不群的故事，卻給了我們當頭一棒，讓我們對傳統政治徹底絕望——或者說是徹底覺悟。第一，且不說岳不群從一開始就是欺世盜名，至少是當他以君子的身分加入武林霸權之爭的時候，他就已經變得虛偽，王道豈能由武力而來？其次，與其說岳不群是以王道作為其奮鬥的理想目標，不如說他是以此作為口號旗幟，而在此旗幟之下，他其實是什麼殘酷陰險的事情都能幹得出來。也就是說，王道成了其霸道本質的一種漂亮的偽裝。第三，退一萬步說，即使岳步群是真君子，行的也是真王道，一旦他一統武林，勢必要以德治天下，要求人人做毫不利己，專門利人的君子。以德治天下說起來雖然好聽，實際上要麼徹底壓抑和毀滅人性，要麼是培養說謊者、偽君子，其實絕非天下之福。

我尊重道德價值，但卻不喜歡岳不群，尤其反對他的以德治天下。理由很簡單，在我看來，霸道和王道不過是傳統政治的一物兩面。每一個以武力奪取政權者都是霸道主義者，而奪取政權之後都會成為王道主義者；進而每一個王道政權的背後，其實都有武力霸道的支撐。從某種意義上說，王道比霸道更可怕，因為霸道的厲害和危害有目共睹、眾所周知；而王道的厲害和危害卻讓人不知不覺，或是知覺了也說不上來。王道之「道」由誰說了算？當然是由「王」說了算，這是不是最大的霸道，尚需人們認真思考研究和辨別。

任我行行之不遠

任我行與《俠客行》中的白自在就像是一對異姓兄弟，都有一種典型的自我膨脹的毛病。二人的區別只在，白自在是癡心妄想，任我行卻是觸景生情。雖說都是心病，但所處的環境不同，病況和影響也就迥然相異。他們之間最根本的區別在於，白自在只不過是一個普通的武林豪強，而任我行卻是一個想要爭霸武林的一大梟雄，或者說是一個抱負不凡的政治領袖。

任我行，當然也是一類政治人物的共名。

一

任我行形象的定位，在政治歷史小說中不算特別新穎，然而在武俠小說之中卻要算是別開生面。簡單說，就是作者將這個人定位在一個武林梟雄和政治領袖之間，既沒有把他這個邪教組織的領導人寫得比正派中人更壞，也沒有把他寫得比迫害他的篡權者東方不敗寫得更好，這就發人深省，而且使他形象鮮明了。

在小說中第一次露面，是在杭州西湖地下的黑暗牢獄之中，使得不明真相的令狐冲忍不住對他充滿同情。這當然是作者採取的欲揚先抑，或者說是欲抑先揚之法。我們看到，即使在那黑暗潮濕的地下死牢之中，即使處在人生的最低潮，任我行其人也還是不但武功高強、見識卓越，而且依舊豪氣逼人。那一刻，相信大多數讀者都會不但對此人充滿同情，而且會不由自主地心生敬意。直到他——在令狐冲無意的幫助下——越獄成功，重返梅莊，我們和令狐冲一樣，才知道此人原來竟是日月神教可怕的前教主任我行。

照武俠小說的常規，既然是邪教的教主、正派的敵人，當然就不可能是什麼好人。但在這部小說中，作者顯然有意打破常規，並不把任我行描寫得比正派中人更壞，證據是他在少林寺中的表現。首先是他出獄之後不久，就前去拯救自己的女兒任盈盈，其父愛之情不言自明。其次是坦言自己佩服三個半當世高人之中，居然出人意料地將自己的深仇死敵東方不敗名列榜首，當真是胸懷開闊、豪氣沖天。再次是在敵眾我寡之際，沒有絲毫怯弱憂慮，而是謀定後動，三戰決勝，不僅顯示出了過人的武功、機智、辯才，雖然手段有欠光明，但畢竟行為大方，心底磊落，讓人佩服。他雖然沒有方正大師那樣仁慈悲憫，但其氣度表現卻也絲毫不輸於敵方的其他人眾。至少，他不屑於像岳不群那樣大搞陰謀詭計。他即使霸道橫行，也是表裡如一，一如他公然宣稱自己名字取得不好，「只好任著我自己性子，喜歡走到哪裡，就走到哪裡。」[1]

1見《笑傲江湖》第三冊，第一〇五九頁。

而另一方面，作為日月神教現任教主東方不敗的受害者和生死仇敵，按照武俠小說通常的規矩，如果東方不敗不是什麼好東西，那麼受他迫害的任我行就該是受難的英雄。而實際上，作者又沒有這樣做。我們看到的是，這位被東方不敗陷害的前教主，一旦復辟成功，就一點也不比他的敵手仁慈。典型的例子，是東方不敗在臨死之際甘心認輸，請求任我行看在他曾善待過其女兒任盈盈的份上，放了他的男寵楊蓮亭一命，而任我行的回答卻是「我要將他千刀萬剮，分一百天凌遲處死，今天割一根手指，明天割半根腳趾。」[2]結果導致東方不敗困獸猶鬥，奮起攻擊，刺瞎了任我行的右眼，使得任我行從此只剩下一隻左眼看世界，越來越偏激，越來越殘酷，越來越不可理喻。這段故事，像是一個寓言。

當然，這也不難理解。原本就任性妄為而且剛愎自用，受到政敵的暗算被打入死牢，而今脫困歸來，復辟奪權、報仇雪恨、發洩積怨，梟雄的殘暴、政客的冷酷加上受害之後的心理病態，必然導致他要對東方不敗及其同黨趕盡殺絕，即使是對楊蓮亭這樣一個無關大局的傀儡面首也絕不留情。

這就是東方不敗的前任兼後任任我行。

2見《笑傲江湖》第四冊，第一二二二頁。

二

任我行的形象，在重回黑木崖這個人生制高點之後，發生了急劇的變化。如果說在杭州西湖地底的人生最低點，是這一人物形象的最高點；那麼在到達人生的制高點之後，這個人物形象卻開始向人格德行的最低點迅速滑行。不同的是，此前的任我行雖然妄動不羈，畢竟還保留了江湖梟雄的本色；而在重歸黑木崖之後，則正式進入了專制體制導致腐敗墮落的歷史軌道。

下面的幾個細節就能生動的說明這一問題。

細節一，當任我行奪權成功之後，立刻有人前來投降效忠，按照東方不敗王朝的老例，高呼「教主英明，千秋萬載，一統江湖」的口號。「任我行笑罵：『胡說八道！什麼千秋萬載？』忽然覺得倘若真能千秋萬載，一統江湖，確是人生至樂，忍不住又哈哈大笑。這一次大笑，那才真是稱心暢懷，志得意滿。」[3]此刻，任我行的心理起了一種微妙的、關鍵性的變化。

細節二，緊接著前文而來，一般教眾按照老例前來參拜新任教主，一開始任我行頗不習慣：「任我行以前當日月神教教主，與教下部屬兄弟相稱，相見時只是抱拳拱手而已，突見

3見《笑傲江湖》第四冊，第一二二三頁。

眾人跪下，當即站起，將手一擺，道：『不必……』心下忽想：『無威不足以服眾。當年我教主之位為奸人篡奪，便因待人太過仁慈之故。這跪拜之禮既是東方不敗定下了，我也不必取消。』當下將『多禮』二字縮住了不說，跟著坐了下來。」「不多時，又有一批人入殿參見，向他跪拜時，任我行便不再站起，只點了點頭。」[4]從他不再起身那一刻開始，任我行就不完全是任「我」行，而是不知不覺地「任禮行」，受到社會環境及其歷史規律的制約。

細節三，是在華山之巔，即任我行一生成就的最高峰上，當然少不了要接受教眾的熱烈歡呼。不僅是偉大光榮正確，是導師領袖舵手，而且自然有人別出心裁，花樣翻新，說他比諸葛亮、關雲長、孔夫子等人更加了得，達到了人類歷史的最高峰。其時，「任我行聽著屬下教眾諛詞如潮，雖然有些言語未免荒誕不經，但聽在耳中，著實受用，心想：『這些話其實也沒錯。諸葛亮武功固然非我敵手，他六出祁山，未建尺寸之功，說到智謀，難道又及得上我了？關雲長過五關、斬六將，固是神勇，可是若和我單打獨鬥，又怎能勝得我的「吸星大法」？孔夫子弟子不過三千，我屬下教眾何止三萬？他率領三千弟子淒淒惶惶的東奔西走，絕糧在陳，束手無策。我率數萬之眾，橫行天下，從心所欲，一無阻難。孔夫子的才智和我任我行相比，卻又差得遠了。』」[5]此刻，即使任我行還有一絲理智，直覺到這些諛辭有些荒誕不經，但被萬眾歡聲所感染，豈能不產生「天地之間，唯我獨尊」的幻覺？

4 見《笑傲江湖》第四冊，第一二二五—一二二六頁。

5 見《笑傲江湖》第四冊，第一五五二—一五五三頁。

所有這些，無非表明，在極權專制之下，必然會產生體制性的阿諛奉承、大規模的歌功頌德、普遍性的吹牛拍馬。而反過來，這些習慣性的吹捧讚頌禮儀、群眾性的謊言大話運動，又會一點一滴的侵蝕領導者的理智，使之變得更加專制獨裁、更加自以為是、也就更加腐化墮落。這本來只是一種典型的「邪教效應」，但一旦形成歷史文化的一種體制性的惡性循環，就會讓人久處鮑魚之肆而不聞其臭，從而變成一種「歷史／文化規律」。在這一規律的作用之下，當然是言者無恥，受者更無恥，一個文明禮儀之邦，就這樣徹底變成了一個卑鄙無恥之鄉。

雖然這任我行說到底只是一個環境的造物和歷史的祭品，但他的自我膨脹和心理變態實際上並不完全是環境的產物，至少有一部分源自其性格本身。這一點，書中也有一個很有意思的細節。東方不敗死後，任我行得意洋洋，從死敵身上取出一冊《葵花寶典》，又踢了東方不敗的屍首一腳，說道：「饒你奸詐似鬼，也猜不透老夫傳你《葵花寶典》的用意。你野心勃勃，意存跋扈，難道老夫瞧不出來嗎？哈哈，哈哈！」[6]明明知道自己是因為已經練了化功大法，才不方便再練習《葵花寶典》，卻硬說是自己故意讓對方上鉤；明明是自己對東方不敗毫無防備，以至於被對方搶班奪權而後把自己打進死牢，卻硬說自己早有察覺，搞得在一旁的令狐冲信以為真。

這也難怪，歷史由勝利者書寫，任我行既然復辟成功，東方不敗一敗塗地，對任我行的

6見《笑傲江湖》第四冊，第一二二三頁。

自我總結誰敢不信？實際上，任何明眼人都能看出，這一席話不過是任我行在險勝之後，自我膨脹的開端和標誌：一個昔日的錯誤或偶然，也能無中生有地變成了自己一向英明的證據。在沒有任何外力作用的情況下，任我行就已開始虛構歷史、自我美化，待到正式登上教主寶座，聽隨風歸順的徒眾阿諛喧嘩，任我行會有怎樣的表現，也就可想而知。

三

有意思的是，正當任我行在華山之巔洋洋得意地確定掃蕩五嶽劍派、殲滅少林武當、以圖一統江湖完成霸業，志得意滿地接受萬眾崇拜之際，這個自以為比諸葛亮、關雲長、孔夫子更加偉大的日月神教教主，終於沒能說完「但願千秋萬載，永如今……」的最後一個字，就一頭栽倒，從此不起，不久之後就一命嗚呼了。此時慶典未完，「今日」尚未結束，任我行就一病不起，不僅使得他「千秋萬載、永如今日」的夢想永遠不能實現，反而成了一種辛辣的諷刺。此地是五嶽中的華山，一向被中國古人喻為五經中的《春秋》，這一象徵民族歷史的文化名山，終於做了任我行行之不遠的見證。這一結局，當然又是一種寓言。

任何一個肉體凡胎，都不能抗過生老病死的自然規律，任我行以及一切教主帝王當然也都不可能例外。只不過，任我行之死，不是死於一般的中風，而是死於內力的膨脹和反芻，又多了另一番文化的深意。

任我行最拿手的武功是化功大法，即可以隨便化別人的內力為己有，這一邪門的武功既成就了任我行，最終也毀滅了任我行，不僅是天公地道，而且還發人深省。武林中人對化功大法之所以既深惡痛絕，又談虎色變，是因為這種武功與偷盜搶劫、謀財害命一般無二。只是沒人想到，這種化功大法，實際上還另有妙用，那就是作為一教之主，任我行已經能夠任意將日月神教所有教眾集體的智慧、集體的力量「化」為一己所有，變成自己的思想理論學說、力量成就和光榮，製造出教主英明偉大的光環。任我行自己當然不會想到，即使他算得上天縱英才，而且早就處心積慮，想盡天方地法，也終於不能把那些從別人那裡搶奪而來的東拼西湊、矛盾叢生且必然相互衝突的內力，「化」成一個真正和諧圓融的體系，反倒讓這種複雜萬狀的矛盾衝突搞得自己頭昏腦脹，最終一命嗚呼。這乃是另一個層面上的自然歷史規律，權令智昏的任我行，雖然內心深處也多少明白這一點，但因為他是神教教主專制獨夫「任我行」，當然就只有一條死路走到底。

岳靈珊人間獻祭

我猜有很多的讀者對岳靈珊這個人物好感不多，反感不少。這倒不是因為對偽君子岳不群恨屋及烏，而是為主人公浪子令狐冲心生不平。因為她離開了人人喜愛的令狐冲，而愛上了那個心理變態的林平之；進而居然還為了林平之，而冤枉與她青梅竹馬、對她一往情深的大師兄；最後即使是被林平之殘酷殺害，依然執迷不悟，反倒要令狐冲照應那個討厭的傢伙一生一世。

實在說，這個叫做靈珊的姑娘，恐怕沒多少真正的靈性智慧，無論是對愛她的令狐冲還是對她愛的林平之，顯然都缺乏深入的瞭解和理解。要不然，她的人生，也就不至於如此悲慘。當然，她那悲慘的人生結局，卻也加倍令人同情。

一

人的命運，尤其是人的情感命運，據說是說不清的：愛個什麼人、不愛什麼人，據說要隨緣而定。而緣分，就正是個說不清的東西，岳靈珊的故事似乎就是最好的證明。誰能說得清，她為什麼會對林平之這傢伙居然愛到死不悔改？

然而，要說岳靈珊愛上林平之是前世姻緣，她的命運是鬼使神差，卻又顯然不對。別的不好說，至少岳靈珊認識林平之、親近林平之，就應該說是出於她的父親岳不群的一手安排。第一，是同意她、甚至鼓勵她與勞德諾一道去福州探看林家福威鏢局的情況，讓她先於所有同門見到林平之。第二，大家一同回到華山之後，將一貫與她親近的大師兄令狐冲罰到思過崖單獨面壁思過，減少她與令狐冲接觸的機會，客觀上增加她與林平之接觸的機會。第三，為了鼓勵她與林平之接觸，她父親甚至反常地默許和鼓勵她輔導林平之武功，而不管她和林平之的武功實際情況如何。第四，在華山劍宗奪權派出現之後，又安排大家前往福州，途經林平之外祖父家所在地洛陽，這等於是對林平之和岳靈珊的關係做出最明顯的暗示。所有這些精心的安排，當然不是為了岳靈珊本身，而是以她為繩，牢牢縛住林平之，以保證林家的「辟邪劍譜」不會落入他人之手。而為了達到這一目的，岳不群實際上一直將自己的女兒和林平之這一對年輕人玩於鼓掌之間。

當然，岳不群為岳靈珊和林平之創造或安排了接觸、親近、戀愛的機會，默許、鼓勵甚至推動他們戀愛關係的發展，還只是促使岳靈珊離開令狐冲而愛戀林平之的外因。岳靈珊愛上林平之，應該另有她自己的主觀因素在起作用。而岳靈珊的的主觀因素，卻也有相當一部分在她父親岳不群的意料和算計之中。知女莫若父，心計過人且老謀深算的岳不群不可能不瞭解自己女兒的性格。首先，岳不群不可能不知道自己的女兒見識不廣、靈性不深，多半會順著別人給她安排好的路子順流而下，且毫無察覺。其次，岳靈珊當然也有一般年輕人、尤其是練過武功、多少有些嬌縱任性的年輕姑娘的共性，那就是喜歡新鮮刺激，尤其是帶有冒險性的活動。到福州刺探福威鏢局的情況，就屬於此類活動，岳靈珊躍躍欲試，早在岳不群的計算之中。再次，岳靈珊還有一大特點，是希望自己能夠獨立建功立業，讓人們驚奇，以便獲得他人的尊重，滿足自己的虛榮心。當年與令狐冲一道創造「冲靈劍法」，就是一個典型的例子。而在林平之入門之日，岳靈珊一定要當林平之的師姐，可以抖抖威風，舒舒長久積壓下的憋屈之氣，又是一個例子。

最好的例子，當然還是在最後五嶽劍派併派大會上，岳靈珊使用在華山山洞中所學的各派武功，出其不意地打敗泰山、衡山、恆山等派的掌門人，甚至敢於向嵩山掌門人發起挑戰，由此在天下英雄面前揚眉吐氣，不知不覺間成了她父親爭霸武林的直接幫凶。岳靈珊一開始之所以喜歡與林平之親近，至少有一部分原因是借此滿足自己的好強好勝心。林平之入門未久，武功比她差得太遠，只有在林平之面前，岳靈珊的虛榮心才能獲得真正的滿足。對此，令狐冲雖然被隔離審查，但素知小師妹十分要強好勝的性格脾氣，自然一猜就中：「要他餵招自然大有好處。你每一招都殺得他無法還手，豈不是快活得很？」[1]令狐冲能猜得中岳靈珊的心事，岳不群當然就更是明察秋毫。

說起來，還是岳不群對令狐冲的隔離起了很重要的作用。岳靈珊在令狐冲被隔離期間，

1見《笑傲江湖》第一冊，第三〇二頁。

之所以迅速改變情感態度，明顯地向林平之產生大幅度的情感偏移，從而在不知不覺間慢慢疏遠令狐冲，其原因正在與岳靈珊喜歡新鮮刺激、又生性要強好勝。對岳靈珊而言，大師兄雖好，但時日長久，就像一家兄妹一樣，毫無新鮮刺激可言。更重要的則是令狐冲的武功比岳靈珊高出太多，無論他願意怎樣討好小師妹，也不能免除一個「讓」字，這不能真正滿足岳靈珊的好勝心。林平之的出現，恰好滿足了岳靈珊的心理需求，岳不群從中稍做點撥安排，這對年輕人當然不可能走出他的掌心。就這一意義而言，岳不群無疑是岳靈珊情感和人生悲劇的第一推動因素。

二

要說岳靈珊對林平之的愛戀完全都是岳不群安排控制的結果，當然也不符合實際。在與林平之的交往過程之中，岳靈珊如何從一個武功方面的「征服者」變為一個情感方面的被征服者，如何死心塌地地愛上了林平之這個長相文弱、生性倔強、武功差勁的小師弟，應該還有別的連岳不群也不知曉、更不能掌握控制的更深刻的原因。

岳靈珊和林平之最初的戀愛過程，書中並沒有做正面描寫，僅僅是讓岳靈珊在令狐冲面前不知不覺中露出若干蛛絲馬跡。探討岳靈珊對林平之的情感起源，幾乎是一種枉然之舉，因為就連岳靈珊本人也未必說得清楚，她對林平之的好感是早在福州郊外酒店之中第一次相見就一見生情，還是回華山之後，天天在一起練劍日久情生？我們能夠明確的第一點，是岳靈珊第一次見到林平之之後，就有了一份不知不覺的好感，而這份好感之中還含有一份特殊的感激和歉疚。畢竟，林平之第一次殺人，是為了素不相識且改頭換面的岳靈珊。因此，在林平之正式加入華山派之日，岳靈珊曾對林平之宣誓說：「林師弟，此事可說由我身上起禍，你將來報仇，做師姐的絕不會袖手。」[2]其實當時人人都已知道林家的災禍絕非因為林平之為岳靈珊打抱不平而殺了余滄海的兒子，而是余滄海要強取林家的「辟邪劍譜」；而岳靈珊堅持說林家的禍事由她身上而起，心理就十分微妙。第一是要誇大自己的重要性，最好是悲劇的核心；第二是由此推測林平之對她這個師姐早有好感，可以為她而殺人；第三則是一種不自覺的心理流露，巧妙地通過這一說而將自己與林平之的命運聯繫在一起。

我們明確知道的第二點，是令狐冲的死黨陸大有發現林平之經常「纏著」岳靈珊，想盡辦法找林平之的岔子，不僅對這個新入門的師弟又打又罵，而且還到師父師娘那裡去告狀，這一做法，不僅徹底得罪了岳靈珊，實際上無疑是對岳、林的戀愛起到了反向的推波助瀾的作用。原因是，一，陸大有敢公然欺負林平之，在岳靈珊看來是對她的挑釁，因為她是林平之的「保護人」。岳靈珊雖然是華山派的小師妹，但她的真正身分卻是華山公主，包括令狐冲在內的所有師兄，向來對她不敢有絲毫得罪，這一次陸大有的所作所為，在岳靈珊而言是前所未有的，因而不能容忍。二，她知道陸大有是大師兄的死黨，陸大有此舉顯然是為大師兄出氣，說不定還受到了大師兄的唆使，因而就更加不能容忍。三，既然大

2見《笑傲江湖》第一冊，第二七一頁。

師兄和陸大有如此「不仁」，她岳靈珊當然就要加倍「不義」；你們越是要找林師弟的岔子，我就越是對林師弟更加親近、更加關照！若非如此，怎能體現出岳大公主的個性脾氣？不光是要弄假成真，還是弄淺成深，總之是從此以後，岳靈珊對林平之的情感是越來越真，也越來越深了。

岳靈珊深深愛上林平之，當然還有更加重要的原因，那就是林平之經過一場家破人亡的慘劇之後，性格大變，轉而內向深沉，處處顯示出與其年齡不甚相稱的老成持重。正是這種性格，促成了岳靈珊角色的轉換，由趾高氣揚的征服者、保護者，變成了全心全意的傾慕者、鍾情人。之所以如此，表面的原因是，林平之為了早日報仇雪恨，一門心思學武練功，只是虛心向岳靈珊這個師姐求教，而沒有多少心思調情，但越是這樣，不但越能激起岳靈珊的征服欲望，同時也使得岳靈珊對這個小師弟刮目相看。

更深層的原因，是林平之的這種性格，恰好符合岳靈珊的審美標準。簡單說，就是這種性格與她的父親岳不群的性格非常相近。如果圖省事，我們可以將岳靈珊的這種審美心理歸結為少女的戀父情結，因而不知不覺間將父親的形象當成了自己的擇偶典範。所謂戀父情結，說起來其實也不神秘，只不過是因為岳靈珊一向深得父親的寵愛，也對自己的父親崇拜得五體投地，長時間的潛移默化之下，當然就覺得「大丈夫當如是」。至於林平之與岳不群之間性格上巨大的差異，就不是岳靈珊的智力所能察覺的了。

這一點，當然也就正是岳靈珊要捨棄令狐冲的真正原因了。因為令狐冲的那種飛揚跳脫、衝動外向的性格和他經常惹是生非、犯規受罰的作風，與岳不群的性格實在有天壤之別。令狐冲是岳靈珊心中親切的大師兄、大哥哥，但卻絕不是她心中男子漢的偶像，因而不可能對他真正鍾情。對此，令狐冲也是很久之後才明白。而令狐冲的「明白」，又恰恰是岳靈珊戀父情結和深愛林平之的真正原因的最好證詞。也就是說，不僅岳靈珊的行動一直在其父親的掌控之中，就是她的心靈及其價值觀念其實也在父親形象的影響之下形成。

三

有很多人不能明白，為什麼岳靈珊在婚姻有名無實，進而看到林平之對她寡義薄情，徹底明白了林平之揮刀自宮的真相，甚至在最後被林平之殘酷刺殺之後，怎麼會自始至終執迷不悟、不改初衷？所有這些，看來只能解釋成愛情的盲目，而且鍾情越深，盲目就越是不可救藥。正如書中所寫，林平之最後眼睛瞎了，心裡卻開始明察秋毫；而岳靈珊眼睛沒瞎，心裡卻反而更加盲目糊塗。

雖然小說的作者對此沒有做出任何解釋，但我們仍是不能將岳靈珊的至死不悔，簡單的解釋成鍾情不變或盲目糊塗。岳靈珊對於有名無實的婚姻的默認，一方面當然是出於對林平之深切的愛戀、等待和期望，而另一方面則是做出了一相情願的解釋，那就是以為林平之報仇心切，不以兒女私情為念，在她看來，這或許又正是「大丈夫當如是」的又一證明。進而，對於林平之在報仇過程中所表現出來的瘋狂和寡情，在她看來或許正是「英雄氣壯、兒女情短」，更勝於「英雄氣短、兒女情長」。正如莎士比亞所說，在瘋子、情人和詩人眼中，能把天堂看成地獄，也能把地獄看成天堂。

更深刻的原因，或者說岳靈珊對林平之情感的更大的奧秘，是這一戀情既包含了不由自主的敬慕，將對方看成是父親的化身；而另一方面卻又包含了情不自禁的憐憫，將對方看成是自己的一個可憐的孩子——這有她的遺言為證：「他在這世上，孤苦伶仃，大家都欺負……欺負他，大師哥……我死了之後，請你盡力照顧他，別……別讓人欺負了他……」[3]——這口氣，與其說是在說自己的情人、丈夫，不如說更像是在說自己的一個可憐的孩子！這，也就是岳靈珊情感的最大奧秘。如果林平之與她有了正常的夫妻兩性關係，上述兩種情感也許會中和成正常的夫妻情感。

正因為他們的婚姻有名無實，尤其是在最後得知林平之早已自宮，他們之間永無夫妻之「實」的可能，岳靈珊的情感在那一刻才在對夫妻關係的絕望中徹底純化或昇華。那一刻，林平之不再是她的丈夫，而是變成了永遠需要她關懷、照顧、憐憫的孩子。那一刻，在岳靈珊的心中，「妻性」徹底斷念，「女兒性」也隨之破滅，「母性」則激蕩昇華。在她母性光輝的燭照之下，林平之當然不是什麼可惡的殺人凶手、可怕的心理變態狂，而只是一個一直受人欺負、永遠需要人憐憫和照顧的孤苦伶仃的孩子。

也只有在那一刻，岳靈珊才真正成為她自己。因為在她短暫的一生之中，不僅行為上受到了父親的巧妙控制，甚至在心理精神及其價值觀念上也受到了父親決定性的影響，只有這

3見《笑傲江湖》第四冊，第一四〇五頁。

一點母性是她天生稟賦，與岳不群無關。那一刻，她才真正擺脫了岳不群的陰影，超越了政治犧牲的身分，而把自己高貴的母愛天賦和憐憫之心，作為她對人間最後的獻祭。

儀琳可愛更可憐

如果要投票選舉金庸小說中最可愛的女性，我肯定會選《神鵰俠侶》中的郭襄和《笑傲江湖》中的儀琳，郭襄落落大方、富有靈性，儀琳則是清純本色、楚楚動人。我很喜歡的一句話是，女性並非因為美麗而可愛，而是因為可愛而美麗。儀琳的可愛，絕不僅僅是因為她清秀絕俗、容色照人、身形婀娜、語音嬌媚，更因為她純樸天真、善良溫婉、一塵不染，卻又偏偏情不自禁。

一

儀琳的出場，可謂情景動人、安排巧妙。像和風、像清泉、像美麗透明的月色，儀琳的登場，一下子就打動了在場的每一個人。甚至連那位心胸狹窄、橫蠻霸道的余滄海，面對這個如明珠美玉般純淨無瑕的儀琳，也不由自主地深信這個小尼姑不會說謊。這與《書劍恩仇錄》中寫戰場上成千上萬的士兵和他們的將軍見到美貌無雙的香香公主時情不自禁地放下武器的那種誇張的描寫，顯然不可同日而語，儀琳的可愛和可憐，幾乎是伸手可掬。

作者安排儀琳講述自己的歷險故事，雖說篇幅未免過長，不無人工取巧的痕跡，但從敘事效果上來說，不能不承認這是絕佳的安排。一來是這段故事的真相真情，非親歷者不可能說出；二來是這段故事錯綜複雜、是非難分，若非由儀琳來說，別人斷難相信。一般的讀者，可能會不知不覺地將自己的注意力集中在故事的內容上，即只關心小說的主人公、華山派大弟子令狐冲到底是怎樣的一個人，他與著名淫賊田伯光、恆山派小尼姑儀琳在一起喝酒的具體情形究竟如何，進而最多也不過是關注一下儀琳的這段遭遇到底怎樣。實際上，這段講述，不僅內容上值得關注，形式上同樣值得留意。這故事不僅使令狐冲的形象凸現出來，同時也充分展現了小尼姑儀琳的性格、氣質、心理，和她在不知不覺間對令狐冲產生的無限深情。

書中對儀琳形象的描寫，讓我印象最深的，還是在見到令狐冲從昏迷中醒來之後，她的那種喜氣洋洋、情意綿綿、想入非非而又矛盾重重、盈盈嬌羞、慌慌失措的那些喜劇性場景。其中最為感人的，當然還是她為令狐冲破戒偷瓜那一節。令狐冲受傷口乾，需要喝水，儀琳想去找水，令狐冲卻要她去摘瓜，一來她身上沒有錢因而不能買，二來附近沒有人又不能化緣，令狐冲的意思是叫她直接伸手去摘來就是，但「不予而取，那是偷……偷盜了，這是五戒中的第二戒，那是不可以的」；想向菩薩禱告，但又直覺到「令狐大哥要吃西瓜」這八個字並不是什麼了不得的理由，最後想到「人家救你性命，你便為他墮入地獄，永受輪迴之苦，卻又如何？一人做事一身當，是我儀琳犯了戒律，這與令狐大哥無干。」[1]最後搞得眼淚奪眶而出、下了破戒下地獄的巨大決心，才終於摘下一個瓜來。儀琳虔誠如斯、純潔如斯，而又深情如斯、矛盾如斯，實在是讓人愛憐、更讓人心痛。可以說，這個故事，是儀琳性格及其命運的一個重要的寓言。

儀琳幾乎從一開始就深深愛上令狐冲了，當然不僅僅因為令狐冲是她的救命恩人，也不僅僅因為令狐冲曾為她而「死」，甚至也不僅僅因為令狐冲英俊瀟灑、放蕩不羈的性格魅力，同時也因為她天生癡情，恰好情竇初開。然而同樣是從一開始，就已注定她這份癡情的愛戀將會永遠無望，這愛情只能給她帶來加倍的痛苦和不幸。首先當然是因為，她戀愛的對象令狐冲，先是對自己的小師妹岳靈珊癡情一片，後又對日月神教中的任盈盈鍾情不二，他的心中自始至終都沒有儀琳的位置。所謂加倍的痛苦和不幸，則是因為她身為恆山派的小尼姑，而且自幼虔誠地遵守佛教師門的每一條戒律，破戒偷瓜尚且讓她飽受常人難以理解的痛苦煎熬，更何況要面對這份遠比破戒偷瓜更為嚴重得多的男女戀情？依照她的戒律，她是不能面對令狐冲；然而依照她的情感，卻又無時無刻不在盼望能與心上人朝夕相處。依照她的身分，她是不敢面對自己心中隱秘的戀情；然而依照她的天性，這份無法抑制的渴望卻總是情不自禁地浮上心頭，煎熬復煎熬。

天真爛漫的儀琳，自然也曾有過一相情願的幻想，進而也曾有過幾番破戒偷瓜式的掙扎

1見《笑傲江湖》第一冊，第一九九頁。

和努力，甚至她的父親不戒和尚和母親聾啞婆婆也都為她的命運費盡心機，然而結果證明，所有這一切都只不過是徒勞。桃谷六仙為她來找過令狐冲，田伯光來請過令狐冲，不戒大師本人也親自來求過令狐冲，而聾啞婆婆甚至還曾用武力的手段威脅強迫過令狐冲，然而卻沒有哪一次能讓令狐冲改變自己的情感態度。相反，每一次人為的希望和努力，都會給她帶來新的打擊、傷痛、絕望，都會使她增加一份新的帶有罪孽感的羞辱，和帶有羞辱感的罪孽。

這一朵人間最純潔美麗的鮮花，非但永遠沒有徹底開放的機會和希望，反而在花蕾初綻之際就開始命中注定的憔悴、枯萎，直至凋零。

二

儀琳的不幸命運，必會讓無數世間有情人感慨唏噓。倘若對此真正追根究源，則又必會讓人啞然失語。記得她第一次出現在眾人面前的時候，人人心中不禁都想：「這樣一個美女，怎麼去做了尼姑？」[2]對這一疑問，當時無人能夠回答，時日漸久，甚至也就無人追問了。而實際上，這個疑問，正是儀琳一生命運的最大關鍵。

如上所述，儀琳最大的痛苦，與其說來自她的情感衝動與失落，不如說是來自她的身分，來自小尼姑破戒生情的那一份罪孽感的煎熬。飽經滄桑的日月神教長老曲洋第一眼見到

2見《笑傲江湖》第一冊，第一〇六頁。

儀琳，就看出「這小尼姑是個多情種子」，並認定「什麼事情都看不開，是不能做尼姑的」[3]對此判斷，相信任何人都不會反對。其實，儀琳之出家為尼，也並不是她自主的選擇，而是她「命中注定」——這牽涉到她的身世之謎。

儀琳的出生，是一段讓人熱血沸騰的愛情傳奇故事：她的父親原本是一個屠夫，對一個美貌的尼姑愛得發狂，說什麼也要取她為妻，尼姑說她是出家人，若是起了結婚的念頭必會受到菩薩的嗔怪；於是這屠夫毅然出家，法號不戒，繼續求婚，說假如菩薩嗔怪，要下地獄也該是他先下，終於感動得這個尼姑同意還俗結婚。不久，就生下了他們的愛情結晶，就是他們的女兒儀琳。

曲洋長老說儀琳是一個多情種子，顯然並未說錯，而是道出了她的家庭淵源。只不過，誰也想不到，這個無比新奇浪漫的愛情故事，最後卻有一個叫人無法忍受的莫名其妙的結局：只因儀琳的媽媽發現不戒和尚在家門口與一個陌生的女人搭訕幾句且起了衝突，就認定自己的丈夫是「天下第一負心薄倖、好色無厭之徒」，從而堅決地拋棄丈夫和女兒離家出走。不戒和尚帶著幼女儀琳，四處尋找，一直是茫茫人海無消息。後因儀琳生病，不戒和尚難以照應，只得將嬰兒儀琳寄養在恆山定逸師太的門下，從此，儀琳就像《天龍八部》中的虛竹一樣，自幼就成了佛門子弟，並自然而然地對此身分命運習以為常。

與虛竹的命運不一樣的是，儀琳之父母之間，其實並無任何不可逾越的隔閡或障礙。追

3見《笑傲江湖》第一冊，第一七四頁。

究不戒和尚夫婦無謂衝突與分離的誰是誰非，實際上已經毫無意義。可問題是，這一對不負責任的夫婦，為了自己的情感欲望，而將小小儀琳帶到了這個世界上；但卻又因為一點無謂的爭吵，而隨意地將自己的女兒拋入佛門，使之成為一個父母健在的人間孤女。一個性格怪癖的母親的一時衝動，就要使自己的女兒為之付出一生不幸的巨大代價。所謂儀琳的命運之謎，其實不過是來自其父母親一時的情緒衝突和他們性格的弱點。儀琳要想從根本上解脫自己的痛苦，只有「寧可當年媽媽沒生下我這個人來」。[4]

再回過頭來看儀琳的故事，我們不能不設想，假如儀琳並非自幼出家，她當然毫無必要將自己的正常的男女情感當成莫大的罪孽。更重要的是，令狐冲之所以對儀琳的愛情始終沒有回應，則又未嘗不是因為儀琳是恆山佛門弟子的特殊身分。假如儀琳不是一個小尼姑，雖說令狐冲未必就一定會愛上她，但至少不會像現在這樣對她不敢有任何「非分」之想，如果那樣，儀琳的命運、令狐冲的故事或許就要徹底的重新改寫了，誰知道呢？

三

正因為儀琳是恆山派的尼姑，不見令狐冲固然是一種情感上的折磨，但見到令狐冲卻又是一種心靈上的更大的折磨。令狐冲當上了恆山派的掌門人，雖然能夠常常相見，但相見的

4見《笑傲江湖》第四冊，第一四五四頁。

結果，儀琳卻只有更加黯然神傷，日漸憔悴。

更讓她感到無法承擔的是，她的同門師姐儀和與儀清還要讓她加緊練功、以便完成報仇重任，進而準備接替恆山掌門職位，擔負起她力所難及的政治重任。要命的是，她們明明知道欲速則不達、明明知道儀琳心神不寧因而更加不能緊逼嚴督，明明也知道儀琳正是為了令狐冲而心神不寧，其實非但不適合當未來的掌門人、甚至不適合繼續在佛門修煉，但她們還是堅持要這樣做。

儀和與儀清她們為什麼要選中儀琳來做恆山派未來的接班人？是因為她們覺得儀琳最有領導才幹？武功最有潛力？還是因為她們明知道儀琳苦練令狐冲、也希望令狐冲對儀琳能另眼相看？甚至是想借此心神不定的儀琳留在恆山派中？無論是因為什麼，總之不是為了儀琳，不是從儀琳的心情、願望出發，而是相反，要讓她勉為其難。偏偏機緣湊巧，最後為救命懸一線的令狐冲，她殺死了師門大敵岳不群。她可以為令狐冲去死，當然會為了拯救令狐冲而去殺人，她的同門也肯定會為她歡呼，甚至讀者也會為她的舉動而拍手稱快。恐怕不會有人為她想一想，在以後沒有令狐冲的日子裡，回想起自己殺死岳不群的那一幕，心地善良的儀琳將會有怎樣的揮之不去的夢魘？

這就是儀琳的一生：她應該得到的母愛及其家庭的溫暖沒有得到；最想得到的心上人令狐冲的愛情也沒有得到；她所得到的，將是她那永遠也無法寧靜的修行，永遠無法自主的命運、無法懺悔的「罪孽」，和永遠無法平復的心理創傷。

江南四友徒悲嘆

《笑傲江湖》中「江南四友」的形象，顯然是從《天龍八部》中的「涵谷八友」中簡化而來。無論是四友還是八友，顯然都是類型化的人物。江南四友甚至連個人名字都沒有，作者只是根據各人不同的特長或愛好確定他們的外號，分別是黃鐘公、黑白子、禿筆翁和丹青生，也就是琴、棋、書、畫。

僅以形象而論，江南四友並不比涵谷八友高明，我之所以不寫涵谷八友而要說說江南四友，是因為後者所處的環境不同，他們的生存處境、生活方式、人生選擇及其最終結局的意義，就有了超越個人的普遍性的意義。

一

江南四友的命名，可以從兩個方面去看。一個方面，是他們自己主動退出了社會主流，歸隱於杭州西湖邊的孤山梅莊——因此我們也不妨稱之為梅莊四友，想過一種全新的、忘我的生活，所以連名字也不要了，乾脆各以自己的愛好或特長對自己進行重新命名：黃鐘公是音樂家的別名，黑白子是圍棋的外號，禿筆翁是書法家的標誌，丹青生當然是畫家的稱呼。這些命名，無疑寄託著他們的人生夢想。另一個方面，是主流社會對這四個人、四種人、四種藝術形式及其藝術領域的輕視或忽視，使他們處於「無名化」狀態。即：黃鐘公就是彈琴的，黑白子是下棋的，禿筆翁是寫字的，丹青生是畫畫的，如此而已。

雖說是類型化的人物，連自己的名字也沒有，但在書中，我們還是能夠大致分辨出他們各自不同的個性風度和心思品質。首先當然還是他們的所愛，琴棋書畫各有不同；其次是他們的武功，也恰好按琴棋書畫的順序排列出高低；再次，就是他們的個性品質方面微妙的差別了。

具體說，這四個人之中，丹青生的性格最為外向，也最為單純熱情，他自己說平生有三好，一好酒、二好畫、三好劍；三好之中以好酒為第一，這實際上也是他的個性的一種明確的提示。正因如此，他才能與同樣好酒的令狐冲一見如故，甚至發明了一種「高論」，認為凡是好酒的人必定都是好人。例如他對草書大師張旭的評價就是「是啊，此人既愛喝酒，自是個大大的好人，寫的字當然也不會差的了。」[1]這個最單純熱情的人，當然也最為善良軟弱。

禿筆翁與丹青生的愛好相近，書畫難分，性格也即最為相似。如果說有什麼不同，那就是此人比丹青生更加癡情於書藝，見到向問天拿來的張旭草書《率意貼》，立即提出願意用

1見《笑傲江湖》第二冊，第七五六頁。

自己的二十八招石鼓打穴筆法絕技來交換。黑白子、丹青生生氣說「不行」，他說「行，為什麼不行？能換得這幅張旭狂草真跡到手，我那石鼓打穴筆法又何足惜？」[2]正因如此，他才會在自己的武功劍法之中融入文字書法的規則；進而在比武敗給令狐冲之後，寫出一幅好字，便根本不以比武得失為念，只想要守住自己的那一幅即興的傑作。

相比之下，黑白子因為善於下棋，所以心思細密，思路周詳。不僅武功方面別具一格，而且能夠未算勝、先慮敗，進而他心中的「雜念」也就最多。最突出的例子，當然是他試圖與被他們看管的日月神教前教主任我行作暗中交易，後來被令狐冲所利用。使得他這樣的一個心機最為深刻之人，反而成為梅莊之中最薄弱的一個環節。算盡機關太聰明，反算了卿卿性命。

四友之中，老大黃鐘公不僅武功最強，見識最深，節操也最高。雖然出場最晚、出場時間最短，但他的泱泱大度、儒雅風神，還是給我們留下了深刻的印象。最後的生死關頭，能為自己的人生信念和藝術理想毅然以自殺相殉，實在令人肅然起敬。

二

當然，在這部書中，重要的不是這四個人不同的個性，而是他們的共性。不管從哪個角

2見《笑傲江湖》第二冊，第七五四頁。

度說，這江南四友或梅莊四友乃是四位藝術家，至少是十分熱愛藝術的人。這四個人，既是四個不同的人，分別熱愛四種不同的藝術，但在本質上卻又是同一種人，即癡迷藝術的人。

正因為這樣，向問天帶著令狐冲分別化名童化金和風二中，公然分別冒充衡山掌門左冷禪和華山掌門岳不群的師叔，很容易就將這四個人玩於鼓掌之中。這首先當然是因為向問天「對症下藥」，分別為熱愛繪畫的丹青生帶來了畫藝精品北宋范中立的《西山行旅圖》、為書法愛好者禿筆翁帶來了唐朝書法大師張旭的《率意帖》、為棋迷黑白子帶來了劉仲甫在驪山遇仙對弈的《嘔血譜》、為琴迷黃鐘公帶來了嵇康的絕曲《廣陵散》，投其所好，使得他們個個心神迷醉，免不了上當受騙。其次是因為這四個人隱居林泉，不問世事，對外面的世界較少知聞和關心，因此雖然向問天和令狐冲化身化名，雖然頗多漏洞，但這四人仍然不起疑心。最後，也是最重要的一點，就是藝術和藝術家的才智，遇到了政治和謀略家的權謀，實在是無可抵擋。在向問天這樣老謀深算的政治謀略家面前，醉心藝術的江南四友簡直就像赤子嬰兒。

政治謀略家與文人藝術家是兩種不同的人，這是人所共知的事實。如果是在正常的環境之中，他們能各行其道，當然是千好萬好。江南四友醉心琴棋書畫，迷戀古人經典，對人不加提防，這都算不上什麼大錯。相反，非如此，他們就算不上是真正的藝術家，或是真正熱愛藝術的人了。可問題是，在這部書中，這江南四友並非自由的藝術家；他們隱居西湖之畔的梅莊之中，並非純粹的逍遙自在。他們的身分，首先是日月神教的特別獄卒！他們的任務，是負責看管被囚禁在湖底地穴之中的日月神教前教主任我行。在這樣的一個崗位之上，他們因為醉心藝術而怠忽職守，導致任我行越獄成功，事情的性質就完全改變了。他們必須為他們的「錯誤」，不如說是為他們的愛好，而付出生命的代價。

這樣，江南四友就面臨著嚴峻的「身分危機」。他們自己想要選擇是藝術人生，但他們的社會身分卻是特別獄卒，本來以為能夠苟且兩全，但事情卻未能如己所願，於是熱愛藝術就成了他們「犯罪」／「該死」的根源。那些書帖、畫作、棋譜、琴譜，是根本不懂得琴棋書畫的謀略家向問天的敲門磚、通行證；沒想到卻恰恰變成了熱愛此道的藝術家江南四友的迷魂藥、催命符。於是，這種文人藝術家的身分危機，背後卻又是藝術經典與傳統的「文化危機」。

值得注意的是，藝術家兼獄卒或獄卒藝術家的身分，是江南四友自己主動選擇的。對此，黃鐘公臨自殺之前有一段證詞：「我四兄弟身入日月神教，本意是在江湖上行俠仗義，好好作一番事業。但任教主性子暴躁，威福自用，我四兄弟早萌退志。東方教主接任之後，寵信奸佞，鋤除教中老兄弟。我四人更是心灰意懶，討此差使，一來得以遠離黑木崖，不必與人勾心鬥角，二來閒居西湖，琴書遣懷。」[3]這就是說，琴書遣懷、癡迷藝術，實際上還不是江南四友的第一選擇，他們的第一選擇是仗義江湖，為民造福，「達則兼濟天下」。眼見第一目標無法達成，這才做出自己的第二選擇，那就是退隱林泉，癡迷藝術，「窮則獨善其身」。而最後的結果是，他們既不能發達、又不能獨善，或者說是達也不能兼濟天下、窮又

3見《笑傲江湖》第三冊，第八五二頁。

不能獨善其身。他們的命運，實際上又揭示了身分危機、文化危機背後的社會政治體制的原因。這一點，也正是小說《笑傲江湖》的深刻主題。在這一意義上，江南四友的故事，揭示了所有中國古代文人藝術家的悲劇命運。

以琴棋書畫藝術家的身分而去當特別獄卒，且覺得那樣的日子是在「享清福」，看起來是那樣的不可思議，但所有具有歷史知識或生活體驗的人都會明白一個最簡單的道理，那就是當獄卒總比當囚徒要好得多。而在中國歷史上，文人藝術家被流放、當囚徒、甚至被處死例子實在太多太多。在左丘失明、厥有《國語》，屈原流放、才賦《離騷》，司馬被宮、方成《史記》的傳統「佳話」的背面，即寫滿了中國歷史上文人學者藝術家的斑斑血淚。更不用說，李商隱「虛負凌雲萬丈才，一生襟抱未曾開」[4]，蘇東坡「回首送春拼一醉，東風吹破千行淚」[5]。更不用說，那過去未久的「高貴者最愚蠢」、「知是越多越反動」的大革命時代中，無數屈死辱生的知識分子的不幸命運。

三

進而，看到江南四友中的黑白子如此卑微地死於自己的私欲；黃鐘公如此絕望地死於無

4 崔珏：《哭李商隱（其一）》。

5 蘇軾：《蝶戀花．京口得家書》

奈的命運；而禿筆翁和丹青生又如此可悲可憐地服下那可怕的「三屍腦神丹」，違心地對任我行表示絕對的屈服、順從和效忠，實在令人感到屈辱和悲憤。這難道就是黃鐘公、黑白子、禿筆翁、丹青生等藝術家和文人所應得的「命運」？我知道，我沒有權力指責禿筆翁和丹青生的屈服，甚至沒有權力指責黑白子的私欲，當然就更沒有權力指責黃鐘公沒有絲毫抗爭的悄然自殺。但聽到黃鐘公說「人生於世，憂多樂少，本就如此……」[6]這樣的最後遺言，我還是禁不住被深深的刺痛了：面對如此人生痛苦、如此不幸的命運，即使沒有、也不能奮起抗爭，何以連痛苦的反省和思索也沒有?!

由此，我們看到，在上述身分危機、文化危機和社會體制危機之外，還存在著第四種危機，那就是文人藝術家人格心靈的危機。無論是達、是窮，是生是死，是想兼濟天下還是想獨善其身，這江南四友實際上都沒有自己健全的人格和自主的心靈。他們無條件的依從古人的達則如何、窮則如何的遺訓，隨著環境窮通的變化而決定自己的進退取捨，唯一的自我意識和自我意志也不過是試圖與環境做盡可能的妥協，而在無路進退之際則只能尋死或投降，且至死都還以為人生「本就如此」！他們從未表述過自己對達亦不能兼濟天下的思索，甚至沒有思索過為什麼自己會窮也不能獨善其身。他們是文人、藝術家，不是哲人、思想者。

可問題恰恰是，沒有自己獨立人格和自主心靈的文人、藝術家又是何等可悲可嘆?!實

6見《笑傲江湖》第三冊，第八五二頁。

際上，我們看到，無論是作為文人還是「武人」，他們一直都不是自己的真正主人，而只不過是主流社會政治的奴僕，借藝術對自己進行麻醉。在小說中，丹青生畫藝中有劍意，禿筆翁融書法入劍法，在旁人眼裡也許是別致瀟灑，但在任我行眼裡卻是不倫不類。書中任我行對江南四友武功的評點，固然是深入武功之道，其實更是對他們「沒腦子」的指斥。這指斥，固然有政客對文人藝書家傳統的蔑視，但卻也是對他們和我們人格心靈缺陷一針見血的批評。

我想說的，還不僅是江南四友及其文人知識分子的悲劇本身，而是如何對此悲劇進行消化和反思。一般說來，文人知識分子的命運，當然是取決於社會環境，取決於社會如何給文人知識分子定位、如何看待文人知識分子。但在另一方面，文人知識分子自始至終存在著一個如何自我定位，如何看待自己的思想意識及其人格精神的問題。他們固然是這世界的受害者，但在一定的程度上，他們也要算是這世界中的「失職」之人。

小玄子半開生面

不看金庸的《鹿鼎記》，當然就永遠也不會知道，這個「小玄子」，就是滿清皇帝玄燁——康熙。看了《鹿鼎記》當然就會明白，這裡的玄燁，說其事，多半是歷史上的那個真實的康熙皇帝；說其人，卻有一半是作者虛構的藝術形象小玄子。因此，不可將這部小說中的人物形象與歷史上的康熙皇帝完全等同起來。在小說中「學習歷史」，有時是差之毫釐，有時則是失之千里。這道理很簡單，就像不能把通俗小說《三國演義》，當成了歷史著作《三國志》。

小玄子是玄燁取的外號，是他第一次與韋小寶見面時，專門配合韋小寶的化名「小桂子」而取的別名。《鹿鼎記》中奇妙的故事，即由此而生。

一

康熙皇帝玄燁的事蹟，史書上記載多多。但這個人性格如何，心理特徵怎樣，卻又不見得十分清楚，因而需要作專門的研究。而說到性格和心理的研究，小說家金庸顯然擁有這方面的特長，這是因為他不僅瞭解人情世故，同時還具有一種奇妙的想像力，善於對歷史人物做種種「大膽的假設」。在歷史人物玄燁的生平中，生發出小玄子的故事來，就是一個很好的例證。

韋小寶假扮太監小桂子，奉老太監海大富之命去賭博，結束之後迷了路，在皇宮中轉來轉去，誤入小皇帝的練功房。這傢伙根本就不知道這是皇宮，一來不懂，二來不怕，見了一個年齡相仿的少年，就和他摔跤玩耍。沒想到那小玄子的興致奇高，先是每天死約會不見不散，久而久之便是好朋友不打不成交。就這樣，假太監小桂子和真皇帝小玄子成了摔跤摔出來的好朋友；這段少年交情，也就成了韋小寶後來大紅大紫的傳奇人生的根本原因。

在這裡，作者不但大膽假設，也還有「小心的求證」。作者的論據是：一，皇太子自出娘胎，便注定了將來要做皇帝，自幼的撫養教誨，就與常人全然不同。一哭一笑，一舉一動，無不是眾目所視，當真沒有半分自由。皇太子所受的拘束實在比囚犯還要厲害百倍，太子的言行只要有半分隨便，師傅便諄諄勸告，唯恐惹怒了皇上；太子想少穿一件衣服，宮女太監便如大禍臨頭，唯恐太子感冒著涼。二，少年人愛玩愛鬧，乃是人之天性，皇帝乞丐，均無分別。在尋常百姓人家，任何兒童天天都可以與自己的小夥伴亂叫亂跳、亂打亂鬧；但皇太子或少年皇帝，卻需要時機湊巧，才能有此「福緣」。三，作者還做出了一個有趣的推斷，可供歷史學家、心理學家、教育學家和社會學家參考：「一個人自幼至長，日日夜夜受到如此嚴密看管，實在殊乏人生樂趣。歷朝頗多昏君暴君，原因之一，實由皇帝一得行動自由之後，當即大大發洩歷年所積的悶氣，種種行徑令人覺得匪夷所思，大半也不過是發洩過分而已。」[1]

具體說小玄子，他從七八歲就開始當皇帝，小小孩童扮演大人的角色，想要玩，但能找誰玩去？別的還好說一點，特別是摔跤打架這一類的事情，皇宮中宮女太監侍衛雖然很多，但誰敢當真同小皇帝摔跤打架？就是奉命而行，也必然是膽戰心驚，虛與委蛇，但那樣一來又有什麼樂趣可言？只有天上掉下來一個韋小寶，既不懂皇宮中的規矩，又天生一種愛玩愛鬧的潑皮無賴脾氣，機緣十分湊巧，才能與小玄子真打實鬥。因此，「他只有和韋小寶在一起時，才得無拘無束，抛下皇帝架子，縱情扭打，實是生平從所未有之樂，這些時日中，往往睡夢之中也在和韋小寶扭打嬉戲。」[2]也因此，對於這一段摔跤扭打的時光，小玄子實屬機會難得，所得到的樂趣也就比韋小寶要多得多；對此奇妙經歷中所產生的交情，在心理上也要比韋小寶重視得多、珍惜得多。他們之間的這種交情，當真是別開生面，一般人恐怕想像不出。

後來，韋小寶終於知道了小玄子的身分，雖也曾驚嚇出了一身冷汗，但既然小桂子和小玄子已經成了「好朋友」，當然還要繼續在一起玩。這對小玄子來說，同樣是十分難得，所以他們之間的友情，不僅得以保持，而且還在繼續深化。他們不僅在一起摔跤打架，而且在一起將大權獨攬的巨人鼇拜扳倒，小玄子除去了心頭之患，小桂子韋小寶也很快就成了眾所

1見《鹿鼎記》第一冊，第一五六—一五七頁。
2見《鹿鼎記》第一冊，第一五七頁。

周知的當朝第一紅人。

當然，隨著年齡的增長，韋小寶與小玄子皇帝之間的關係也越來越複雜。小時候在一起摔跤玩樂結下的友情只能是一個重要的基礎，這段友情的繼續發展和變化，當然還有其他的原因。總結一下，大致有以下幾點。

一，是韋小寶這傢伙不光能玩摔跤，更能玩社交，善於察言觀色，見風使舵；更善於阿諛逢迎、拍馬溜鬚。有他在身旁，經常能使小玄子龍顏大悅。例如他發現小玄子對他們的「交情」不大熱心，更不欲人知，韋小寶便主動降級，拜小玄子為師。拜師不是想學點什麼，只是想把關係套牢。但在康熙這一方面，有時候其實就是把韋小寶這位「朋友」當成小丑弄臣，不過是娛樂玩耍的對象。

二，是因為韋小寶立功不少，可以說是小玄子大皇帝的一員福將。說到韋小寶屢立奇功，一方面當然是作者編造傳奇的需要，而另一方面則又並非完全沒有道理。其中最根本的原因，恰恰是因為韋小寶乃是康熙皇帝的紅人，滿朝文武無人不知，有此「王牌」在手，韋小寶無形中可以「天下通吃」，辦起事來當然就無往而不利。小玄子皇帝雖號稱明智，但對此卻未必知其所以然。在他看來，韋小寶沒有任何一樣可以與他相比，既然他都能夠通行天下，設想要是他自己也能出宮公幹，豈非更是事半功倍？也就是說，小玄子是把韋小寶當成了自己的替身，可以在想像中滿足自己作為一個個人的隱秘的欲望和虛榮心。

三，小玄子與韋小寶之間究竟有多少真情？這很難說。一方面，小玄子乃是地地道道的孤家寡人，雖說一呼百喏，但卻沒有、也不可能有真正的知心朋友，所以韋小寶對他來說就彌足珍貴。所以，當韋小寶逃出京城，他會十分想念；不僅要派人去找他，而且還給韋小寶寫信說「小桂子，他媽的，你到哪裡去了？我想念你得緊，你這臭傢伙無情無義，可忘了老子嗎？」「我就要大婚啦，你不來喝喜酒，老子實在不快活。」[3]這些話，應該說是顯露了真情。但另一方面，惟其如此，也正顯示出了小玄子心理的寂寞和空虛；他們之間的友情，明顯有些「老子與你」的不平等關係，這也就「他媽的」不大牢靠。

上述種種，都使小玄子的形象充滿人性的色彩。

說韋小寶與小玄子皇帝的關係不大牢靠，這其實是韋小寶的切身體驗。他們結交不久，韋小寶就發現小皇帝年級漸長，威權就漸重，不僅表情嚴肅的時候越來越多，而且使他產生的恐懼和壓力也越來越大。原因很簡單，因為他是皇帝，而且是一個了不起的皇帝；而越是了不起的皇帝，當然也就越是可怕。所謂皇帝的可怕，是因為其獨特的身分地位，不僅是擁有絕對至高無上的權力，且具有獨特的價值觀念和思維方式，更可怕其實還是其極其獨特的個人心理，即所謂君主的不測之威。長大後的康熙早已不是小玄子，當然越來越不好玩。

這一點，也還是韋小寶最有體會：他在天地會中兼職做香主，原以為是神不知鬼不覺，沒想到小玄子其實對此瞭若指掌，他早就派人打入了這個秘密幫會的內部。進而，在韋小寶的伯爵府周圍佈置了重重炮隊，不稀罕人贓俱獲，而是要把天地會的頭頭腦腦全都化為灰燼。最後，也是最陰毒的一招，是頒佈聖旨，說韋小寶「擒斬天地會逆首陳近南、風際中

3見《鹿鼎記》第五冊，第一七六九頁。

等，遂令海內跳樑，一蹶不振；匪黨亂眾，革面洗心」[4]，不僅將死去的走狗當成亂黨，更重要的是坐實了韋小寶殺師的罪名，使得韋小寶必將被天下人所唾棄、從此無法再在江湖上廝混。韋小寶對康熙說，自己即使像孫大聖那樣有七十二變，也照樣逃不過他皇帝如來佛的掌心，這話應該並非純粹的馬屁，而確實是他深有感觸。當然，這隻猴子，最終還是帶著他的七個夫人逃之夭夭，最後一直不知所終。韋小寶之逃走，即是康熙「不好玩」的那一面的最好證明。

二

《鹿鼎記》中的康熙形象是有別開生面之處，但可惜的是這種藝術生面只是開了一半，從小玄子到大皇帝，作者的筆法又不知不覺地回到了描寫明君的傳統老路上去了。對這一人物形象的描寫，有些讀者和評論家對作者的寫法頗有反感，應該說是事出有因。其原因，簡單地說，就是對康熙這個形象過於美化。

平心而論，康熙稱得上是中國歷史上最好、也偉大的帝王之一。按照作者的思路，與明朝所有的漢族皇帝相比，康熙的成就和作為就更是鶴立雞群。金庸先生的武俠小說，從狹隘的漢民族立場之上的民族主義、愛國主義，逐漸轉變和發展到後來對中華民族中的各少數民

4見《鹿鼎記》第五冊，第一九二三頁。

族一視同仁的立場觀點，當然是一個明顯的進步。但問題是對康熙這個「好皇帝」形象的好的一面描寫太過，因而過猶不及。

《鹿鼎記》中，對康熙的文化武功成就、品行智慧特徵，可以說是面面俱到，不僅將他寫成明君，而且還將他寫成「仁君」，但對他的另一些面，除非萬不得已，則大多淡化處理，或根本就不涉及。這當然可以說是武俠傳奇這種文學類型的特徵局限，但金庸先生號稱「小說中的人物如果十分完美，未免是不真實的。小說反映社會，現實社會中沒有絕對完美的人。」[5]，作者在這部書中寫出了一個不完美的典型韋小寶，卻又同時寫出了一個接近完美的典型康熙。在某種意義上，作者是有意無意地將韋小寶潑皮無賴形象當成了康熙英明偉大形象的反襯。

書中有一個很有意思的例子，是虛構了一個假太后毛東珠——關於她的一切故事當然也都是作者虛構的——在皇宮中臥底多年，後來韋小寶將此人擒獲，交給康熙。康熙面對此人，心情極為複雜，第一反應是此人害死自己的生母、害得自己的父皇出家、幽禁真太后數年、使自己從小就成為無父無母之人，稱得上罪惡滔天，當然覺得她罪大惡極；但第二反應卻是「深宮之中，真正待我好的，恐怕也只有眼前這個女人，還有這個狡猾胡鬧的小桂子」；更深一層的反應則是內心隱隱覺得「若不是她害死了董鄂妃和董鄂妃之子榮親王，以父皇對董鄂妃寵愛之深，大位一定是傳給榮親王。我非但做不成皇帝，說不定還有性命

5見《鹿鼎記》「後記」，第五冊，第一九九〇頁。

之憂。如此說來，這女人對我還可說是有功了」[6]。以上心理層次可以說寫得非常之好。作者接著寫道：「在數年之前，康熙年紀幼小，只覺人世間最大恨事，無過於失父失母，但這些年來親掌政事，深知大位倘若為人所奪，那就萬事全休，在他內心已覺帝王權位比父母親的慈愛為重」，這一總結當然也寫得不錯，問題是，再接下來還有這麼一句話：「只是這念頭固然不能宣之於口，連心中想一下，也不免罪孽深重。」[7]這一句話，就把前面的內容全部顛覆，把康熙搞成了一個聖人。

實際上，作者不光是將韋小寶當成了康熙形象的陪襯，更可怕的是將康熙一朝的滿朝文武都寫成了這個偉大皇帝的陪襯。小說中的索額圖、明珠等歷史人物，非但全都沒有半點他們在歷史史實中所應有的成就和光彩，反而全都成了一心貪圖功名富貴、只會溜鬚拍馬、無智無勇的小丑或可憐蟲。在書中，有一段寫到韋小寶大拍馬屁之後，康熙的心理活動：「朝廷裡沒有大將，我自己就是大將，這句話倒也不錯。『雖敗不亂，沉得住氣』這八個字，除了我自己，朝廷裡沒有一個將帥大臣做得到。」[8]這段話如果僅僅是寫一個孤家寡人的剛愎自用或自以為是，當然是非常精彩，問題是，我們在小說中所看到的情形也恰恰真是如此。在康熙的朝廷上，沒有任何一個形象能在德行上或智慧上及得上康熙的百分之一！

可怕的其實還不是這種傳奇的設計和寫法本身，而是其背後的傳統專制體制下形成的思

6見《鹿鼎記》第五測，第一六五一——一六五二頁。
7見《鹿鼎記》第五冊，第一六五二頁。
8見《鹿鼎記》第五冊，第一六五〇頁。

維方式和價值觀念。即：所有文武大臣的功勞都是皇帝一個人的功勞，都是他一個人英明偉大的體現，也就都成了「天子聖明」的佐證；相反，所有的過失和罪行都是文武大臣所犯，都是別人的事情，與皇帝絲毫無關，因此皇帝就永遠是「天子聖明」。這也就證明了天子聖明是一個顛撲不破的「真理」。

更具有代表性的例子，應該說還是寫康熙對韋小寶稱讚思想家黃宗羲的著作《明夷待訪錄》：「他書中說，為君乃以『一人奉天下』，非為『天下奉一人』，這意思說得很好。他又說，『天子所是未必是，天子所非未必非』，這也很對。人孰無過？天子也是人，哪有一做了皇帝，就『什麼都是對，永遠不會錯』之理？」進而大聲朗讀黃宗羲著作的原文：「以為天下利害之權皆出於我，我以天下之利盡歸於己，以天下之害盡歸於人，亦無不可。是天下之人不敢自私，不敢自利。以我之大私，為天下之公。始而漸焉，久而安焉，視天下為莫大產業，傳之子孫，受用無窮。」[9]這些話當然非常有道理，議論和理解也很正確，但這話從康熙本人的口中說出來，未免是人為地給他臉上貼金。試想，一個總認為「除我之外，朝廷裡沒有一個將帥大臣做得到」的皇帝，又怎麼會對「天子所是未必是、天子所非未必非」這樣的話大加稱讚？他不但絕不會改變「我以天下之利盡歸於己，以天下之害盡歸於人」的傳統專制政治的格局，相反會極力維護。

按照金庸先生的上述寫法，如此英明的康熙大帝，簡直就像是要搞君主立憲、民主政治

9見《鹿鼎記》第五冊，第一九六四頁。

了。可事實上，他沒有搞，他的兒子和孫子當然也沒有搞，直到整整兩百年後的武昌起義爆發，也還是沒有搞。

有意思的是，一代大才金庸先生，會如此鍾情康熙，以至於主動為這個皇帝而不惜以天下之功歸於他，以天下之害歸於人。所以如此，我猜恐怕是因為作者像許許多多的中國人一樣，心靈深處仍然不知不覺的深藏著一個皇帝的幽靈，深藏著一個千百年陰魂不散的明君夢。

陳近南英雄末路

陳永華是一個歷史人物，在收復臺灣和建設臺灣的歷史過程中曾做出過重要的貢獻，算得上是中國歷史上的一個英雄。

《鹿鼎記》中「為人不識陳近南，縱是英雄也枉然」的這個陳近南，雖說是陳永華在江湖上的化名，其形象和故事大部分當然是出自作者的虛構。此人可以說是一個典型的末路英雄——不僅他個人最後走上了英雄末路，而且也是金庸筆下的最後一位武俠英雄。他的人生故事的結局，算得上是武俠小說及其武俠文化史上的最後一座里程碑。

但在這座豐碑上應該寫上怎樣的碑文，卻非常的讓人為難。從他的武功和人品而言，這當然是一個標準的俠義英雄，而且還是郭靖那樣的一個為國為民的大俠；可是從開頭到結尾，看到他表面上轟轟烈烈，實際上卻是庸庸碌碌的一生，且結果還是死於非命，不禁讓人茫然。

一

天地會號稱以天為父、以地為母，以天下為己任，作為天地會的總舵主，陳近南自應該成為這方面的表率。也許人們會情不自禁地期待他能夠成為這樣的一個能夠代表天下漢人願望、代表歷史潮流的英雄人物，然而，我們所看到的陳近南又怎能超越現實的羈絆和歷史的局限？

首先，陳近南及其天地會的根本目標，是要反清復明，這本身就是一種歷史的局限。站在漢民族的立場上，對這種驅除異族、光復漢人江山的情感當然能夠理解；但站在政治歷史的高度來看，反清復明究竟能夠給天下漢人帶來怎樣的福祉，卻大大值得懷疑。在同樣的王權專制格局中，康熙皇帝顯然比明朝的任何一個朱家皇帝都要更加明智，康熙時代的國家也比明朝的任何一個時代更加強大和昌盛。陳近南及其天地會如果是不忘滿清入關之後的「揚州十日」、「嘉定三屠」的罪惡血債，光復漢人理想中的仁政，當然情有可原。但他們反清的目的僅僅是為了恢復明朝的「正統」，顯然就有些等而下之了，這就是歷史的局限。

進而，問題還不在此，而在於，即使是反清復明，但他們要復的是明朝的「隆武正統」還是「永曆正統」、唐王還是桂王、朱三太子還是朱五太子，卻又大有奧妙。天地會要反清復明，雲南沐王府集團也要反清復明，反清的立場固然一樣，復明的目標卻各有不同。具體說，天地會是要效忠朱三太子；而沐王府則是要擁護朱五太子。陳近南雖然想極力避免同道之間的紛爭，但他的政治立場非常明顯：「天無二日，民無二主，朱三太子好端端在臺灣。臺灣數十萬軍民，天地會十數萬弟兄，早已向朱三太子效忠。」[1]

看起來，在這個問題上，陳近南等人顯然還沒有年輕得多的李西華見識明白：「將來朱氏子孫有沒有功勞，此刻誰也不知」；「奉立新君，那是趕走韃子之後的事，咱們只愁打不垮韃子，至於要奉立一位有道明君，總是找得到的。」[2]然而，真正不明白其中奧妙的卻實際上還是無黨無派的李西華本人，並不是他不明白名不正則言不順的說辭道理，而是他不明白不同的團體組織的不同立場，其實是由其不同的小集團利益所決定的。擁唐還是擁桂，與其說是政治觀點和選擇的不同，不如說是因為功名利益及其利害關係的不同。

進而，在陳近南而言，真正利害相關的還不僅僅是擁唐還是擁桂，更重要的其實還是在臺灣鄭家延平郡王府「亞朝廷」中，圍繞英雄鄭成功的兩個孫子，即鄭經的庶出長子鄭克臧和嫡系次子鄭克爽，也形成了兩個相互衝突的小團體。陳近南支持庶出的兄長鄭克臧，而馮錫範卻支持鄭克爽，兩派之間不斷明爭暗鬥，幾乎勢不兩立。真實的情況是，陳永華是鄭克臧的岳父，而馮錫範則是鄭克爽的岳父，岳父支持自己的女婿爭權奪利，理由簡單明瞭，不必多說。

1 見《鹿鼎記》第二冊，第五〇九頁。

2 見《鹿鼎記》第二冊，第五一五頁。

有趣的是，作者對這一重要事實，盡可能輕描淡寫，只是著重將鄭克臧寫成是一位既能幹又寬厚的好領導，但因為他非但不是正房夫人所生，而且還是鄭經與其乳母私通的結果，所以向來被鄭成功夫人董氏及馮錫範等人所敵視。董氏老夫人所屬意的是她的第二個孫子鄭克塽，這是一個無德無才的紈褲子弟，但因為是嫡出，在董夫人及馮錫範等人的眼中卻要比他的哥哥重要萬倍。於是圍繞著這兄弟兩人，形成了兩個壁壘分明的政治陣營。作者對兩兄弟褒貶分明這種寫法，雖然未免有些為尊者諱，但卻也符合武俠傳奇的常規。作者的意圖，顯然是不想讓陳近南的英雄形象受到他的翁婿私情及其個人立場的影響，盡可能將他寫成一個忠心耿耿一心為公，但卻終於不能改變局勢力挽狂瀾的悲劇英雄。

上述種種歷史局勢，確實沒有一點是陳近南所能改變的。所有政治立場和觀點之爭，常常只是空洞堂皇的政治旗號或標語，甚至是某個人或某些人的私心私利的一種巧妙的門面裝飾。無論陳近南是多大的英雄，他都不能改變漢民族的這種要麼私自自立、要麼一盤散沙的這種民族劣根性。

二

作為天地會總舵主，作為一個天下英雄共同敬仰的英雄，陳近南雖然始終在盡心竭力，但最終還是無所作為。之所以如此，除了現實羈絆和歷史局限等外在原因，顯然還應該有其性格自身的原因。

在小說中，除了復漢還是復明、擁唐還是擁桂、支持長子還是支持次子等表面上是政治分野實質上是權力之爭之外，天地會的內部，具體說是天地會的青木堂中，也同樣存在誰來做香主的權力紛爭。如果說陳近南對天地會之外的事情做不了主，按理說他對天地會內部的香主之爭，應該有解決問題的絕對權力。可是，也不知是因為忙，還是因為根本就找不出一個合適的辦法，反正是對這個問題始終是懸而未決。以至於青木堂內四分五裂，差一點就出現了武力衝突。

直到韋小寶出現，陳近南才算是終於想出了一個頗為出人意料的辦法，那就是按照青木堂兄弟關於誰殺了鼇拜、替前任香主報了仇，就由誰來當新的香主的誓言，他收了韋小寶為徒，然後再讓他入會，接著任命他為青木堂的新香主。這個舉措，一來回應了大家的誓言，二來平息了內部的紛爭，看起來是一箭雙鵰，十分英明。但，稍稍有點正常頭腦的人都會疑惑：讓韋小寶這樣一個小傢伙來做香主簡直就像是在胡鬧。一，誰也不瞭解韋小寶的真正底細，又沒有對他做過任何調查和考驗，就讓他入會，這本身就違背了天地會的組織原則和入會常規；二，韋小寶這傢伙，明顯大話連篇，油嘴滑舌，武功狗屁，品質頑劣，怎麼能夠相信這樣的人能夠保守天地會的秘密？三，就算是韋小寶歷史清白而且個人品質還不算壞到不可救藥的地步，但他還是一個十三四歲孩子，又怎能擔當得起領導一個重要香堂的大任？

對此，陳近南似乎都不怎麼考慮，他似乎更相信「天命」，這個孩子殺了鼇拜，那就是上天送來的堂主人選。要問他相信韋小寶有什麼依據，他一定會張口結舌。當時他就曾對韋小寶說：「收你為徒，只怕是我生平所做的一件大錯事。但以天下大事為重，只好冒一冒險。」[3]這件事所冒風險是顯而易見的，他何以說這是「以天下大事為重」，讀者只怕想破腦袋也想不通。他先收韋小寶為徒，然後再讓他當香主，說的好聽一點，是他對自己自信過頭，說的不好聽一點，則是明顯的以權謀私。他這樣做，一來殺死鼇拜的英雄變成了陳近南的弟子，二來他的弟子做堂主，即使別人有意見，但天地會中誰敢不給他面子？

有趣的是，陳近南的這一記明顯的昏招，居然當真歪打正著。韋小寶不但將這個香主做得像模像樣，立功不小；而且無論在何種意義上，徒弟韋小寶的成就，實際上讓他這個師父望塵莫及。然而，這非但不能證明陳近南的英明，反而是對他的一種深刻的諷刺。因為韋小寶雖說是他的徒弟，但卻始終有名無實，沒有學習半點他的功夫；而韋小寶獲得成功的方式方法，非但不是向他這個師父學的，反倒恰恰是他這個當師父的所不會、所厭惡、所反對的。

雖然我不忍心這樣說，但陳近南一生碌碌無為，顯然與他昏庸無能有密切的關係。他雖然武功高、名氣大、威望盛，但卻始終不見他有任何與其地位相稱的政治智慧和領導才幹。最說要反清復明，但卻一無綱領，二無措施；說要扳倒吳三桂，但卻一無設計，二無行為。最典型的例子，恐怕還是當歸辛樹夫婦和他們的那個傻兒子聽信吳三桂的唆使而殺了天地會的紅旗香主吳六奇，而他這個總舵主竟然毫無應對的辦法。進而，當歸氏一家要去皇宮刺殺康

3見《鹿定記》第一冊，第二七九頁。

熙，韋小寶百般阻止，雙方爭執不下，陳近南莫衷一是。後來韋小寶想出擲骰子決定的荒唐辦法，陳近南卻竟然覺得韋小寶的胡說八道「頗為有理」，並且說：「此事牽涉重大，到底與我光復大業是禍是福，實難逆料。古人占卦決疑，我們來擲一把骰子，也是一般意思。大家不用爭執，就憑天意行事罷。」[4]更可笑的是，在擲骰子的過程中，韋小寶發現歸辛樹吹氣作弊，陳近南這位威名赫赫的天地會總舵主卻對此視而不見。如此等等，顯然表明陳近南如此相信「天意」，正是因為他這個威名蓋世的大英雄其實根本就沒有自己的頭腦，更沒有自己的主意。

三

陳近南最後死於他的少主子鄭克爽之手，是小說中最精彩的一筆。假如我們不知道或假裝不知道陳永華是鄭克爽的政敵哥哥鄭克臧的岳父，那麼這一筆就顯得更加精彩了。這位為了反清復明大業奮鬥了大半生的英雄最終並非死在反清復明的戰鬥前線，而是死在本集團的內訌之中，簡直死得毫無價值，只能令人目瞪口呆。無論從哪方面來說，這個結局都顯得格外意味深長。

我說這一筆寫得精彩，是因為作者就此揭示了韋小寶心中的一個在此前一直不曾明白的

4見《鹿鼎記》第五冊，第一六三六頁。

隱秘：「他從來沒有父親，內心深處，早已將師父當成了父親，以彌補這個缺陷，只是他自己也不知道而已；此刻師父逝世，心中傷痛便如洪水潰堤，難以抑制，原來自己終究是個沒有父親的野孩子。」[5]這一段揭示人心秘奧的文字，看得我熱淚盈眶。

我說這一段精彩，還有一個更重要的原因，是陳近南以這樣的悲劇形式結束自己的一生，具有極大的道德震撼力。在某種意義上講，陳近南雖然生前富有英雄之名，其實卻活得窩囊；而他被自己少主子如此殘酷殺害，看起來死得窩囊且毫無價值，實際上卻最終完成了他的道德英雄的形象。他的後半生雖然碌碌無為，但他畢竟從未懈怠，始終孜孜以求，鞠躬盡瘁；最後雖然死於非命，但他非但不准韋小寶傷害殺他之人，反而留下「寧可他無情，不可我無義」以及「咱們漢人齊心合力，終究能恢復江山」的遺言，怎不叫人為他悲傷，而且對他肅然起敬？作者之意顯然是，陳近南形象及其人生故事的真義，不在於他有無成就事功，而在於他所顯示出的道德價值。

在《鹿鼎記》一書中，如果說無賴鄙俗的韋小寶形象是英明偉大的康熙皇帝的陪襯，那麼陳近南的碌碌無為則是韋小寶赫赫成功的陪襯。然而，康熙的明君形象，其實遠遠比不上韋小寶形象的文化意義；而韋小寶的赫赫事功，又怎能比得上陳近南形象的光輝道德的迴光反照？

當然，無論作者是有意還是無意，《鹿鼎記》中的陳近南之死，已然判明了古典俠義英

5見《鹿鼎記》第五冊，第一七四〇—一七四一頁。

雄的末路，和一個虛構痕跡明顯的傳統道德世界的徹底崩塌。而韋小寶的成功和陳近南的失落，則顯然預示著一個民族的歷史已經進入了世俗汙濫、道德淪喪的暮色黃昏。

阿珂無處撥哀弦

韋小寶這傢伙一生最得意的，不是什麼飛黃騰達，拜將封侯，而是——用他自己的話說——「我有七個如花似玉的夫人，天下再也找不出第八個這樣美貌的女子來。皇上洪福齊天，我韋小寶是豔福齊天。咱君臣二人各齊各的，各有所齊。」[1]他的這番胡吹，據書中說是惹得他的七個夫人笑聲不絕。這麼說，阿珂想必也同其他的幾位夫人一樣笑了，只不知她那時心中真正的滋味如何。

在韋小寶的七位夫人之中，阿珂不僅是相貌最美的一個，且身世也最為隱秘複雜，而對韋小寶來說，阿珂也是得來最為不易，何止費盡了九牛二虎之力？因此，阿珂的故事，頗值得一說。

一

阿珂的故事，認真說起來其實不無破綻。這倒不是

1見《鹿鼎記》第五冊，第一九六六頁。

說她的母親陳圓圓既然最終還是跟吳三桂到了雲南，何以還能與李自成產生瓜葛，生下阿珂這個女兒。而是說，獨臂神尼九難師太何以要費這麼大的精力，費力將童年的阿珂從她母親的身邊盜走，然後再將她培養成殺手回去刺殺吳三桂？

我是說，吳三桂雖不是什麼好東西，但畢竟與她這個明朝的末代公主沒有直接的深仇大恨，李自成逼得崇禎自殺之際，吳三桂還在忠心耿耿地替明朝鎮守山海關。繼而，吳三桂領清軍入關，打敗了李自成，其實還算得上是間接的替明朝宗室報了大仇。那麼，當年的阿九公主、後來的九難師太何以還要痛恨吳三桂？這不是恩將仇報、於理不通嗎？此外，這個九難師太武功驚人，要刺殺吳三桂可以說是易如反掌，她如果想與吳三桂過不去，大可直截了當地殺他或傷他，何必費這麼大的心機去製造一個十分蹩腳的殺手？再說了，這位九難師太雖說已經流落江湖多年，但卻仍然沒有完全改掉她養尊處優的本性，又怎麼肯如此費心，將阿珂從小拉拔大，那豈不是自找麻煩？

當然，這不是我要說的重點，這畢竟是一部傳奇之書，世間奇事怪事多多，恐非我等凡夫俗子所能明白。或許這九難師太因江山失落、家破人亡、孤獨伶仃，在飽經江湖塵世滄桑磨難之後，心理上有些怪癖衝動，定要找一找吳三桂這漢奸的麻煩，也未可知。許多漢人都痛恨吳三桂，九難曾是漢人公主，說她痛恨吳三桂，也不能算錯。總之，九難為什麼要找吳三桂的麻煩，大可馬虎過去。而她親自策劃的這個讓吳三桂的女兒去刺殺吳三桂的主意本身，無論刺殺的結果如何，都應該算是一個高明的復仇解恨的主意。

只不過，這主意越是高明，對阿珂就越是殘酷。一個完全無辜的少女，被與她根本不相干的人當成了復仇的工具，培養她去刺殺自己的父親，而且此前雙方對此都是全不知情，世間的殘酷，恐無過於此。幸而阿珂武功本來就不高，不是一個合格的刺客；更幸而後來還知道那吳三桂根本就不是自己的生身父親，才使得這場慘絕人寰的悲劇出人意料的改變了性質。

然而，即使最後的悲劇性質改變了，阿珂的命運悲劇其實並沒有絲毫的改變。無論是吳三桂的女兒也好，還是李自成的女兒也罷，對她其實並無多大的分別。她的母親是陳圓圓這位風華絕代的「紅顏禍水」，不僅美麗的相貌會遺傳，不幸的命運竟也會遺傳。做吳三桂的女兒，固然是要受天下漢人唾罵；而做李自成的女兒，同樣也是難見天日。更重要的是，正因為她是他們的女兒——無論是名義上或是實質上——才會變成被人為地製造出來的人間孤女，明明是父母雙全，但卻一直不明真相，當然也從小就得不到半點正常的父母之愛，豈不悲哉?!

最可怕的，其實還是她的師父九難師太，雖然將她養大、教她武功，她們之間有師徒之名、也有師徒之實，但卻沒有真正的師徒之情。九難師太既然將這個徒弟純粹當成了自己復仇的工具，對這個仇家的女兒，自然不會有多少好心腸，甚至不會有多少好臉色。這一點，在韋小寶後來加入她們師徒隊伍之後，就能看得非常明顯。九難師太對韋小寶這個新收的徒弟的態度，比對阿珂不知要好多少。如此從小到大，阿珂的遭遇就不難想像。這種遭遇和經歷，對她的性格和心理也就必然會產生深遠的影響。

我甚至可以斷定，如果不是因為這樣的生活經歷，阿珂的性格絕不會如此浮躁，她的心理也就絕不會如此空虛，以至於會無緣無故地跑到天下知名的武林聖地少林寺門口去惹是生非。

二

阿珂的少林寺，可怕的還不是因為她和師姐阿琪兩人打了少林寺的小和尚，而要被少林寺所責罰，而是被恰好在少林寺中臨時客串做和尚的韋小寶所發現。韋小寶自從見到阿珂的第一眼開始，就發癡發呆、發癲發狂、發誓發願，上刀山、下火海、下油鍋、滾釘板、或上九天攬月、或下五洋捉鱉，這一輩子無論如何要下定決心、不怕犧牲、排除萬難、去爭取勝利，娶這個天下少有的美女做老婆——那時候，韋小寶甚至還不知道阿珂的芳名——但這就「決定」了阿珂此生的命運。

後來的故事不用多說，儘管阿珂尋死覓活、憤怒填膺，但無論是自殺、躲避、告狀、求情，還是敵視、反抗、拼命、追殺，都還是無法擺脫韋小寶這個赤裸裸的色狼魔星。儘管明知道阿珂對他非但毫無愛意，反而恨之入骨；儘管知道阿珂所愛的，是高大英俊、風流瀟灑的鄭克爽，韋小寶非但毫不甘休，反而不斷變本加厲。韋小寶對阿珂本人雖不至於直接侵害，但對自己的「情敵」鄭克爽卻是毫不客氣，花招耍盡，幾乎調動了他能調動的一切手段、一切力量，讓鄭克爽丟盡臉面、吃盡苦頭。要不是有師父的嚴訓，不能將鄭克爽傷害致死，鄭克爽就是像貓那樣有九條小命，也早已九命嗚呼了。

大部分讀者恐怕都會把這段故事當成一般的輕鬆喜劇來看，甚至有人會覺得韋小寶的行為「無可非議」，而相反，對阿珂多次要殺對她十分鍾情且始終「以禮相待」的韋小寶感到不可思議，覺得她是「小題大做」。實際上，韋小寶的行為，絕對是對阿珂精神上和心理上最可怕的強姦和最致命的摧殘，這種行為與古往今來任何臭名昭著的淫賊惡棍相比，都有過之而無不及。看起來韋小寶先前並沒有強姦阿珂的身體，但卻是明目張膽地強姦了她的意志，想盡辦法破壞她的愛情，顯然企圖永久剝奪她的人身自由，不斷侮辱和踐踏她的人格尊嚴，韋小寶對阿珂精神和心理上所造成的傷害，與強姦她的身體百次有何差異？

因此，阿珂要殺韋小寶，絕對不是小題大做，更不是無事生非，而是被逼無奈，不得不鋌而走險。阿珂說「這傢伙實在欺人太甚，此仇不報，我這一生總是不會快活」；「毒死了他，我這口氣不出。我要砍掉他一雙手，割掉他盡向我胡說八道的舌頭！這小鬼，我……我好恨！」[2]為了殺韋小寶，她不但不得已認了自己的生父李自成，求他親自動手除掉韋小寶；而且還又更不得已地認了她的名義上的父親吳三桂，求他派人協助自己的刺殺計畫。若不是對韋小寶實在恨之入骨，阿珂怎麼會如此這般？

有意思的是，在阿珂的故事中，作者有意無意間總是在袒護韋小寶，自覺或不自覺地做了韋小寶的幫閒。這倒不是說作者曾為韋小寶做過明確的辯護，或者是隱瞞過他所做過的壞事的真相，而是表現在對韋小寶的情敵鄭克爽形象的描寫上。簡單說，就是把鄭克爽寫得相

2見《鹿鼎記》第四冊，第一五〇九、一五一〇頁。

當不堪，說白了就是一個錦繡包裹的酒囊飯袋，一個貪生怕死又自以為是還殘忍毒辣的可憐蟲。這對讀者的價值判斷和情感偏向起到了直接的影響和導向作用，讀者，尤其是中國的讀者，大多有程度不同的功利心，即使是在愛情故事中也是如此。既然鄭克爽不是什麼好鳥，那麼阿珂愛上他就只能算是沒了腦子、瞎了眼睛，那就不如跟了韋小寶、做他的「幸福夫人」。這樣推斷之下，韋小寶的所作所為，也就不足掛齒，大可一笑置之了。

我說作者偏袒韋小寶，是因為無獨有偶，不光是在阿珂的故事中是如此，在方怡的故事中也是如此。韋小寶在對方怡、阿珂的態度和方法上一模一樣，都是表現出赤裸裸的奪人所愛，但作者偏偏都將方怡、阿珂的「所愛」寫得十分不堪。鄭克爽不是一隻好鳥，方怡的戀人劉一舟就更是既貪生怕死、又羨慕虛榮、還出賣同黨，更是一個白臉小丑。這樣的描寫，顯然形成了一種明確導向，既然這兩個人都不如韋小寶可愛，方怡和阿珂愛上他們還不如嫁給韋小寶，那麼，韋小寶強迫訛詐、欺壓霸佔等種種暴行罪孽自然就可以無形中一筆勾銷。

其實這種推論或判斷，只是一種假相，甚至是一種明顯的謬誤，或者說這是作者誤導的結果。實際上，這種誤導的推斷，忽視了兩個重要的原則。一個原則是，道德的判斷不能等同於、尤其是不能取代愛情的選擇，就像穆念慈愛楊康、馬春花愛福康安、南蘭拋棄苗人鳳而追隨田歸農，我們不能因為男方的道德品質不好而對女性的愛情也一筆勾銷。第二個原則是，任何他人的感受或推論、判斷與選擇都不能代替當事人，任何他人都沒有權利代替當事人做出選擇。在方怡與劉一舟之間，在阿珂與鄭克爽之間，韋小寶的所作所為顯然是明目張膽的巧取豪奪，是強勢者對弱勢者的殘酷欺壓，是愛情和婚姻領域的赤裸裸的政治暴虐。這一性質，不會因女主人公被迫放棄自己的戀人或她們的戀人的道德形象如何不好而有所改變。

三

所有為韋小寶辯護的人，都改變不了一個事實，那就是在揚州的麗春院中，韋小寶終於還是對阿珂實施了強姦。作者的喜劇筆法、幽默口吻，「胡天胡帝」四個字的輕描淡寫，也絕對不能改變這一殘酷的事實和這一事實的犯罪性質。

阿珂故事的最後，有一個出人意料的結局。那就是，鄭克爽在殺死陳近南之後，韋小寶因為答應了陳近南不殺鄭克爽報仇，但這不妨礙他向對方「逼債」——這也是韋小寶當年為了搶奪阿珂而逼著鄭克爽簽下的莫名其妙的欠帳單。鄭克爽此時當然無錢還債，而性命要緊，情急之下，只好當著大家的面答應將阿珂作價一百萬兩，抵押給韋小寶。韋小寶欣喜之下，果然暫時就不再找他的麻煩。

這件事看來大可以減輕韋小寶的罪孽，甚至可以徹底改變他強姦阿珂一事的性質。但我們不能忽視，一，鄭克爽之所以將阿珂作為抵押，主要當然是為了保住自己的小命，但其中也有因為阿珂被韋小寶強姦、懷了對方的孩子，因而在鄭克爽心中大為「貶值」，也就是說，韋小寶的一樁罪惡導致了這一樁新的罪惡。二，鄭克爽的所作所為無情無義、卑鄙無恥，給阿珂帶來的是雙重的侮辱和傷害，她不僅被韋小寶強姦，而又被鄭克爽侮辱和出賣。這完全不是什麼喜劇性時刻，而恰恰是阿珂的悲劇已經達到了一個高潮。

當然，我們也不能不注意到，阿珂的態度此時似乎有了某種出人意料的轉變。據鄭克爽對韋小寶說，阿珂「自從肚子裡有了你的孩子以後，常常記掛著你，跟我說話，一天到晚總是提到你。我聽著好生沒趣，我還要她來做什麼？」[3]而阿珂在一旁對鄭克爽發怒道：「你就什麼……什麼都說了出來」，這話似乎也證實了鄭克爽所言非虛。那麼，自從被韋小寶強姦之後，阿珂對韋小寶非但不再痛恨，反而不由自主地逐漸產生了感情？也就是說，韋小寶「強姦有理」？

但這裡面顯然有蹊蹺。其一，阿珂與鄭克爽同行而來，表明他們的關係實際上還是原狀，至少是阿珂希望還能維護原狀；其二，阿珂指責鄭克爽「你答應過不說的」，這表明他們之間曾有過不提此事的約定，還想維持關係；其三，鄭克爽揭露阿珂被強姦的秘密，阿珂顯然沒有想到，又急又怒，奔向大海，此時對鄭克爽顯然是憤怒和失望之極。既然鄭克爽無此絕情，將她當成了抵押品，而她又被韋小寶強姦、懷著韋小寶的兒子，此時她不「認命」，又能如何？而阿珂的認命，顯然是她在被強暴摧殘、被侮辱出賣之後的第三重悲劇：這是一種無路可走的悲劇，阿珂從此被命運徹底征服、徹底打垮了，不能反抗，也不再反抗。

3見《鹿鼎記》第五冊，第一七四二頁。

在與韋小寶的婚姻之中，阿珂不僅完全沒有自主，實際上也完全失去了自我。她以後的「幸福生活」，是她被徹底打垮和徹底征服之後，對帶有明顯政治暴行性質的傳統婚姻觀念、婚姻方式的徹底認同或徹底麻木的產物。這種幸福生活，是我們東方文明的一個活的標本。阿珂的母親陳圓圓雖然不幸，但寂寞悲苦之際，還可以拿起琵琶，彈一彈大才子吳梅村專為她作的《圓圓曲》，讓她在「妻子豈應關大計，英雄無奈是多情」和「全家白骨成灰土，一代紅妝照汗青」的歌曲中尋找些許精神安慰。而阿珂卻無此一技之長，也無琴可彈，無曲可唱，無處撥哀弦。更可哀的是，自從嫁給了韋小寶，尤其是在生下了兒子韋虎頭之後，她也就什麼都不再想，管他什麼愛弦、哀弦。

施琅清正成另類

施琅原也是一個歷史人物，不僅為清朝統一臺灣立下了大功，而且力勸清廷在臺灣設置官府，在中國臺灣歷史上要算是一個非常重要的人物。此外，他的幾個兒子更是赫赫有名，次子施世綸就是民間話本《施公案》的主人公「施青天」；他的第六子施世驃做福建水師提督，在臺灣救災而死於軍中。我猜想作者是按照「有其子必有其父」的原則，在《鹿鼎記》中，施琅也被寫成了「清官」形象。

不過，他這個清官做得非常辛苦，非常彆扭，甚至非常窩囊。原因非常簡單，就是因為他在一個貪汙成風的政治體制和社會時尚中，想要為官清正，所以到哪裡都是「異類」，搞得從上到下人人對他都不喜歡。

一

施琅之所以成為一個另類，表面上看起來，是因為他背叛了鄭成功，投奔了滿清王朝。這樣，在臺灣人看來，他是一個叛徒，甚至是一個漢奸，就連一向滿漢不分的韋小寶也挖苦得他抬不起頭來。而另一方面，在滿清政要官員眼中，他又是一個降將，一個低人一等的軍官，甚至是一個靠不住的人。所以，這種特殊的身分經歷，使得他在很長的一段時間內，裡外都不是人。

實際上，施琅的遭遇，並非如此簡單。真正的原因，其實是因為他是一個軍人，而且還是一個非常標準的好軍人，一個優秀的軍事將領。但這種素質和性格非但沒能給他帶來好運，反而恰恰成了他一生坎坷的根源。明白了說，就是他不懂得政治，尤其不懂得中國的政治和中國政壇文化，不懂得軍隊和軍事以外的人情世故。他以為自己可以不過問政治，只要以服從命令為天職，只要忠心耿耿，問心無愧，就萬事大吉；而不明白他不問政治，政治卻要來過問他，不僅要弄得他左右為難，甚至會弄得他家破人亡。

施琅之所以從臺灣投奔清朝，原因只不過是一件極小的事情：他屬下的一個小軍校違犯了軍紀，按例應該重責；沒想到那位小軍校逃到了鄭成功夫人那裡尋求庇護，還花言巧語說他的上司施琅如何如何有異心。於是董夫人出面為這個小軍校求情，但施琅卻一意孤行，最後還是將這個軍校抓來殺了。這就大大得罪了董夫人，實際上也就等於得罪了最高當局。他的上司要抓他治罪，他自己也只好出逃，沒想到他的主子竟將他全家老小全都殺了。如此他才與臺灣鄭家不共戴天，投奔了大陸清朝，發誓要報仇雪恨。

由此可見，施琅這個人只知道治軍之要，首在令行禁止，要求屬下嚴格遵守軍隊裡的規章制度，以保持軍隊的良好作風。但他卻不知道，首先，臺灣的天下，乃是鄭家的天下，上司固然是上司，上司的夫人同樣也是上司，夫人干政，比正規的上司更加得罪不起。其次，規章制度、令行禁止固然重要，但打小報告、流言蜚語更是厲害非凡，只要一陣耳邊風，就能讓人吃不了兜著走，沒做狐狸也有一身騷。再次，更重要的是，像施琅這樣掌有兵權的人本就遭忌，敢於公然不給上司夫人的面子，那豈不是他的政治觀點政治立場有問題，豈不令人懷疑他有背逆謀反之心？以上三點，就叫做政治是統帥，是靈魂，施琅只知道單純的軍事觀點，難怪要惹出大事來。他自己逃了，上司不殺他的全家老小何以洩其憤？又何以在政治上教育他人、威嚇他人、警戒他人？

就這樣，施琅在臺灣島上沒有了存身之地，只好投奔大陸異族朝廷。剛剛投效之初，當然受到熱烈歡迎，而且還封官許願，讓他做了福建水師提督，封為靖海將軍，一時間好不風光。但過上一段時間，情況就大不一樣了，皇上把他請到首都北京，說是要他述職，但一拖幾年始終也不召見他，這就養莫名其妙地把他「掛」了起來。皇帝不見，通報無門，只好自找門路，四處求人，這個生性耿介、心腸憨直的將軍，為此煞費苦心。這不，打聽到韋小寶是當朝第一大紅人，這個堂堂將軍不惜自貶身分來拜見比自己官階低一個大級的都統，打造了一只玉碗，刻上祝韋小寶「加官進爵」的字樣，還要給這個比自己年輕得多的小孩子署上「眷晚生施琅敬贈」的落款，表現出百倍的恭敬。

施琅何以變成了這個樣子？有關他在北京的經歷，韋小寶的好友索額圖大人有如下證詞，說得十分清楚：「老施，在北京這幾年，可學會了油嘴滑舌啦，再不像初來北京之時，動不動就得罪人」；「你什麼都學乖了，居然知道韋大人是皇上駕前第一位紅官兒，走他的門路，可勝於去求懇十位百位王公大臣。」[1]這表明，施琅原先不是這個樣子，不僅不會求人，而且不會說——官場通行的——好話，還動不動就得罪人。他之「不懂政治」，顯而易見。經過數年的磨難，這個將軍終於有點開竅了，開始出入官場，學會了官場的衙門習俗和作風；開始改變他的單純的軍事觀點和軍人作風、懂得政治啦。

還甭說，他這一招還真管用。韋小寶到康熙面前一說，康熙不但命他打造一隻金碗送給韋小寶，而且還讓他到韋小寶都統帳下效力。雖說將軍給都統當下手未免與軍隊體制不合，而且讓堂堂水師提督去攻打小小的神龍島也顯然是大材小用，然而這畢竟是英雄有了用武之地。更何況，這裡面有政治的奧妙。

二

自從攀上了韋小寶這根高枝，施琅果然時來運轉。幾年之後，當韋小寶在通吃島逃難賦閒之際，施琅果然率兵攻陷了臺灣，鄭家子孫不得不投降了清朝，臺灣島再一次歸入中國統一的版圖。

有趣的是，施琅這個傢伙本性難改，以為自己只要一心一意為朝廷效力，朝廷必然論功行賞，這就夠了。於是他很快就恢復了他頭腦簡單、直來直去的軍人作風，或者說是想為官

1見《鹿鼎記》第四冊，第一三三三頁。

清廉、造福一方的清官本性。收復臺灣之後，竟然一直沒想到要感謝韋小寶大人的「提拔栽培」之恩，居然還是康熙皇帝親自對他做出明確指示，他才「奉命」到通吃島來面謝這些年來啥事不幹也照樣升官晉爵——施琅收復臺灣後被封為三等候爵，而韋小寶卻一下子從通吃伯直接升為二等通吃侯——的韋小寶。

這回韋小寶根本就沒有給他好臉色，因為「施琅平臺，取得外洋珍寶異物甚多，自己一介不取，盡數呈交朝廷。康熙讓他帶了一些來賜給韋小寶。此外施琅自己也有禮物，卻是些臺灣土產，竹箱、草席之類，均是粗陋物事。韋小寶一見，更增氣惱，心道：『張大哥、趙二哥、王三哥、孫四哥打平吳三桂，送給我的禮物何等豐厚，你卻送些叫花子的破爛東西給我，可還把我放在眼裡嗎？』」[2]您說老施這傢伙可不是一個「忘恩負義」的傢伙，一個「與眾不同」的另類麼？

韋小寶一番蠻橫霸道諷刺挖苦，再加上一番別有用心的上綱上線，搞得原本春風得意而來的施琅幾度大汗淋漓。雖然怒不可遏，但對這個當今皇帝的寵臣又豈能奈何？最後，不得已只好遵照韋小寶的旨意，同意冒著失職的風險將韋小寶帶到臺灣觀光遊覽，這才使得韋大人的臉上重新露出笑容。

事情奇就奇在，一旦與韋小寶同行，施琅果然就能夠交上好運。準確地說，打仗的時候，施琅能夠奇計百出、神勇非凡、屢建功勳；但不打仗的時候就不免故態復萌、曲折坎

2見《鹿鼎記》第五冊，第一七八九—一七九〇頁。

坷、有時竟是寸步難行。這就需要韋大人的庇護保佑，加上韋小寶的精心指點，才能夠在政壇上變坎坷為坦途。施琅收復臺灣之後，聽說朝廷中有不少人在商議放棄臺灣島、讓居民內遷大陸的計畫，眼見島上的數十萬百姓隨時有失去自己家園的危險，施琅心中焦急，但又苦無主意。此時，就正是韋小寶給他出謀劃策，讓他北上京城，親自去對皇上解釋放棄臺灣的大弊，這才使得施琅恍然大悟，找到了解決問題的途徑。

更重要的是，韋小寶深通世故人心、精熟官場秘訣，在施琅臨行之前，對他做了一個至關重要的提醒：就是問施琅是否準備好了給朝中大臣的厚禮？施琅開始還不明其故，以為自己平復臺灣是由於天子威德、將士用命，朝中大臣可沒有什麼功勞。韋小寶語重心長地教育他：「老施啊，你一得意，老毛病又發作了。你打平臺灣，人人都道你金山銀山，一個兒獨吞，發了大財。朝裡做官的，哪一個不眼紅？」施琅急忙表白自己絕對沒有私取臺灣一兩銀子，韋小寶不得不對他說得更加透澈：「你自己要做清官，可不能人人跟著你做清官啊。你越清廉，人家越容易說你壞話，說你在臺灣收買人心，意圖不軌……」[3]聽說施琅只準備帶些木雕、竹籃、草席、皮箱作為禮物到北京去送人，韋小寶不再說什麼，只是哈哈大笑，直笑得施琅先是莫名其妙，繼而面紅耳赤，最後才開了心竅，決定知錯補過，痛改前「非」。

這樣，施琅聽信了韋小寶的高明主意，任由韋小寶決定在臺灣徵收大筆「請命費」，湊

3見《鹿鼎記》第五冊，第一八一五頁。

得一百萬兩滿載而去；又得到韋小寶的詳細指點，何人必須多送、何人不妨少送，最後在北京才能行事方便，最終如願而歸。不難設想，若非韋小寶如此衷心勸告、熱心佈置、悉心指點，施琅此去的結果必定不會樂觀。

三

書中施琅的故事寫得非常簡單，但每一個細節，都非常典型。施琅是個什麼樣的人，想做一個什麼樣的人，後來又變成了一個什麼樣的人，都是一清二楚。作者幾乎從沒有涉及施琅的心理活動，但我們不難猜想，以他這樣的一個人、這樣的一種性格，如有一絲可能，都會盡可能對韋小寶這樣的人敬而遠之。或者乾脆不客氣說，對韋小寶這樣的人從根本上就瞧不上眼，心理當然更加鄙視。

然而，到了矮屋下，不得不低頭，既然想要報仇雪恨，就必須借助朝廷的實力；而要在朝廷上立足，就要在這個政壇世界找到生存的門路；要找到門路，就不得不去奉承心裡鄙視的韋小寶。因為他是皇帝面前的紅人，也只有他這樣的人才能成為皇帝面前的紅人。第一次去「拜見」韋小寶的時候，施琅的心中勢必充滿了苦澀和窩囊，但臉上卻還要裝出恭恭敬敬、客客氣氣的笑容。對於施琅這樣的人來說，這種滋味一定十分難受。所以，在平復臺灣之後不去向韋小寶「謝恩」，施琅絕不是什麼「忘恩負義」，甚至也不是真的忘了韋小寶，主要恐怕是心裡實在是不想去，因為對於他這樣的人來說，那實在是一種心靈的屈辱。

需要說明的是，施琅形象是《鹿鼎記》這本書中所寫的唯一的一個清官，或者說是唯一的一個真心想做清官的人。其他的人，都是韋小寶的同黨，也正因為這樣，韋小寶才能如魚得水，而施琅卻四處碰壁。還是韋小寶說得對：「你想做清官，可不能叫人人都作清官啊」，就連皇帝本人也不但對此視若正常，而且還親自下令讓施琅去賄賂韋小寶。而康熙，乃是公認的中國歷史上最聖明偉大的皇帝，若是等而下之的皇帝的時代，情形如何，可想而知。

小說中最發人深省的一筆，是臺灣人民對此事的態度。他們不僅默認而且贊同韋小寶徵收大筆「請命費」，進而，韋小寶雖然僅此一項就索賄了一百萬兩以上的銀子，臺灣人民卻還是對他感激涕零；雖然施琅清廉正直，但臺灣人民反而對他沒有什麼好感。用書中的說法即是：「雖然『施清韋貪』，眾百姓反覺這位韋大人和藹可親，寧可他鎮守臺灣，最好施琅永遠不要回來。」[4]

這就說明，官員貪汙腐化、受賄索賄、官場黑暗、三年清知府十萬雪花銀等等，就不僅不是個別壞人的問題，甚至也不僅是社會體制的問題，而且還有一層比這更嚴重也更本質的問題：文化傳統及其民族性、國民性問題。有怎樣的人民，就會有怎樣的官府；有怎樣的人民，就會有怎樣的社會體制。而在這樣的社會體制之下，施琅當然想做好人和清官而不可

4見《鹿鼎記》第五冊，第一八一七—一八一八頁。

得。臺灣名作家柏楊先生說傳統的中國文化是一個大醬缸，還真不能不信。就是這部書中的施琅形象，也只是一個藝術形象，而並非真實的歷史傳記，其中還有小說作者大量虛構的成分，想到這裡，心中自會更加悲涼。

洪安通神路安通

《鹿鼎記》中的神龍教主洪安通，這個人物形象的創作靈感，我猜想應該是來源於中國大陸的「文化大革命」。一來是因為此書寫於一九六九－一九七二年間，正當「文革」的高潮之際；二來是書中神龍教中的朝拜儀式及其口號說辭，也非常像是當年風靡中國大陸的「早請示、晚彙報」；三來神龍教主洪安通寵信年輕貌美的夫人蘇荃，莫名其妙地迫害老幹部，提拔重用少男少女並引誘鼓勵他們造反奪權，似乎也是要「天下大亂，越亂越好」。

看起來，洪安通的形象，似乎至多不過是作者將白自在的自大成狂、丁春秋的野心勃勃、任我行的蠻橫霸道的性格合而為一罷了，就人物性格而論，並沒多少出奇創新。然而，手創神龍教的洪安通在他的下屬眼中，形象接近於神，遠非上述其他人物可比。他的故事，還是能讓我們大開眼界。

一

說洪安通的形象接近於神，不僅可以從陶紅英提起神龍教時的那種極端神秘恐怖的神情可以看出，韋小寶等人的遭遇更可以證明這一點。章老三率領的十幾位神龍教徒，武功明明不高，平常的打鬥，根本不是徐天川、吳立身、敖彪等人的對手；但一旦他們重新排好隊形，領頭的一番做作，然後大家齊聲念出神龍教的咒語「洪教主萬年不老，永享仙福，壽與天齊！」「洪教主神通廣大，我教戰無不勝，攻無不克，無堅不摧，無敵不破。敵人望風披靡，逃之夭夭。」「洪教主神通護佑，眾弟子勇氣百倍，以一當百，以百當萬。洪教主神目如電，燭照四方，我弟子殺敵護教，洪教主親加提拔，升任聖職。我教弟子護教而死，同升天堂！」[1]於是，神龍教徒就當真勇氣百倍、信心百倍，而且武功也百倍增長，變得不可戰勝，將徐天川等人一一打倒並活捉。如此，這洪教主是不是很神？

當然，在上述情節中，如果不是韋小寶天生就怕鬼怕魔、而徐天川等人又顯然少見多怪，結果也可能會大不一樣。也就是說，念咒靈驗如神云云，其中顯然另有奧妙。具體說，一，他們的隊形或許是一種陣法，不僅可以更好發揮集體的力量，還可以增加集體的信心。

1見《鹿鼎記》第二冊，第六一五、六一六頁。

二，章老三用自己的兩根判官筆相互摩擦，多半是筆上另有花樣，例如興奮劑、迷幻藥、激素之類，通過摩擦而散發出來，讓人突然精力旺盛。

我這樣說的理由不僅是因為這些人在過分興奮之後所顯示出來的過分的疲憊，而且也因為後來知道洪安通是一個藥物專家。當然，除此之外，他們的「咒語」之中其實也另有蹊蹺，這就是，三，其中「教主親加提拔，升任聖職」，就像「班長升為連長、連長升為團長」一樣，具有當場懸賞、刺激精神之功效。四，其中更厲害的，當然還是「護教而死，同升天堂」一句，最為蠱惑人心，一直到三百餘年以後的今天，不也還是有很多人被升入天堂之夢搞得神魂顛倒？五，當時我們可能還沒有注意到，章老三等人此時的神情，其實是既興奮、又恐懼，或者說是有興奮、但更有恐懼，因為若不戰而勝之，完不成教主交給他們的光榮任務，其結局就會比死亡還可怕，這就是為什麼章老三等人如此拼命的最根本的原因。這樣，上述把戲就一點也不神秘。

除此之外，當然還有更深一層、也複雜得多的民族心理積澱／歷史文化遺傳方面的原因，那就是中國文化歷史中由來已久的原始思維及其咒語迷信，以及從當年直到今天都還不大為人所知的集體表象及其集體催眠。神龍教的口號咒語其實遠不止是上述這些，韋小寶被騙到神龍島之後，見識得更多，什麼「眾志齊心可成城，威震天下無比倫」；什麼「教主仙福齊天高，教眾忠字當頭照。教主駛穩萬年船，乘風破浪逞英豪！神龍飛天齊仰望，教主聲威蓋八方。個個生為教主生，人人死為教主死，教主令旨盡遵從，教主如同日月光」；什麼

「教主寶訓，時刻在心，建功克敵，無事不成」[2]等等等等。這些都讓我們想到「文革」中的「萬歲萬歲萬萬歲」、「萬壽無疆萬壽無疆」和「三忠於、四無限」之類，大多數讀者對此肯定會覺得它實在荒唐可笑，因而也就一笑置之。與史無前例的「文革」相比，洪安通及其神龍教搞出的這種蹩腳的造神運動，口號粗鄙可笑，不倫不類，實在是不值一談。

然而，當真經歷過「文革」，而且想要反省「文革」的人，看到這裡恐怕就不光是發笑，而且會發苦發澀，進而發癡發呆了。原因很簡單，我們曾經過「文革」，我們也都曾像神龍教弟子那樣興奮和迷狂。為什麼會這樣？只怕大多數人都沒有找到答案，而且大多數人也不願費心去尋找答案。如是，重新看看戲劇性的神龍教儀式，看看洪安通的故事，就具有重要的精神借鑒價值。我想大家都不會反對這樣的推斷，神龍教的咒語就是「文革」的口號；而反過來，「文革」的口號當然也就是神龍教的咒語。有「文革」的歷史經驗為證，我們知道，這些咒語和口號當真是能夠對人群起到一種奇妙的蠱惑和興奮作用的。也就是說，章老三及其屬下喊完口號咒語之後便真的功力大增，顯然另有更神秘更深刻的原因。

這原因，就是原始思維，也就是集體表象——原始思維的特徵，一是非個體思維，而是集體同一；二是非邏輯語言，而是直觀表象。因此，原始思維也就是以集體表象作為其最突出的特徵。另一種原因，就是原始信念，即對咒語——包括一切語言、文字、口號、標語——的迷信，打從心眼裡迷信，通過咒語，精神能夠變物質，夢想能夠變真實。所以，當年

2見《鹿鼎記》第二冊，第七三六頁。

的章老三們念完咒語口號之後當真就功力倍增，這是一種奇妙的精神力量。而當年「文革」中的中國人無不相信一個人的思想是威力無比的「精神原子彈」。進而到了廿一世紀，中國的城市和鄉村中，還有無數人相信只要大氣功師甚至學氣功的人自己天天大喊「膽結石，下去！下去！」「血管瘤，消失！消失！」那膽結石、血管瘤就當真能夠「下去」或「消失」。於是，這個故事，就不僅僅是可笑了。

之所以人類的遠古時期的文化、思維、心理在經歷千萬年之後的中國人群落中，尚存在著比任何地方、任何人群更多的遺存和積澱，直接的原因，當然是因為在我們的文化之中是中缺少實證的科學、邏輯的傳統、理性的精神。一方面，正因為大量集體表象、模糊玄想、咒語迷信的存在而導致實證科學、邏輯傳統、理性精神不能正常生長；而反過來，沒有實證科學、邏輯傳統、理性精神，那麼集體表象、模糊玄想、咒語迷信當然就不會銷蹤滅跡。這是一種典型的思維方式、文化傳統和民族心理上的惡性循環。

而更深刻的原因，則是中國文化傳統中集體主義理念的畸形發展，一方面為集體表象和咒語迷信提供了生存和發展的基礎，而另一方面又嚴重壓抑著個人意識的生長，以至於個人的思維、實證、邏輯和理性也就沒有了存在和發展的契機。於是，千百年來，中國文化歷史就成了神話及其造神運動的最好溫床。當千百萬甚至億萬人民始終是以人民、階級、團隊、集體、百姓的面目出現，而且集體拜倒在自己的領導者腳下，實際上是要麼跪下、要麼被打翻在地；那麼高高在上的那個君主帝王或獨夫民賊，那一個唯一站著的人，自然就會顯得格外的高大。那高大的形象，自然就會被自覺或不自覺的當成了神靈。

於是，洪安通之流，也就層出不窮。而神龍教的弟子及其子子孫孫，也就會一次又一次的陷入造神、信神、拜神的迷狂。

二

等到神龍教主洪安通正式出場，我們就會發現那神人神話及其神光的背後，其實只不過是些醜陋不堪的凡俗人間故事。

首先，神龍教不是一個普通的宗教組織，實際上是一個政治組織。韋小寶可以作證，神龍教的組織結構，與天地會等組織並無兩樣；而它的朝拜儀式，則更是明顯地模仿皇宮朝廷。正因如此，韋小寶這個陌生人才會如此迅速地被這個組織所接納，而且被委以重任。更好的證據當然是，後來韋小寶在雲南發現了洪安通聯絡吳三桂，進而聯絡俄羅斯，企圖重新瓜分中國。嚴格說，這是一個具有賣國集團性質的政治組織，為了達到自己的目的，不擇手段。

其次，這個所謂的神教，其實也只不過是一種地地道道的邪教；洪安通不是什麼神人，而只不過是一個邪教教主。證據是，他所創造的神龍教，並非當真有什麼宗教綱領，或者是純粹靠一種精神力量讓眾教徒團結一心，而是在其造神儀式之外，另有殘酷的統治手段。具體說，就是用種種毒藥迷惑、毒害、威脅、控制教眾的心靈。章老三、胖頭陀、陸高軒等人之所以如此心懷恐懼，膽顫心驚，就是因為他們深知教主毒藥手段的厲害，它可以把胖頭陀變得又高又瘦，而把瘦頭陀變得又矮又胖。說穿了，不以德化，而以威脅，也就是殘酷統治教眾，更加殘酷地鎮壓異己。結果很明顯，在神龍教中，只有教主洪安通一個人總是偉大光榮正確，也只有教主洪安通本人才有說話的餘地，其他所有人都不過是教主統治下可憐的羔羊。

韋小寶上神龍島的時候，還發現一項奇觀，即神龍島上年長者憂心忡忡、年輕人得意洋洋。很快就知道，這是因為教主和他的年輕夫人新近有一項新政策，打擊排擠老幹部，提拔重用年輕人。聰明伶俐的韋小寶就始終「弄不明白，夫人喜歡小白臉，倒不稀奇，教主為什麼也喜歡？」[3]韋小寶弄不明白，神龍教中的新老教眾當然就更不明白。

我想讀者一定明白，作者這樣寫，絕不光是在形式上模仿「文革」。表面的原因，似乎不能排除這個年邁醜陋的老教主，要想辦法討好他那年輕漂亮的妻子。但要說這項政策是他妻子蘇荃一手策劃的，因而說蘇荃是紅顏禍水、禍國殃民、搞亂了神龍教，那又不然。此事真正的原因，其實應該是洪安通本人要發動更大規模的造神運動，就非要打倒老幹部、利用年輕人不可。理由是，一，老幹部和洪安通一起奮鬥，一起打過仗、逃過命，一起轉過山溝、睡過窯洞。他們難免會居功自傲，因而會惹得教主不快；不似年輕人履歷空白，無功可居，當然會深信這天下就是教主一個人創造的。二，更重要的是，老幹部都是歷史的見證，他們都知道洪安通的老底，知道他只不過是一個才智武功超群的凡人。而年輕人就不一樣

3見《鹿鼎記》第二冊，第七七八頁。

了，他們對洪安通的歷史真相一無所知，只能是說什麼信什麼，再加上他們的青春幻想和熱情崇拜，如此造神運動才能如願地發動起來。三，還有更深刻的原因，那就是這些老幹部雖非明智之人，但大多總該有一些生活常識，懂得一些生活的常理，也就是有一種凡俗世界中的慣性，想要開創未來，就不能如意使用；而年輕人不但無知，而且無識，如一張白紙，可以畫最新最美的圖畫——畫畫的人，當然只能是教主。教主說造反有理，他們就打倒老幹部；教主說要上山，他們就上山；教主說要下鄉，他們就下鄉。總之一句話，神龍教的前途和未來，在年輕人身上。

可惜的是，洪安通並非當真法力無邊，或者說他遠遠沒有其他教主那樣幸運。他手下的老幹部，固然對他恭敬恐懼，但真正生死關頭，卻並非一味愚忠。青龍使許雪亭，早就萌生了自衛反抗之心，最後利用「百花蝮蛇膏」將所有飲慣了雄黃酒的蛇島神龍教眾全都毒倒。雖然最終功虧一簣，沒有完全達到目的，但其實已經起到了一個重大的作用，那就是讓神龍教主洪安通走下神壇。看到他像每一個在場的凡人一樣也會被毒藥所制，看到一貫神聖莊嚴不苟言笑，如同天神的他，也像常人一樣狼狽不堪地滑下了自己的座椅、丟人現眼地倒在地上，洪安通的神話到此必將被深刻地質疑。要不是韋小寶受到小郡主沐劍屏的求懇警告，因而不肯向洪安通夫婦下手，這一回本該是這個神聖教主的生命末日。

當時神龍教的大廳之中出現了一個非常滑稽的場面：「大廳上數百人盡數倒地，卻只一人站直了身子。此人身材甚矮，可是在數百名臥地不起的人中，不免顯得鶴立雞群。」[4]——此人當然就是韋小寶。我想大家明白，這不僅是一個現實的場面，同時更是一個發人深省的象徵性場景。韋小寶這傢伙是什麼樣的人，他的形象有多「高」，我們當然心中有數。連他這樣的人都在這裡顯得「鶴立雞群」，那麼神龍教中從教主到徒眾有多「高」，豈非一目了然？當然，明顯的情況是，此刻神龍教眾都已倒地，可是他們為什麼倒地不起？卻值得深思。

發人深省的是，經過這場驚人的變故，神龍教的造神運動還沒有結束。韋小寶信口雌黃的古碑石碣，陸高軒精心假造的唐朝古文，仍被洪安通安排公開上演，讓韋小寶當眾背誦，以表明「我們上邀天眷，創下這個神龍教來，原來大唐貞觀年間，上天已有預示。」於是，年輕的神龍教眾又狂熱地喊起了「教主仙福永享，壽與天齊」的口號，更驚人的是「無根道人等老兄弟也自駭然，均想：『教主與夫人上應天象，那可冒犯不得。』」[5]

值得注意的是，此事的真相，不但韋小寶清楚，陸高軒清楚，洪安通本人也十分清楚。證據是，他後來曾說「陸高軒智謀深沉，武功高強，筆下更是十分來得，一篇文章做得四平八穩。很好，很好……」[6]可見，洪安通對於此事的真相心中雪亮。之所以要如此做作，這顯然是出於政治需要，本質上當然是為了自己的政治目的而有意地繼續造神、欺騙教眾。如此，洪安通是個什麼人，自然也就無需多說。

4見《鹿鼎記》第二冊，第七四九頁。
5見《鹿鼎記》第二冊，第七五九頁。
6見《鹿鼎記》第二冊，第七六三頁。

三

韋小寶當然也知道這洪安通是何等樣的人。所以，儘管洪安通不僅任命他為神龍教白龍使，讓他身帶尚方寶劍一般的五龍令，還在夫人教了「美人三招」之後，又破例親自教了他「英雄三招」，算得上是恩寵有加，但韋小寶卻不吃這一套，進而還「成事不足，敗事有餘」——正是韋小寶，搜尋到並私藏了神龍教孜孜以求的《四十二章經》中的寶藏圖碎片；刺探到了神龍教與吳三桂、準葛爾王子、桑結喇嘛等和俄羅斯結盟的秘密；然後帶兵炮轟神龍島，將神龍教的老巢基業毀於一旦，使洪安通從赫赫邪教集團教主、煌煌政治幫派君王，變成了區區黑道匪幫的急急如喪家之犬、忙忙如漏網之魚的可憐匪首。

進而，又還是韋小寶，在揚州麗春院中，乘蘇荃中了迷藥之際強姦了她，不但使神龍教主的妻子懷上了韋小寶的孩子；而且使蘇荃在秘密暴露之後公然站到了韋小寶一邊——站到了反抗洪安通的第一線。正是這件事，使洪安通喪心病狂、妄圖殺人滅口，最後與他身邊僅剩的最後幾位下屬陸高軒、許雪亭、張淡月、胖頭陀等人互相殘殺、同歸於盡。

這洪安通至死似乎也沒有想通：為什麼他會如此一敗塗地？為什麼他的下屬居然敢不聽他的？為什麼連他一貫寵愛的妻子也會背叛他？這答案，部分可在他最後的遺言中找到：「……你們都不對，只有……只有我對。我要把你們一個個都殺了，只有我一人才……

才仙福永享……壽……與天……天……天……」[7]這個政治霸權者，最後被反抗者所傷，這叫做哪裡有壓迫、哪裡就有反抗。進而，這個造神者，最後不能蒙蔽別人，卻將自己給蒙蔽了，以為自己真是一貫正確、一句頂一萬句，結果當然就只能是可怕的精神分裂和可憐的心理迷狂，至死也找不到自己一生成敗的真相。

回頭一想，韋小寶在洪安通最後的生命歷程中所扮演的角色，是耐人尋味的。中國有句老話，叫做滷水點豆腐，一物降一物。洪安通雖然武功超群，老奸巨猾，神龍教轟轟烈烈、不可一世，但卻沒想到，就是那個曾在神龍教中「鶴立雞群」的韋小寶，會成為洪安通命中的「剋星」。

這原因，說複雜當然就複雜，說簡單其實也簡單。簡單說，不過是因為，一，韋小寶是一個地地道道的俗人，離神界十分遙遠，他也沒有做神為靈的欲望和夢想，只是按俗人的心理習慣和行為規則辦事，所以就成了「人造神界」的最大剋星。二，韋小寶是一個凡人，具有凡人的人性，簡單到男女兩性的欲望和功能，而洪安通則或因年紀老邁、精力不濟，或因一心練習高深武功、想成神成仙，結果卻喪失了正常的人性。如果說洪安通的妻子蘇荃的背叛是對他的致命一擊，那麼這一擊的根源，則在於蘇荃對人性及其尊嚴的渴望。

人神相揖別，已有數千年。洪安通想要逆天行事，在凡俗塵世人為製造的神界天國，蠱惑和殘害人間眾生，罪莫大焉，此路安能暢通？

7見《鹿鼎記》第五冊，第一七二四頁。

後記

一次聚會上，海豚出版社社長俞曉群先生提出，他想出版「陳墨評金庸書系」，我問了句：「這書還有市場嗎？」他說有，我就答應了。只因為，他是俞曉群。

關於這些書，我該說什麼？悔其少作，那是有的，敝帚自珍，老實說，也有。不過這些都不重要，重要的是：通宵達旦讀金庸，真快樂；三朋兩友談金庸，更快樂；孤燈執筆評金庸，還是快樂。遇到金庸，如同彼得潘發現永無島，島上有郭靖、楊過、張無忌，有蕭峰、段譽、令狐冲，有黃蓉、郭襄、小龍女，還有我女兒喜歡的老頑童、岳老三、丁不四，人生至此，快何如之！

當年評金庸，別的沒啥，要點標新立異的勇氣，還要有些機緣，我的機緣，是一九八八年去南昌開會，見到《百花洲》主編藍力生老師，說及金庸小說「俗可通雅，奇而至真」，藍老師問：你為什麼不寫出來？一年後，藍老師還在鼓勵督促，於是我寫了。今年十一月，我和太太一起，專程去南昌探訪藍老師，他才說出，當年在雜誌上發表四萬字的《金庸賞評》，其後出版我的評金庸書系，始終有人質疑，有人批評。為此，我要再次感謝藍老師！

借此機會，我還要感謝經手過這些書的編輯師友：江西百花洲文藝出版社的錢宏先生和朱光甫先生（朱先生英年早逝，願蒼天眷顧他在天之靈），安徽文藝出版社的岑杰先生，雲南人民出版社的張維女士，上海三聯書店的馮芝祥先生，臺灣雲龍出版社（知書房）的謝俊龍先生，臺灣遠流出版公司的王榮文先生和李佳穎小姐，臺灣風雲時代出版公司的陳曉林先生，人民出版社（東方出版社）的黃書元先生、孫興民先生和許運娜女士。當然，還要感謝海豚出版社的俞曉群先生、李忠孝先生、朱立利先生以及參與這套書的編校、出版和發行工作的所有人！

我還要感謝兩個人，一是老友王希華，三十年前，是他借給我一套十六開本《射鵰英雄傳》，讓我大開眼界，長時間如癡如醉。一是我太太朱俠——當時還叫朱霞——每天下班時幫我到書攤上租借武俠小說，滿足我的童心喜好。

好像尼采說過，每個成年人的心理，都有一個五歲的小孩，這話，很可能包含了有關人類心智的最大秘密：童心活潑，靈性生動，人性才得健全。扼殺童心，會讓靈性固結，人性畸形；若任童心主宰，癡迷玩樂，則有礙智慧發展，難以長大成人。好在，金庸小說是「成人的童話」中最好的一種，老少咸宜。

陳墨　於北京

—作者限量簽名套書—

香港武俠小說史

書衣收藏版

文／陳墨

大陸金學第一人陳墨嘔心之作
埋首書齋歷時三年巨作

- 師大國文學系教授、武林百曉生 林保淳、中國武俠文學學會副秘書長 顧臻、中國武俠文學學會副秘書長 陳光一致推薦！
- 本書附有作者親筆簽名！上冊並附16頁精美彩圖！

金庸小說創作何以獨一無二？香港武俠小說史分為哪三個時段？香港武俠小說竟有新舊派之分？代表作家有誰？香港新派武俠小說的開山鼻祖是誰？香港武俠小說的高潮鼎盛期又在何時？

回顧香港武俠小說史，重溫香港武俠全盛期！第一部述評香港武俠全貌的大書，前所未聞的武俠名家名作發展史。想知道香港武俠小說的全貌及內幕？新派武俠小說為何在香港發光發熱？對華人圈及全世界的影響又是如何？

陳墨形象金庸

作者：陳墨
發行人：陳曉林
出版所：風雲時代出版股份有限公司
地址：10576台北市民生東路五段178號7樓之3
電話：(02) 2756-0949
傳真：(02) 2765-3799
執行主編：朱墨菲
美術設計：吳宗潔
業務總監：張瑋鳳

初版日期：2023年10月
版權授權：陳墨
ISBN：978-986-5589-14-1

風雲書網：http://www.eastbooks.com.tw
官方部落格：http://eastbooks.pixnet.net/blog
Facebook：http://www.facebook.com/h7560949
E-mail：h7560949@ms15.hinet.net
劃撥帳號：12043291
戶名：風雲時代出版股份有限公司

風雲發行所：33373桃園市龜山區公西村2鄰復興街304巷96號
電話：(03) 318-1378
傳真：(03) 318-1378
法律顧問：永然法律事務所 李永然律師
　　　　　北辰著作權事務所 蕭雄淋律師

行政院新聞局局版台業字第3595號 營利事業統一編號22759935

定價：400元

國家圖書館出版品預行編目資料

陳墨：形象金庸 / 陳墨著. -- 初版. -- 臺北市：風雲時代出版股份有限公司, 2021.04　面；　公分

ISBN 978-986-5589-14-1 (平裝)
1.金庸 2.武俠小說 3.文學評論

857.9　　110001503